Parly Road
By Ian Todd

You can keep up to date with The Mankys and Johnboy Taylor on his Facebook page:
Johnboy Taylor - The Glasgow Chronicles
www.facebook.com/theglasgowchronicles

For Morven, Sarah and Calum

Chapter One

Johnboy lay in his bed, trying tae work oot who'd sang the songs that his favourite drunk wis belting oot as he staggered alang the white lines doon oan Cathedral Street. He wis later than usual and Johnboy hid fallen asleep waiting fur him. The wan that hid woken him up hid definitely been 'Ah Want Tae Haud Yer Haun' by the Beatles. The second wan hid been 'Blue Moon' by Christ knows who and the third wan could've been anything as the voice hid been fading intae the distance and hid finally disappeared oot ae earshot when the drunk reached the newsagent's beside Canning Lane, which took ye o'er tae St James Road. It sounded like something aboot a band ae men wae ten guitars who liked tae dance.

He looked across tae the bedroom windae in the dark, straining his lugs, bit the sound ae the bells ae an ambulance or a polis car, heiding his way, soon scuppered his wee name-that-tune competition. He shot oot ae his bed like a hungry whippet chasing a fat cat and peered oot through the dirty glass. The white ambulance hid jist appeared where he'd thought the crooner should've been, wae its blue light flashing, shooting doon Cathedral Street, heiding fur the toon centre. Somewan's probably goat chibbed or something, he thought tae himsel. He scurried, bare-foot and bare-arsed, back tae his bed, letting oot a yelp when he kicked wan ae his Corgi metal cars wae his right fit oan route. Ambulances...that ma ae his and The Green Lady hid telt him tae stay well clear ae them when they wur parked-up in the street wae their doors open. The Green Lady hid warned him that manky wee boys like him caught measles if they went anywhere near them. Since then, him and his pals hid always gied them a body-swerve if they clocked the driver and his mate carting somewan in or oot ae wan.

He wondered if ambulance men hid anything tae dae wae The Green Lady. His ma hid telt him that she wis the wan, alang wae another wummin, who'd come tae the hoose oan the day he wis born. She'd said that The Green Lady hid spent a day and a hauf running between her and Carol Stewart, who lived roond the corner, and that she wis the same wan that hid skelped aw his mates' arses when they wur born. Her name wis Pat Broon, bit everywan called her The Green Lady. She'd hauns like shovels and a look that wid freeze the baws aff ae a snowman. She smelt the same as the inside ae the scabies clinic and that toolkit ae hers, which she wis furever taking things oot ae, wis far better than anything that his da hid...apart fae his claw hammer and rusty saw. She wis always oan the go roond aboot the hooses and popped in tae see them every noo and again. If he wis really lucky and oan they toes ae his, he'd manage tae sneak oot ae the hoose and doon they stairs, two at a time, before she or his ma twigged that he'd shot the craw. He couldnae staun it when she started tae poke him wae they fingers ae hers. Wan time, the clatty bugger hid telt him tae get they troosers ae his doon roond aboot his ankles and then, while he wis trying tae hide that shame ae his, she'd grabbed him by the auld hee-haws and telt him tae cough. Cough? He'd jist aboot shat oan that big rough haun ae hers, he'd goat such a fright. Ma hid jist telt him tae stoap arseing aboot and dae as he wis telt insteid ae telling her tae get her paws aff ae her favourite boy's ging-gang-goolies.

Another time when The Green Lady appeared, the pair ae them hid spent aboot two hours hunting fur nits using a bone comb oan that napper ae his. The teeth ae the comb hid kept breaking, so three combs later, she'd gied his ma a wee demonstration oan how tae crush them oan that skull ae his using the back ae her thumbnail. He hid tae admit though, he loved the crackling sound that Ma's nail made when she'd find a big wan.

"Goat ye, ya big basturt, ye!" she'd scream wae glee as the wee scurry-ing basturt goat flattened.

Wan time...he wisnae too sure when...The Green Lady hid left a big tin ae saft toffee called Virol when she turned up oot ae the blue, oan wan ae her wee-manky-boy-hunting missions. She'd telt his ma that he hid tae get a big spoonful every day. He remembered being chuffed as any-thing and no being able tae contain himsel, waiting tae get his laughing gear intae it. She said it wid build him up intae a big strapping laddie, whitever that meant. It wis a pity it hid tasted as shite as it looked. The next time Ma hid spoken tae her, she'd been too embarrassed tae tell her the truth, so she'd jist telt The Green Lady that she'd tae fight him aff every time she took the tin doon fae the shelf, even though he'd only tasted it the wance. The last time he'd seen that tin hid been doon beside the midgie bins. Elvis, wan ae the local dugs, hid ended up getting his heid stuck in it. Johnboy and Tony hid sat oan a dyke watching Elvis running aboot, crashing intae everything in the back court, trying tae get his heid back oot ae it, while that tongue ae his wis licking like the clappers, in case anywan came and took it aff ae him. By the time the dug hid managed tae free itsel, it hid looked as if his face wis caked in shite.

He could remember the first time he'd spoken tae Tony Gucci. Johnboy and his pals, alang wae everywan else in the Toonheid, aw loved gaun tae The Carlton and The Casino picture hooses, up in Castle Street. They never went tae The Grafton oan Parly Road if they could help it. The films shown there wur aw fae nineteen-canteen and wur aw in black and white and it stank ae deid people. The fact that his granny and granda wur never oot ae the place probably added tae the aroma. Sometimes Johnboy and his pals wid bite the bullet and skip in tae The Grafton tae see the horror films though...especially the wans that hid zombies running aboot in them. The only problem wae venturing up tae Castle Street wis that it wis right in the middle ae Indian Territory. There wisnae any real Indians up in that part ae the Toonheid, bit wance ye goat beyond Glebe Street, the place wis hoaching wae the uglies fae the Garngad and Roystonhill, looking fur innocents like him.

It wis the same story every week. Johnboy wid be staunin in the queue wae his pals, waiting tae get in, while a gang ae uglies wid be marching up and doon the queue, punching everywan's lights oot and demanding their money and sweeties aff ae them. They'd take people's coats, jaickets, troosers and sometimes even their shoes, if theirs wur knackered. Johnboy and his pals wid always make sure they wur tucked in against the wall in the queue and avoided any eye contact wae them, even if somewan roond aboot them wis getting skelped. Every week wis the same. Efter the pictures came oot and they wur safely oan their way hame, hivving managed tae escape, Johnboy and his pals wid brag tae each other aboot whit they wur gonnae dae tae the basturts the following week if they came near them. Then, the next Saturday, they'd be staunin there, shiting themsels and praying they widnae get picked oan. The wan time they did go fur Johnboy, a couple ae his big sisters, Anne and Isabelle, hid been in the queue, jist in front ae him. They'd telt the uglies tae piss aff and leave him alane, which hid worked.

Wance they managed tae get inside in wan piece, it wis great though. Before the films started, everywan jist ran up and doon the aisles, being chased by the ushers, or they'd sit and watch the ugly mob fae Royston fight wae other uglies fae Springburn or Dennistoun. Wance the film started, everywan booed the goody-goody guy and cheered the fuck oot ae the baddie. The Lone Ranger and Tonto always goat a hard time in The Carlton.

Tony wis wan ae the uglies, bit he wisnae as pug as the rest ae them. Johnboy reckoned that this wis because he lived in St Mungo Street which wis jist ootside Indian Territory. Apart fae fighting, Tony wis always trying tae get that tongue ae his doon the back ae the throats ae the lassies... the filthy basturt. They seemed tae like it, even though they wur always giggling and kidding oan tae him that they didnae. Johnboy always thought that Tony wis a lucky basturt, apart fae the tonguing part.

Oan the day that Johnboy first spoke tae him, none ae his pals wid go tae the pictures wae him because they'd said that the uglies wid be oot in force. It wis a James Bond film that wis oan and they'd been right. The queue tae get in hid stretched aw the way up tae the bridge at the canal and the uglies hid aw been charging up and doon the line, punching and kicking people and taking their money and sweeties aff ae them. Maist ae them wur smoking fag ends they'd picked up aff ae the pavement and wur making sure they wur targeting aw the innocent looking wans...people like Johnboy...thoroughly enjoying themsels by blowing smoke intae people's faces.

Wance the picture hid finished, he'd made his move and nipped oot ae The Carlton's side door oan tae Castle Street. He'd set aff like the clappers as soon as the words came up oan tae the screen at the end. He knew that if ye wurnae punched, kicked or hid yer shoes ripped aff yer feet before ye went in, then there wis a fair chance ye'd be walking hame wae slapped rosy cheeks, bare-arsed and in yer bare feet, when ye came oot.

He'd jist passed St Mungo's chapel in Parson Street when he heard his name being shouted. When he'd turned roond, he'd jist aboot shat himsel right there and then. He'd hid aboot two seconds tae make up his mind whether tae hoof it or tae try and talk his way oot ae the situation. He remembered that his first choice hid been tae shoot the craw, bit his legs widnae move.

Tony wis shorter than Johnboy, bit better built. He'd thick jet-black hair while Johnboy's wis carrot-red and Tony could fight like fuck, while Johnboy couldnae fight sleep.

"Whit ur ye daeing up here?" he'd asked Johnboy.

"Heiding hame fae the pictures."

"Aye, Ah saw ye there. Whit bit ae the picture wis yer favourite?"

"Odd Job flinging his hat at James Bond. Whit wis yours?" Johnboy hid asked him, wondering whit the fuck Tony wis up tae.

"The bit wae the lassie showing aff that golden arse ae hers."

"Eh? Ah cannae remember seeing that bit," Johnboy hid said, sick as a parrot that he must've been looking fur the bit ae his ice lolly that hid fell oan tae the sticky carpet in the dark when they'd showed that part ae the film.

"Dae ye want tae come oot tae play the night?"

"Er, aye, awright."

"Where dae ye live?"

"Montrose Street."

"Where's that?"

"Doon the bottom ae McAslin Street and up o'er the hill."

"Ah'll meet ye ootside Rodger The Dodger's scrappy efter tea oan St James Road. Awright?"

"Aye, Ah'll see ye there," Johnboy hid replied, lying through his teeth.

There hid been a lot ae people aboot oan Parson Street that day, so Johnboy'd figured oot that Tony wis jist delaying knocking fuck oot ae him till later oan when he goat him oan his lonesome. Johnboy didnae think

Tony wid be efter his sandshoes, which wur falling apart, nor they troosers ae his that hid the arse ripped oot ae them. Johnboy never turned up and didnae go oot tae play that night either, jist in case Tony came looking fur him. He remembered thinking that he could've kicked his ain arse fur telling Tony whit street he lived in.

  The next time Johnboy clapped eyes oan Tony Gucci hid been totally different. Johnboy and a fat basturt called Alex Milne, aw decked oot in his school uniform, shiny shoes and a face that looked like a Halloween cake, hid been sent tae the heidmaster's office fur fighting in the corridor. They'd jist been oan their way back tae the class efter a fire drill. There wisnae really a fight. Tub Boy hid flicked Johnboy's lug wae his fat pudgy fingers oan the way past, while Johnboy wis lined up ootside Olive Oyl's class. It hid been a bloody sore wan. Johnboy hid swiftly answered that fat-faced baw-heid wae a twisting greaser straight fae the back ae his throat. It hid shot doon through his tongue, which he'd curved intae a tube shape, a second before it took flight. Johnboy and his pals called it 'The Sticky Screamer,' because it wis always followed by a blood curdling scream wance it landed. Aw the practice Johnboy and his pals hid been putting in tae see who could master it, hid paid aff. He couldnae hiv done it better if he'd tried and hid hauf expected applause fae everywan in the corridor who'd witnessed it. It hid flown through the air at the speed ae lightning and splattered oan tae the middle ae Fatty's fat foreheid, like an egg hitting a cracked windae pane oan a stairheid landing. It hid been followed wan and a hauf seconds later by the expected howl ae shock and disbelief.
  "Take that, ya fat basturt, ye," Johnboy hid taunted him, feeling fair chuffed wae himsel.
  When Fat Arse hid charged, Johnboy and hauf ae his class hid scattered oot ae his way and that's how Fatty hid managed tae knock Olive Oyl flying, along wae the pile ae jotters she wis carrying.
  "You two! Down to the headmaster's...now!" Her Thinness hid screeched, tottering oan they giraffe's stick legs ae hers.
  "Whit hiv Ah done? Did ye no see whit he did tae me?" Halloween Cake

Face hid howled, wiping his face wae the clean hankie his ma hid gied him that morning.

"Ah never done anything tae him," Johnboy hid protested, face a picture ae pure innocence.

"Be quiet! You two, come with me now, and the rest of you, get your homework sheets out for when I come back."

"Bit, Ah've no done anything, miss," Billy Fat Liar hid squealed through that fat lying mooth ae his.

"Mr Smith, these two boys were fighting in the corridor and without my quick and decisive action, other pupils and property could have been damaged," Joan ae Arc hid squealed indignantly.

Batty Smith, so-called because he wis always oan aboot cricket, trying tae get the goody-goody wans interested, bit never hivving any luck, hid glared at Johnboy sternly and at Halloween Cake Face sympathetically. Johnboy reckoned it hid been the clean uniform that hid swung it.

"Right, Alex, please explain what happened," Batty hid asked in whit Johnboy thought wis a bit too friendly a fashion fae where he wis staunin.

"Ah wis walking alang the corridor, minding ma ain business, sir, when Taylor spat oan ma heid and eye. When Ah fell back, Ah accidental-ly bumped intae everywan who then bumped intae Miss Hackett," he'd whinged, feeling sorry fur himsel, as he stood there like a greedy, fat angel.

"How did you know it was Taylor, Alex?" Batty hid asked, even mair gen-tly than the first time, while gieing Johnboy the evil eye.

"Because Ah clocked him dae it before it landed oan ma foreheid, sir," Pinocchio pined back.

Fur a split second, Johnboy hid thought that Olive Oyl wis gonnae put Pinocchio's heid oan they paps ae hers tae comfort him, the way they dae in the pictures, when the da gets shot doon o'er Germany, except, she didnae hiv any paps that Johnboy could clock fae where he wis staunin.

Batty hid turned tae Johnboy.

"Right, Taylor, what have you got to say for yourself?"

"Ah never done it."

"Please, sir, it wis him. Ah saw him wae ma ain two eyes," Pinocchio hid whined like the right good actor that he wis.

"Miss Hackett?"

"Well, whilst I did not actually see what happened, I did see Taylor laughing mockingly at Alex just before I was knocked over, Headmaster," she'd said.

"Wait outside in the corridor, Taylor."

Johnboy didnae know whit hid been said efter he left, bit suspected that they wur deciding no tae invite him tae help himsel tae Batty's Mint Imperials, which he'd clocked sitting in a wee bowl oan the heidmaster's desk, pleading wae Johnboy tae eat wan ae them. A wee while later, the door hid opened and the uniform wae the shiny shoes hid come toddling oot, looking like he'd jist been gied a medal.

"Ah'll see ye doon at the school gates later, Taylor," Fat Face hid snarled oot ae the side ae his gub oan the way past.

Johnboy could smell the Mint Imperials oan Fat Boy's breath as he passed him. He could also see murder in they piggy eyes ae his.

"Cannae wait, ya fat greaser-faced bampot," Johnboy hid replied, feeling brave as fuck.

Olive Oyl hid then come scurrying oot ae Batty's office and hid telt Johnboy tae go in, as she heided back up tae the class.

"Right, Taylor, you've one chance and one chance only to come clean and own up and accept your punishment like a man," Batty hid come oot wae as Johnboy stood in front ae his desk.

"Bit Ah've only jist turned ten and he's twelve," he'd whined, as if that hid anything tae dae wae it.

"Well?"

"Bit, Ah didnae dae anything," Johnboy hid pleaded.

"You are not going to carry on where your brother left off, Taylor," Batty hid shouted, as flecks ae spit peppered Johnboy's coupon.

Johnboy hid jist aboot finished protesting his innocence again, when tae his amazement, he'd clocked Lord Charles, his favourite ventriloquist's dummy, peering suspiciously in through the bottom corner ae the windae behind Batty. No only that, bit he wis making funny faces at Johnboy.

"I have to ensure that the rules of the school are adhered to. That means no running in the corridors, talking back to staff, spitting or any other forms of violence..." he vaguely remembered Batty wittering.

"...therefore, you will receive four of the best," Batty hid announced tae nowan, as he slipped oot the famous 'Black Prince' that he kept o'er his shoulder, tucked under that auld man's jaicket ae his.

There wis no way Johnboy could've held it in any longer withoot pishing himsel. He'd burst oot laughing while struggling tae keep an apologetic expression oan that coupon ae his, trying tae show Batty that his laughing hid absolutely nothing tae dae wae whit Batty wis prattling oan aboot.

"Right, explain to me what you find so funny, Taylor?" Batty hid snarled, eyes slitted, face turning greyer by the second.

"Ah cannae help it, sir," Johnboy hid moaned, smiling broadly as the face at the windae carried oan making faces at him.

"You're not making it easy for yourself with this behaviour, Taylor," Count Dracula hid warned fur the umpteenth time.

It wis then that the face at the windae hid turned intae Tony Gucci. He'd still hid Lord Charles's eye-glass oan his left eye and wis grinning like a mangy auld cat, bit Johnboy hid suddenly realised that it wis definitely him, bobbing up and doon like some demented dummy.

"Put your hands up, one under the other," Batty hid ordered, looking at him in disbelief and rage, as Johnboy cackled away apologetically.

"Ah cannae help it, sir," he'd whined, giggling like wan ae Tony's floozies fae the picture hoose.

"Right, I've had enough of this. Don't bother turning up for school tomorrow. You'll be expelled until you accept your punishment. Before you go home today, come to this office and collect a letter from me, which will explain your unacceptable conduct to your parents. In the meantime, go back to your class and do not...I repeat...do not let me hear that you are causing any more disruption in my school. Do I make myself clear?" Batty hid roared, telling Johnboy tae get tae fuck oot ae his office.

Before he'd heided back up tae his class, Johnboy hid nipped oot ae the doors beside Batty's office that led intae the boys' playground, tae see where Lord Charles hid disappeared tae. There hid been nobody there, apart fae a couple ae scabby doos wandering aboot in circles and a big seagull being chased by an even bigger wan, trying tae get the Smiths' crisp packet that it wis carrying in its beak aff ae it.

Johnboy hid heard his class getting louder as he'd goat nearer. When he'd opened the door and stepped through, Olive Oyl hid been staunin oan tap ae a chair, waving her hauns aboot as if she wis trying tae fly. Withoot breaking her rhythm, she'd sent him tae his seat wae nods fae her chinless chin. The racket hid been a cross between cats getting lollipops stuffed up their arses and Johnboy and his mates being made tae take a bath mair than wance a fortnight. She'd hid the first row singing 'London's Burning.' Wance they wur oan their way, she'd goat the second row tae start, and then the third and then the fourth. Hauf the class wur seriously enjoying it, while the other hauf wur seriously taking the pish, by deliberately becoming a fifth, sixth and seventh row. Olive wis flapping her erms aboot like a banshee and glowering at the wans who wur deliberately sabotaging her music session. Normally, Johnboy wid've been in his element, bit he'd hid three things swirling aroond in that heid ae his at the time.

First aff, the love ae his life, Senga Jackson, who wis sitting oan the seat next tae him, who'd gied him a wee sympathetic smile when he'd sat doon, hid caused him a bit ae grief earlier that morning. It hid been her tenth birthday and when Olive hid asked them aw tae sing 'Happy Birthday' tae her, Johnboy hid made an arse ae himsel by singing at the tap ae his voice. The place hid gone silent and then everywan hid aw pished themselves laughing at him. Senga's ma worked wae Johnboy's as a school cleaner. Under threat ae violence, his ma hid made him buy a card and a box ae Maltesers, tae gie her as a birthday present, fae the scramble winnings that he'd picked up aff the pavement at the weddings doon at Martha Street Registry Office. When he'd tried tae gie them tae her earlier, efter making a right arse ae himsel, she'd refused point-blank tae take them and aw her mates hid laughed at him. Olive Oyl hid made the situation worse, as usual, by making a big deal oot ae it in front ae everywan in the class, trying tae persuade Senga tae take them. Baith ae their faces hid been bright red and Senga widnae look at him efter that.

He jist couldnae understaun why she didnae want the good Maltesers though. He'd turned and looked at her when he sat doon and wondered whit she'd say if he asked her if he could stick that tongue ae his doon the back ae her throat.

The second thing oan his mind that morning that hid distracted him fae enjoying Olive's singalong hid been whether he'd been imagining seeing Tony Gucci doon at the windae in Batty's office. He'd wondered if it actually hid been Lord Charles that he'd clocked efter aw, although he couldnae figure oot how a dummy wid come tae be peeking in the windae ae Count Dracula's office.

The third thought swirling roond in that napper ae his hid been how he wis gonnae escape wance school finished? There wur two main escape routes oot ae the place. Wan wis the wee gate doon the side ae the dining hut, which took ye oot oan tae McAslin Street and the other wan wis the front gate, which took ye oot oan tae St James Road. Tony, being pretty sharp and an ugly tae boot, wis bound tae be waiting fur him at the dining hut entrance, he'd reckoned. That left the Fat Fingered Flickerer at the front. There hidnae been any debate as far as he wis concerned. He wid rather get beaten up by Blubber Boy than by Tony Gucci, any day ae the week.

When the school bell hid gone aff, he'd heided tae Batty's office tae grab his letter. He'd known something wis gaun oan when Fat Boy's pals hid avoided eye contact wae him and he wis getting funny looks fae everywan else. By the time he'd been shouted intae Batty's office, the school hid emptied.

"Right, Taylor...one last chance. Are you going to accept your punishment like a real man?" Batty hid challenged.

Johnboy hid jist looked at him, bit hidnae really been taking any heed ae whit he'd been rabbiting oan aboot. He'd been too busy wondering aboot the best escape route oot ae the place.

"Have it your own way then," Batty hid growled, haunin o'er the broon envelope.

Chapter Two

Efter killing time, slowly putting the letter in his school bag and dragging his feet, Johnboy hid eventually heided oot intae the playground and doon the stairs tae the lower level. He could see Blob Boy and his pals waiting fur him. There hid been a buzz that died away wance he reached them. Fat Boy hidnae wasted much time. He'd come charging across and hid started squaring up tae Johnboy.

"Right, Taylor, ya poof, ye! Let's see ye spit oan me noo."

"Fuck aff, Lard Boy. Ah'm no fighting ye," Johnboy hid pouted, hoping that wis enough tae send him packing, howling in fear.

The first punch hid landed oan the side ae Johnboy's napper. It hid felt like somebody hid hit him wae a hammer. The next wan hid caught him oan his chest. He wis sure he'd heard a wee yelp when Fat Boy's fist hid landed that time. Fatty hid then goat haud ae Johnboy's school bag, wae him still attached tae it, and hid swung him aroond before suddenly letting go ae him. He'd ended up tumbling across the playground like an empty beer tin. Efter a few kicks tae Johnboy's side and arse, Fatty hid started bellowing and banging his chest wae his hauns, imitating Tarzan. Johnboy thought he'd probably jist done that tae impress they pals ae his who wur staunin there enjoying the show. He wis right glad that there hidnae been any lassies, especially Senga, oan the go at the time.

"Gerrup, ya basturt, ye!" Fat Arse hid wheezed at him.

There hid been no way Johnboy wis gonnae get up. He'd awready decided that it wid be much safer tae lie where he wis. Apart fae the punch tae that heid ae his, he hidnae really been hurt. It hid been o'er before it even started really. Fatty Arbuckle and that gang ae his hid jist walked away, laughing and talking excitedly amongst themsels. Johnboy wisnae sure how long he'd lain there, although it couldnae hiv been fur mair than a minute. Jist as he wis getting up oan tae they skint knees ae his, he'd felt a pair ae hauns helping him tae staun up. When he'd looked roond, he'd jist aboot pished himsel. Tony Gucci hid been staunin there in the flesh.

"Aw jeez, kin ye no see Ah've awready hid a doing, Tony?"

"Aye, Ah'm sorry Ah'm late. The teacher made me hing back fur skipping oot ae class earlier or Ah wid've been here before noo. Ur ye awright?" Tony'd replied, looking aboot at the empty playground.

"Aye, it wis a fat basturt called Milne that did it."

"Aye, Ah know. Ah wis trying tae get a haud ae him earlier, bit goat caught hinging aboot in the playground by wan ae the teachers, when Ah wis squinting through Batty's office windae. That's why Ah'm late in getting here."

"Whit his the teachers here goat tae dae wae you?" Johnboy hid asked him, feeling confused, obviously due tae the punch he'd received oan his heid two minutes earlier.

"Dae ye no know? Ah've been slung oot ae The Baby Rock. Nowan else wid take me, so they put me here. Ah started this morning," he'd said smiling.

"Bit, Ah thought ye wur a Catholic?"

"Ah am."

"So, ye're noo at ma school, and ye're no efter me either?" Johnboy hid laughed wae relief.

"Why the hell wid Ah be efter you?"

"Ah've been bloody expelled because Ah laughed when ye wur looking in Batty's windae, ya prick, ye. He thought Ah wis laughing at him. Ah thought ye wur Lord Charles, the puppet. And where did ye get that wan-eye glass fae?" Johnboy hid asked him.

"Ah found it in a box that ma da keeps oan tap ae the wardrobe, alang wae his dirty magazines. Dae ye like it?" he'd said, putting it oan.

There hid definitely been a resemblance tae Lord Charles. Johnboy hid tried tae put it oan himsel, bit it hid kept falling aff, which might've hid something tae dae wae the fact that his face hid jist been in a fight wae King Kong's wee brother.

"Right, let's go," Tony hid announced aw ae a sudden.

"Where tae?"

"Tae get that prick."

"Whit prick?"

"The fat basturt that jist beat ye up."

"Whit dae ye mean?"

"Ye don't think we're gonnae let Fat Arse get away wae that, dae ye?"

"He's wae a gang ae his mates," Johnboy hid blurted oot, panic rising in his voice.

"Even better."

"Bit he'll be well gone."

"Don't ye worry aboot that. He's goat a paper-run up aboot Stanhope Street. Ah see him aw the time efter school. Ah live across the back fae him."

"Bit, wid we no be better tae jist leave it at that? He goat whit he wanted," Johnboy hid pleaded, even mair panic in his voice.

"Listen, Johnboy, that fat prick will be back fur mair. Before ye know it, ye'll be haunin o'er yer play-piece, then it'll be yer money and then aw yer fags."

"Ah don't smoke," Johnboy hid confessed miserably.

"Ye know whit Ah mean."

"Ah'm no sure this is a good idea. Ah've awready been expelled."

"Look, if ye're gonnae run aboot wae me, ye'll hiv tae wise up and trust me. Whit's it tae be?" Tony hid asked him, looking straight intae his eyes.

Even though Tony hid been staunin wae his fists clenched, his stare wisnae threatening. It wis the kind ae look that Lassie used when she didnae want the wee boy tae go through the door, bit through the windae insteid.

"Whit dae ye want me tae dae?" Johnboy hid said at last, as a big smile appeared oan Lord Charles's coupon.

"First aff, we need tae get oor arses moving. Fat Arse will be daeing his paper roond, so we'll need tae catch up wae him pronto."

Efter heiding up Parson Street, they'd turned intae Taylor Street and hung aboot in a closemooth fur aboot five minutes. Every noo and again, they'd looked up and doon the street tae see if Fatty Arbuckle wis aboot. Johnboy hid also been looking tae see if Senga wis oan the go, as she lived oan Taylor Street. Her da drove a beer lorry fur Bass. Fat Arse wisnae anywhere tae be seen. They'd then gone through the closemooth that they wur staunin in and jumped o'er a couple ae dykes, which hid taken them oot oan tae Stanhope Street. The smell ae horseshit wafting oot ae the stables hid made their noses crinkle. There wis still nae sign ae Blob Boy and Johnboy hid started tae feel hopeful that Tony wid gie up. They'd continued through the closes and back courts, straight across St Mungo Street and intae the backs again, coming oot oan tae Glebe Street. Jist as they'd sauntered oot through the close, they'd bumped intae Senga and her buck-toothed pal. Senga hid looked surprised tae see him as she probably hidnae clocked Johnboy up at that end ae the Toonheid before.

"Hello Johnboy," she'd said, smiling.

"Hellorerr Senga," he'd replied, remembering the showing-up he'd received in the class when she'd knocked back his good Maltesers earlier that day.

He'd jist been wondering whit her response wid be if he went intae his school bag and offered her the chocolates and card, when he'd goat side-tracked by Tony, who wis staunin behind her and her pal, jist oot ae eye-shot, making shagging movements like some dirty mongrel.

"Whit ur ye daeing up here?" she'd asked Johnboy.

"Ah'm jist oot playing wae ma pal," Johnboy hid replied, trying no tae burst oot laughing and wishing they wur oan their ain.

"Whit? Wae him?" she'd asked, raising wan eyebrow and ignoring Tony.

"Aye, we're looking fur Fatty Milne," Tony hid said fae behind her.

"Whit dae ye want wae him then?" Senga's pal hid enquired.

"Johnboy goat intae a wee bit ae bother wae him at school the day and we need tae talk tae him so they kin sort oot their sides ae the story before they meet Batty Smith at school the morra," Tony hid volunteered.

Baith ae the lassies hid turned fae Tony tae Johnboy, looking fur confirmation oan whit Tony'd jist said.

"Oh, aye...Ah wis supposed tae meet him efter school tae talk aboot it, bit Ah hid tae get a letter fae Batty," he'd said, as convincingly as he could, withoot bursting oot laughing, as Tony hid started daeing his shagging dug routine behind their backs again.

"We jist clocked him roond in McAslin Street a couple ae minutes ago,"

Senga's pal hid telt them helpfully.

"Aw, that's great, so it is. Thanks fur that. We widnae want tae miss him noo, wid we, Johnboy?" Tony hid said, gieing Johnboy his best Vincent Price stare, before cantering away towards McAslin Street.

Johnboy hid jist stood there, looking at Senga. He wis sure she'd looked jist as shy as he'd felt.

"Johnboy, ur ye coming?" Tony hid shouted fae ootside The Broons Bar oan the corner.

"Right, Ah'll hiv tae go. It wis nice seeing ye, Senga."

"Johnboy?"

"Aye?"

"Thanks fur the offer ae the Maltesers and card this morning. It wis really nice ae ye."

Wance again, he'd wanted tae go intae his bag, and gie her the box ae chocolates and card, bit Tony's voice hid gone up a couple ae levels.

"Johnboy, Ah kin see him!" he'd squealed, clearly excited.

"Ye're welcome," Johnboy hid said tae her, as she and her pal turned and skipped aff, up the street.

"Right, here's whit we hiv tae dae. See that close o'er there tae the left ae Scabby Annie's? He's jist went in there," Tony hid growled, efter Johnboy caught up wae him.

Johnboy hid looked across. There hid been a waft ae fish and chips floating across the road, bit nae sign ae a fat wobbling arse.

"We'll wait until he appears oot ae the close and goes up the next wan. We'll need tae be quick though," Tony hid murmured, scanning the tenements opposite.

Jist as Tony said that, Johnboy hid spotted Tarzan coming oot ae the close. He'd still been wearing his uniform and shiny shoes, wis whistling like Tweety Bird and hid two bags slung crisscross across his shoulders wae his Evening Times and Evening Citizens poking oot ae the tap ae them.

"Follow me!" Tony hid hissed excitedly, as he hauf walked and hauf ran across the road tae the door ae the chip shoap.

Johnboy could hear and jist make oot the shape ae Scabby Annie through the steamed-up glass windae. She'd been emptying a basket ae chips intae the sizzling fryer, when Tony hid shot aff again. Jist as they wur aboot tae reach the closemooth, the whistling hid goat louder and Johnny Weissmuller's fat son hid appeared oot ae naewhere. Luckily fur them and unluckily fur him, he'd turned right when he came oot ae the close, heiding in the opposite direction, before disappearing up the next wan. They'd stood frozen fur a few seconds, before Johnboy hid trailed efter Tony intae the closemooth. It hid been quite dark, and it hid taken a few seconds fur his eyes tae adjust. Tony hid been staunin at the far end, tae the left ae the main stairs, his white face and hauns ootlined in the middle ae the door that led doon tae the back court. He'd motioned wae his haun fur Johnboy tae move up beside him. There wis a couple ae doors facing each other wae nameplates oan them and Johnboy could hear people moving aboot inside.

"Right, listen up, Johnboy...don't mess aboot noo. Dae whit Ah tell ye and it'll aw go fine and dandy, so it will," Tony hid whispered.

"Ah need a shite," Johnboy hid whimpered back, as his stomach and arse started tae churn.

"Fur Christ's sake, Johnboy, jist wait a few minutes," Tony hid hissed back.

They'd baith looked upwards towards the ceiling as the thumping ae a baby hippo's feet could be heard bounding doon the stairs, two at a time.

"Ah cannae," Johnboy hid whimpered hysterically in a high-pitched whisper.

Tony hid grabbed him, while pushing the door behind him open. He'd jist managed tae shut the door quietly behind them as the clumping ae fat feet sailed past oan the other side ae the door. By the time Whistling Willie hid disappeared oot ae the front ae the close, Johnboy wis squatting doon oan the tap step, his troosers at his ankles, wae the skitters shooting through the air and landing oan the middle ae the ninth step wae a watery gushing splat. The second whoosh hidnae been quite as impressive as the first wan. That hid only made it tae the sixth step... although there wisnae any shame tae that, Johnboy remembered thinking tae himsel at the time.

"Hell's teeth, Johnboy, get a move oan, will ye?"

"Ah'll need tae wipe ma arse wae something," Johnboy hid groaned as he opened his school bag and looked inside.

The only things inside hid been the box ae Maltesers, Senga's birthday card and the letter fae Batty Smith, addressed tae his ma and da. He'd ripped open the broon envelope, whipped open the folded letter and hid jist caught a fleeting glimpse ae Batty Smith's fancy signature, before gliding it across that bare arse ae his. Who wid've thought he wid've been glad tae see that name?

"Right, let's go!" Tony hid said, haudin his nose wae the fingers ae his left haun, as he disappeared back intae the closemooth, followed by Johnboy, fastening up his troosers wae his new snazzy snake belt.

Tony hid peered oot ae the front ae the close tae see where Fat Boy hid disappeared tae, while Johnboy stood behind him nervously, catching a strong whiff fae the back ae the close. He'd jist been thinking that he wis sure that he'd shut that door behind them when Tony'd shot aff, daeing his Tonto routine again. By the time Johnboy hid goat aff his mark, Tony hid awready been hauf running across the street, past Fat Fingered Finkelbaum's pawn shoap oan the corner ae Stanhope Street, before disappearing up the close between The McAslin Bar and The Fruit Bazaar. By the time Johnboy hid caught up wae him, it wis as if they hidnae moved fae the other close, except that this wan didnae smell like the Stinky Ocean up in Cuddies Park.

"Right, here's whit's gonnae happen, Johnboy. When his fat feet hit the lobby here, Ah'll grab the basturt fae behind. When Ah've goat him, you start ladling intae him."

"Ah kin feel another shite coming oan," Johnboy hid said, giggling nervously in a high-pitched whisper, haudin his stomach.

"Naw, ye don't. Jist haud it in this time," Tony hid warned, giggling back at him.

It hid aw happened in a blur. Wan minute, Fat Tweety Bird wis whistling tae his heart's content and the next he wis screeching in terror. Tony wis shouting at Johnboy tae kick fuck oot ae him. Johnboy hid jist stood there, frozen oan the spot. Tony hid been behind Tarzan wae his erms wrapped roond his fat chest, pinning his erms tae his sides while leaning back against the wall wae his legs crossed o'er the front ae Fat Boy's. Fae where Johnboy hid been staunin, aw he could see wur two heids staring back at him...wan wae its mooth open in sheer terror and surprise, while the other wan wis shouting something tae him. He couldnae hear a bloody thing and hid been jist aboot tae say something when a rush ae noise hid jist aboot burst his eardrums.

"Fur fuck's sake, Johnboy...scud the basturt!"

Johnboy wisnae too sure whether he'd punched or kicked Fat Arse first. Tony said later that he thought that Johnboy hid thrown a punch. Johnboy hid suddenly goat a picture in his heid ae Alex Milne beating his chest and screaming like Tarzan in front ae aw his pals. Johnboy remembered his fist landing smack in the middle ae the fat, terrified face. He also remembered letting oot a painful yelp before stepping back and letting fly wae his best Tommy Gemmell penalty shot which landed right between Alex Milne's legs. Tony hid released his grip jist before Fatty doubled up and fell oan tae the lobby flair, wordlessly hauf screaming and hauf moaning like a fish ye'd see in a tank, wae his eyes bulging like a pair ae dugs baws that hid jist been booted. Tony hid started kicking him aboot the body. As each kick landed, Tony hid been talking tae him as if he wis jist asking fur directions tae school.

"If *(thud)* ye *(thud)* ever *(thud)* fucking *(thud)* come *(thud)* near *(thud)* him *(thud)* again *(thud)* ye'll *(thud)* get *(thud)* mair *(thud)* ae *(thud)* the *(thud)* same, ya fat bampot, ye."

The next thing Johnboy remembered wis Tony pulling him through the door leading tae the back court. There wisnae stairs gaun doon in this wan bit when they'd goat oot the back, they'd hid tae climb up oan tae the middens and then jimmy up o'er the dyke intae the higher back courts. They'd run straight up tae the back closes at the far end, which led oan tae Parson Street. Wance they wur oan the street, they'd heided doon Ronald Street towards The City Public, where Johnboy's sisters went tae school. A couple ae minutes later, they wur sitting up oan tap ae the toilets, peering o'er the edge every noo and again, tae see if there wis any activity back up Ronald Street.

"Ah don't think she spotted us," Tony hid said.

"Who?"

"The wummin."

"Whit wummin?"

"The wan that wis shouting at us."

"Ah never heard any wummin shouting at us."

"Aye, she shouted at us tae leave that poor wee fat boy alane. She came running doon the stairs, two at a time, fae the first flair landing, screaming like she wis possessed."

"Ye mean like that ma ae mine's?"

"Aye, mine as well. Ye widnae want tae be within striking distance ae her when she loses it."

"Whit's gonnae happen noo?" Johnboy hid asked him.

"Well, he'll no be in a hurry tae mess ye aboot noo, that's fur sure."

"Ah don't mean that. Ah mean, dae ye think he'll get the polis oan tae us?"

"Naw, he'll be too feart efter whit we done tae him the day."

"Here, hiv a Malteser," Johnboy hid said, as he burst open the box.

When Johnboy hid arrived back hame that night, he'd hid tae tell his ma whit hid happened bit hid left oot the bit aboot him getting a hiding and Fat Boy Milne getting his baws parted.

"Ur ye trying tae tell me ye've been expelled fur fighting...at your age?"

"It wisnae fur fighting."

"Whit wis it fur then?"

"Refusing the belt."

"Ye cannae refuse tae take the belt or ye'll get expelled."

"Ah know, bit that's whit's happened."

"Right, get intae yer room and don't come oot till the morra and don't be surprised if yer da comes through and belts yer arse when he comes in. Ye'll be gaun tae school the morra tae accept the belt."

The next morning she'd marched him straight intae Batty's office.

"He's here tae take the belt," she'd declared, aboot-turned and walked oot ae the room and oot ae the school.

It hid taken Batty aboot ten minutes tae gie him four big wans. Every time the Black Prince hid come whooshing doon towards his ootstretched hauns, Johnboy hid kept separating them at the last second and the belt hid ended up between Batty's legs. Johnboy hid kept telling Batty that he couldnae help it because he wis nervous, as Batty kept oan swishing away at thin air, wae his face getting redder and redder. Johnboy's fingers hid throbbed wae the stinging aw morning, bit he hidnae gied the auld crabbit basturt the pleasure ae seeing him greet.

Chapter Three

"This is Johnboy...the boy Ah wis telling ye aboot," Tony said tae the two uglies lounging against the wall, nodding towards Johnboy, who'd jist arrived oan the scene.

"How ur ye daeing?" Paul McBride said, eyeing him up, the way a dug dis when it spots a cat.

"Awright, Johnboy?" Joe McManus chipped in, blowing smoke towards Johnboy's face, a well-recognised wee smile appearing oan they lips ae his.

Paul McBride wis aboot the same height and build as Johnboy while Joe McManus wis slightly shorter and meaner looking. Johnboy noticed that the knuckles oan McManus's right haun hid dried scabs oan them. The baith ae them hid dirty blond hair and gied Johnboy the impression that they didnae gie a toss aboot anything or anywan. The last time Johnboy hid clocked them hid been ootside The Carlton picture hoose the previous Saturday, knocking fuck oot ae innocents like him. Johnboy wondered if they remembered that it hid been his big sisters that hid telt them tae piss aff and leave him alane ootside The Carlton. Tony hid arranged tae meet Johnboy at Sherbet's, the newsagent and grocer shoap which wis jist opposite the school dining hut, oan McAslin Street.

"We've been conned. That basturt's flogged us Park Drives insteid ae Embassies, and still charged us thrupence fur each single fag," Paul growled, clearly no happy at being ripped aff.

The other two lifted their fags up tae their eyes, peering at the wee print oan the side ae them.

"Fuck-pig! The first chance Ah get, Ah'm tanning that robbing basturt's shoap and helping masel tae aw his fags, except fur they cheap Park Drives ae his. That'll sort the cheeky basturt oot," Joe announced tae everywan in the empty street, shouting at the boarded-up shoap windae opposite them.

"Never mind, let's hope his Madeira cake's better than his single fags, eh?" Tony said, pulling oot a cake fae under his jaicket.

"Aye, that'll teach the robbing tit," Paul guffawed, as they aw laughed.

"Ah'm serious. Ah'm gonnae figure oot how tae get intae there," Joe said, nodding towards Sherbet's as they aw stood there looking at the fortress that Sherbet called a shoap.

Sherbet's hid been in existence fur as long as Johnboy could remember. If it hidnae hid the big Woodbine fag sign ootside it, ye widnae hiv known it wis a shoap. There wis supposed tae be two big windaes, bit Sherbet and his brother hid covered them o'er wae sheets ae wood and a big metal grill. Johnboy and his mates hid aw sprayed or written their names oan them at wan time or another. Sherbet opened the shoap fae aboot five in the morning till aboot eleven at night. Wance ye went through the door, the coonter wis oan the right, while oan the left, there wis a wee bit ye could walk roond where he kept aw his breid loaves and cakes. He sold everything ye could ever want. He wis always in a good mood, and everywan liked him, though he didnae take any shite fae anywan. He kept a big baton jist under the coonter, oot ae sight, and wid take it oot at the first sign ae trouble. Mind you, it hidnae stoapped him and his brother Abdul fae being held up and Sherbet being left wae a star-shaped dent oan the front ae his foreheid.

"Right, let's go," Tony announced, moving aff.

They heided doon tae St James Road, turned left and stoapped at the wee tobacconist shoap.

"Right, take yer pick, as long as it's no the gas Ronson lighters oan the right," Tony said tae the rest ae them.

"Ah'll hiv the petrol wans oan the left," said Paul.

"Mines ur the Swiss Army pen knives," chipped in Joe.

"Whit ur ye fur, Johnboy?" Tony asked, as they aw looked at him.

Johnboy looked in the windae tae see whit wis left.

"Ah'll hiv they big tins ae Castella cigars," he said, sounding like an expert.

"Naw, that's nae use, the tins ur only fur display. They'll hiv fuck aw inside them," Paul, the real expert, snorted.

"Okay, Ah'll hiv the fancy box wae the pencils in it," Johnboy said, pointing, and the rest ae them aw laughed at his choice.

"Right, that's settled then. Aw we need noo is a big lorry and a stank cover," Tony declared.

The laughing continued at the sight ae Johnboy's blank expression.

"Ur ye really gonnae break intae this shoap?" he asked, feeling his guts starting tae churn.

"Why, whit dae ye think we're daeing?" asked Tony.

"Ah thought we wur only playing at whit we'd want fae the shoap windae."

"Why the fuck wid we dae something like that?" Tony retorted, as if Johnboy wis stupid or something.

"Ah don't know," Johnboy mumbled, feeling embrassed in front ae Joe McManus, who wis still gieing him the glad-eye.

"Found wan," Paul shouted fae across the road beside the slater's yard door.

They went across and looked at whit Paul hid found. The cast iron stank wis aboot six inches square and wis full ae holes tae drain the water aff the pavement when it rained. The pavements in the Toonheid wur full ae them and Johnboy and his pals used them fur playing marbles oan.

"We'll need a stick or something tae get the dirt oot ae the sides before Ah kin get it oot," said Paul.

They nipped through a closemooth intae wan ae the backs, looking fur anything they could find tae lift it oot. Tony spotted a lump ae wood wae a big nail sticking oot ae it. Efter leaning the stick up against the wall at an angle, Tony used the fit ae his left sandshoe tae hauf it in two. He pulled the middle apart and the nail drapped oan tae the ground. Paul picked it up and they trooped efter him, back tae where the stank wis waiting fur them oan the pavement. Paul scored the edges aw the way roond, lifting oot the dirt. Wan side looked promising and he started tae wiggle the nail intae the groove. A couple ae seconds later, there wis a lovely square hole in the pavement.

"Guaranteed tae break yer leg if ye're no watching where ye're gaun," Paul said, laughing and scoring a bulls-eye wae a well aimed spit at the hole in the pavement, as they heided across the road tae the closemooth beside the shoap.

"Whit happens noo?" Johnboy asked.

"Hiv ye really never broken intae a shoap before?" Paul asked him, sounding surprised.

"Naw, this is ma first wan."

"Aw, brilliant. Ye kin hiv the pleasure ae pitching the stank through the windae then," Paul said, getting nods ae approval fae the other two, who wur staunin there wae big grins spead across their coupons.

"Bit Ah'm no sure whit tae dae."

"It's pish-easy, Johnboy. We'll keep ye right...won't we boys?" Tony said, looking at the other two, who nodded.

It wis starting tae get dark. The busy traffic that wis always coming back and fore fae Dobbies Loan and Stirling Road during the day hid slowed tae jist a trickle.

"Here's how it works, Johnboy. Ye wait until a big lorry comes rolling past and as it slows doon or speeds up fur the junction, the engine revs up, and that's when ye throw the stank cover straight through the glass," Tony advised.

"This is the perfect place, so it is," said Paul, looking aboot.

"See the traffic lights there? That means that aw the lorries will need tae slow doon when they approach the lights," Tony said, pointing towards the traffic lights at the junction ae Parly Road, St James Road and Dobbies Loan.

"Ye need tae make sure that the lights ur at green though. Ye don't want a big hairy-arsed lorry driver jumping oot at ye when he's oan a red light," Paul added, as Johnboy, no fur the first time since he'd met Tony, wondered whit the hell the teachers put in the school dinners at The Baby Rock up oan the Garngad.

"Aye, it widnae be the first time wan ae they basturts his jumped doon and tried tae nab us," explained Joe, as Johnboy looked fae wan tae the other.

"Bit, how dae ye know they'll slow doon wae their engines revving if the lights ur green?" Johnboy asked doubtfully.

"Who knows, bit take it fae us, they always dae."

"Right, let's see whit happens. We'll staun here and hiv a wee dry run."

They stood waiting fur a lorry. Some cars came by and stoapped at the lights, the people inside gieing them the wance o'er.

"Jist stare right back at them, Johnboy…that's whit we always dae."

"Aye, the aim is tae get them tae look away first. See? Ah telt ye. Mr Baldy, wae the auld bag sitting beside him, couldnae keep up his disapproval withoot his arse gieing in first," Paul sniggered, clearly chuffed that another driver and his passenger hid bit the dust.

"Furget the wans that stoap at the lights, Johnboy…ye're looking fur the wans that go straight through."

A couple ae cars came fae each direction and went through the lights oan green, bit Johnboy couldnae see or hear any difference. Jist then, they turned in the direction ae the sound ae a big lorry coming fae Stirling Road. They heard it before they saw it, and then it appeared roond the bend at the secondary school gates, lumbering alang in their direction. It wis a big red BRS lorry, fully loaded and covered wae a tarpaulin that wis tied doon wae ropes. The noise ae the engine grew louder as it came closer. They kept looking between the lorry and the traffic lights. The lights wur at green as the lorry passed Rodger The Dodger's, opposite the school.

"C'moan, ya big basturt, ye! Get yer arse moving," somewan growled, as aw their heids swung back and forth between the lorry and the lights. Jist as the lorry reached them, the lights changed tae amber and then oan tae red, wae aboot twenty yards fur the lorry still tae go. The noise wis deafening, and they could feel the ground shake under their feet. There wis loud crunching, hissing and a roar ae the engine as the driver slowed doon gaun past them. Johnboy hidnae taken much notice ae the sound ae lorries before then.

"That's him shifting doon his gears and pressing his fit doon oan tae his air brakes," Tony shouted intae Johnboy's lug, as the lorry came tae a stoap at the lights.

A minute or so later, the lorry coughed back intae life, as it took aff up Dobbies Loan, and disappeared o'er the brow ae the hill. They could still hear the gears crunching away in the distance.

"Whit dae ye think then?" Paul asked, looking at Johnboy.

"Ah kin see whit ye mean aboot the noise."

"Right, here's whit we dae. Paul, ye go doon tae the traffic lights and keep yer eye oan whit's coming up and doon Parly Road. Joe, go and staun at the corner ae McAslin Street and keep yer eyes peeled there. When the next lorry comes through the traffic lights oan green, we'll go fur it. As soon as the windae is tanned, masel and Johnboy will get oor stuff. That'll leave you two space tae get in and oot. We'll heid up McAslin Street and nip through the closes in Taylor Street. Fae there, we'll heid straight through the backs intae Stanhope Street and then through the closes tae the auld air raid shelter in the far corner, beside the back ae ma closemooth. Is everywan okay wae that?" Tony asked them, clearly no expecting any disagreement.

"Aye."

"Nae bother."

"Right, well, let's get started then," he said, grinning.

When Paul and Joe reached their corners, Tony turned tae Johnboy.

"When Ah tell ye tae, ye hiv tae staun in the middle ae the pavement and throw the stank, deid centre, intae the windae, Johnboy. Don't look aboot ye and don't follow the stank through wance it leaves yer haun. Wan time, we tanned a shoap and Paul jist aboot lost his heid when a big shard ae glass aboot three feet wide fell doon while his heid wis sticking through the windae. The only thing that saved him wis the fanny-pad bandage that wis wrapped aroond his neck, that the Green Lady hid gied him efter getting his boils lanced. We aw laugh aboot it noo bit it wisnae funny at the time. So, don't go sticking yer heid anywhere before Ah gie ye a shout. Okay?"

"Goat ye."

They could see cars and buses coming and gaun up and doon Parly Road. The buses didnae go via St James Road so aw they goat there wis cars. Efter aboot five minutes, they heard the lorries before they saw them. A Taylor's lorry swung intae Dobbies Loan fae Kennedy Street, jist up fae the lights where Paul wis staunin. At the same time, a BRS wagon appeared o'er the hill oan Dobbies Loan itsel, coming fae the same direction. The lights hid jist turned green. Tony stepped forward, bent doon and picked up the metal stank which wis leaning against the wall,

underneath the windae. He haunded it tae Johnboy, who hidnae real-
ised it wid be so heavy. He could feel its cauldness against the palm ae
his hauns, as his fingers automatically curled intae the holes oan the flat
sides, gieing him a good grip.

"Try and make sure that it hits the windae wae its edge, and no the flat
side, Johnboy," Tony roared above the din, as the lorries hissed, roared
and screeched through the traffic lights towards them. "Wait until the
cab ae the second wan his jist gone past us. Ye don't want the drivers
tae clock whit we're up tae."

Johnboy's heart wis pounding and his mooth wis as dry as his ma's best
burnt toast. His stomach began tae churn. The stank became heavi-
er and he thought he widnae hiv the strength tae lift the thing up and
fling it through the windae. He suddenly started tae feel sick. His back
wis facing the road. He could see Paul and Joe running towards him bit
couldnae see Tony anywhere. He couldnae hear himsel think wae the
racket and the ground shaking under his feet. Hid he missed Tony telling
him tae pan in the windae? Where the fuck wis Tony? He couldnae cope
wae the noise. It sounded as if the building wis coming doon. Sweat wis
running between the cracks ae his arse. Where the fuck hid Tony gone?

"Noo, Johnboy! Throw the basturt, noo!" Tony's voice screamed intae
his right lug. He turned his heid sideways slightly, watching the lor-
ries thunder past. He wis surprised at how easily he could suddenly lift
the stank cover up behind his heid. He threw it wae aw his might and
watched it disappear through the middle ae the glass. He felt the weight
disappear oot ae his hauns, bit never heard the sound ae the windae
breaking, or it smashing intae a thousand pieces, as the whole sheet ae
glass oan the front ae the shoap drapped doon oan tae the pavement like
a sheet ae ice aff ae the roof ae a tenement building.

"Fucking nice wan, Johnboy. Let's go!" Tony screamed, as his heid and
shoulders disappeared oot ae sight.

Before Johnboy could make his move, Joe arrived and wis scrambling
o'er tae his left, while Paul jumped up intae the space tae his right and
snatched up the case ae petrol lighters.

"Catch, Johnboy!" Paul shouted, as he threw Johnboy his box ae fancy pencils.

"Let's go!" Tony shouted, as Johnboy followed him across St James Road intae McAslin Street, clutching his box ae good pencils.

Johnboy felt like he wis floating oan air. It felt like he'd jist won first prize at school fur daeing something pure dead brilliant, which wis something that hid never happened tae him in aw the time he'd been there. He could hear the pounding ae Paul and Joe's feet jist behind him as wan ae them let oot a big 'Yeehaah,' followed by a cackling laugh.

Breaking intae shoaps doon at the junction ae St James Road, Parly Road and Dobbies Loan might at first glance hiv seemed ideal. There wis the traffic lights, tons ae lorries coming and gaun and ye could hiv yer pick ae whit took yer fancy fae tobacconists, fruit and vegetable shoaps, butchers, bakers, fish and chips shoaps, through tae cafes and plenty mair. You name it, and it wis sitting there, waiting tae be tanned. The only problem wae using McAslin Street as their getaway wis that they wur goosed fur escape routes, apart fae the few closes oan the right haun side, at the start ae McAslin Street, where Joan ae Art, the wummin painter, used tae live and who'd let them play wae her crayons when they wur weans, and a couple ae closes oan the left haun side, jist before ye came tae Murray Street, where Johnboy's granda and granny lived. They wur smack in the middle ae the road, between Johnboy's granny's building oan wan corner and Rattray's bike factory oan the other, when they heard the screeching ae tyres coming fae the Parly Road end ae Murray Street.

"Bizzies!" Joe screamed as they aw looked left withoot missing a step. Johnboy's exhilaration disappeared and wis replaced wae terror as he ran past Rattray's factory and Melrose's tea depot oan his left, opposite the big tyre yard wall. There wisnae any closes tae escape through until ye reached Taylor Street, further up. Aw he could hear wis the sound ae the fag lighter and Swiss Army pen knife cases, skiting across the street behind him.

"Fuck's sake...drap it, Johnboy!" he heard Tony shouting.

His box wae his good pencils joined the rest ae the slithering swag. They aw swivelled their heids roond thegither at the sound ae screeching tyres, as a squad car came shooting oot ae Murray Street, trying tae turn left in the direction they wur running in. The car careened sideways across the shiny cement-covered surface ae the street, heiding fur the tyre yard wall, only tae be saved by the side wheels bouncing aff ae the edge ae the pavement. Johnboy started tae feel better. They'd jist aboot reached Taylor Street and the safety ae the closemooths when they wur ambushed. At first, Johnboy didnae realise whit wis happening. He wis busy looking behind him at the polis car reappearing oot ae a massive cloud ae white smoke, its tyres still screeching in fury, trying tae get a grip ae the road surface. Luckily, he jist managed tae duck his heid as two big black erms, wae thick leather gloves attached tae the end ae them, grabbed fresh air above his heid.

"Stoap, ya wee basturt!"

Shite, Ah don't want tae go tae jail, he heard a voice in his brain howling, as, jist o'er tae his left, he saw Joe being rugby tackled by a big sergeant, who'd shot oot ae the church hall doorway oan the corner. Johnboy quickened his pace and bolted efter Tony's arse as he whizzed straight past Taylor Street towards the closes beside The McAslin Bar. He noticed Tony nipping intae the second closemooth before the pub. Fur a split second, he thought aboot following him, bit then decided that he wid stick tae the route that he knew best. The close where he'd booted Fat Boy Milne's baws intae the tap ae his heid wis rushing forward tae meet him. He heard somewan shout 'Gaun yersel, son!' before he shot intae the closemooth. He hidnae heard the galloping sound ae feet behind him when he wis oot in the street, bit running through the close, it sounded like a pack ae horses wur jist aboot tae run him o'er. The sound changed back intae pounding feet as he managed tae make it intae the back court. Although it wis dark, he could jist make oot Tony's shadow jumping fae the tap ae the midden, up oan tae the wall, and disappearing o'er the other side. Even in the dark, he could tell that nothing hid changed since his date wae Tarzan and they baws ae his. The midgie bins wur still ootside the midden, turned o'er oan their sides, wae aw the rubbish scattered aboot. Wae wan final effort, he managed tae leap forward and use wan ae the bins as a springboard tae scramble o'er the tap ae the midden. As he wis heaving himsel up o'er the wall, he heard a massive howl.

"Mammydaddymammydaddy!"

This wis quickly followed by a shout ae triumph.

"Goat ye, ya wee basturt, ye!"

There wis a wee hauf demolished midden oan the other side ae the wall that allowed Johnboy tae break his fall. He leapt doon oan tae it and then oan tae the ground. As he wis disappearing through the far corner close, aw he could hear wis Paul's voice screaming.

"It wisnae me...honest, sir!"

When he caught up wae Tony at the air raid shelter, Tony wis bent o'er wae his hauns flat against it. Johnboy joined him in puking and retching between gulping in lungfuls ae air.

"Did ye see whit happened tae Joe and Paul?" Tony finally managed tae asked him, staunin up.

"Ah saw Joe being nabbed, jist as we came tae Taylor Street, at the Parly Road end," Johnboy wheezed.

"Aye, there wis a Black Maria sitting roond the corner, jist oot ae sight. Ah jist aboot shat masel when Ah clocked it."

"And Paul goat grabbed in the middens, jist behind The McAslin Bar," Johnboy panted tae the whites ae the eyes opposite him in the dark.

"Right, wur gonnae hiv tae disappear...pronto. Ye better get hame quick because they'll be aw o'er the place, looking fur us."

"Dae ye think it'll be safe fur me tae heid hame alang Stirling Road?" Johnboy gasped, drinking in the air.

"Naw, heid doon tae Stirling Road, bit then cross o'er and up intae the Rottenrow. Ah cannae see them looking fur ye o'er there. Ye better hurry though."

"Aye, okay. Ah'll see ye at school the morra."

Tony disappeared intae his closemooth and Johnboy nipped oot intae Parson Street, heiding doon towards Stirling Road.

Chapter Four

The Sarge and Crisscross hid been sitting in the squad car, parked up in Kennedy Street, eating their fish and chips, when they'd been alerted tae whit wis gaun oan doon oan St James Road.

"That fish is bloody stoating, so it is," Crisscross hid declared, smacking his lips and reaching fur the bottle ae Irn Bru that wis resting comfortably between his feet.

"Aye, ye cannae beat Tony's fish, although the chips ur reheats," The Sarge hid acknowledged.

"Dae ye think so? Ah thought they wur okay."

"Naw, they'd mair wrinkles oan them than ma auld granny's left tit," the connoisseur ae fish and chip shoap cuisine hid replied.

"We could always go back and ask fur oor money back," Crisscross hid suggested, as they baith laughed.

It didnae matter where they went in the Toonheid, they wur always assured ae a warm welcome fae the local shoapkeepers. It wis aw part ae the perks ae the job. A wee hauf pint here, followed by a wee nip ae whisky there, kept the cauld wind aff ae them when they wur trudging aboot the streets efter the pubs shut. It wis like a wee bit ae extra insurance, that made the shoapkeepers sleep easier in their flea-pits at night, The Sarge always said.

"Remember last Christmas?" Crisscross hid asked him, taking a gulp ae Scotland's finest fae the neck ae the bottle.

"Aye."

"Me and the boys wur wondering how come we didnae get any ae the good single malt."

"That's because ye're at the bottom ae the shite pile. Aw the good stuff goes up the stairs and the higher up ye ur, the better the quality."

"Aye, Ah'm okay wae that, bit dae we need tae get aw the dross?"

"Whit dae ye mean?"

"Well, when Big Jim turned up wae the Black Maria, filled tae the gunnels wae aw the best ae gear, how come Ah ended up wae six bottles ae that Red Hackle paint stripper that's being passed aff as whisky and two cases ae Usher's pish lager?"

"Fur Christ's sake, Crisscross, whit ur ye complaining aboot? Yer turn will come someday, so it will," The Sarge hid said tae him.

"Don't get me wrang, Sarge, bit me and the boys wur no too happy tae see the sergeants walking away wae the good quality Bells and Tennents lager and leaving us wae aw the pish. Ah've still goat hauf ma whisky left and Ah cannae gie that Usher's away," Crisscross hid continued.

The Sarge hid jist been aboot tae reply, when a wee fat boy wae a black eye hid approached the car.

"Please, sirs?"

"Aye, son, whit is it?" Crisscross hid asked him.

"If Ah reported a crime, wid Ah get intae bother?"

"It depends oan whether ye're the wan that's committed it or no."

"Aye, bit, if Ah've no committed it, wid Ah hiv tae appear up in court?"

"Naw, we could always say we goat an anonymous tip-aff."

"Did somebody gie ye a black eye, son? That's a helluva keeker ye've goat there," The Sarge hid said tae him.

"Naw, Ah ran intae a door."

"That's whit they aw say, son," Crisscross hid chuckled.

"Listen, wee man…whitever ye tell us will be between us…unless ye've murdered yer maw, that is…so go aheid and tell us and it'll be oor wee secret. Awright?" The Sarge hid cooed encouragingly.

"Bit, Ah'll no get intae trouble if it's a false alarm, will Ah?"

"Prevention is better than efter the fact," Crisscross hid chipped in.

"Eh?" Black-eyed Bob hid said, looking confused.

"Never mind him wae aw his big fancy talk. You jist go aheid, and tell us in yer ain words whit ye want tae say, son," The Sarge hid said, before taking a big slug ae his Irn Bru, and letting rip wae a big gassy burp, as he wiped the tears away fae his stinging eyes wae his free haun. "Fuck, that stuff's no hauf strong, so it's no."

"Well, Ah've jist come fae the Boys Brigade session at ma school and Ah noticed a group ae boys doon oan St James Road, hinging aboot. Ah didnae want them tae see me, so Ah took a short cut through the backs oan tae Parly Road."

"Aye, ye look really smart in yer BB hat and white belt, son," Crisscross hid said.

"They didnae see me coming oot ae the close at the traffic lights oan Parly Road as Ah managed tae nip across the road behind a bus and heided up Dobbies Loan oan tae Kennedy Street."

"And whit wur they up tae, son?" The Sarge hid asked, his eyes still smarting, as he swithered whether tae go fur another skoof ae the Irn Bru and wanting tae tell Fatty tae hurry the fuck up and spit it oot.

"Fae whit Ah could see, Johnboy Taylor and Tony Gucci wur staunin looking intae a wee tobacco shoap windae."

"Aye?" baith The Sarge and Crisscross hid said thegither, while sitting up straight and looking at Black-eyed Bob.

"And Ah saw another two boys. Wan wis staunin at the corner ae McAslin Street and the other wan wis staunin at the traffic lights oan the corner ae St James Road and Parly Road. It looked as if they wur lookoots."

"How long ago wis this?" The Sarge hid demanded.

"Jist aboot five minutes ago, sirs."

Crisscross hid awreddy changed intae second gear, and wis heiding alang Kennedy Street when The Sarge hid shouted intae the radio.

"Tango five, this is Tango two. Come in. O'er."

"Hellorerr Tango two. Whit kin Ah dae ye fur? O'er," came the voice ae Big Jim Stewart, the other Toonheid sergeant.

"Jim, we're heiding fur the wee tobacconist's oan St James Road. There's a break-in, in progress. Where ur ye? O'er."

"We're jist heiding intae Parly Road fae the Castle Street end. O'er."

"Right, listen up…heid doon tae Taylor Street and sit there, oot ae sight. We know who the wee basturts ur and they'll probably be heiding that way. There's four ae them, so ye'll hiv tae get oot ae the van and wait fur them tae come tae you. O'er."

"Nae bother, Liam. We'll be there waiting. Tango five, o'er and oot," Big Jim hid replied.

Crisscross hid turned left intae Drummond Street and right oan tae Parly Road. Jist as he wis coming up tae go past Murray Street, The Sarge hid shouted oot an order.

"Turn left here, Crisscross!"

Crisscross hid slammed oan the breaks and careened left intae Murray Street, oan two wheels, wae the brakes screaming blue murder. The Sarge hid let oot a yelp as first his foreheid bounced aff ae the windscreen and then the side ae his heid battered aff ae the passenger's side windae.

"Fur fuck's sake, Crisscross, kin ye no apply the brakes and gears mair smoothly?"

"There they ur!" Crisscross hid shouted, excitedly.

"Efter the basturts, Crisscross!" The Sarge hid howled as he spotted the four toe-rags running past Murray Street fae right tae left.

"They're oan their way tae you, Jim. O'er," The Sarge hid screamed intae the radio, as Crisscross ripped fuck oot ae the gears and skidded sideways across McAslin Street, stalling efter bouncing aff the kerb.

"Fur Christ's sake, Crisscross, ma life is passing in front ae ma bloody eyes," The Sarge hid wailed.

"Don't ye worry, Sarge, we're oan tae the wee basturts," Crisscross hid screamed, as they shot oot ae the burning brake-pad cloud.

"C'moan Crisscross, we're missing aw the action," The Sarge hid shouted, noticing Big Jim rugby tackling wan ae them doon oan tae the ground.

The wee basturt hidnae known whit hid hit him.

"Aw, fur Christ's sake, Ah cannae believe whit Ah'm seeing. He must've seen that coming a mile aff," The Sarge hid screamed in frustration, as the wee red-heided wan ducked under the oot-stretched erms ae Jinty Jobson.

Crisscross hidnae hid time tae reply as he screeched tae a halt in the middle ae the junction between Taylor Street and McAslin Street. He'd disappeared oot ae the driver's side and started tae chase efter two ae them. He'd jist managed tae body swerve Jinty, who'd come running across his path, chasing wan ae them up a close tae his right. The two that Crisscross hid been chasing hid disappeared intae the same closemooth beside The McAslin Bar.

"Fuck aff and get oot ae ma way, ya auld prick, ye!" Crisscross hid snarled at Horsey John, manager ae The Stanhope Stables who wis well pished and wis finding it hard tae staun oan his ain two feet, despite the aid ae a pair ae crutches.

"Gaun yersel, son!" Horsey John hid shouted efter the toe-rags.

Crisscross hid jist aboot been up the arse ae the wee shitehoose in front ae him when he'd burst oot intae the darkness ae the back court. There hid jist been enough lights fae the windaes ae the hooses tae make oot the shapes in front ae him. He'd seen that wan ae them hid managed tae get up oan tae the midden. He'd withdrawn his baton fae his trooser pocket while still at a gallop. Suddenly a heid hid appeared in front ae him. He'd lifted his erm and swung the baton sideways, jist like wan ae they Chinkies oot ae 'The Seventh Samurai' picture that Sally, his wife, hid made him sit through when she'd been thinking ae gaun tae dae missionary work somewhere in Africa. They giant butcher's knives and big sticks that they wur always attacking people wae, and the fact that nowan spoke any English in the film, hid soon put paid tae that idea. He'd felt the shudder run up his erm as the wooden baton whacked a solid skull. The shape in front ae him hid drapped like a sack ae totties. He'd tried tae stoap himself fae being projected forward bit hid tripped o'er another body which wis lying curled up in front ae the midden. He'd flailed his erms oot in front ae himself tae try and steady his flight, bit hid instinctively known exactly where he wis heiding, due tae the fact that the smell ae cats pish, shite fae nappies and fireplace ash hid caught in his throat like the grip ae the Grim Reaper. As he'd landed heid-first intae the midden, he'd jist managed tae grab somebody's heid between his two legs and haud oan tight.

"Mammydaddymammydaddy!"

"Goat ye, ya wee basturt, ye!" Crisscross hid shouted triumphantly.

"It wisnae me...honest, sir," the toe-rag hid wailed.

At the same time as Crisscross hid disappeared, The Sarge hid leapt oot ae the passenger seat and hid ran across tae where Big Jim wis rolling aboot oan the deck wae wan ae the toe-rags.

"Fur fuck's sake, Liam, gie's a haun here," Big Jim hid shouted, trying tae keep a grip oan the hissing bundle ae snapping teeth, flying legs and flailing erms. The Sarge hid let fly and caught the bundle oan the side ae its guts wae his left boot, sending it rolling sideways. Big Jim hid aw-ready left the back door ae the Black Maria open when him and Jinty hid parked up. The baith ae them hid quickly grabbed the curled-up body by the erms and legs and slung it intae the back before slamming the door shut.

"Ah'm getting too auld fur this caper, Liam. These wee fucking fuckers aboot here ur bloody fucking feral, so they ur," Big Jim hid panted.

"Aye, Ah know, Jim," The Sarge hid replied, wiping the palms ae his hauns doon the sides ae each trooser leg.

"Jinty and Crisscross heided intae the backs behind the pub. Ah'll take the van and park o'er there," Big Jim hid wheezed. "Bring o'er the squad car and we'll see where they've goat tae."

"This is like Sauchiehall Street during the Christmas shoapping," The Sarge hid said tae Big Jim, looking up at aw the hooses wae their lights oan, aw shapes, sizes and ages hinging oot ae their windaes, looking doon at them.

"Aye, windaes full ae fucking dummies," Big Jim hid muttered, plapping his arse doon oan tae the driver's seat ae the van.

"By the way, Central radioed tae say they've sent a squad car doon tae the shoap oan St James Road." The Sarge hid said, before heiding aff towards the closemooths, pushing through the crowd that hid gathered tae watch the entertainment, efter the pub hid emptied.

"Crisscross, ur ye there?" The Sarge shouted in the dark, as the beams fae the torches zig-zagged across the back court.

"Ah'm o'er here, Sarge!" Crisscross shouted and wis instantly lit up.

He wis sitting oan tap ae wan ae the toe-rags, who wis lying face doon, while Jinty wis sitting oan a creaking midgie bin, smoking a fag.

"Fur Christ's sake, Jinty, whit happened tae yer heid?" The Sarge asked.

"Wan ae the basturts goat me," replied Jinty, as a trickle ae blood seeped intae the collar ae his blue shirt.

"Ur ye awright?" Big Jim asked his partner, bending o'er tae take a closer look wae the torch.

"Aye, bit Ah've goat a lump the size ae a double yoker sticking oot ae ma napper and it's tender as hell."

"Right, staun up and Ah'll help ye oot tae the car," Big Jim said, helping him tae his feet.

"Right, Crisscross, get that wee manky shite up and oot tae the van. Well done!" The Sarge said.

"How is he?" The Sarge asked Big Jim when he goat back tae the car.

"Smoking like a chimney and he cannae get his hat oan. Check oot the size ae that lump. It wid need tae be some size ae a fanny oan a chicken tae squeeze wan ae them oot."

"Aye, ye've goat a stoater there, Jinty," The Sarge remarked, peering closely at the bloodstained heid.

"Crisscross, ye better take Jinty up tae The Royal and get that checked oot. Me and Liam will deal wae these two wee fannies."

"Nae bother, Jim."

"And Crisscross, ye kin turn aff that flashing blue light."

"Pinkston Road?" Big Jim asked.

"Aye, let's see whit these wee basturts hiv tae say fur themselves, and make sure ye go o'er every bloody pothole that ye kin find oan the road."

Big Jim turned the Black Maria aroond and heided back doon McAslin Street tae St James Road, stoaping oan route tae pick up the stolen swag that wis scattered across the road. A squad car wis sitting ootside the tobacconists. The van drew up alangside and The Sarge let his windae doon.

"Awright, Jack?" he asked.

"Aye, Liam, we're jist waiting fur the owner and a joiner."

"It's unbelievable that some ae these shoapkeepers hivnae installed alarms aboot here," The Sarge said, glancing o'er at the broken windae.

"Blame the insurance companies. They let them away wae murder," Big Jim chimed in fae the driver's seat.

"Dae we know who dunnit?" Jack's partner, Tommy, asked.

"We've goat two ae the wee basturts in the back here," Big Jim replied.

"Aye, they took a lump oot ae Jinty and Crisscross is taking him up tae The Royal as we speak. He'll probably need a stitch or two," The Sarge added.

"The wee fuckers!" Jack growled, opening his car door, bit The Sarge stoapped him.

"Naw, naw, Jack, you stay where ye ur, son. We're aff up tae the Stinky Ocean tae hiv a wee chat wae them," The Sarge informed them.

"Ur ye sure? Ah kin leave Tommy here fur a wee bit and come up wae ye," Jack volunteered.

"Naw, naw, ye better stay here in case The Inspector turns up. We'll catch ye later and let ye know whit's happening."

"Nae bother. Gie the wee shitehooses wan fur us while ye're at it," Jack shouted as Big Jim put the van intae gear and heided through the traffic lights intae Dobbies loan, turning right intae Kyle Street and alang Baird Street tae the bascule bridge o'er the canal that connected Pinkston Road tae the tap end ae Glebe Street.

Paul sat bouncing aboot in the back ae the van, trying tae spit oot aw the fire-ash fae his mooth. Joe lay oan the flair where he'd been dumped, still clutching his guts. They hid heard everything that hid been said since the van left McAslin Street, bit neither ae them hid said a word tae each other. The inside ae the van smelled strongly ae shite, cats pish, fireplace ash and wis painted a dirty yellow. There wur auld blood splashes oan different parts ae the insides and the door hid a bloody smudge that looked as though it hid been made by somewan's heid or the side ae their face bouncing aff ae it.

"Ur ye okay, Joe?" Paul whispered.

"Aye, apart fae ma guts where that basturt booted me. Whit aboot yersel?"

"Ah'm fine, other than Ah smell like an altar boy at a tom cat's wedding."

"How dae ye think the bizzies goat there so soon?"

"Ah don't know, bit it wis definitely an ambush. They knew we wur heiding their way."

"Whit happened tae Tony and that Johnboy wan?"

"Tony heided through the first close. Ah followed Johnboy wae that skelly-eyed basturt, Crisscross, up ma arse. Ah saw Tony disappear o'er the dyke first, bit it wis too crowded wae me behind Johnboy and Squinty Eyes jist behind me. When Ah saw Ah wisnae gonnae make it, Ah jist curled up intae a baw, hoping he'd miss me. The stupid basturt tripped o'er me bit still managed tae get his legs wrapped roond ma heid."

"Aye, the lucky basturts, eh?" Joe whispered miserably.

"Whit's the score noo?" asked Paul.

"They're taking us up tae the Stinky Ocean tae gie us a hiding. Ah kin smell it even o'er the cats pish."

"Listen, we'll say we saw the other two running aff wae the stuff and we chased efter them tae take it aff ae them," Paul said.

"And we don't know who they ur and ye kept oan running because ye panicked when ye saw me getting jumped," Joe continued.

"Did ye hear whit they wur saying aboot wan ae the bizzies being taken up tae The Royal?" Paul whispered even mair quietly.

"Aye, whit's aw that aboot?"

"That skelly basturt came running up behind me, aw batons blazing, and scudded that shitey Jobby wan oan the tap ae his napper," Paul whispered.

"So, whit the fuck his that tae dae wae us then?" asked Joe.

"They think it wis us."

"Oh fuck!"

Chapter Five

"Whit time dae ye call this then?" Johnboy's ma shouted at him.

"Look at the state ae ye," his da said, as the baith ae them glared at Johnboy.

"Where the hell hiv ye been tae this time ae night, eh? It's eleven o'clock and ye've goat school the morra."

"Ah've been oot."

"Ah know ye've been oot, bit where hiv ye been?" his ma demanded.

"Playing wae ma pals."

"D'ye see whit Ah've tae put up wae? Dae ye?" she shouted, snarling at Jimmy.

"Hiv ye hid yer tea?" his da asked him.

"Naw."

"Right, get o'er there and eat yer cauld mince and totties. They're oan a plate oan tap ae the sink."

"Is that it?" Helen demanded, hauns held up in front ae her, exasperated.

"Whit?"

"Get o'er there and get yer tea? Get yer tea? So, that's it, is it?"

"Aye, and when ye're finished, straight tae bed," his da said, looking at his ma oot ae the corner ae his eyes.

"Go and get yer tea and then get tae bed?" she repeated in disbelief, raising her voice and eyebrows.

"Aw, fur Christ's sake, Helen, whit ur ye wanting me tae dae?" he shot back as Johnboy used a spoon tae scoop the mince fae his plate oan tae a slice ae breid tae make a mince and tottie piece.

"Well, ye might want tae skelp his arse or even better, take a belt tae it," she retorted.

"Aye, that'll teach him," his da said sarcastically as he tucked The Evening Times under his erm and heided tae the cludgie. "Don't wait up fur me, darling, Ah might be a while."

"See the trouble ye're causing?" she snarled, looking o'er at Johnboy while he sensibly kept his trap shut, apart fae opening it tae take another bite ae his mince and tottie piece. "Fae noo oan, Ah'll be dishing oot the justice aroond here, so ye better start bucking up yer ideas, pretty pronto, or ye're gonnae suffer the consequences. Believe you me, Johnboy, if ye think Ah'm kidding, you jist try me."

Johnboy finished scoffing his piece and walked gingerly towards the door, keeping oot ae erms reach.

"Did ye hear whit Ah jist said?" she snarled threateningly.

"Aye."

"Aye, whit?"

"Aye, Ah heard whit ye said, Ma," Johnboy said, as he managed tae get oot through the door wae the hair oan his heid still intact.

"Jimmy, Ah cannae believe you sometimes," Helen said as they lay in the darkness an hour later.

"Whit?"

"Don't you start. Ah get enough ae that fae him. You know whit Ah'm talking aboot."

"Johnboy?"

"Aye, who else ur we talking aboot?"

"Helen, he's hame and he's in his bed."

"Aye, bit that's no the point."

"So, whit is the point?"

"The point is that Ah'm here oan ma ain aw day wae the three lassies and Johnboy and he's running rings roond me and ye're no daeing anything aboot it."

"So, whit dae ye want me tae dae? It seems tae me the problem is you."

"Aw, fur Christ's sake, Jimmy, Ah cannae believe ye jist said that," Helen sniffed, turning o'er and propping herself up oan her elbow.

"Whit did Ah say noo?"

"It's okay fur you...being oot ae the hoose aw day at yer work. At least ye get a break fae it aw."

"Aye, Ah'm sorry. Ah didnae mean it the way it sounded."

"Aye, Ah know, bit ye'll need tae take him in haun or he's gonnae end up like Charlie."

"Naw, that's wan thing aboot Johnboy...he's nae a fighter, that wan."

"Naw, bit it's whit he's getting up tae and who he's wae efter school that's the problem."

"Helen, stoap getting yersel intae a tizzy. Ah'll speak tae him when Ah get back oan Friday."

"Aye, bit Ah want him kept in. You didnae hiv tae face Batty Smith. Ah've never been able tae look him in the eye since Charlie put wan oan him. It's bloody embarrassing, seeing as Ah work as a cleaner in the school."

"Batty disnae haud that against ye or ye wid've been oot oan yer arse a long time ago. Ah think ye're exaggerating the problem," Jimmy said as he yawned, turned o'er and put his erm roond her hip.

Chapter Six

"Right, ye know where ye're gaun?" Helen asked Johnboy, wetting her finger in her mooth before picking a dried snotter aff ae his cheek wae her fingernail.

"Aw, Ma!" Johnboy howled, feeling the skin being torn aff his face withoot the use ae anaesthetic.

"Hiv ye goat yer bus tokens?" she asked.

"Aye."

"And ye'll remember tae ask the receptionist tae gie ye tokens fur yer fare hame?"

"Aye."

"And ye know tae get the number eleven or an eleven A oan Parly Road?"

"Aye."

"And ye get aff at the second stoap oan Garngad Road?"

"Aye."

"Barr Street is the second street alang oan the right, jist before ye hit Royston Road."

"Aye."

"Jist beside The Baby Rock School."

"Aye."

"And ye've goat the envelope wae the form in it?"

"Aye."

"And ye'll be straight back hame efter school later?"

"Aye."

"And hiv Ah goat two heids?"

"Whit?"

"Never mind."

Johnboy swithered whether tae heid roond by St James's Road oan the way tae the bus stoap or no. He wondered if the bizzies wid still be hinging aboot the shoap and wis worried aboot whit wid happen if they recognised him fae the previous night. They might be in hiding, waiting tae clock if anywan who'd done it wid be back? It wis too risky, he thought and decided he'd jist go in by Sherbet's and get himsel a liquorice sherbet fur the bus.

"Awright, Sherbet?" Johnboy greeted him.

"Awright, wee man. Whit kin Ah dae ye oot ae?"

"Ah'll hiv a sherbet, Sherbet."

"Noo, if it wis anywan else who'd said that, Ah'd think they wur taking the pish."

"Naw, naw, it's the wee yellow packet wae the liquorice sticking oot the tap ae it," Johnboy said.

"Ur ye sure ye don't want a wee bit ae Madeira cake?" Sherbet asked slyly, eyes narrowing.

Johnboy could feel his arse twitch, especially when Sherbet's brother, Abdul, came oot ae Madeira Cake Avenue and stood leaning oan Johnboy's side ae the coonter, looking at him, eyeing him up withoot saying a word. There wis nowan else in the shoap.

"Naw, Ah've only goat enough fur a sherbet, Sherbet."

Oh shite, hid he jist said whit he thought he jist said?

"Ah think wee Johnboy here is at it and is taking the pish oot ae us, Sherbet," Abdul said, the whites ae his eyeballs peeking oot through they slitted eyelids ae his.

"Who wur the big boys Ah saw ye hinging aboot wae last night?" Sherbet wanted tae know.

"Whit boys?"

"The wee retards that wur seen munching intae a Madeira cake."

"Ah spoke tae some boys who Ah hardly know who wur hinging aboot, bit Ah didnae see them eating a Madeira cake," Johnboy replied, wondering whit a retard wis.

"Well, if ye see them again, tell them they owe us three fingers...each," Abdul hissed.

"That'll be thrupence," Sherbet demanded, snapping his fingers and magically producing the packet oot ae naewhere oan tae the coonter.

Johnboy wis dying tae ask him how he did that bit thought he'd better no push his luck.

Efter escaping unscathed fae Sherbet's, it wis jist a case ae nipping through the closemooth beside the shoap, doon the back stairs, o'er the wall, oot oan tae Parly Road and the bus stoap wis jist opposite. Johnboy wis dying tae nip back across the road and hiv a wee peek aroond the corner tae see whit wis happening, bit the bus hid jist arrived. He nipped up the stair like a whippet oan heat and took a seat at the front right haun side tae gie him a good view. The bus took aff bit stoapped deid, twenty feet further oan at the traffic lights. The bus took aff again slowly and jist when he wis aboot tae hiv a good gander at whit wis happening at the tobacconist's, the clippie arrived.

"Fares please!"

"Er, hing oan the noo, will ye?" he mumbled, ignoring her.

"Fares pleasssse!" she insisted, tapping him between they shoulder blades ae his.

"Jist a minute," he retorted, ignoring her.

"Naw, you 'jist a minute' yersel."

He wis forced tae turn roond, jist as the bus went through the lights, so he missed seeing whit wis happening at the shoap. He wis right though...the clippie's voice matched her coupon. She wis the spitting image ae the auld ma who sat in the rocking chair in the film 'Psycho,' so she wis.

"Where ur ye gaun then?" snarled Cruella de Vil.

If the Dalmatians hid clocked this wan they wid've demanded tae be taken back tae be skinned, he thought tae himsel.

"Ah'm oan school business," he declared, sitting up straight, trying tae sound as if he wis oan an important scientific exercise, because his ma hid telt him no tae tell anywan where he wis aff tae.

"Naw, Ah meant, where ur ye getting aff, ya bampot, ye?"

"Oh, right, er, The Baby Rock."

"That'll be a tanner."

"Right, let's see," he said, as he produced his wee plastic tokens oot ae his pocket and looked at them.

There wis a red wan worth tuppence, a broon wan worth thrupence and a cream wan worth tuppence ha'penny.

"Aw that cheek and carry oan and ye don't even hiv real money," The

Wicked Witch Ae The West snorted, tapping her fit and letting oot a hu-rumph every five seconds wae they toothless gums ae hers.

"That wae that and that wae that," he said oot loud. "Naw, that wae that and…"

"Hoi, Ritchie Rich, Ah've no goat aw day, ye know. Ah've goat real pas-sengers waiting fur me tae take real money aff ae them, so Ah hiv."

He wis dying tae tell her tae go and torment some poor lion oot at Gles-ga Zoo, bit he wis too feart, so he jist held oot his haun tae her wae the tokens oan display. Withoot another bit ae cheek oot ae her, she swiped them aff his palm, rolled oot a ticket, threw it at him and started tae walk away.

"Er, excuse me, missus, whit aboot ma change?"

She turned, gieing him the evil eye, then disappeared doon the stairs muttering aboot whit a cheeky wee basturt he wis.

The bus turned left intae Castle Street and then right intae the Garngad wance it goat o'er the Nolly bridge. Two stoaps further alang, The Baby Rock came intae view oan his right haun side. Johnboy wis jist swaying alang the tap deck, heiding fur the stairs tae get aff when Granny Happi-ness shouted up the stairs.

"Passenger fur the scabies clinic!"

"Up the stair and first oan the left," the talking typewriter said when he rung the white button beside the wee windae, jist in fae the main door.

He stood hesitating, looking aboot, hauf in anticipation ae a repeat per-formance fae the tick-tack voice that hid wafted oot ae the faceless win-dae in front ae him. As he couldnae see anywan, he wisnae sure if it wis a machine that spoke when he pressed the button or no. He wis tempt-ed tae press the button again jist tae see whit wid happen, bit thought better ae it as Clatter Voice sounded as if she or the machine didnae take shite fae anywan. When he arrived at the second wee windae up oan the second flair, he wis fair chuffed no tae see a face looking oot at him. He wanted tae test oot whether these buttons started a machine, like in Dr Who, so he gied the button a longer stab wae his finger this time. Ol-ive Oyl said that the future wid aw be run by robots. Suddenly a haun appeared through the windae and snapped its fingers, though he still couldnae see if it wis attached tae a face. A couple ae the fingers wur stained dark broon so he wisnae sure if the machine hid been fixing itself or if the owner hid been scratching her arse. He haunded the haun his envelope and it disappeared back through fae wherever it hid come fae. He wis concentrating tae see if he could hear the whirring ae its motor when it spoke.

"Plant yer arse oan the bench in that room o'er there and don't touch anything."

Aboot ten days later, a wummin, who wis definitely no a machine bit sounded like a foghorn, arrived oan the scene.

"Turn roond and let me see that back ae yours," Mrs Foghorn Leghorn barked, nearly causing him tae shite in they ripped breeks ae his in fright.

He couldnae understaun why the hell she wis shouting, given that he wis staunin jist in front ae her. He twirled aroond oan wan leg, hoping tae impress her while at the same time pulling his shirt right up tae his neck.

"Aye," she shouted tae confirm her worst suspicion. "Noo, yer front."

She wis bent o'er in front ae him wae her face aboot an inch fae his pigeon chest. He assumed she wis that close because she wis blind or something. When he looked doon, apart fae clocking the biggest paps he'd ever clapped eyes oan, he noticed her specs wur aboot hauf an inch thick, jist like the bottom ae an Irn Bru bottle.

"Right, through that door and take yer clothes aff," she hollered, following him in.

There wur four fancy showers sticking oot ae the wall. He undressed and stood there, covering himsel wae his hauns.

"Right, get o'er here and get under that shower," Mrs Megaphone shouted tae everywan in the building and the surrounding streets, turning oan the water.

In front ae each shower, there wis whit looked like big paint tin lids, turned upside doon wae thick black tarry stuff in them.

"See that stuff there?" she bellowed, pointing tae the paint tin lids.

"Aye," he replied hesitantly, ears ringing.

"That's soap, so it is. Dae ye know whit soap is?"

"Aye."

"Ur ye sure?"

"Aye."

"Well, get a big dollop ae that oan baith ae yer hauns and get tore right intae it."

He wis waiting until she disappeared before he started, bit she finally convinced him that she widnae be seeing anything she hidnae clocked before.

"Right, c'moan, ya manky wee toad. Ah hivnae goat aw day and make sure ye get yer fingers intae aw they cracks," she bawled.

Wance he wis under the water it wisnae too bad and he actually started tae enjoy himsel. He even started humming the Otis Reading version ae 'Satisfaction' by The Rolling Stones that his big sister Isabelle preferred, which turned oot tae be a big mistake. He reckoned Mrs Foghorn Leghorn wisnae intae that version, nor his fancy feet and legwork as he pranced and jived aboot under the shower, humming contentedly tae himsel, wae a heid full ae soapy bubbles that wur flying aw o'er the place. Jist as he came oot and wis drying himsel aff wae a towel made ae Brillo pads, another big wummin in a white coat arrived oan the scene and asked if he wis ready.

"O'er here and let me see ye," shouted you-know-who, followed by, "Christ almighty, is that no the biggest, thickest and widest tide mark oan a scrawny neck we've seen in a long time, Nora? Ah wish Ah hid ma camera."

Even though he wisnae too sure whit they wur oan aboot, he wisnae gonnae chance it by asking fur a shot ae a mirror so he could see whit aw the admiration wis aboot.

"Aye, it is that, Peggy, and him built like a pipe cleaner as well," Nora snorted.

"Right, Blackie, back in there and get that neck ae yours scrubbed clean wae that sponge and use plenty ae soap this time and hurry up. Then, ye'll need tae get dried," bellowed the air raid siren. "And don't furget they feet...they're bloody mockit, so they ur!"

"Right, Blackie, jist staun in there," his new pal, Nora, said, pointing tae a big giant sardine tin can. "Ye kin leave yer towel oan the chair and ye'll get it when Ah'm finished."

That last bit made him feel a wee bit wary. Finished wae whit? It wis then he clocked the bucket ae white paint she hid in wan haun and the six inch paint brush in the other. He knew then that he wis in fur a treat ae some sort. Big Mooth, wae the bottle glasses and ootsize paps, wis staunin in the doorway, so a mad dash fur freedom wis oot ae the question.

"Right, this might feel a wee bit cauld tae start wae, especially oan the auld crown jewels," his ex-pal said, as she dipped the brush intae the paint tin and splurged a great big white line fae his neck, doon his chest and legs tae his feet, in wan stroke.

She'd obviously hid plenty ae experience ae the painting and decorating game because she went at it like a journeyman. It wisnae as bad as he thought it wid be when he first saw the six incher in her mitt. Her and Mrs Foghorn Leghorn seemed tae take great pleasure whenever Nora wid turn the bristles oan tae their side and jiggle them up and doon furiously between the cracks ae his arse, laughing like wummin possessed at the sound ae his yelping when the white paint stuff stung his arsehole. John-boy definitely widnae be recommending a visit tae the scabby clinic tae anywan, unless it wis tae somewan like Fat Arse Milne and his pals. He must've done okay though because Mrs Leghorn hid done a disappearing act when the show wis o'er and Nora telt him tae get dressed as he wis finished fur the day.

The haun wis still hinging aboot at the windae when he came oot wae his clothes glued tae him.

"Er, Ah think Ah'm supposed tae pick up bus tokens tae get hame."

"Ye'll get them fae the office doon the stair," said Shitey Fingers.

Brilliant, he thought. He'd get tae push that wee white button again and see whit happened.

He could still hear the clickity-clack ae the typewriter bit nobody answered his ring at the windae doon the stairs. Efter aboot ten rings worth ae being ignored, he goat the hint and went through the doors, oot intae ugly Territory and heided back towards the toon centre and school.

Chapter Seven

"Whit the hell's gaun oan?" The Inspector demanded in a loud voice, his erms ootstretched, looking aroond, no expecting a response.

He wis staunin wae his feet apart, facing them, in the tap flair canteen ae the Black Street sub-office. The group included the two uniformed sergeants as well as the local pavement pounders. He'd called them thegither as a result ae a meeting he'd hid the day before wae his chief inspector and JP Donnelly, the local cooncillor and Justice ae the Peace. He wis hopping mad every time he thought aboot whit the wee poncie prick hid said tae him in front ae his boss.

"Thanks fur meeting me at such short notice, Colin, bit Ah think ye'll hiv tae agree that things ur starting tae spiral oot ae control, so they ur," JP hid bleated.

The Inspector hid glanced o'er at Sean Smith, his chief inspector, fur a clue as tae whit JP wis getting at, bit Sean's face hid been blank. His focus hid turned back tae the cooncillor.

"Ah mean, it's no as if ye hivnae goat the manpower, is it? And Ah think every wan in this room wid agree that Ah've supported ye beyond the call ae duty as yer local cooncillor."

"Maybe ye wid like tae share..." The Inspector hid interjected, bit JP hid been oot ae the trap and running.

"Ah mean, at least five times this month Ah've hid tae speak wae local constituents aboot the heavy haundedness ae the boys oan the beat."

"Whit Ah wis trying tae ascertain, JP, is whit the actual problem is that ye hiv?" The Inspector hid managed tae get in before JP could draw another breath.

"Whit ma problem is, is that in the past few weeks, a crime wave his descended oan ma patch. Look at the list," JP hid girned, as he waved a sheet ae paper in the air before reading oot loud fae it. "Seven local shoaps hiv been tanned, twenty eight cars belonging tae the college folk hiv been broken intae and damaged, the nursery in Montrose Street his been screwed again, eleven hooses hiv been burgled, two teenagers slashed, three stabbed and wan ae ma constituents wis nearly killed, slipping oan shite up a closemooth up in McAslin Street because some dirty wee manky cretin couldnae be arsed using a cludgie like the rest ae us."

"Whit JP is looking fur is a wee explanation as tae whit we're daeing aboot the situation, Colin," The Chief hid said soothingly.

"Whit Ah'm looking fur, Sean, is tae be able tae tell ma constituents that we're oan tap ae this and that they kin rest easy in their beds at night."

"Ah kin assure ye that we're daeing aw we kin, JP. We know who maist ae them ur, bit we hiv tae catch them at it or get information fae wan or mair ae yer constituents as tae who's daeing it," The Inspector hid retorted.

"Ah know ye know who's daeing it, Colin. Ma cat could tell me who the fuck's daeing it, bit that disnae take away fae the fact that Ah cannae go aboot ma business withoot getting they ears ae mine melted by the local shoapkeepers."

"There ur four or five ae them at it. Aw the same wans."

"Is that including the two that Ah put away?" JP hid asked.

"We think that's including that two...aye."

"And the rest ae them?" JP hid demanded, raising his eyebrows.

"Well, we know the Taylor brat is definitely involved, alang wae a right wee thieving shitehoose called Gucci."

"Gucci? Whit kind ae name is that?"

"Ah think it's Atalian."

"So, where's the intelligence oan aw this coming fae?"

"Sergeant Thompson says they've an informer the same age as the culprits."

"Is that the wee fat-arsed boy Ah heard aboot?" JP hid asked.

The Inspector couldnae believe whit he'd jist heard and hid glanced o'er at The Chief, who'd nodded his heid.

"Aye, bit, of course, that's supposed tae be confidential. We widnae want anything tae happen tae the boy, noo wid we, JP?"

"Don't worry Colin, whit's said within this room is jist between us."

The Inspector hid been trying his best no tae look pissed aff. That effing Crisscross, he'd thought.

"Look, we're aw efter the same thing here. You put them up in front ae me and Ah'll take care ae them at ma end."

"Ma boys wur a wee bit miffed that wan ae them only goat put intae Larchgrove fur twenty eight days fur the shoap oan St James Road," The Inspector hid growled accusingly at JP.

"Aye, well, he wis only eleven years auld and a third time offender," hid been JP's response.

"Aye, bit wan ae ma officers wis nearly killed by wan ae they eleven year aulds."

"Aye, and that wan is oan an indictment. Ye wullnae see him again until he's fifteen efter Ah sling that manky arse ae his in a secure approved school in two months time, Colin."

"Ah think whit Colin is referring tae is the fact that the charge wis drapped fae attempted murder tae serious assault, JP," The Chief hid chipped in.

"Ye'd need tae take that up wae the new procurator fiscal, Glenda Metcalfe. She's young and a wee bit wet behind the ears, bit she'll get there in the end, if you boys will gie her time tae settle in. And anyway, the sentence will still be the same at the end ae the day."

"As Colin said earlier, JP, we're daeing everything in oor power tae catch the wee toe-rags."

"That's fine, Sean, bit let's no beef aboot here. There's a bloody war oan crime in this city and wan thing is fur sure, we're gonnae win it up in the Toonheid."

"Don't ye worry, JP, Ah'll be briefing the lads the morra and Ah'll press upon them the urgency ae the situation," The Inspector hid assured him.

"Fine. Well, if there's nothing else, Ah'm aff tae hiv a bite tae eat wae the Sally Army lassies up in the gospel hall oan Stirling Road who've jist completed phase wan ae their summer can collection drive fur the needy weans oot in Africa," JP hid announced, staunin up.

The Inspector gazed at the uniforms lounging aboot in front ae him. He wanted tae ladle intae them, bit held his tongue. They could be obstinate basturts when they wanted tae be.

"It's been a month since they wee retards done the tobacconist shoap oan St James Road and we're nae further forward," he growled at them, getting back tae the business in haun, looking at them individually. "In fact, things hiv goat bloody worse."

"Why hiv we no arrested the Taylor brat?" Crisscross asked.

"Because we've nae evidence, that's why," The Sarge reminded him.

"Bit Sarge, Ah wis in the car when the wee fat boy telt us he saw him."

"We goat two ae the wee basturts red-haunded, bit we've only goat Fatty's word that the other two wur involved," Big Jim informed him.

"It wid be two against wan so it widnae staun up in court," The Sarge added.

"And it wid expose oor source and who knows whit wid happen tae him then, eh?" Big Jim reminded them.

"Naw, we'll keep Fat Boy in reserve. He'll come in handy when we're in a position tae really go tae toon oan the wee fuckers," The Sarge said, smiling and relishing the thought.

"So, where dae we go fae here then?" asked The Inspector.

"There's clearly a pattern here," chipped in Jinty, as they aw turned and looked at him. "Oot ae the seven shoaps that hiv been tanned in the last few weeks, five ae them hiv been oan Parly Road, wan oan Stirling Road and wan oan Cathedral Street."

"So?" asked Tommy and Jack in unison, involving themsels in the discussion fur the first time.

"Let him finish, boys," said The Inspector.

"Well, the key areas ae activity hiv been the main shoapping areas where there's plenty ae shoaps. Where there's less shoaps...fur example, oan Stirling Road and Cathedral Street, they've tanned a shoap wan week apart."

"And?" piped in the singing twins again.

"And that means that they're operating in a circular route, so it stauns tae reason that sooner or later they'll come tae us, insteid ae us chasing their arses and oor tails efter the fact."

"Ur we sure that it's definitely them that ur daeing aw the damage?" chipped in Crisscross tae nowan in particular.

"Let's look at the facts then. Efter St James Road, they moved up Parly Road aboot a hunner yards and screwed Curley's, the grocers, which is between Taylor Street and St Mungo Street. Then they screwed Wee Lizzie's, the draper shoap, between Glebe Street and Martyr Street. The next wan oan the list wis Tam Pitt's dairy oan Stirling Road. They then heided back tae Parly Road at the St James Road end and screwed the fruit shoap beside the traffic lights. Then they did Tony's fish and chip shoap oan the other side ae Parly Road jist up fae The Gay Gordon," The Sarge said, coonting aff the burglaries oan his fingers, putting oan his best Sherlock Holmes expression.

"Aye, Tony said that wan ae the wee reprobates shat in his deep fat fryer and he only discovered it when a customer brought his meal back, complaining that his black pudding hidnae any batter oan it," Crisscross interupted, sending everywan intae fits ae laughter.

"Aye, we'll need tae body swerve Tony's fur a wee while. Ah don't trust him. Who knows whit he dips in that batter ae his," The Sarge cautioned, getting affirmative nods back, despite the laughter.

"We could always ask fur oor money back," Crisscross said, tae guffaws.

"And then they heided back doon Stirling Road oan tae Cathedral Street again where they tanned the paper shoap beside Canning Lane," Big Jim said, getting back tae the discussion, wance the laughter died doon.

"And in answer tae Crisscross's question as tae whether it wis them or no...aw the shoaps hid their windaes tanned in wae a pavement stank except fur the fruit shoap where we don't know whit they used," Sherlock concluded.

"And tae dae the fruit shoap windae, they wid've hid tae jump o'er the wee hauf grill security door intae the foyer which widnae hiv gied them swinging room fur a stank," Big Jim chucked in fur good measure.

"Aye, the CID boys reckon that it wis probably done wae a hammer," Jinty informed them.

"Wee manky basturts!"

"So, where ur we then?" asked The Inspector again.

"Ah think Jinty is oan tae something here," The Sarge acknowledged.

"So, aw we need tae dae o'er the next wee while is concentrate oan the Parly Road, Stirling Road, and Cathedral Street routes, wae a particular emphasis oan the Parly Road end, if Jinty's theory is tae be proved right,"

Big Jim announced.

"Whit aboot aw the hooses that hiv been tanned?" asked The Inspector.

"We don't hiv any proof at this point that they hid anything tae dae wae the hooses, bit we'll keep oor ears tae the ground meantime," Big Jim replied oan everwan's behauf.

"We'll start hauling their arses in, every chance we get," The Sarge stated, looking aboot, getting affirmative nods back.

"Okay...well...keep me posted. And, Crisscross, don't let me hear that ye've been briefing yer faither-in-law again aboot operational matters, particularly regarding oor intelligence gathering. Ah mean, we widnae want him tae know that it wis you that scudded Jinty oan the napper, efter he sends that wee shitehoose doon fur three years, noo wid we?" The Inspector reminded him.

Chapter Eight

The Sarge hid only recently been promoted in the past two years and hid been transferred within the Central Division that covered the Gorbals, Bridgeton, Toonheid, Anderson and parts ae Partick. His beat covered the Toonheid area, mair commonly highlighted as C-Four in pink oan the city division wall maps doon in Central HQ. He wis glad tae be back oan the streets where he'd served his apprenticeship and wis noo wan ae the two local uniformed sergeants. The place hidnae changed much while he'd been away, although he'd heard that there wis aw sorts ae plans fur a big clearoot ae the slums o'er the next few years, tae build a motorway. No before time, he thought. It wisnae that big ae an area compared tae some ae the big hoosing schemes like Castlemilk, bit they wur aw packed in like sardines between Castle Street and Dundas Street. The patch wis compact. The Fourth and Clyde canal merged wae the Monkland canal in the St Rollox basin at Castle Street and ran the length ae the northern side ae the beat. Aw the industrial company depots, such as the coal and briquette merchants, haulage firms, wire works and the sawmill, wur sprawled either side ae the canal. The beat then took in Dobbies Loan up as far as Pinkston Power Station, which dominated the skyline wae its big grey cooling tower and two red brick chimneys. Ye then hid the goods station, bus yards and the big brewery companies stretching towards Coocaddens and the west. The southern side ae the patch included the public baths, Rottenrow Maternity Hospital, Strathclyde University, Glesga College ae Commerce and the back end ae Queen Street Railway Station. The East started jist behind Castle Street where The Royal Infirmary and the two local picture hooses, The Carlton and The Casino stood. This wis also where the two main road arteries through the Toonheid started heiding west intae the toon centre, either doon Parliamentary Road, wae aw its shoaps and pubs oan either side, as far as Dundas Street Bus Station or doon Cathedral street towards Queen Street Train Station. If ye didnae want tae bump intae anywan ye owed money tae, ye could try yer luck by leaving Castle Street via Stirling Road which ran straight intae Cathedral Street and eventually hit Dundas Street at its southern end.

Heidin doon this route wis less populated wae hooses and shoaps because ye hid Collins the book publishers, Allan Glen's School fur the posh boys, Stow College ae Hairdressing and the Orange Order Hall, aw oan the right haun side. This wis the route tae take if yer debts wur deadly and ye wanted tae catch a train north fae the train station. In the middle ae aw this learning, leisure, industry and recovery, ye hid thirty five thousand people crammed intae slums that hidnae changed much in o'er a century.

Although he'd suffered a few wee war wounds oan his travels, his successful approach tae polis work hid been rightly recognised and rewarded and hidnae changed fae the traditional approach as applied by Glesga's finest fur as long as anywan could remember.

"Put a boot right up the arses ae bampots, toe-rags and in particular the thieving wee basturts who ur running roond the streets at aw hours, terrorising everywan and their dug," the master crime fighter hid stated tae Colin, the inspector, and aw his new Toonheid colleagues, in reply tae the warm welcome spiel he'd goat at Central two years earlier.

Talking ae dugs, he thought aboot whit The Inspector hid said tae him that very efternoon before he started the back shift.

"As well as that wee manky gang ae misfits who ur breaking intae shoaps, make sure ye put the squeeze oan that local Toi mob that ur still hinging aboot the street corners at the end ae McAslin Street and Grafton Square," The Inspector hid reminded him.

He'd tried tae tell the Inspector that it wisnae the Toonheid Toi, the local street gang, that they needed tae be concerned aboot, bit that thieving wee gang ae manky toe-rags who wur stealing everything that wisnae screwed doon. Hid he no awready put hauf ae the Toi intae approved schools or borstals and the few that wur left hinging aroond couldnae get intae a fight, even if they tried? The Inspector hid been insistent though.

"Listen, Liam, if JP Donnelly says there's gang trouble up in Toonheid, then there's bloody gang trouble. Ah want tae see some improvement o'er the next wee while and show we're cracking doon."

So, the pressure wis oan. There hid been a couple ae stabbings recently in The Grafton Bar where the victims hid included Tam the Bam,

who wis the heid barman, and his dug, Elvis. Everywan knew fine well
that it hid been Tam's wife who'd inflicted the damage efter accusing Tam
ae trying tae dip his wick intae her ugly sister. Tae ensure she kept her
mooth shut, Tam, the bam that he wis, hid proceeded tae try and stran-
gle his wife's sister in front ae a full hoose. While aw this wis in progress,
his wife, who wis also as drunk as a fart and leading the chorus tae 'The
Auld Rugged Cross,' hid taken umbrage at the assault oan her sister and
hid proceeded tae stab Tam in the arse wae the spiked end ae her stain-
less steel comb, while he hid his sister-in-law bent backwards o'er the bar
wae two hauns aroond her throat, howling that he loved his wife. Elvis
hid goat in the way ae Sister Psycho while his teeth wur gum deep in
Tam's other cheek. It wis only when Tam goat arrested up at The Royal
fur breach ae the peace and demanded they patch up Elvis first, that the
story ae Tam and his dug being set upon and stabbed by the Toonheid
Toi hid been reported. JP Donnelly, the local cooncillor and Justice ae the
Peace, a wee fat sleekit basturt wae the morals ae an alley cat, who'd his
fingers in aw sorts ae gravy pies, hid let Tam aff the next morning efter a
night in the chokey, wae a warning aboot his future behaviour. He'd then
goat oan the blower two days efter his meeting wae The Chief Inspec-
tor, tae demand something be done tae tackle the gang culture oan the
patch. Colin, The Inspector, reckoned JP wis aiming fur parliament. The
local bizzies wid need tae strike a balance in the Toonheid, The Sarge
thought tae himsel. The focus needed tae be oan the wee toe-rags who
wur the walking crime statistics, before they upset the apple cart and
spoilt things fur everywan. Wan pilfering wee toe-rag could quite easily
put the statistics intae double or triple figures compared tae some wee
eejit hinging aboot a street corner shouting 'Toi, Ya Bass' twice a week.

   His thoughts wur suddenly and abruptly interrupted by the sight ae the
targets, who'd jist appeared at the closemooth ae the tenement building
across fae where him and Crisscross wur lying under a clump ae bushes.

   "See the bigger wan ae the two? The wan wae the red hair?" The
Sarge asked.

   "Aye, whit aboot him?" asked PC Chris Cross, who wis acknowledged by
aw and sundry as no being the shiniest star in the galaxy and affection-

ately called 'Crisscross' by friend and foe alike.

Crisscross wis unfortunate tae be blessed wae the biggest squint that hid ever been launched oot ae The Rottenrow delivery room. Everywan knew that he'd hid it since he wis a wee snapper. According tae his personnel file though, he'd caught a severe dose ae Strabismus efter he wis accepted intae the force, so as he wis awready in, they hid tae let him stay. The fact that he wis married tae JP Donnelly's two-ton daughter, Fat Sally Sally, a probationary lieutenant in the local branch ae the Sally Army, wis purely coincidental. It wis also jist a coincidence that JP hid been the chair ae the Police board at the time ae Crisscross's recruitment.

"That's the Taylor boy who screwed the shoap in St James's Road," The Sarge reminded him.

"Aye, Ah know."

Crisscross awready knew the taller ae the two. He remembered wan ae the first times he'd met the maw, who wis a foul-moothed jezebel. He'd hid tae respond tae a Code Twenty Wan Red alert that hid come o'er the radio. Tommy and Jack, the other two beat PCs hid goat caught up in the bar ae The Grafton where hauf the punters wur aw battling wae each other. Efter things hid quietened doon, she'd made things worse by shouting her mooth aff in front ae everywan through in the lounge.

"Fur Christ's sake, Crisscross, where did ye get they eyes fae? It looks as if wan's aff tae the bar fur a roond and the other wan's coming back wae the change," she'd howled as the place erupted in laughter.

When he'd tried tae book her oan a breach ae the peace fur her cheek, it hid nearly caused a riot. She'd denied that she'd started them aw aff and cited every lying basturt in the lounge as witnesses. In order tae no lose face, he'd been forced tae let her aff wae a warning.

"Ah want tae talk wae that wan first and his wee pal second," The Sarge murmured, peering through the hole he'd made in the bush.

"Whit's he done that his mate hisnae?" asked Crisscross.

"Jist look at the pair ae wee thieving gits. They're probably planning their next move oan how tae break intae every shoap and gas meter in the area while we're hivving tae be lying here, daeing sweet fuck aw tae stoap them," The Sarge hissed, ignoring the question.

"Ah telt ye we should've lifted him when we goat the info fae the wee fat grass," Crisscross reminded him.

"And Ah telt ye the reason we couldnae."

"Aye, bit if we cannae use Fatty's info, then we'll need a bit mair luck than we've hid recently tae score a conviction."

"Ah know fur a fact that that wee red-haired cretin will spill the beans if we kin only get him oan his lonesome."

"Aye, Fat Boy said that it wis definetly this pair who screwed the tobacconist's, alang wae the two we nabbed."

"Aye, there's nae doubt aboot it, Crisscross…we're looking at yer typical wee manky thieving toe-rags that seems tae be bred tae order here in the Toonheid."

It wisnae as easy as it looked, The Sarge thought. How could he and Crisscross get fae the bushes where they wur lying, tae nab wan ae them. They'd need tae be mair than quick oan their feet tae get a sniff ae this pair. These wee basturts wur brought up oan breid and dripping and wur as quick as whippets.

"Dae ye want tae jist charge across and try and nab wan ae them then?"

"Naw, this calls fur a bit ae the auld special ops moves that we used when Ah wis a pavement pounder doon in Bridgeton, before Ah goat ma spotted arse up oan tae the greasy pole," stated The Sarge.

"So, ye don't think there's any way we'll make it across the car park and street before they're offskie?"

"There's nae chance that'll work. Here's the plan. Take yer jaicket, hat and tie aff and nip doon the side ae the nursery oan tae Cathedral Street. Casually stroll past the bottom ae the street as if ye're heiding intae the toon centre. When ye cross o'er the street, don't look up. These wee vermin hiv goat built-in radar. When ye're past the corner, nip up the first close besides Cherry's, the sweetie shoap, and heid up through the back courts. Ye'll need tae coont the closes noo. The wan ye're efter will be the fourth wan up. Ah'll gie ye five minutes as ye'll hiv tae climb up o'er aw the dykes and high walls. Hiv ye goat that?"

"Right, dae ye want me tae charge through the back close when Ah get tae it?" asked Crisscross, turning and looking at The Sarge.

"Naw, you jist wait till they come tae you. Ah'll be right up their arses. Remember, it's the Taylor snapper we're efter as number wan. Leave yer gear here under the bushes and we'll get it when we come back."

Efter synchronising their watches, Crisscross crept back doon the rear ae the nursery and nipped o'er the iron fence at the other side ae the building oan tae Cathedral Street. The Sarge saw Crisscross saunter past the bottom ae the street withoot looking up, before disappearing oot ae view. This wis at exactly the same time as Elvis, Tam the Bam's dug, turned intae the street and limped up the pavement in the direction ae the toe-rags. He noticed that its arse wis shaved and it hid a big white sticking plaster oan it. He turned his attention back tae the toe-rags. He'd need tae be very careful here, he thought. The boys wur staunin at the entrence tae wan-wan-nine and the Taylor boy lived up oan the tap flair ae wan-wan-seven. He'd hiv tae make sure that he wis across the wee car park and street in time tae block him aff fae running doon and nipping up his ain closemooth. He'd also need tae watch oot fur that maw ae his. He'd hid several run-ins wae her and that hairy mob she commanded, who wur always turning up at warrant sales in the area, gieing it big shit against the sheriff officers who wur only daeing their job. The worst time hid been when she accused him ae assaulting her when him and Big Jim hid turned up at her door tae lift her eldest fur shooting wan ae the Martin lassies wae an air rifle. He couldnae remember the lassie's name noo, bit it hid been the big loud wan wae the ootsize paps. There she'd been, two weeks efter JFK's funeral, flouncing doon the street like a dancing hippo, aw excited because she'd jist won first prize fur hivving never been aff sick since she'd started school at five and the eldest Tayloy boy hid goat her bang oan the left pap. Him or his mate who wis wae him hid goat her fae the tap flair windae ae the tenement. When The Sarge hid managed tae get o'er the doorstep, her boy and his mate wur surrounded by books and hid denied any knowledge ae the shooting, claiming that they wur jist daeing their hamework. It wis said that if Jackie Kennedy hid been in George Square that day, she'd hiv heard the sound ae the shot and the shriek that the lassie hid come oot wae. Wan thing hid then led tae another and a scuffle hid broken oot which hid ended up wae him getting a black eye and the maw getting two staved fingers. She claimed that he'd hit her wae his baton as she defended her son and the son claimed that he'd punched The Sarge in self-defence. It hid been obvious that he'd only said that tae get the maw aff. There hid been compromises oan baith sides. The assault charges hid been drapped against her and her charges ae assault hid been drapped against him. The son, a right fucking thug, hid goat put away tae borstal by JP fur resisting arrest and assaulting baith Big Jim and The Sarge, amongst other ootstauning charges fur fighting wae the polis previously. That hid been wan ae his first successful convictions efter being back in the Toonheid. They never did find the air rifle, despite turning the hoose upside doon. Mrs Martin said her daughter hid been hoping tae be a glamour model bit wisnae sure if she'd be accepted noo that she wis scarred fur life. Aw the boys at the station who'd viewed the evidence photos hid disagreed wae her and the lassie hid been their official pin up fur ages until wan ae the boys' brother-in-law, who worked in the smut squad doon in London, sent up a couple ae photos ae Christine Keeler and Mandy Rice Davies carpet-munching and that hid been that...nae mair punctured paps up oan the canteen wall. He looked at his watch. He'd gie Crisscross another minute and then make his move. He noticed the black and white minstrels making a fuss ae Elvis and wondered if Crisscross wis awready waiting at the back ae the closemooth.

   Crisscross only hid wan wall tae scale in the back courts, bit managed tae mess it up by trying tae take a short cut alang a ledge behind the tyre garage opposite the back closes ae the tenements. He'd been making good time side-shuffling, when he came across broken glass embedded in cement oan the ledge, blocking his way. He looked aboot. There wis a cabin dookit sitting oan tap ae the middens, leaning against the last wall he hid tae climb o'er. Flypast, the local doo man, hid obviously stuck the glass in tae stoap doo thieves getting access tae the pigeons in his dookit. He looked across at the dookit. Apart fae the landing board at the tap where a nice wee hen and grizzly doo wur showing aff tae each other, the cabin itsel wis made ae upright auld doors tae form the shell. It looked like Fort Knox, straight oot ae The Man Fae Uncle, he thought tae himsel. The distance between him and the midden that hid the dookit sitting oan tap ae it wis aboot five feet, Crisscross reckoned, as he launched himself, legs gaun like the clappers tae gie him mair accelera-tion across the divide. The leap wid've put Lynn Davies tae shame, he thought tae himsel, as he flew through the air. Wae his erms and hauns ootstretched like Batman, he managed tae grab baith sides ae the land-ing board oan this, his wan and only maiden flight. Everything seemed tae go tae plan as his two size elevens thudded oan tae the wee ledge in front ae the cabin. Unfortunately, this wis followed a split second later by his face and body ricocheting aff the front ae it. Oan the rebound, and still clutching the sides ae the landing board, the whole side ae the dookit followed him backwards intae the midden below. By a stroke ae luck, he landed oan the bottom edge ae an auld mattress that hid been chucked oot ae wan ae the tenements, which managed tae break his fall as he became engulfed in six hooses worth ae the usual cat litter, coal ash, used fanny-pads, shitey nappy contents and everything else that the clatty basturts who lived there hid thrown oot o'er the previous two weeks. Oan his backwards trajectory, wae his heid poking up between the landing board and nesting boxes oan either side ae it, amidst the scattering pigeons and feathers explosion, Crisscross thought he caught sight ae Flypast sitting oan whit looked like a comfy seat wae his tadger in wan haun, a copy ae True Detective in the other, and a look ae abject terror splashed across his face.

Crisscross tried tae open his eyes. Somewhere in the distance, he thought he could hear bells and a screeching eerie voice. When he finally managed tae get his eyes unstuck, he thought he must've landed in hell. He could taste the burnt ash and see a big swirling grey cloud that smelled heavily ae cats pish. The screeching crescendo jist aboot caused him tae shite his pants as a contorted grotesque face suddenly appeared through the cloud. He tried tae escape, bit there wis a massive weight pressing doon oan his chest that made flight impossible. The face wis trying tae tell him something, bit he couldnae make oot whit it wis saying fur the ringing ae the bells in his lugs.

"Fur fuck's sake, Crisscross! Whit hiv ye done tae ma good dookit?" the face screamed in anguish.

"Flypast, get aff that bloody door and gie me a haun before Ah fucking suffocate," he spluttered.

Flypast jumped tae the side and using baith hauns, lifted the side ae his dookit aff ae Crisscross. Crisscross gulped doon a mixture ae air and coal ash as Flypast helped him tae his feet.

"Crisscross, whit the fuck hiv ye done tae ma good dookit and aw ma poor doos?" the doo man howled.

"Flypast, no the noo. Ah'm oan duty oan a snatch and grab mission. Ah'll speak tae ye later," he said, jumping up tae scale the last wall.

Crisscross looked doon. The Sarge hid Carrot-heid by the scruff ae his collar wae wan haun and wis using his other erm tae defend himsel against some mad wummin, who wis using a scrunched up washing line as a whip tae try and free the boy. At the same time, the boy's maw hid a haud ae the boy's other erm, tugging the boy back and forth between her and The Sarge. Another two hairys, who could've been Hattie Jacques's twin sisters, hid a grip ae the maw fae behind and wur pulling like a pair ae anchors oot ae the East German wummin's tug-o-war team. Even wae the ringing ae the bells in his lugs, the racket coming up fae the ground wis deafening.

"Leave ma wean alane, ya basturt, ye!"

"Get yer paws aff that wean, ya fascist, ye!"

"Leave im alane, ya fascist prick!"

"Ah jist want tae speak tae him fur a minute," The Sarge snarled back, ducking as the washing line whizzed past his heid.

"Fuck aff, ya bullying basturt!"

"Let him go, ya frigging pig, ye!"

"Ma, Ma, Ah didnae dae anything. It wisnae me, honest!" wailed Ginger Nut fae the middle ae the melee.

Crisscross, putting intae practice his 'using wan's initiative' skills, learned in his six-week training course, efter being accepted intae the polis, drapped doon aff the wall straight intae a six inch deep puddle. The impact ae his size elevens sent a wave ae dirty water o'er the wailing swirling mass, which morphed intae a stunned, still, dripping silence. Everywan hid jumped back aboot three feet in unison, loosening their grip oan each other as they glared at Crisscross, who wis staunin there in gleeful triumph. This allowed the boy tae shoot aff like a bullet, up through the back stairs ae the closemooth where he'd exited fae a few minutes earlier wae The Sarge hinging aff the back ae his collar. Crisscross took advantage ae this lapse tae make his presence felt and calm the situation doon.

"Haw, Madam Zorro, put that fucking rope doon or ye're under arrest," he ordered.

The first tae respond wis The Sarge.

"Fur Christ's sake, Crisscross, where the hell hiv ye been?" he demanded, gasping fur oxygen, again managing tae duck oot ae the way ae an incoming lash.

Before Crisscross could reply, Ma Barker let fly.

"Don't ye ever lay yer hauns oan ma wean again, Thompson."

"Ah wis jist wanting a wee word wae him aboot the break-ins at the nursery at the bottom ae the street...and other stuff," replied The Sarge, in a 'Ah'm jist daeing ma job' voice.

"Whit the hell his that tae dae wae ma boy, eh?" screeched the demented jezabel.

"Ah never said it did. Ah wis jist looking fur a bit ae information fae him and his pal, in case they knew anything aboot it."

"If ye want tae talk tae ma son, ye come through me, insteid ae scaring him shitless wae yer usual heavy-haunded tactics, or it'll be mair than a black eye ye'll get the next time."

"Whit's that supposed tae mean?" snarled The Sarge.

"Ye know exactly whit she means," interjected Hattie Jacques number wan.

"Don't come roond here terrorising us poor defencless wummin and weans while oor men ur aff at work and don't ever come near ma weans again or ye'll find oot whit Ah mean," responded the maw.

"Ah'm entitled tae question gang members who ur loitering aboot the streets."

"Whit gang? He's only jist turned ten, ya haufwit, ye. He's still in prima-ry school and he bloody well lives here," she spat back.

This wis gaun naewhere, The Sarge thought tae himsel. Apart fae being in a nae-win situation wae hauf the windaes in the back court open wae screaming wummin hinging oot ae them, shouting abuse, another flash point wis brewing between Crisscross and the wan wae the rope.

"Zorro? Zorro? Who the fuck ur you calling Zorro, ya cross-eyed tadger, ye?"

"Don't speak tae me in that tone ae voice. Ah saw ye using that clothes line as a deadly weapon against Sergeant Thompson."

"Listen, Clarence, if Ah wanted tae use this as a deadly weapon, dae ye think he'd still be staunin there, insteid ae swinging fae that bloody tele-phone pole o'er there?" Madam Zorro shouted.

"Aye, you tell 'im, Lizzie!" shouted wan ae the wummin fae a second flair windae.

"Clarence? Clarence? Who the fuck's Clarence?" Crisscross demanded wae a puzzled look oan his coupon.

"Clarence, the cross-eyed lion!" came a unified chorus fae a gaggle ae female voices that could probably be heard in Denniston.

Meanwhile, as if that wisnae enough, The Sarge spotted Flypast oot ae the side ae his eye, appearing oot ae naewhere fast. He flew straight intae the fray, waving a piece ae paper under Crisscross's nose.

"Crisscross, ya skelly-eyed basturt! See whit ye've done tae ma dookit and good doos? Hauf ae them hiv shot the craw, hauf hiv died wae a heart attack and the other hauf, Ah'll no be able tae breed fae again, ya clumsy, useless prick, ye!"

"Dae ye no mean a third ae them, Flypast?" Crisscross shot back, clearly irritated at the interuption.

"Eh?" a stalled Flypast said, looking confused.

"Dae ye no mean...ach, never mind. Look, Flypast...Ah telt ye, Ah'll get it sorted oot later. Noo fuck aff jist noo!"

"Don't ye tell that poor basturt tae fuck aff. It's no his fault he's saft in the heid," interrupted Hattie Jacques number two.

"Aw he's efter is a bit ae justice and respect, jist like the rest ae us aboot here," the wan called Soiled Sally screeched, puffing oot her massive paps indignantly.

Before Crisscross could reply, The Sarge butted in.

"C'moan Crisscross, let's get tae hell oot ae here before Ah lose ma cool and start booking the whole bunch ae them."

"Oan whit charge, Bilko?" snorted the maw.

"Breach ae the peace, disorderly conduct and assault wae a washing line, hen," Crisscross retorted.

"Crisscross, piss aff and go and jump in the canal. The smell ae cats pish fae where Ah'm staunin wid peel the paint aff ae a cludgie door, so it wid," Sharon Campbell shouted tae the echoing ae laughter bouncing aff ae the walls ae the tenements in the back court.

"Aye, you'd be the expert in the smell ae pish aboot here, hen," Crisscross responded, moving oot ae reach, as Sharon's two pals held her back.

"C'moan Crisscross, don't waste yer time," The Sarge said, heiding fur the back stairs leading tae the street.

"Aye, fuck aff and don't come back in a hurry," Soiled Sally shouted, as the polis retreated back through the closemooth tae the street.

"They've always goat tae hiv the last word," Crisscross grumbled tae The Sarge, before turning and shouting, "Bloody tarts!" intae the closemooth.

They came oot oan tae the street and crossed o'er towards the wee car park tae collect Crisscross's hat, tie and jaicket.

"Crisscross, where the hell wur ye when Ah needed ye? Aw Ah asked ye tae dae wis wan wee simple task and grab that wee prick before he reached the back court."

"Sorry, Sarge, Ah goat intae a wee pickle wae Flypast's dookit and that held me up fur a..."

Suddenly Crisscross started tae run across the car park towards the bushes. Elvis's back wis bent o'er like a banana, shiting oan whit looked fae a distance like a hat and jaicket. The patched arse ae Elvis disappeared through the bushes wae a sauntering gait, jist as Crisscross arrived oan the scene.

"Aw, fur Christ's sake. Ah don't believe it!" Crisscross howled.

He held up his uniform jaicket, which hid a big dollop ae watery shite plastered oan the inside ae it and glared doon at the puddle ae pish that wis swimming aboot in his hat.

"Ah'm gonnae get that flea-infested mongrel put doon, the first bloody chance Ah get. And who's this Clarence that they wur aw oan aboot?"

"C'moan Crisscross, let's get oan the road, son. It's been a shite day aw roond, bit we'll be back. We might've lost the battle, bit we've certainly no lost the war. Don't ye worry aboot that. We'll see who'll be laughing then."

Chapter Nine

Helen sat back oan the chair in the kitchen and looked at her hauns. She couldnae stoap them fae shaking. She took a sip ae her PLJ, grimaced, lit up a fag and searched fur the bit she'd been reading in the warrant sales section ae the previous night's Evening Times before the commotion hid started. Betty next door always diluted hers wae water and added a wee drap ae sugar and swore it worked jist the same. Helen smiled, thinking aboot it. Betty claimed that it tasted better and it wisnae as bitter as taking it straight, the way Helen did.

"Ah read that it's supposed tae be honey ye mix wae it tae make it taste better as the sugar cancels oot any ae the dieting benefits when ye drink that pish," she'd informed Betty wan day recently efter reading an article in wan ae the magazines in the doctor's waiting room roond oan St James Road.

"Naw, that's shite. Don't believe everything ye read and anyway, who the hell kin afford or even if they could, who the hell aboot here wid eat honey anyway? They say it's fae bees, although Christ knows how they work that wan oot," Betty hid declared wae authority.

Helen wondered who the genius wis that managed tae find a use fur PLJ.

"Right, lads, we've goat this green lime stuff that's the colour ae bile, it tastes worse than camel's pish and we need tae get rid ae a ton ae the stuff before next Monday. Any suggestions?" The failed master limejuice brewer must've asked.

"How aboot putting it intae wee skinny bottles tae maximise the profit, wrapping a wee bit ae fancy gold Christmas paper roond the tap, the way they dae wae Babycham, then tying it in yellow see-through paper tae make it seem mysterious and selling it through chemist shoaps tae fat birds up in Glesga," his pal, the genius, must've answered.

"Fucking brilliant! You get the bottles and Ah'll get ma labelling machine."

Helen found her place.

'MACDONALD: Wednesday, 13th ae June, 1965, at 43 Grafton Square,

Toonhead, C4. A selection ae hoosehold goods and bric-a-brac tae include television, fridge, gas cooker, beds, children's clothing etc. Sale starts at 2 p.m.'

Helen hid gone tae school wae Mary MacDonald. Her man hid goat killed working up in Springburn at the Atlas Works jist efter she'd found oot she wis pregnant wae her fifth wean. He'd goat crushed when a load hid toppled aff ae a goods train and buried him. Mary hid goat two weeks wages plus his holiday stamps. Somewan hid telt Helen recently that Mary wis still paying aff the tic tae The Co-op fur the cost ae his funeral. It hid been aboot two years since his death. She'd bumped intae Mary a few weeks earlier up the Parly Road. She'd been like a packhorse wae the five weans aw clinging tae her oan tap ae the shoapping she wis carrying.

"How ur ye daeing, hen?" Helen hid asked her.

"Ach, no bad, Helen, apart fae trying tae feed the five thoosand here. Ah've jist been up tae the post office tae get ma family allowance and managed tae get ma hauns oan hauf a dozen stale loaves oot ae Curley's. Baldy John said that they're nae mair than two days auld and wid make good breid-pudding, bit Ah jist think he wis saying that tae get shot ae them. They're as hard as bricks, so they ur."

The weans hid looked quite clean, Helen remembered, apart fae aw their sleeves wur covered in the usual dried snotters. Helen hidnae goat the impression that Mary wis struggling though, or that things wur as bad as they obviously wur.

Jimmy wis always telling her that there wis something creepy and no right aboot her gaun straight tae the deaths and warrant sales column ae the paper first.

"Why the hell dae ye want tae know who's croaked it or whose furniture is being flogged fur no paying aff their bills?" he wis furever asking.

"Ah jist look tae see whit's gaun oan. It's no as if Ah've many pleasures in life and it wid surprise ye who is up tae their eyes wae the Provi people, the same as us. Ye jist widnae believe it," wis always her reply.

"Aye, right. Well, gie's a shout when ye discover they've spelt oor name wrang again," wis wan ae his usual retorts, or her favourite, "His that auld man ae yers no made it intae the dispatches column yet?"

"Is that you, Johnboy?" Helen shouted, putting the paper doon.

She'd heard the ootside door clicking saftly shut. It couldnae be wan ae the lassies because she wid've heard them hauf way up the street. Anyway, they sounded as if they wur up the stairs in their bedroom.

"Aye."

"Come intae the kitchen where Ah kin see ye."

Johnboy appeared in the doorway looking shifty or feart or baith. Helen couldnae make up her mind which wan it wis.

"Hiv ye been breaking intae the nursery?"

"Naw."

"So, if it's no you, who his?"

"Ah don't know."

"Ah'll ask ye again. If it's no you, then who wis it?"

"The Fergusons and the Martins."

"And ye've hid nothing tae dae wae it?"

"Naw."

"Who wur ye wae doon at the close when the polis grabbed ye?"

"Ma pal."

"Right, Ah'll start again. Who wur ye hinging aboot wae doon at the closemooth when the polis grabbed ye?"

"Ma pal, Tony."

"Who's Tony?"

"Tony Gucci."

"Whit kind ae name is Gucci?"

"Ah don't know."

"How dae ye know him?"

"Fae School."

"Is he a Catholic?"

"Ah think so."

"So, why dis he go tae your school then?"

"Ah don't know."

"How dae ye know he's a Catholic then?"

"He telt me."

"Why wid he tell ye something like that?"

"Ah don't know."

"His he goat brothers and sisters?"

"Ah don't know."

"Whit dae ye know?"

"Ah don't know."

"Where dis he live?"

"Ah don't know."

"Johnboy, if ye say tae me wance mair that ye don't know, Ah'm gonnae come o'er there and burn yer eyes oot wae this fag," she threatened, waving the fag at him as his eyes followed the blue swirls ae the smoke trails.

"Somewhere up aboot St Mungo Street."

"Bit ye don't know where?"

"Naw."

"If Ah find oot that ye're up tae nae good and ye're lying tae me, it'll no be yer da that will be skelping yer arse, bit it'll be me that'll be taking a stick tae it."

"Ah'm no lying," he protested, looking her straight in the eye fur the first time since he'd arrived.

"Right, gie yer sisters a shout and tell them their tea's ready and get intae that sink and wash yer hauns."

Chapter Ten

It didnae take him long tae get noticed. He arrived a couple ae days efter they'd tanned the tobacconist shoap oan St James Road. Olive Oyl telt him tae sit at the desk behind Johnboy in the class. Although he wis as bald as a coot, that's no whit hid made Johnboy notice him at first. When everywan wis lined up ootside the class, waiting tae go in, they'd heard him well before they'd clocked him. Because Olive wis late, as usual, they'd aw been left staunin in the empty corridor, hivving a carry oan and that's when they'd heard the echoing clickity clack ae footsteps slowly coming up the stairs. Everywan hid been surprised tae see that it wis a pupil who wis making the racket, as the skull, wae its set ae sunken eye sockets, appeared o'er the horizon ae the stairs. Underneath the skull, Johnboy could see that he wis gonnae be real competition fur every other wan in the class, including Olive, oan who looked the maist in need ae something tae eat. He wis like a real live walking skeleton. As he'd come towards them, everywan hid stared at they feet ae his. The clickity-clack hid been coming fae the huge pair ae fitba boots that he wis wearing. He'd telt Johnboy later that they wur a few sizes too big fur him. This wis hardly surprising as he'd lifted them oot ae the PE teacher's kit bag at The Baby Rock a few days earlier, before he wis expelled and sent tae Johnboy's school.

When he'd come and stood beside them, there hid been a few titters fae the lassies, bit aw the boys hid kept their mooths shut. He looked pretty scary and when he'd asked if this wis Miss Hackett's class, it wis wan ae the lassies who'd nodded.

Johnboy furgoat aw aboot the skull's heid until it started interfering wae his learning. Olive's drone ae a voice hid sent maist ae the class intae the land-ae-nod and Johnboy's dream ae breaking intae shoaps wis being constantly disturbed by the living skull's snoring, fidgeting and farting behind him and Senga. As if that wisnae bad enough, every time Olive hid come tae the end ae her chalk, she'd started throwing it at Sleeping Beauty, insteid ae throwing it in her basket. Her aim wis shite and the chalk hid kept bouncing aff ae Johnboy's heid insteid ae the skull's. When

Johnboy turned roond tae tell him that he'd need tae learn tae sleep wae his eyes open in the class like the rest ae them, he'd been confronted wae a skull lying oan its side oan tap ae the desk. Johnboy hid jist aboot shat himsel, bit the fact that the mooth wis dribbling hid convinced him it wis still alive.

"Er, excuse me, Kelly," Olive hid said, raising her voice gently fae the front ae the class, trying tae kid oan tae the new boy that she wisnae a right mad hatter. This hid soon been followed by a shout ae, "Excuse me, Kelly," and then by a blood curdling scream, "Kelly!"

Even the goody-goody wans, including Johnboy, who'd been facing her, kidding oan that they wur learning something, hid nearly shat themsels wae fright at the sound ae that screech. The skull's heid hid shot back up aff the desk, blinked a couple ae times rapidly, yawned, smacked its lips and then slid straight back intae the usual 'The Incredible Strange Creatures Who Stayed Living and Became Mixed-Up Zombies' expression that the rest ae the class put oan five minutes efter they entered Olive Oyl's classroom every morning. Johnboy hid been fair impressed, because new pupils who started in Olive's class usually took at least the morning and hauf the efternoon before getting that look doon tae a 'T.' Thank God he'd cracked it, Johnboy remembered thinking tae himsel that first morning ae Skull's arrival, as he dodged the crush in the classroom door as the bell went fur their break at eleven o'clock.

"Aye, hellorerr Tony," Charlie Chaplin said, staunin there in his auld Jags jersey tap and size ten fitba boots, still trying unsuccessfully tae keep his troosers fae falling doon, first wae wan haun, then the other and then wae the baith ae them, as he walked o'er tae where Johnboy and Tony wur staunin in the playground.

"Skull, ya wee baldy, twisted, basturt...how ur ye daeing? Ah didnae think ye'd end up here till efter the summer holidays at least," Tony said in surprise, smiling.

"Naw, they couldnae wait tae get rid ae me and Betty...the wankers," Skull replied.

There wis nae doubt aboot it, Skull wis a playground stoapper. Wance people clocked that heid and they fitba boots, they didnae know whether tae laugh or be feart ae him.

"Whit? Betty's here as well?" Tony asked, surprised.

"Aye, she goat caught stealing a teacher's purse oot ae a handbag in the staff room. Ye hivnae seen her, hiv ye?"

"She'll be in the lassies' playground o'er there. This is Johnboy, who Ah wis telling ye aboot," Tony said, nodding in Johnboy's direction.

"Aye, Ah know...we're in the same class," Skull sniffed, ignoring Johnboy and looking aboot.

Before Johnboy could say something tae impress him, a well-known fat basturt who enjoyed flicking poor wee innocents' ears, came waddling past them, trying tae look aw innocent, while stuffing his fat cheeks wae two heels ae a loaf wae aboot ten pounds ae red cheese in the middle.

"Hoi, you...aye, you, Fat Boy!" Skull said, staunin in front ae him.

"Er, ur ye speaking tae me?" Tarzan wae the fat arse said, looking sick because he knew whit wis coming, or at least hauf suspected.

"Haun o'er that breid," David wae the size ten fitba boots said tae Goliath wae the fat cheeks and even fatter arse, adding fur good measure, "and don't furget the snake belt."

"Bit, bit..."

"Nae bit, bits and hurry up, Tubby," Skull said, swiping the lump ae breid and cheese wae wan haun, while keeping a haud ae his troosers in case they fell doon wae the other.

There wis a wee flash ae the auld defiance in Fat Boy's beady eyes, bit it soon vanished when he clocked Tony staunin there, watching silently.

"Bit how will Ah keep ma troosers fae falling doon?" the whinging whingerer whinged.

"How the hell am Ah supposed tae know?" Skull snarled, nonchalantly looking aboot fur another victim, while ripping another bit ae the breid aff wae they teeth ae his and gulping it doon like a hungry seagull.

Johnboy wis torn between watching Skull scoff the fat-fingered-ear-flickerer's play piece oan the wan haun or watching amused as Tub Boy attempted tae pull his snake belt through the loops withoot his troosers hitting the painted penalty spot underneath his feet.

"Right, fuck aff before yer shoes join the same club as yer belt," Skull said casually, wrapping the snake belt roond his waist three times before finally managing tae hook the snake's heid oan tae its tail.

Johnboy wis jist wondering whit wid happen if he bumped intae Fat Boy oan a dark night oan his lonesome when the bell rang.

"Wis that piece good?" Johnboy asked Skull, trying tae say something intelligent tae make a good impression as they heided back tae class.

"It could've been daeing wae a wee bit ae broon sauce."

"Ye're something else, Skull," Tony said, as him and Johnboy grinned at each other before they disappeared in through the double doors.

It hidnae taken Johnboy long tae realise that he wis in amongst professionals. Efter another session ae sleeping wae their eyes open, the bell brought them back tae life. Johnboy heided doon tae the school office wae Skull tae pick up Skull's dinner ticket. As they wur heiding oot ae the office tae go doon tae the dining hall, Batty heard the sound that wis awready becoming a legend in the school.

"Boy?"

"Who? Me?" they baith chimed at the same time.

"You with the shoes that sound like maracas."

"Who? Me?" they baith chimed again.

"Don't be so bloody stupid, Taylor," Batty snarled at Johnboy, clearly irritated at the lack ae intelligence being displayed in front ae him. "That's not football boots we're wearing, is it?" Batty demanded, looking at Skull's feet.

Johnboy wid've loved Skull tae hiv done a wee tap dance, bit realised that Skull must've goat the message fae the look oan the auld crackpot's face that it widnae be a good idea tae fuck aboot.

"Aye, they ur, sir."

"There will be no football boots worn anywhere in the school, including the corridors."

"Bit they're aw Ah've goat, sir."

"Don't speak back to me, you insolent roach! Don't let me catch you wearing football boots in my school again!" Cricket Baw Heid screamed, spit flying everywhere.

And wae that, Batty disappeared back intae his office, muttering something aboot only hivving a week tae go.

By the time they goat doon tae the dining hut, it wis pishing doon wae rain. Everywan wis in full flight, singing 'Why Ur We Waiting?' tae nae effect. As usual, wance everywan wis soaked, the door slowly opened against the crush ae the crowd and aw those who wur staunin in front wur aw pushed back aboot four feet.

"Right, paid pink wans tae the front and the free broon wans tae the back," shouted Fat Marge, the assistant cook wae the goatee beard and side-burns.

Wance the pink paid crowd haunded o'er their paid pink tickets and disappeared through the door tae their pink paid section, the door slammed shut again. Efter another fifty verses ae 'Why Ur We Waiting?' and roughly two days later, the bearded lady's heid reappeared again.

"Right, line up...in ye come and hiv yer tickets at the ready."

The free broon tickets hid wee boxes alang the bottom that said Monday tae Friday. Each day, when ye went in, Hairy Face clipped the box fur that day wae wee plier clippers wae teeth oan them.

Wance inside, the pink paying wans wur always oan their puddings by the time Johnboy and his pals plapped their arses doon. By the time they wur finished their meal, hauf the place wis empty. It wis then that Johnboy found oot whit a genius looked like. Skull suddenly stood up.

"Right, Ah'll take the far row and youse kin fight between yersels as tae who gets the other two," he announced tae Tony and Johnboy.

Wae that, he walked aff and started tae get torn intae the lefto'er puddings in the bowls that wur sitting, uncollected, oan the paid pink tables. It wis then that the penny drapped wae Johnboy. Whoever hid thought up the wan aboot keeping the free tickets tae the end should've been awarded a medal. It wis only a pity that it hid taken Johnboy hauf a lifetime ae eating in the place tae find oot aboot the rich rewards scattered roond aboot him.

"Here, Skull, is that no yer big sister, Betty, doon there?" Tony said, burping efter finishing his seventh bowl ae Sago and before starting oan his next wan.

"So, that's where she's goat tae," Skull said, grinning, as they watched Betty, o'er the tap ae their spoons, putting her empty bowl doon before moving oan tae the next empty table in the pink paid section.

That wis the first time since Johnboy wis five that he'd left the dining hut feeling less hungry than when he went in.

Chapter Eleven

Helen hidnae been able tae sleep the night before fur thinking aboot poor Mary MacDonald. At least she'd hid Jimmy tae support her while Mary wis oan her tod wae five weans. It jist didnae seem fair fur a young wummin tae be oan her ain and dealing wae aw that grief. The first warrant sale wis always the worst, although in Helen's case, it wisnae until the third time that their names appeared in the paper that they'd hid their first actual sale. Helen's auld man hid gone ape-shit the first time he'd clocked their name and address in The Evening Times. He'd sent Helen's maw roond the same night, demanding tae know how much tic they owed and then hid paid it aff the next day at the sheriff officers' office doon in Bath Street while he wis oan his delivery run wae Barr's. Tae make matters worse, his run wis in the east end ae the city and he'd hid tae park his lorry in the middle ae Bath Street in the city centre where there wisnae any shoaps that sold Irn Bru. He'd taken a crate ae American Cream Soda intae the office as a cover, jist in case he bumped intae anywan he knew. Unfortunately, in his haste tae get oot ae the place, he'd furgoatten the soda. His gaffer hid called him in the next day and asked him tae go and pick up the crate fae the sheriff officers' in Bath Street and hidnae asked any questions. Her da hidnae spoken tae Helen and Jimmy fur six months that time. The second time hid really taken the biscuit though. Helen hid helped her maw tae remove their warrant sale notice fae the newspaper before he'd arrived hame fae his work. He'd jist sat doon fur his usual tea ae toast and scrambled eggs, when he'd started turning the pages back and forward wae a puzzled frown oan his brow.

"Some selfish toe-rag's stolen part ae ma paper," he'd declared in disbelief.

"How dae ye work that wan oot then?" her maw hid asked, looking up fae her People's Friend which she goat every week fae auld Izzie next door.

"Look, wan, two, three, four, seven, eight, nine, ten, eleven, twelve, thirteen, fourteen, seventeen, eighteen, nineteen and twenty," he'd said, turning the pages back and fore, inside and oot wae a puzzled look oan that auld lined face ae his.

"Aye?" Maw hid asked innocently.

"Whit dae ye mean, aye?"

"Ur ye sure?"

"Of course Ah'm bloody sure!" Da hid shouted.

"Don't bloody swear at me!" Maw hid shot back, banging her haun doon oan the table, gieing the toast and scrambled eggs a wee dance in the hope ae distracting him.

"Right, that's it, Ah'll be back in a jiffy," he'd grumbled, as he heided oot the door, muttering under his breath.

"Yer tea will get cauld," Maw hid shouted at his back as the door slammed behind him.

Five minutes later, Montgomery ae Alamein hid arrived back, hivving sorted oot the situation and hid gone back tae where he wis earlier. Maw hid watched him, silently exaggerating each turn ae the pages, wan by wan, savouring his victory, as she held her breath, heid still in The People's Friend.

"Aw, fur God's sake...no again!"

"Whit?"

"Helen and that waster man ae hers ur in the warrant sales section again."

"Let me see," Maw hid said, pretending tae read, even though he knew she couldnae read or write. He wid read her the stories fae her People's Friend in bed at night because she said she liked the sound ae his voice.

"Did you know aboot this?" he'd growled, trying tae suss oot if she wis in cahoots wae Helen.

"Noo, how wid Ah know? Ah hivnae saw Helen since last week," Maw hid lied, hivving hatched the pages-kidnap wae Helen at hauf five when she'd come running roond tae warn her and borrow four pounds tae tap up the nine she'd awready managed tae raise tae pay aff the sheriff officers.

"Right, that's it...they're bloody finished. Ah'm no putting up wae any mair ae this shite again, hivving tae face the neighbours, knowing they aw know oor business."

"Well, Ah widnae worry aboot whit the neighbours think, given that none ae them like ye anyway. When wis the last time ye said 'hello' tae any ae them or even gied any ae the weans up the close any ae they sweeties that ye're always picking up through yer work?"

"Ah'm telling ye...Ah'm finished wae them and don't ye dare help them oot this time."

"Don't cut yer nose aff tae spite yer face, ya auld git, ye. Ye've only wan daughter and there's the grandweans tae think aboot."

"Ah'm saying nae mair aboot it and another thing, don't ever sabotage ma paper behind ma back again."

"Ach, away and bile yer heid, Adolf," hid been the last word oan the subject that night.

The third time hid been too close fur comfort. The sale hid come aboot a week efter Helen hid started talking tae the auld man again. They hidnae spoken fur aboot a year and probably still widnae be talking if he hidnae bumped intae Johnboy in Curley's up oan Parly Road. Although the falling oot hid been nothing tae dae wae the weans, the boys hidnae hid much contact wae him, though Helen's maw used tae go roond tae Montrose Street wance or twice a week. The girls usually went roond oan a Saturday tae her maw and da's tae get their pocket money ae ninepence tae spend and ninepence tae get them intae the pictures, plus they always goat a bar ae Cadbury's chocolate each. The boys stoapped getting when Charlie wis six and goat black-balled fur telling his granda tae fuck aff when they wur oan the tram coming back fae the Christmas circus at Kelvingrove Hall. This hid been oan tap ae him telling Coco the Clown, through the microphone, that his da hid telt him that his granda wis a stingy auld basturt, which Jimmy hid denied ever saying. Johnboy hid fallen oot wae his granda because the only bar left, wance the lassies hid chosen their chocolate, wis coffee flavoured. Helen's maw always goat oan tae her da aboot the coffee flavoured wan, bit every week the fourth bar wis always the same. Her da hid always made it clear that he preferred the lassies.

Oan the day ae the big bust up, Johnboy hid been staunin in the queue in Curley's when he'd spotted his granda. As the queue worked its way roond the walls he'd said, "Hello Granda."

The auld grumpy git hid looked at him and said, "Ah'm no yer granda, son. Ah don't hiv any grandweans."

Wae that, Helen's da hid walked oot ae the shoap wae his groceries. When Johnboy telt Helen whit hid happened, she'd shot aff roond tae their hoose and let fly.

"Don't you ever, ever claim ye're no ma weans' granda ever again, ya nasty auld basturt!" she'd screeched at him.

"Helen, Helen, darling, Ah widnae dae such a thing," he'd whined, denying everything.

"Ye bloody ignored that poor wean when he spoke tae ye in Curley's, in front ae everywan and denied ye wur his granda," she'd raged at him.

"Naw, naw, it wis an easy mistake tae make, darling. Ah didnae recognise him until it wis too late and Ah wis oot ae the shoap. It's been o'er a year since Ah last saw him. It wis an honest mistake, hen...honest," he'd prattled oan.

Wan thing hid led tae another and wance Helen hid calmed doon, they'd aw ended up in tears, including her maw.

Her maw hid telt her later that efter Helen hid left, he'd picked up his newspaper and spotted the impending sale, which wis tae take place the following week. She said that he'd jist stiffened aw ae a sudden, before turning the page and carrying oan reading.

Oan the day ae the sale, a couple ae wee scrawny sheriff officers hid turned up at aboot hauf past wan. They'd warned Helen that she'd be held responsible fur any threats or intimidation tae buyers who might turn up, including any interference that might take place doon at the closemooth. She'd jist ignored them and made oot that she wis gaun aboot her business. A few days earlier, they'd gone roond the hoose looking at Helen's furniture, putting ridiculously low prices oan aw her good stuff, such as two pounds oan her lovely radiogram that hid cost eighteen new. They'd put the cooker doon fur five bob and the weans' beds wur two and a tanner each...the cheeky buggers. When Jimmy hid heard that, he'd gone ballistic, bit hid calmed doon when she'd telt him she'd deliberately no cleaned the cooker since they'd been informed aboot the sale, jist tae make sure that it looked as if a scabby cat widnae eat aff ae it.

A crowd hid gathered early at the closemooth wance the sheriff officers hid entered and heided up the stairs tae her hoose. The crowd hidnae been potential customers, bit jist the lassies fae the street and beyond, waiting tae gie people a noisy welcome if they turned up fur the sale. Betty fae next door hid been first aff the mark when a couple turned up in a van.

"Away ye go, ya pair ae slugs," she'd shouted.

"Get tae fuck, ya pair ae leeches. There's nae bargains tae be had here."

"Bloodsuckers!"

They hidnae even goat oot ae the van bit hid turned aroond in the Allan Glen's car park opposite and hid disappeared pretty quickly.

Wan ae the lassies thought she'd seen Mick the Maggot fae Paddy's Market turning intae the street at the bottom bit couldnae be sure. Even Helen wid've punched him oot if he'd turned up...sheriff officers present or no.

The only other wans that hid been prepared tae walk through the pro-testing gauntlet wis an English couple called Fairbanks. He never said anything and wis the type that ye furgoat two seconds efter ye clapped eyes oan him. The wife hid spoken wae whit seemed tae Helen at the time tae be a phony posh accent. She wis tall and skinny wae short dark hair and hid a right sleekit look aboot her. Despite aw the snarling fae the girls doon in the closemooth, they'd come in wae their price list in wan haun and a wean each in their other haun and hid wandered aboot her hoose, ignoring Helen's presence, despite the obvious stress that must've been oan show at the time. Helen hid heard her asking wan ae the officers if they wid 'consider a reduced job lot price.'

"We'd be happy tae accept any reasonable offer at the end ae the day, should ye wish tae put wan forward," she'd heard him reply encouraging-ly.

Helen hid been considering whether tae run across and gie her a swift kick in the fanny bit hid been interrupted by her eldest, Charlie, who'd jist walked in.

"Er excuse me, kin Ah help ye?" she'd heard the sheriff officer saying in the lobby.

"Fuck aff, ya prick, ye. Ah live here," hid been the response, as Charlie's frame filled the door, wae the officer bobbing up and doon behind him trying tae see whit wis gaun oan.

"Ma, Ah need tae speak tae ye," he'd said.

"No the noo, Charlie. Ah'm jist aboot tae flair that stuck-up cow and her ugly man," she'd replied, trying tae keep her composure.

"Naw, seriously, come oot oan tae the landing," he'd said, mair urgently, nodding wae his face aw screwed up and winking furiously like some dirty auld pervert.

She'd followed him ootside oan tae the landing at the tap ae the stair-well where he turned and put his lips up tae her ear.

"Shut the door behind ye."

"Charlie, whit the hell's gaun oan? Ah cannae take much mair ae this," she'd wept.

"Naw, Naw, it's nothing tae be worried aboot. Jist don't get yer knickers in a twist when Ah gie ye this," he'd said, and wae that, he'd lifted her haun up and put a bundle ae notes intae it.

"Christ, Charlie!" she remembered yelping, as her voice sunk tae an even lower whisper than his.

"There's twenty seven quid there. Will that help ye oot?" he'd asked, looking intae her eyes, urging her no tae make a bigger scene than the wan that wis taking place up her close and in her hoose awready.

If she wis being honest, she hidnae hesitated as the fear ae losing everything hid taken o'er her sense ae right and wrang.

"Right, Charlie, here's whit ye hiv tae dae. Dae ye know where the sheriff officers' office is oan Bath Street?" she'd whispered tae him in a frenzy, her humiliation complete.

"How the hell wid Ah know where that is?" he'd whispered back.

"It's jist opposite Clinkscale, the musical instrument shoap," she'd screeched tae him, feeling faint at the thought that maybe aw her furniture and weans' beds wurnae gonnae be sold fae beneath her feet efter aw.

"Aye, Ah know exactly where ye're talking aboot noo."

"Right, well, kin ye get yer legs doon there as fast as they'll carry ye and pay aff this bill...as in like, the noo? Ah'm still no sure if it's too late," she'd pleaded, pulling the warrant and bill oot ae her pinny pocket, haunin him back the wad ae notes withoot hivving coonted them. "Under no circumstances dae ye leave withoot them accepting the payment. Hiv ye goat that, son?"

"Nae bother, Ma," he'd said, as he hoofed it doon the stairs, three at a time.

Helen remembered ripping the warrant sale notice aff ae her front door and marching straight up tae the two sheriff officers.

"Right, Abbott, and you as well, Costello...ma boy his jist telt me that ma man went intae yer office first thing this morning and paid aff ma bills," she'd announced.

"Bit, bit..." spluttered Costello.

"Don't bloody 'bit, bit' me, ya sad specimen ae a man, ye," she'd scowled, stuffing the crumpled notice intae his shirt pocket. "And get the hell oot ae ma hoose before ma man arrives and kicks yer arses doon they stairs."

The expression oan their faces when she'd gone back intae the hoose and telt them tae piss aff hid been a picture.

"And, as fur youse, ya pair ae parasites...if Ah don't see yer arses flee-ing oot ae that door in three seconds flat, Ah'll punch ye so fast that ye'll think ye're bloody-well surrounded," she'd spat at them.

Helen remembered detecting a wee element ae defiance fur a split sec-ond as her eyes drilled intae the eyes ae Mrs Phony Voice.

"Come, dear. You too, children," his noneness hid muttered, taking his missus gently by the erm, gieing her an excuse tae avert her eyes and tae focus oan Helen's lino-covered flair.

The coward ae the county then scurried aff wae his family in tow, trying tae catch up wae Abbott and Costello.

"Aye, get tae hell and shut the door behind ye," she'd shouted, bursting intae tears as they disappeared oot the door.

Jimmy hid been oan a long distance drive doon south, so Helen and the lassies that hid been doon at the closemooth demonstrating hid chipped in fur four bottles ae Barrs Soda Water oot ae Cherries roond the corner, wae Helen supplying the PLJ fur the wans who preffered a dash ae lime and that night they'd aw hid a right laugh and a wee sing-a-long tae celebrate the near miss. She'd never brought up the subject ae the money wae Charlie and hid telt Jimmy that her maw and da hid helped them oot again. It hidnae been an easy seventeen years fur them, Helen thought tae hersel, as she picked up wan ae her three tipped singles that she'd sent Johnboy roond tae Sherbet's fur earlier. She'd her wee part-time cleaning job in the school and that helped. Jimmy hid always worked, bit he'd left school withoot a trade tae go intae. He'd hid some right shite jobs in his time bit this wan seemed tae be working oot aw right. It hid been aboot six months since he'd been gied a start, driving wagons fur Morrison's Removals and although the money wisnae great, he seemed tae like it. It hid been a 'hifty' case when they'd goat married as she'd goat pregnant aboot four weeks efter they'd started gaun oot thegither. It hid nearly killed the auld wans. It wis jist as well she hidnae been showing at the registry office doon in Martha Street or they widnae hiv shown up. Her maw hid said, in way ae an apology, that Helen hid tae understaun how hurt her da felt, given that she wis their only child. Efter that, the weans hid started shooting oot like flying ducks, year oan year. The first tae arrive oan the scene hid been Charlie. Then it wis the lassies turn...Isabelle, Anne and Norma in quick succession. By the fourth wan, Helen hid hid enough. She'd spoken tae Pat Broon, The Green Lady, and they'd sorted oot a foolproof strategy. Jimmy hid telt everywan in The Grafton Bar that this consisted ae her jumping up an doon fur hauf an hour oan a pogo stick every time they hid a ride. By the time Johnboy arrived, sixteen months efter Norma, Helen wis definitely no coping. Charlie, though only seven, wis awready getting intae trouble and no only wae his granda. He wis getting slung oot ae school regularly fur fighting boys two sizes too big fur him. Helen wis never away fae the school board offices doon in George Street aboot his behaviour, right up until the time that JP Donnelly sent him tae approved school at age twelve, fur knocking oot Batty Smith, the heidmaster ae his primary school.

Helen remembered greeting when she saw the fifth wean wis another boy.

"There's no way he's getting aff wae anything. He's getting kept oan a short lease, this wan."

"Ah'm sure he'll be a wee darling, hen. Don't ye worry aboot a thing. Charlie is a wan aff, so he is," Jimmy hid said.

"Aye, well, we'll see soon enough," she'd said tae him at the time.

Up until recently, Johnboy seemed tae hiv turned oot okay. He certainly wisnae a patch oan his aulder brother, Charlie, considering whit Charlie hid goat up tae at Johnboy's age, bit this carry oan wae Thompson and Crisscross disturbed her. Coming oan the back ae being expelled fae school fur refusing tae accept the belt fae Batty, she wondered if he wis being led astray by some aulder boys. He hidnae been hinging aboot wae his usual pals either. She'd been speaking tae Ina McLeod who'd said that she hidnae seen Johnboy roond at her hoose fur ages. When Ina hid asked her Ian aboot it, he'd said that Johnboy hid new pals noo. Helen thought aboot aw the wee things that hid been happening o'er the past month that she'd let pass at the time and decided that she'd need tae keep her wits aboot her and her ears pinned tae the ground o'er the next wee while. It wis aboot time that Johnboy goat a wee dose ae tough love tae help him buck up his ideas.

Chapter Twelve

"Listen tae this," Granda said, reading The Glesga Echo oot loud. "'Polis Constables Jinty Jobson and Christopher Cross hiv been awarded The Glesga Corporation Medal fur bravery,' writes oor sleuth crime reporter, Pat Roller."

"Crisscross and Jobby?"

"'The brave constables intervened in an armed robbery oan a tobacconist's oan St James Road at the beginning ae June. Efter a spectacular and well co-ordinated chase up McAslin Street, Toonheid, they confronted two ae the robbers in the back close ae The McAslin Bar where wan ae them pulled oot a metal bar and scudded PC Jobson oan the side ae the heid.'"

"Fur goodness sake. Ur they okay?"

"It says here, 'PC Jobson suffered concussion and hid tae get five stitches in his heid and PC Cross suffered trauma.'"

"Ah'm no meaning that broon-arse Jobby or that skelly-eyed eejit, Crisscross. Ah'm meaning the robbers," she said, looking at him as if he wis stupid.

"See, that's the problem noo-adays. Everywan thinks ae the criminals and no the poor victims."

"Ah am thinking ae the poor victims. Ah bet ye the poor robbers wur in a worse state than that pair ae nincompoops when they appeared up in court."

"That's ma point. Whit if it wis wan ae us or the grandweans that hid been caught up in something like this, eh? Wid we no be glad that Jobby and Crisscross put themsels oan the line tae sort it oot?"

"Ah'm no saying we don't need the polis...bit, let's be honest...Jobby and Crisscross? Ye've said yersel many times that they're nothing bit bloody crooks."

"See, ye're falling intae the auld trap, aren't ye?"

"Whit trap wid that be then?"

"Ye're personalising it."

"Ah'm no personalising it. The only thing Ah know aboot that pair is whit ye've telt me."

"Whit ur ye oan aboot?"

"Ah'm oan aboot how they've helped themselves, many a time, tae fags and booze fae the shoaps that hiv been broken intae, when they've been called oot tae the scene ae the crime."

"Aye, bit..."

"Don't 'aye, bit' me. Ye telt me yersel that a lot ae the shoapkeepers that ye've delivered Irn Bru tae hiv said that they don't mind getting broken intae by honest crooks..."

"Aye, bit..."

"...Bit they get really pissed aff if the polis arrive at their shoap before them because they usually get cleaned oot."

"Aye, Ah admit, Ah did say that. That wis the rumour that wis gaun aboot at the time," he managed tae get in.

"It wisnae a rumour, ya squirming toad, ye. Don't try and wangle yer way oot ae this wan. Ye telt me Holy Pants turned up at his grocer's shoap tae find that big Sergeant-whitever-his-name-is..."

"Jim Stewart."

"...Wis staunin wae the back door ae the Black Maria open, while his sidekick, Sergeant-whitever-his-name-is..."

"Liam Thompson."

"...Wis staunin supervising Bill 'n' Ben emptying his shelves ae aw his good tins ae Auld Oak Ham."

"Naw, naw, whit Ah said wis that that's whit it looked like tae Holy," he retorted, puffing oot his chest indignantly at even the slightest suggestion that he might've goat it wrang.

"Yer arse said that. Ye said that Jobby's arse wis up a ladder, haunin doon the stuff tae Sergeant-whitever-his-name-is..."

"Thompson."

"...While at the same time, the squinty wan wis haunin o'er aw his good duck eggs and fresh butter pats o'er the coonter tae Sergeant-whitever-his-name-wis."

"Stewart."

"Aye, Stewart, that's the wan," she said, enjoying hersel.

"Ye've missed the point ae whit Ah wis trying tae say, wummin," he coontered, feigning exasperation, trying tae nip in wae a wee cheeky south paw seconds before receiving the blinding sucker-punch.

"And whit wis it that Big Sergeant Thompson said tae Holy when Holy popped his heid intae the back ae the Black Maria and clocked it hauf full ae aw his good stuff? 'Aye Holy, we're taking this away as evidence.'"

"Ye clearly don't know the first thing aboot polis work. Of course they need tae take stuff away fur evidence," he said, hinging aff the ropes in a daze.

"Aye, right, Sherlock. Anyway, never mind aw that. Whit else dis it say?" she asked wae mock encouragement.

"Ah'll carry oan only if ye don't interrupt wae aw that pish ye're coming oot wae."

"Hurry up…Ah've no goat aw night," she said, smiling.

"It goes oan tae say that PC Chri…Crisscross 'applied first aid tae PC Jobson at the scene efter he lost consciousness while at the same time haudin oan tae wan ae the struggling vicious thugs.'"

"Ah'm finding aw this hard tae believe. Don't get me wrang, Ah could see some polis daeing aw this, bit Ah find it jist too much fur ma simple brain tae accept that they pair ae thickos could ever catch a bus, never mind a crook."

"'Sergeant Liam Thompson, alang wae Sergeant Jim Stewart, who also received the chief constable's commendation fur arresting wan ae the robbers, said he wis proud tae serve o'er PC Chr…Crisscross and that local joint leadership under him and Sergeant Stewart meant that the good folk in the Toonheid kin sleep easy in their beds at night.'"

"Pish!"

"Look, there's a photo."

Granny nipped aroond the table and peered doon at the page and burst oot laughing.

"Aw, fur goodness sake, Ah think Ah'm gonnae hiv tae go and pee in the sink, it's so funny. Ah'll never make it oot tae the cludgie oan the landing in time," she howled. "That's a wanted poster if ever Ah saw wan. And they eyes ae Crisscross's…ye wid've thought they wid've substituted him wae somewan else, jist fur the photo," she said, as she burst intae hysterics again.

Granda looked doon at the photo. Included in it wur the chief constable, a chief inspector and JP Donnelly, staunin in fur The Provost. JP wis haundin o'er the medals while the two sergeants wur staunin wae their paper commendations held up oan either side ae the group, looking as sick as a pair ae parrots because aw they goat wis a piece a paper and no the metal jewellery. At first glance, it looked like a nice wee presentation photo, until yer eyes wur taken prisoner and transfixed oan the wan wae Crisscross accepting his medal.

"Aye, it's true whit they say...photos don't lie. Dae ye think he's looking straight at the camera or at somebody who's jist walked intae the room aff the street?" Granda asked drily.

"Stoap it, ye're cracking me up," Granny hooted, heiding intae another fit.

"Dae ye want tae hear the rest or is this too much excitement fur wan year?"

"Carry oan, Alistair Cook. This is bloody brilliant, so it is."

"'Wan ae the thugs his awready been sentenced tae twenty eight days detention fur aiding and abetting in the robbery, while the other wan is oan remand fur the mair serious charge ae assault wae a deadly weapon. Due tae their age, we cannae print their names bit, suffice tae say, the streets ae the Toonheid ur much safer the night as a result ae these brave, dedicated officers.'"

"Ah cannae wait tae speak tae Helen. That photo is bloody stoating, so it is."

"'Local cooncillor, JP Donnelly, said the war oan crime in the Toonheid will continue until decent folk kin go aboot their lawful business withoot fear ae being robbed and ripped aff.' And that's that," he said, putting doon the paper.

"Whit dae ye think ye're daeing? Read that tae me again, bit gie me a swatch ae that photo wan mair time, before ye dae."

Chapter Thirteen

Monday

It should've been plain sailing that week fur Johnboy, Tony and Skull. Everywan in the school wis pishing themselves wae excitement at the thought ae breaking up fur the summer holidays. Even Olive Oyl wis in good spirits that Monday morning...fur aboot three minutes at least.

"Right, listen up."

No-wan listened, as usual.

"Quiet!"

Some ae the class listened.

"Seeing as it's the last week of the term and the school closes at lunch time on Friday, you can all come to school in fancy dress that day," she said, aw nun-like, looking tae the heavens as if she wis daeing them aw a favour.

Aw the lassies started squealing and talking at a hunner mile an hour in wee groups, whispering excitedly. Johnboy thought he'd test the water, seeing as she wis in a good mood, so he stuck his haun up.

"Yes, Taylor?"

"Please Miss, kin Ah come as a tramp?"

"So, you'll not be bothering to put in any special effort then, Taylor," she'd retorted, steel in that voice ae hers.

Johnboy wisnae too sure whit she meant by that, bit by the tone ae that squeaky voice ae hers, he sussed oot that she didnae want tae play, so he wis soon in a deep sleep, sitting wae his eyes wide open, wae no a care in the world. Fur a while in class, he'd been a wee bit restless first thing in the mornings, trying tae hiv his first kip. It hid taken him a couple ae days tae work oot that since Skull hid started sitting behind him, his concentration hid gone aw tae pot because ae Skull's continuous farting, fidgeting and snoring. Tony hid telt Johnboy that the quickest way tae hit sleepsville wis tae think ae fannies, fat arses and big paps. Tony hid said that if he did that, nothing wid interrupt him, apart fae the teacher's drone in the background shifting up and doon the gears, getting his hard-on stuck at an angle in his troosers when he nodded aff sideways or Barbara Windsor coming intae the class and sitting oan his lap. Given that Johnboy didnae know any ae the lassies in Tony's class, he reckoned that trying tae picture Barbara Windsor wis oot, and as he'd never seen any fannies, fat arses or big paps in the flesh, it wid be hard tae picture whit he wis supposed tae be imagining. He thought that wan ae Tony's suggestions wis close enough though. Johnboy wid sit there dreaming aboot how him and Senga could heid doon tae the weddings in Martha Street oan a Friday night and Saturday morning and then go and spend aw the money that they'd collected fae the scrambling ae the coins in Cherry's sweetie shoap oan Cathedral Street. They'd even share whit they'd collected and Johnboy wid protect her fae aw the big boys who wid be doon at the weddings, baw-deep, wae feet flying, trying tae grab the tanners and silver thrupenny bits that wur being slung oot ae the wedding car by the happy couple as it shifted up a gear. Another good wan wis where they'd go oan holiday wae their mas and das and Johnboy wid get tae see her and talk tae her every day withoot her pals. Wance he goat the knack, Skull could've shat his breeks five times in five minutes and it still widnae hiv budged him oot ae his open-eyed, shut-eye sessions.

Tuesday

It aw happened kind ae fast. Wan minute Senga wis telling Johnboy that she wis coming tae the party oan Friday dressed up as wan ae the Supremes and the next minute, Skull wis being shouted oot ae the class by Batty in the flesh.

"Aye, there's trouble brewing and things must be serious if that auld badger is wandering the corridors," Johnboy hid said tae Senga.

The only other time he could remember Batty appearing at their class door wis when Stuart Hurley goat expelled fur shiting in Olive's desk drawer. Stuart hid nipped back tae the class as they aw trooped oot fur their morning playtime. When everywan hid sauntered back in twenty minutes later, Stuart hid put up his haun and asked Olive fur a pencil. She'd been that surprised by his request, that she'd let her guard doon fur a second. She'd probably thought that she'd goat through tae him efter aw these years ae him sitting there sleeping or gouging his finger up that beak ae his, so, withoot thinking, she'd reached doon, opened her desk drawer and stuck her haun in. It hid been like something oot ae a horror film. Johnboy could remember sitting wondering whit Stuart wis up tae, when suddenly this claw wae thick broon sticky stuff oan the finger tips ae it appeared in front ae her. Her expression hid been exactly the same as that wummin in the shower ae 'Psycho.' She'd tried tae sniff whit wis oan they fingers ae hers fae aboot eight inches oot bit that obviously didnae dae the trick, so the sticky fingers hid moved in closer tae nearer two inches. If people hidnae been awake awready, the scream that blasted aw their ears and the windaes ae the whole school wid've done the trick. She hidnae turned up fur school fur a couple ae days efter that and they'd hid Batty in her place. When she'd returned, everywan in the class hid aw clapped wae joy tae see her. At the time, Johnboy thought that she'd been quite pleased and chuffed at their welcome because she didnae shout at them fur a couple ae days bit jist sat staring intae space, looking at the sky through the windaes that ran the length ae the classroom.

Anyway, Johnboy wis trying tae figure oot whit the score wis wae Skull. It couldnae hiv been the fitba boots that wur the problem as he'd disappointed everywan by turning up at school that morning wearing a brand new pair ae shoes oan his feet. It wis strange no hearing the clickity clack echoing up and doon the corridors, bit there wis still something funny looking aboot them though. Apart fae being really shiny, they looked like lassies' shoes because ye could practically see where his feet joined his toes. They also hid wee white holes oan the tap ae them where his toes wid be. Skull said his maw hid telt him that they wur dancing shoes and hid come fae wan ae the dancers oan 'The White Heather Show' and that's why they looked funny. She'd also telt him that they wur aw the fashion doon in London fur boys their age. He wis fair chuffed wae them and hid even gied the class a wee twirl tae prove the point, oan tap ae Olive's desk. It hidnae been long efter this that Olive hid disappeared and auld Paw Broon hid come in to sit wae the class, before Batty arrived oan the scene and shouted Skull oot.

The next time they clocked eyes oan him wis in the efternoon. He strolled intae class, still in his shiny new dancing shoes, followed by Olive who looked as if she'd been greeting. Later oan, Skull telt Johnboy and Tony that Olive hid claimed that the shoes wur hers. She'd said that they wur her gaun-hame and coming-tae-work shoes which she kept in a bag under her desk during the day. Skull refused tae haun them o'er so Batty hid telt him tae piss aff hame and no tae come back. Later oan, Skull's ma, wae him in tow, hid turned up at the school and offered Batty and Olive a square-go oot in the boys' playground. Olive hid said that she knew the shoes wur hers because she could see the holes in them fae where her wee black satin bows used tae sit. Skull's ma hid called her a fork-tongued harridan and said that she'd rock-solid proof that her daughter Betty hid bought them doon in Paddy's market the previous Saturday. Tae keep the peace and tae stoap fae getting taken ootside fur a square-go wae a mad psycho wummin, Batty hid said that he wid 'investigate the matter further' and get back tae them. In the meantime, he didnae want tae interfere wae Skull's education so he'd agreed that Skull should go back tae his class. Skull's ma's parting shot when she'd heided oot ae his office hid been, "Aye, ye dae that, ya diddy, ye!"

Wednesday

Efter filling themsels tae the gunnels wae rice and prunes fae the pink paid section, Tony decided he couldnae be arsed.

"Ah'm dogging it this efternoon," he announced.

"So am Ah," parroted Skull.

"Whit dae ye mean?" Johnboy asked, watching the pair ae them go at each other in the middle ae a burping competition.

"We're no gaun back tae school the day," Tony said, in between letting oot a big, deep belter.

"Whit will youse dae then?"

"Probably go midden-raking. Ah heard there's always lucky midgie bins up the back ae Grafton Square since Parvais's crowd moved in," Skull said, lifting up his leg and farting at the same time as letting rip wae a corker fae the back ae his throat.

"Beat that wan, ya fud-pad, ye," he challenged Tony, who wis clearly impressed oan the wan haun bit disappointed that nothing wis coming oot ae his arse despite staunin there grunting like a constipated pig.

"Ah never heard aboot any lucky midgies," Johnboy said, clearly disappointed that Skull knew something that he didnae, fae doon at Johnboy's end ae the Toonheid.

"Ye remember when Ah grabbed they two water guns aff ae that wee specky knob last week...the wan that hings aboot wae yer pal...whit's his name?" Skull asked.

"Fat Boy Milne?"

"Aye. He said that he goat them up there and that there's always tons ae good stuff."

"Well, if youse ur no gaun back tae school, then Ah'm no either," Johnboy declared, suddenly jumping intae his best Charles Atlas pose and letting fly wae a sound fae that arse ae his that wid've put a grizzly bear tae shame...tae hysterics fae the other two.

They never reached the lucky midgie bins that day. They'd decided tae try and get as close tae Grafton Square as they could withoot touching any pavements. This meant that they'd tae use the school walls and aw the dykes in the back courts tae get tae where they wur gaun. Two hours and two hunner yards later, they came oot through the side ae the big hoose at the tap ae Montrose Street intae Grafton Place that aw the lorry drivers used tae stay in overnight. Efter twenty minutes ae arguing amongst themsels, they eventually agreed between them that they could walk across the road intae the backs oan the other side ae the street and join the walls there, as long as they didnae step oan any cracks or lines oan the pavement oan the way.

Whit they nearly walked intae made the three ae them scatter in three different directions at wance and end up facing each other oan the tap ae the dykes at the back ae the tenement. When they spoke aboot it later, they agreed they'd aw clocked it at the same time and admitted tae being surprised that they hidnae jist turned and legged it back the way they'd come.

"Whit is it?" Skull asked, the first tae break the silence.

"Fuck knows," Johnboy murmured. "Tony, dae ye know whit it is?" he whispered.

"Ah'm no sure."

It stood there looking at them wae its big staring eyes. It wis chewing oan something and there wis a couple ae big slabbers hinging doon fae its mooth that wur swinging and glinting in the sun. They looked aboot tae see if there wis an empty pram in the back close, bit there wisnae wan tae be seen, so they reckoned that it couldnae be a wean it wis chewing oan. They managed tae slowly crawl tae the tap ae the midden and sit in a row, trying tae figure oot whit is wis up tae. Its eyes never left them. Skull stood up at wan point and jumped up and doon, making monster noises and waving his erms aboot. The only thing it did wis suddenly shake its heid before carrying oan chewing.

"Fuck this. Let's get oot ae here before that mad basturt upsets it and it turns oan us," Tony suggested.

"Dae ye think it kin climb?" Johnboy asked, feeling the auld arse pangs twitching.

"Probably."

That wis the signal fur them tae get their arses oot ae there. When they came oot ae the closes at the tap ae Grafton Street that led oan tae Grafton Square, they caught sight ae Calum Todd running o'er the hill towards them. He wis aboot fifteen and wis wearing a vest and shorts and real running shoes oan his feet. He stoapped in front ae them, bit kept running oan the spot.

"Hellorerr, ya manky scallywags. Whit ur youse up tae?"

"We're looking fur lucky midgies."

"Whit? Aroond here? Ah think ye're pushing yer luck a wee bit far there, Tony-boy."

"Aye, well, ye never know," Skull said.

"Whit the fuck's that oan yer feet, Skull?" Calum asked, peering doon at Olive's good shoes while still running oan the spot.

"Dancing shoes fae wan ae the dancers oan 'The White Heather Show,'" replied Dixie Ingram.

"Is that right noo? Who wid've thought, eh? And how much did they cost ye?" Calum asked, trying no tae pish himsel laughing.

"Ah don't know…ma maw bought me them."

"Anyway, Ah hiv tae get gaun as Ah'm daeing a delivery fur The Big Man," Calum announced, turning, ready tae shoot the craw.

"Calum, kin ye dae us a wee favour?" Tony asked him.

"It depends oan whit it is."

"Kin you come and check oot whit we've found and tell us whit it is? It's jist in that close up there," he said, pointing towards the first close they'd gone intae oan Grafton Place.

"Nae bother."

They aw trooped through the close wae Calum running oan the spot, knees up tae his chest, in front ae them. Calum burst oot laughing when he clocked it.

"Dae ye know whit it is?" Skull asked fearfully, fae behind Calum's back, where the three ae them wur aw staunin, looking o'er Calum's shoulder.

"Aye."

"Dis it bite?"

"Naw."

"So, whit is it then?"

"It's a coo."

"A coo?" they aw chorused in wonder.

"Ye mean a 'moo' coo?" Tony asked.

"Ah mean a 'moo' coo," Calum confirmed.

"Ah knew it. At first Ah thought it wis a bull. That's why Ah wisnae too sure," Tony said knowingly tae Skull and Johnboy.

"Aye, ye've goat yersels a nice wee bit ae stew and steak there, boys," Calum said.

"So much fur no finding any lucky midgies, eh?" said Tony, clearly chuffed, as the coo's heid disappeared intae a midgie bin.

"Whit ur ye gonnae day wae it?"

"We're no sure."

"The Big Man wid probably be interested in it. How much ur ye asking fur it?"

"A tenner," said Tony.

"Ye've nae chance."

"Okay, we'll take a fiver."

"Right, Ah'm aff tae deliver ma message and then Ah'll go and see whit he says. Youse stay here and Ah'll be back in aboot twenty minutes."

And wae that, Calum disappeared oot through the close.

"Who's The Big Man then?" Johnboy asked.

"Hiv ye never heard ae Pat Molloy?" Skull asked in disbelief, looking at him as if he'd jist arrived fae another planet.

"Big Pat Molloy is the local Big Man. Nowan crosses him or they end up in The Royal or the Nolly," Tony said knowingly, as Skull nodded.

"Is that right?"

"Aye, he's always goat tons ae money and a big flashy Jaguar that he drives aroond in, wae aw these fancy big dolls perched beside him who jist sit, no saying anything, bit looking beautiful."

"Wow! And dae ye baith know him?"

"Everywan knows The Big Man. Nowan fucks him aboot, including the bizzies," Skull said, tapping the side ae his nose wae a manky finger.

"Well, Ah've never heard ae him."

"Well, ye'll see him soon enough. He wis the wan that Ah sold aw the cameras tae that we goat oot ae the cars fae aroond the colleges," Tony said.

"Wis that you? When that ma ae mine heard aboot that she wondered whit wid've happened tae them."

"Aye, a bob each fur aw they cameras wis pretty good. He took eighteen aff ae us and telt us tae throw another nine in the bin as they wur shite," Skull chipped in.

"Aye, he wis asking if we kin get him some mair as well, by the way," Tony said, clearly jist remembering.

"And who's Calum?"

"He's The Big Man's runner."

"Runner?"

"Aye, he runs aw o'er the place, delivering messages and wee packages tae people."

"Whit kind ae packages?"

"Who knows, bit Ah heard that The Big Man's paying fur him tae join a running club so he kin run in the Olympics wan day."

Jist then, Horsey John appeared, limping through the close wae the use ae a walking stick. He'd a wee midget wae a club fit and a bunnet that wis five sizes too big fur him in tow.

"Ur youse the wans wae the coo?" Horsey asked, eyeing up their chewing beauty.

"Aye, that'll be me, John," Tony said, stepping forward.

"Right, Pat says he'll gie ye three quid and that's it."

"Brilliant! It's a pleasure tae deal wae The Big Man."

"Aye, right," Horsey John muttered, as he haunded o'er three pounds worth ae coins, maistly in pennies, thrupenny bits and tanners. "Right, Tiny, you're oan tap ae the cart."

Ootside the front ae the closemooth stood a horse and cart. The horse wis wearing a hat wae flowers oan it. Skull heided fur the horse and stood talking tae it while Johnboy and Tony stood watching Tiny pulling the coo up the ramp wae a rope roond its heid and Horsey John bent o'er, pushing and slapping it oan its arse tae gie it a haun. The boys offered tae help them bit Horsey John telt them tae leave it tae the experts.

When the horse and cart wae the coo oan the back disappeared roond the corner, heiding fur McAslin Street, Johnboy, Tony and Skull aw started tae jump up and doon, screaming wae excitement.

"Fucking pure dead brilliant!" Skull shouted.

"Ah've never hid so much money in ma life," Johnboy yelped wae exitement.

"Aye, well, we deserve it seeing as we found it," Tony said.

"Finders keepers, losers greeters...that's whit Ah say," Skull whooped, kissing the tips ae his manky fingers.

"Right. Ah say we split nine bob between us and start a stash wae the rest," Tony suggested.

"Deal."

"Fine wae me."

"Right, Ah'll keep the two pound eleven bob safe until we kin arrange a safe planking place tae hide it in. Gie's wan ae yer socks tae put these coins in, Skull. Mines ur aw full ae holes," Tony commanded.

"Ah wonder whit happened tae the back ae Horsey John's napper?" Johnboy wondered oot loud.

"Whit aboot it?" Skull asked, haunin o'er a sock.

"Did ye no see the big bald patch where the hair wis shaved that hid a big red cross scar oan it? It looked as if he's jist goat stitches taken oot."

"Ah never noticed anything," Skull muttered, looking across at Tony.

"Aye, ye've still goat a lot tae learn, Skull. Ye need tae keep they eyes ae yers peeled," Tony said, making oot he'd spotted it as well.

Thursday

The day started aff jist like any other day. Olive wis daeing her usual whitever it wis she usually did, and the class wur daeing their usual whitever it wis they did tae ignore whitever it wis she wanted them tae be daeing.

It wis the five tae seven year aulds' fancy dress party that morning. They wur the lucky wans and goat their party the day before the aulder wans in the school and wur allowed tae break up a day early fur the summer holidays. A couple ae the goody-goody wans fae Johnboy's class wur allowed doon tae help oot wae the party o'er in the huts at the other side ae the playground. The party wis in the main corridor because it wis wide and the flairs wur varnished so if any ae the wee wans pished themsels wae excitement, it wis easily mopped up by Danny the Janny. Johnboy's maw telt him that it took her and three ae the other cleaners an hour tae scrub fae wan end ae it tae the other, which they did, doon oan their hauns and knees, five days a week at hauf five every morning.

The first Johnboy heard aboot something no being right wis when he wis in the playground wae Tony and Skull. The racket coming fae the huts wis really loud wae aw the weans howling and greeting. The wee wans' party wis called 'Doon oan the Farm.' Fur yonks, the wee wans hid been decking oot the corridor tae make it look like a farm. Aw the party tables wur made oot ae straw bales. Aw the weans wur asked tae turn up dressed as farmers...whitever that wis supposed tae look like. Johnboy hid first noticed them when he turned up fur school that morning.

Maist ae the boys wur decked oot in cowboy suits while maist ae the lassies turned up as milk maids. Ye could tell that they wur milkmaids withoot asking because they wur aw dragging big tin pails doon the street, making a hell ae a racket. Johnboy heard later that the wans who didnae turn up in fancy dress goat straw stuffed up the legs ae their troosers and jumpers and wur telt they wur scarecrows.

"Hiv ye heard whit's happened?" Tony asked, speaking oot ae the side ae his gub.

"Naw," Skull replied, pausing in the middle ae picking his nose.

"Buttercup, the coo fae 'The Wooden Tops' wis supposed tae put in an appearance at the wee wans' party and didnae turn up. Noo aw the weans ur upset."

"Selfish cow."

"Right bang oot ae order, that wan."

"And tae think we came across a wandering coo, eh?" Tony said, still talking oot ae the side ae his gub, looking towards where the howling wis coming fae.

"So? Whit's that tae dae wae the weans here?" Skull eventually asked, no being able tae contain his curiosity.

"It widnae be oor Buttercup, wid it?" Johnboy whispered, looking aboot, feeling a wee bit wobbly.

"Well, when the coo wis delivered tae the transport lodging hoose yesterday, fur safe keeping, it went missing because some diddy left the latch ae the gate open," Tony informed them.

"So, how dae the wee wans know that it wis their coo that goat kidnapped?"

"Well, when it wis discovered that it wis offskie, they daft pricks, Crisscross and Jobby, came roond tae the school and asked aw the weans tae remember tae look in their back courts when they went hame and get in touch wae them if they came across it...deid or alive."

"Ah'm still no convinced that their Buttercup wis oor coo, bit thank Christ we goat oor money, cash in haun, when we did, eh?" Skull laughed, looking o'er towards the howling huts.

"It wid be better if we keep this between us fur the time being. We widnae want tae upset some ae they big maws, noo, wid we?" Tony advised.

Friday

Johnboy hid been asking her and then pleading wae her and noo it wis too late. His jeans hid finally disintegrated and fallen apart when his ma wis attempting tae scrub the dirt oot ae them while gieing them a wash in the sink fur his class party. Johnboy wis running aboot the hoose in his bare arse, wae a dish cloth wrapped roond himsel tae hide his shame, screaming the place doon.

"Ye'll bloody well wear them and that's that," she'd screamed at him.

"Ah wullnae! Everywan will laugh at me," he howled.

"Naw they wullnae, ya daft eejit!"

"They will!"

"Ye're wearing them 'cause there's nothing else, Johnboy," she said tae him soothingly, trying tae placate him, bit waiting fur the inevitable.

"Aarrgghhhh!" he wailed, lying oan his back, kicking hell oot ae the flair wae the heels ae his feet, jist as Betty fae next door arrived and sat doon tae join in the wee pantomine.

"Ma, Ma, please...please don't put me oot in them," he pleaded.

"Wid ye jist listen tae this, Betty? See whit Ah've goat tae put up wae oan a morning? And Ah widnae be wanting tae kick they flair boards wae yer legs so high because Betty's getting a fine auld deck ae they Kerrs Pinks ae yours," Helen said, taking a fag fae Betty and lighting it up.

"Ah hate ye!" Johnboy screamed, clamping his legs shut.

"Johnboy, don't let me lose ma temper noo. Get them oan and none ae yer nonsense," she said, flinging them across tae him.

"Please..." he pleaded.

"Look, Ah'm no telling ye again, get intae that lobby and put them oan and me and Betty will tell ye if ye kin tell or no," she said, drumming her fingers oan the erm ae the chair, wae her fag bobbing up and doon, creating wee blue smoke rings.

Johnboy stood up, cupping his crotch wae the tea towel and heided tae the door wae them under his erm, sobbing and girning tae himsel.

"Right, in ye come when ye're ready," she shouted, winking across at Betty.

He walked in as the baith ae them sat still in their chairs like a couple ae statues, feart tae breathe, in case they sent him aff oan wan again.

"See, Ah telt ye," he said, sniffling.

"Ye telt me whit?"

"That everywan in the school will know that Ah'm wearing lassies' jeans."

"Naw they won't, will they, Betty?"

"Ah couldnae tell if Ah didnae awready know," the lying witch said, taking a puff ae her fag.

"They will. Every time Ah hiv tae go fur a pee Ah'll hiv tae dae wan sitting doon."

"Why kin ye no be gaun fur a shite insteid ae a pee, eh?" Helen demanded, parting her hauns oot in front ae hersel, as Betty took another drag ae her fag, nodding in agreement.

"Because everywan will see Ah don't hiv a zip up the front, so it'll be obvious that Ah'll hiv tae pull ma troosers doon tae dae a pee."

He started tae snivel again.

"Zorro didnae hiv a zip oan the front ae his troosers, at least no that Ah kin recall," Betty said, encouragingly.

"And Ah never clocked Ivanhoe wae a zip either," Helen chipped in.

"That's because he wis always wearing a suit ae armour," Johnboy reminded her.

"Well, Robin Hood then," she shot back.

"Tights."

"There ye go then. Ye've said it yersel. If Robin Hood kin wear tights, whit's wrang wae you wearing a pair ae yer sister's jeans withoot a zip oan the front?"

"That's no the point. Zorro disnae hiv a lassies' zip sticking oot ae the side ae his troosers fur everywan tae clock," he retorted, starting tae snivel again.

"Aye, Janet only wore them twice and never wore them efter that," Betty said, fae within her cloud ae blue fag smoke.

"Aye, Ah know. Ah noticed that they've goat a Frasers' label oan them. Ur ye sure she disnae want them back, Betty?"

"Naw, that arse ae hers widnae keek in them noo."

"Ah'll need a black hat and a black mask," Johnboy sniffled, peering doon at the zip oan his hip.

"And anyway, she didnae pay fur them, if ye know whit Ah mean?" Betty said, winking.

"And a red bandana and a sword," he added.

"Ah wish Ah could get that arse ae mine tae fit intae them. If Ah could, he'd be aff tae school in his bare arse or wae wan ae the lassies' dresses oan," Helen said, smiling, nodding towards Johnboy.

"Away ye go, Helen, ye've an amazing body. It's aw that PLJ pish ye keep drinking straight, alang wae aw that pumping that you and that sex-oan-legs ye live wae get up tae that keeps ye trim."

"And Ah'll need a pair ae black pointed boots as well," Johnboy went oan.

"Johnboy, ur you still here? Is it no aboot time ye wur aff tae school?" Helen asked him.

"Aye, bit Ah wis jist saying...."

"Jist cut the cackle and get oan yer way. Ah'm sure Ah kin hear the school bell fae here."

"Bit Ah need..."

"Johnboy, ye'll need a wrenched lug in two seconds flat if ye don't get oan yer way, as in the noo!" Helen threatened him.

"Ah'll tell ye whit, Johnboy. Come wae me and Ah'll sort ye oot. It'll probably no be perfect, bit at least ye'll look like something oot ae a film," Betty said, smiling.

"And make sure ye heid straight doon they stairs when ye come oot ae Betty's," Helen warned him, as Johnboy trooped efter Betty.

"Oh girls, you all look so beautiful," cooed Olive tae Senga, Sandra and Pearl, who aw hid their faces painted black wae soot and wur wearing matching flowery curtain material, made intae long dresses.

Johnboy thought they looked like something oot ae the film 'Zulu.'

"Thank ye, Miss Hackett. We're The Supremes," they chirped thegither, chuffed as punch and wae big grins oan their faces, knowing that the other lasses wur envious ae aw that good matching curtain material.

"Oh, look at you, Tommy. Don't tell me...let me guess. Hoss Cartwright from Bonanza?" she beamed.

"Naw, naw. Hopalong Cassidy, Miss. Kin ye no tell?" Hoss insisted, staunin there wearing a ten gallon hat, broon leather waistcoat oan tap ae a white shirt, baggy troosers, two fat rosy cheeks and a double holster wae wan six gun, oan a belt that hid a shoe lace tied oan tae each end, tae allow fur an extension, so it wid go roond his waist.

"Johnboy!" she exclaimed, looking fur words as he trooped in, third in the queue fae the corridor.

"Ah'm wan ae the Purple Gang," said Danny la Rue, wae his purple velvet floppy hat flopping o'er his eyes, lassies' jeans wae a zip up the side and a purple feather boa tied roond his waist.

Johnboy reckoned he goat away wae it due tae the fact that he'd lifted wan ae Hoss Cartwright's silver six guns oot ae his holster in the queue as Olive jist stared and said, 'Oh, er, right...' as he gied her his 'evil leader ae the Purple Gang' sneer oan the way past.

Charlie Chaplin, wae his size ten fitba boots wis next.

"Jimmy Johnston," Skull announced, clickity-clacking past her wae an auld broon leather fitba wae the orange bladder bulging oot ae the seams in ten different places under his erm, wearing his auld man's Jags jersey wae nae elbows in it.

"I'd stay out of Mr Smith's line of vision today if I were you," Olive advised kindly.

Parvais, who wis fifteen and nearly hid a beard, turned up as a Raj prince in a turban. This wis Parvais's last year wae them, before gaun up tae the secondary school. Fur some reason, he'd been put in their class tae learn English before he wis moved up tae be wae his ain age group.

When everywan wis in, they goat tae listen tae music oan a wee record player that Olive hid taken in. She played Johnboy's favourite, 'Satisfaction' by The Stones, some Bob Dylan wans and 'Baby Love' by The Supremes. Everywan put their sweeties oan Olive's table and they wur allowed tae help themsels. It wis maistly Penny Dainties and funny sticky sweeties that Parvais hid brought in which went slowly tae start aff wae, bit wur scoffed wance the Dainties wur finished. Olive also brought in real bottles ae Coca Cola and Mackintosh's Caramac chocolate bars fur them aw.

They didnae hiv a morning playtime bit goat a broon paper bag brought intae the class wae a breid piece wae cheese in it, an apple and a tangerine, before they wur sent hame tae start their summer holidays.

Ootside oan St James Road, Tony burst oot laughing when he clocked Johnboy.

"Fur Christ's sake, Johnboy...whit the fuck ur ye supposed tae be?"

"Wan ae the Purple Gang."

"Hiv ye seen the film?"

"Aye."

"And ye think ye look like wan ae the Purple Gang then?"

"Wur they purple?" Skull asked, lighting up a tipped single.

"Ah hidnae any choice. Ma troosers fell apart last night when ma ma wis washing them and she widnae buy me a new pair...no even a pair ae Telsada cheapos at wan and eleven oot ae the draper's shoap oan Stirling Road."

"Is that the wans wae a bucking bronco wae a cowboy oan it stitched oan the back pocket?" Skull asked.

"Aye," Johnboy said, impressed wae his knowledge.

"The wans they sell doon the Barras?"

"Aye, Ah think ye kin get them doon there as well."

"Aye, they're the shite wans."

"Right, get rid ae aw that purple crap ye've goat wrapped roond ye, fur a start," Tony said.

"Bit everywan will see ma lassies' jeans wae the zip up the side."

"No fur long."

"Whit dae ye mean?"

"Whit he means is, we're aff tae dae a wee bit ae snow-dropping."

"Snow-dropping?"

"Aye, snow-dropping. Hiv ye never heard ae snow-dropping before?"

"Naw."

"Well, whit ye dae is, ye go roond aw the backs and check oot aw the washing lines and when ye see something ye fancy, ye grab it and run," Skull informed him.

"Simple as that," said Tony, nodding.

"Whit, ye grab the rope?"

"Naw, ya dunderheid, ye grab whit's hinging oan the rope."

"So, ye want some jeans? Let's go and get ye a pair ae jeans then," said Skull.

"How will Ah know if they fit me or no?"

"Ye won't. Ye jist hiv tae try and go fur wans that look yer size."

"There's a couple ae things ye hiv tae watch oot fur though," Tony warned, as they heided up Parson Street.

"Number wan...don't get caught. If ye dae, ye'll end up in The Royal," Skull said.

"Number two...don't dae it where people know ye, or where ye're likely tae bump intae some big mad basturt and there ye ur, staunin there in his good 501s," Tony added.

"Aye, a guy wance telt me no tae shite in ma ain backyard," Skull said, grabbing his crotch as he leered across at the big lassies in their wine-coloured uniforms oan the opposite side ae the street who wur prefects fae The City Public. "Dae ye want a bit ae this girls?" he shouted.

"Come back when ye've hid a wash and added five years oan tae that winkle that ye're trying hard tae find," wan ae them shouted back as her pals burst oot laughing.

"So, who wis it that telt ye that, Skull?" Tony asked him.

"Ah cannae remember."

"Well, whit dis it mean then?"

"Who knows...Ah think it wis something tae dae wae no nicking stuff fae where people know ye."

"So, where dis the back yard come intae it then?" Tony persisted.

"Tony, how the fuck dae Ah know? It wis only some shite Ah heard. Ah could've dreamt it."

"Maybe it wis something aboot wance ye blag some stuff, ye throw it oot ae the windae intae the back yard tae collect it later," Johnboy suggested.

"Or maybe it wis Skull talking shite."

"Or maybe ye wurnae there, so how the fuck wid ye know, ya Atalian fud, ye?"

"So, tell me where ye heard it fae then?"

"Ah think it wis in The Grove."

"Whit's The Grove?" Johnboy asked.

"The Grove is where Paul and Joe ur," Skull said, clearly wondering where Johnboy hid been aw his life, no hivving heard ae The Grove.

"It's real name is Larchgrove. We've aw done time in there."

"Ye mean it's a jail?"

"It's a jail fur baddies like us, up tae the age ae sixteen."

"And that's where Joe and Paul ur?"

"As far as we know," Tony said, taking a run at an empty beer tin that wis lying at the side ae the pavement and kicking it intae the path ae a red GPO van.

"Hoi, ya wee manky wanker, ye, Ah know yer face," the driver shouted oot ae his windae oan the way past as Skull stuck the two fingers ae baith hauns up at him.

"Aye, they make ye wear these short corduroy troosers," Skull said, shaking his heid, grimacing.

"And that's where ye speak aboot nicking yer mates gear and dumping it in the yard, is it?" Johnboy asked, winking across at Tony, smiling.

"If ye're no getting yer arse belted wae a big leather belt efter being held doon oan a table by four big basturts, that is," Skull said, no biting.

"Whit? They skelp yer arse wae a big belt?"

"If ye try tae escape, ye get six across the arse and slung in a cell wae a wee slot windae oan the door that's doon wan ae the corridors, fur three or four days. When it happened tae me, Ah hid stripes oan that arse ae mine fur aboot two weeks," Tony said, wincing at the memory.

"Aye, he flung stuff oot intae the yard," Skull said, laughing at Johnboy's confused expression.

"The main building is two storeys high. At night, sometimes they put oan wee groups where ye kin sit and dae painting and play games. Wan night, Ah thought tae masel, 'tae hell wae this, Ah'm offskie,' and Ah jumped up oan tae wan ae the tables, lifted up ma chair at the same time and put it right through the windae."

"The chair landed in the closed-in yard," Skull added.

"When Ah went through the windae, Ah hid tae drap doon aboot fifteen feet intae the yard. Wance Ah wis in the yard, which hid a big wall and barbed wire fence roond it, Ah hid tae run like a whippet tae the building opposite fae the wan Ah hid jist flew oot ae..."

"...Bit he twisted his ankle when he landed efter drapping doon fae that height..."

"...So this slowed me doon when Ah wis running tae the other building that hid a lower roof, cause it wis only wan storey high. The idea wis tae take a running jump and get a grip ae the gutter and pull masel up and o'er the roof."

"Aye, bit there's two doors intae the yard and as soon as they hear a windae's been tanned, aw the bells go aff and the teachers heid intae the yard," Skull said, getting aw excited.

"Ah hid wan leg oan the gutter when this big basturt grabbed ma other wan and before Ah knew it, Ah wis frogmarched in and goat ma arse whacked and then slung in the cell fur four days."

"Jesus!" Johnboy exclaimed.

"Don't let us put ye aff though. Ye'll end up there, sooner or later," Skull telt him knowingly, wae a smile.

"Ah hope no."

"Anyway, whit wur we oan aboot jist before Skull started oan his porky pies about shiting in his mate's yard?" Tony said, grinning.

"Ah wisnae lying, ya foreign plonker, ye. Who ever heard ae a name called Gucci? Whit kind ae name is that, eh?"

"It's Atalian...fae where the Pope lives."

"Aye, and he's a tosser tae," Skull said, grinning.

Johnboy wis pishing himsel listening tae them as they reached Castle Street. Withoot breaking their strides, they heided intae the traffic, dodging the cars, lorries and trolley buses tae get tae the Alexandra Parade side.

"Oh, aye, and number three...very important...plan yer getaway well in advance, watching oot fur low slung washing lines waiting tae get ye in the throat when ye're running aff wae the clobber," Tony shouted, o'er the sound ae the horns tooting at them tae get oot ae the way.

Tony and Johnboy reached the other pavement and turned tae see where Skull hid goat tae. The baith ae them jist aboot hid a heart attack. Skull hid stoapped in the middle ae the traffic, and hid started tae walk alang the white lines in the direction ae The Royal. Jist then, two big trolley buses hooted their horns and passed each other wae him in the middle. When they disappeared, there wis nae sign ae Skull. Tony wis jist aboot tae plunge back intae the traffic again tae see where he wis, when a big grinning Skull's heid appeared o'er the tap ae an Austin thirteen hunner. He held up a lighted fag end, waved it at them and then started bobbing in and oot ae the traffic like a ballet dancer, before sliding sideways oan his studs the last few feet tae where they wur staunin.

"Skull, ya mad tit, ye. Ah thought ye'd been run o'er."

"Somebody threw oot hauf a lighted fag fae a car and Ah didnae want it tae go tae waste," he said, grinning, blowing oot smoke rings, watching them being sucked away by the slipstream ae the fast moving traffic.

"The only time Ah've been oan Alexandra Parade before wis oan the bus when we used tae go tae roll oor painted hard-boiled eggs at Easter up in Alexandra Park," Johnboy said.

"Why wid ye dae something like that?" Skull asked him, shooting a smoke ring in Johnboy's direction.

"Ah don't know. Aw Ah know is that ma ma used tae boil eggs till they wur hard as stanes, get us tae paint them and put us oan the number forty two bus in Cathedral Street tae Alexandra Park where we rolled them doon a hill and if big uglies didnae take them aff us, we'd sit and scoff them at the bottom."

"Ah don't think Ah've ever tasted a boiled egg, bit Ah wance saw that ugly auld wummin, Fanny Craddock make a piece oot ae them," Skull said.

"Ah thought ye didnae hiv a telly?"

"We don't...Ah usually watch it next door in Margaret's."

"Right, let's try in here," Tony announced, turning intae a closemooth.

It looked amazing and a wee bit creepy at the same time, Johnboy thought. He'd never seen anything in his whole life that looked like this. Mind you, he'd never really noticed clothes hinging oan washing lines before. He looked aboot. Aw the back courts hid metal railings separating them fae wan another. There wis a railing every third or fourth close. They wur painted green and they stretched fur miles and miles. There wur clothes ropes stretched between the rone pipes oan the buildings and the wall that ran parallel tae the hooses. Oan the ropes hung shirts, troosers, towels, wummin's drawers, sheets, socks, weans' nappies, weans' clothes, bibbed overalls, table cloths, long johns wae the arse flaps flapping, jumpers, cardigans, vests, string vests and string underpants. They wur aw fluttering and flapping like a strange army ae dancing ghosts in the dirty sooty breeze, trying tae jump o'er the green railings in front ae them, charging towards where Johnboy wis stauning facing them. It wis as if the flapping clothes didnae want tae be left behind and wur running tae catch up wae the wans fluttering oan the line in front ae them. Fur some strange reason it made Johnboy feel sorry fur them.

"How will we find me a pair a jeans in amongst aw this?" Johnboy asked, feeling a wee bit feart at the thought ae walking intae aw that blustery commotion.

"Skull, nip up the close three doors doon and see whit there is," Tony ordered.

Skull disappeared as he wis swallowed up by a bunch ae shirts and jumpers, flapping in the breeze.

A minute later, his heid appeared oot ae the back landing windae two flights up. Johnboy's luck wis in. Skull waved at them tae come and join him. When they reached the windae and looked doon intae the back court, Skull pointed oot whit they wur efter. Three pairs ae Levi's jeans, aw trying tae oot-dance wan another, wur shouting 'me, me, me...take me, boys.' That Freddie wan, fae Freddie and the Dreamers wid've come across as a beginner in the leg-twirling department, in amongst aw the dancing that wis gaun oan doon oan that washing line. Johnboy wanted tae climb oot ae the windae right there and then.

"Whit dae ye think, Skull?"

"The middle wans look as if they'd fit Johnboy and the wans tae the right wid be yours, bit Ah'm goosed, as usual, unless Ah kin grow an extra eighteen inches."

"Could ye no cut the legs back?" Johnboy suggested.

"Naw, the waist wid even be too big fur Fat John, the coalman, and anyway, Ah like the wans Ah've goat oan."

"Okay, it looks straight forward enough. Let's go then," said Tony, heiding back doon the stairs two at a time.

Johnboy wis jist reaching oot wae wan haun oan each trooser leg when he heard the bellow.

"Hoi, ya wee fuckers, ye. Get yer manky wee paws away fae ma good 501s!"

Johnboy never noticed Tony grabbing his wans, jist as he never saw the face ae the shouter. Wae wan big tug, he jist managed tae clock the two wooden clothes pegs take aff thegither like two rockets fired oot ae a sling shot, before two stomping hairy legs appeared under the sheet oan the line in front ae him. He ducked tae his left and ran under the flapping clothes, followed by the charging, crashing, faceless, hairy legged bear who wis bellowing whit he wis gonnae dae tae him if he goat his hauns oan him. At wan point Johnboy bounced aff ae a set ae railings as he ran through a sheet. It wis when he wis oan his back, wondering if his nose wis broken, that he noticed where wan ae the closes wis and scurried oan aw fours, still clutching his good Levi's, towards it, while whit looked like a herd ae elephants crashed through aw the dancing clothes lines behind him. When he hit the pavement ootside the front ae the closemooth, he ran straight intae the Wicked Witch Ae The West, sending her ugly coupon wan way, followed by her pink bloomered spread-eagled arse and the contents ae her leather bag wae aw her coins, and the change fae his good tokens, flying in the other direction. He didnae hiv time tae say hello although she managed, "Ah bloody well know ye, ya wee manky, cretinous basturt, ye!" before he ran tae catch up wae Tony and Skull who wur daeing their ballet routine across the traffic oan Castle Street, heiding fur Parson Street and safety.

Chapter Fourteen

Helen looked aboot. The place wis immaculate. She'd been gaun at it like the clappers since she arrived hame, bit she couldnae settle so hid gone back tae her wee school jotter.

"Come oan, Betty, where ur ye?" Helen said tae hersel fur the ump-teenth time in the last forty five minutes.

Betty hid been gone fur o'er an hour so Helen assumed that it must be a no-goer. How the hell did they keep managing tae get themsels intae this situation, time and time again? She looked doon at her scribbled cal-culations. Even if she stoapped smoking, which wid save them jist under three bob a week, they'd still be fourteen bob short ae whit they needed tae survive before they even attempted tae square aff some ae the debt. It jist didnae seem fair. Jimmy wis taking hame fourteen quid a week and she goat two fur the cleaning at the school. It hid been nearly a week noo since the electric hid been cut aff. The lassies wur gaun mental and who could blame them? If it hidnae been fur the candles, Johnboy prob-ably widnae hiv noticed any difference, especially since the school holi-days hid started. In fact, she couldnae remember seeing him hivving a wash other than his hauns before sitting doon fur his tea this past week. There wis sixteen quid tae pay before they'd switch it back oan. There wis jist no way they could get that kind ae money thegither and still manage. Jimmy hid suggested that she should maybe talk tae her maw. She'd reminded him that her maw and da widnae hiv that kind ae money and there wis nothing left that they could pawn. Jimmy hid asked his work fur a sub bit they'd knocked him back, jist as he'd thought they wid.

It hid taken her four days tae pluck up the courage tae ask Betty and Stan fur help, efter telling Jimmy that that wis whit she wis gonnae dae. She knew she should've spoken tae Betty before noo. As usual, Betty hid been great aboot it. She hidnae even blinked when Helen asked if there wis maybe any chance that they could hook their electric intae Betty and Stan's until they found the money.

"Why did ye no say tae me before noo?" Betty hid scolded her, hunched doon oan her knees wae a scrubbing brush in wan haun and wiping the sweat aff ae her brow wae the other while they wur cleaning at the school earlier.

Helen didnae know whit hid come o'er her, bit she'd jist burst intae floods ae tears. Wance they'd started, they widnae stoap. Betty hid wiped her wet hauns oan her pinny, moved the bucket that wis sitting between them oot ae the way and jist held Helen tight. Aw Helen hid been able tae hear wis her ain sobs echoing up and doon the big hall in the wee wans' huts.

"It's been nearly a week and Ah jist don't know whit Ah'm gonnae dae, Betty," she'd sobbed.

"Wheesht, wheesht, Helen…it's no the end ae the world. We'll sort it oot between us," Betty hid said soothingly, still haudin oan tae her.

"We've been sitting in the dark wae candles every night and the lassies hiv been getting a bath roond at their pals' hooses. Ah jist don't know who tae turn tae other than tae you and Stan as a last resort," she'd went oan, sobbing.

"Whit's Jimmy saying aboot it?"

"We hid a big fight aboot it the other night. He didnae want youse tae get involved in oor troubles. Ah telt him that Ah'd been turning it o'er in ma heid fur days and that unless he could come up wae a solution, Ah didnae see as we hid any choice."

"And his solution wis tae sit in the dark?"

"He thinks that he'll maybe manage tae get some overtime o'er the next few weeks and maybe we'll be able tae try and negotiate wae the leccy people tae get it switched back oan, if we put doon a big enough pay-ment."

"Bit in the meantime, while he's oot at work, ye've tae sit in the hoose withoot leccy? Aye, Ah kin see how that wid work."

"Whit dae ye think Stan's reaction will be?" she'd asked hopefully.

"Ah cannae see Stan gieing a toss personally, and even if he did hiv a problem, which he widnae hiv, he widnae say."

"We could read the leccy units so we see whit they ur jist noo and then split it fae here oan in. And Jimmy wid dae aw the work so ye widnae be expected tae dae any ae the wiring."

"It's ten past seven noo, so let's get this finished and we'll heid aff early and Ah'll go and speak tae lover-boy. We kin tell Danny the Janny that there's an emergency plumbing job that needs seeing tae and Ah'll catch Stan before he gets up, if ye know whit Ah mean?" she'd said, letting oot a dirty laugh.

Even if Stan wis tae say naw, Helen felt better jist hivving goat it aff her chest. Betty wis right, Helen should've spoken tae her earlier. When Helen hid arrived hame fae the school, Jimmy wis awready up and oot the door. Jimmy hid suggested that he approach The Big Man fur the money, bit that wis as far as he'd goat. He'd backed aff pronto as Helen's look hid been enough tae bury that avenue, the glaiket idiot that he wis. Helen wid've rather sat in the dark fur a lifetime than go tae a money-lender like Pat Molloy, especially seeing as she used tae go oot wae him before she met Jimmy.

Helen heard the ootside door open and close and the sound ae Betty's footsteps coming alang the lobby. Betty burst intae the kitchen, strode o'er tae the seat opposite her and sat doon.

"Sorted!" she said wae a big smile oan her face.

"Aw, Betty," Helen said, and went across tae her and gied her a big hug before bursting intae tears again.

"Hoi, Hoi, nae mair tears, Helen. It's aw sorted...nae bother. Ah telt ye everything wid be fine and it is."

Wance Helen hid calmed doon, Betty threw a fag o'er tae her. Betty hid a twinkle in her eye that hidnae been there fur a wee while.

"Ye didnae?" Helen said wae a big grin.

"Where the hell dae ye think Ah've been fur the last two minutes?" Betty retorted and the pair ae them burst oot laughing.

"So, whit happened?"

"Well, fur a start, he didnae expect me back so early. Since he's been aff ae his work, he's usually oot ae his bed, squaring the place up wae his wan good erm, in time fur me coming hame. He thinks that if he kin add up the auld brownie points, Ah'll gie him the go-aheid tae put a wee line oan at the bookies or maybe allow him doon tae The Grafton fur a wee swally before the last bell at night," she said.

"And dis it work?"

"Ah've let him oot twice since he's been aff. Ah jist cannae get comfy though...the place is so clean and tidy. Ah've warned him no tae expect the place tae be like this wance he's back at work."

"Ach, that's a good man ye've goat there, Betty."

"Anyway, when Ah walked in, he wis lying there, aw pathetic, looking like something oot ae Emergency Ward Ten, blinking at me, aw confused, still trying tae get comfy wae his erm sticking up, covered in plaster. Ah jist said tae him, 'Stan Ah've goat something serious Ah want tae talk tae ye aboot, bit first...' and wae that, they knickers ae mine clattered oan tae they flairboards beside the bed, sounding like an empty Rover's biscuit tin hid jist landed fae Mars."

The baith ae them couldnae stoap laughing fur aboot five minutes efter that. Every time Helen goat her breath back, she jist cracked up again. She kept imagining the sound ae an empty biscuit tin clattering oan tae Betty's flairboards.

"The things us wummin hiv tae dae tae keep a roof o'er wur heids, eh?" Betty said, taking a puff ae her fag.

"Fur Christ's sake, Betty, Ah've never heard anything so funny in aw ma life," Helen said, smiling.

"Aye, well, it wis a wee bit awkward, so it wis," Betty said, a bit mair seriously.

"Whit? Asking aboot the leccy hook-up?" Helen asked, sobering up.

"Christ, naw, trying tae get a right good pumping withoot me breaking Stan's other erm. Ye've jist nae idea. Because he broke the erm above and below his elbow, they've goat him in a solid stookie plaster, cast intae an L-shape. His arse wis pumping away like the clappers wae his stookie erm waving aboot above his heid, like a bronco-ing cowpoke, at the same time as him taking aw his weight oan his good wan. That erm ae his wis shaking so hard, Ah wis hauf expecting him tae shout 'timber' when he collapsed oan tap ae me," she said laughing.

"Aw, fur Christ's sake, Betty, Ah cannae take any mair ae this," Helen said, howling again.

"Naw, Helen, that wis ma line tae him when Ah wis screaming at him tae hurry the fuck up before that big solid stookie fell doon oan tae ma foreheid."

"So, whit did he say aboot hooking up the leccy?" she asked, throwing her another fag.

"Thank God, a real job fur me tae dae aroond here."

"Is that it?"

"That's it. He jist goat up, hid a piece dipped in dripping and then heided doon tae Rodger The Dodger's oan St James Road tae see if he kin get a length ae cable. He went aff looking like Pluto, that glaikit-looking dug fae the Disney cartoons...aw because he goat his Nat King Cole fur the first time in two months. Ah widnae tell him, bit Ah really enjoyed masel playing wan ae they horny young nurses fae 'Emergency Ward Ten' who's pumping aw they young hunky doctors."

"Ur ye decent?" Stan shouted, fae the ootside door.

"Naw, ur we hell," Betty shouted back.

Wae a wee bit ae footwork, Stan managed tae side shuffle himsel through the kitchen door.

"How ur ye daeing, doll?" he said tae Betty, wae a big sloppy, knowing grin.

Betty wis right, Helen thought...he did look like Pluto. It's amazing whit a good auld ride will dae fur a man.

"Ah managed tae get some cable," he said.

"Jimmy'll dae it when he comes hame, Stan. And listen, Ah'm furever grateful fur this. Ye've nae idea whit this means tae us."

"Christ, Helen, don't worry aboot it. We're jist glad that we could be a help. We've aw been there, hiven't we, doll?" he said, looking o'er at Betty.

"Aye, mair times than Ah wid like tae remember. Ur ye sure ye know whit ye're daeing, Stan?"

"Naw, Ah'm jist gonnae learn oan the job. Two new experiences in the wan day? The boys will be impressed when Ah tell them that."

"Aye, well, if that's yer starting point, then ye're sacked before ye start then," Betty said, as the three ae them aw laughed.

"Ah kin dae this wae ma eyes shut, so Ah kin."

"Aye, bit we're no bothered aboot the eyes, Stan. We're mair bothered aboot whither ye kin manage it wae that wan erm ae yers stuck up in the air waving aboot like ye're the Duke ae bloody Edinburgh?"

"Aw Ah'm needing tae dae is take ma two core cable and run it between the two kitchen windaes, making sure oor black and red live wans ur connected tae the same fittings in the deid supply in here. Couldnae be simpler," said the Duke, waving his gammy erm aboot tae nobody in particular.

"Aw, that's pure dead brilliant, so it is, Stan," Helen said, wae genuine appreciation.

"The only thing Ah need is a strong apprentice tae swing that cable fae wan windae tae the other and Bob's yer uncle."

"Johnboy! Johnboy! Get up and gie Stan a haun," Helen shouted alang the lobby.

"Okay, Ma," came the sleepy response.

Chapter Fifteen

"Tap left," Skull said, nodding.

"Whit? The wan right up in the corner?" Tony asked.

"Aye."

"Okay, you go first, then Johnboy and then me."

Skull picked up a stane, hardly looked and let fly at the windae. It missed by three panes bit went straight through fourth tae the right.

"Ye're supposed tae look where ye're throwing it, ya eejit. Oan ye go, Johnboy."

Johnboy stood looking fur a second tae get his focus and let fly. The windae didnae know whit hid hit it.

"Ya flukey basturt!" Skull shouted.

"Naw it wisnae...Ah meant that. Ah knew that wis gonnae go in the second it left ma haun."

"Okay, ma turn," Tony said, weighing up the stane in his haun.

"Tap right," Johnboy said, two seconds before Tony sent his stane flying straight through the pane.

"Bingo, ya basturts, ye!" Tony shouted in triumph, daeing a wee dance roond the tree that they wur staunin under.

"Another fluke," Skull growled, picking up a stane.

"Right, sixth wan in fae the tap left and four doon and hurry the fuck up, Skull. Whit a time ye take."

"Shut up and stoap trying tae put me aff. Ah know exactly whit ye're up tae, ya Atalian prick."

Skull threw his stane straight through the windae.

"How's that fur a bull's-eye, ya pair ae knob-ends, eh?"

"Ma erms ur killing me," Johnboy groaned, gieing his erm a shake.

"So's mine. We'll hiv a rest," Tony said.

"Aw, piss aff, ya pair ae tadgers, ye. Jist when Ah wis getting oan ma stride."

Johnboy and Tony laughed. Skull wis lucky if he'd scored five bull's-eyes in total.

"Best ae ten? Who's first?"

"Naw, ma erms feel like rubber, so they dae."

"Skull, sit doon and hiv a rest, ya stupid bampot."

"Ah knew that wid happen wance Ah goat gaun, ya pair ae cowardly jam-rags."

They sat looking at their haundiwork. They wur sitting under the tree in the high back garden, the wan where Buttercup hid escaped fae, overlooking the back ae the school. They'd started wae Olive's class, smack bang in the middle ae the second flair and hid worked their way alang each side ae it. Then they'd moved up tae the tap storey wans. There wur ten windaes running the length ae the building. Coonting the bottom classes, there wur thirty big windaes in total. Each windae hid aboot forty panes ae glass in it.

"Ah widnae want tae be the poor basturt that his tae clean up aw that broken glass," Tony mused, nodding towards the damage.

"That's whit they get paid fur. And anyway, we hivnae touched the bottom wans yet."

"We must've tanned in aboot a hunner at least."

"And the rest."

"Dae ye think we've done mair than a hunner?"

"Skull, go and start coonting the broken windaes."

Jist when Skull goat tae fifty two, a loud voice broke the silence.

"Hellorerr, ya bunch ae fanny-pads!"

"Joe!" they aw screamed, jumping up.

"Aye, did ye think Ah'd goat lost?" he said wae a grin.

"So, whit did ye get?" Tony asked.

"Twenty eight days in The Grove, and Paul is still oan remand."

"Remand?" Johnboy asked.

"Aye, he goat charged first wae attempted murder and then it goat drapped tae serious assault oan that broon-arsed shitehoose, Jobby."

"Jobby?" they aw said at wance.

"Aye, Paul lay there watching that daft, skelly-eyed eejit, Crisscross, whack Jobby wae his baton oan the side ae his napper. He went doon like a sack ae shite. He never knew whit hit him."

"So, whit his that tae dae wae Paul?"

"Aye, well, they papped the blame oan tae Paul and he's noo oan remand fur three months. He reckons he's gonnae get approved school."

"Dirty treacherous basturts!"

"Ah see ye're still hinging aroond then, Johnboy?"

"Aye, Ah cannae shake them aff."

"So, whit hiv ye been up tae since ma wee holiday?" asked Joe, lifting up a stane.

"Bottom left, three in," Skull shouted as Joe scored a bull's-eye wae his first shot.

"We've been screwing shoaps up and doon Parly Road and a couple in Stirling Road," Skull telt him, lifting a stane.

"Bottom left, four in," Joe announced.

They watched the stane disappear through an awready broken windae.

"Shit! That windae moved, so it did."

"Did ye get much stuff? Middle right, two in fae the tap right," Joe said, as his stane scored another bull's-eye.

"Aw, fur Christ's sake, Joe, ya prick, ye," Skull howled, walking aff in search ae a stane.

"Naw, bits and bobs. They bizzies ur hounding us aw o'er the place. They're pulling us up every five minutes, glaring at us fae the inside ae their wee squad car before we kin even walk a block."

"We sold a coo tae The Big Man."

"Whit? A moo-coo?"

"Aye, Ah saw it first," Skull claimed.

"Aye, if it wisnae fur Skull, it wid still be roaming aboot looking fur some daft basturt tae cart it aff tae Horsey John's tae make it intae sausage-meat."

"We goat three quid fur it."

"Three quid? Brilliant! Ah hope ye set ma share aside."

"Aye, we split nine bob three ways and banked the other two pound eleven...which reminds me, Johnboy. Ur ye gonnae show us where we kin plant the stash?"

"Aye, bit we'll hiv tae wait until it's dark so nobody clocks us."

They wur jist aboot tae start a new competition oan the bottom section when Calum, The Big Man's runner, arrived at the tap ae the garden, heiding their way.

"Ye're a bloody hard wan tae catch up wae, Tony. Ah've been up and doon the Toonheid aw day looking fur ye."

"We've been here aw efternoon, putting in a wee bit ae practice."

"Shit, Ah'm glad Ah won't be picking up aw that glass. The cleaners will be oan overtime fur a month," Calum said, jumping up and doon wae his knees hitting his chest.

"That'll be ma ma then," Johnboy said tae laughter.

"Fur Christ's sake, Calum, ma neck's killing me, watching ye bouncing up an doon like a drunken yo-yo," Tony growled, as aw their heids nodded up and doon following Calum's knees-up.

"Aye, Calum, you try talking at the same time as yer heid's nodding up and doon like some hungry mutt and see how you like it."

"Force ae habit. Is that better noo?" Calum said, putting his hauns oan his hips and swaying fae side tae side.

"Perfect," Tony replied, wondering whit Calum wis efter.

"The Big Man wants tae talk tae youse."

"Who? Us?" Skull asked, looking across at Tony.

"Aye, and then the Murphys want a wee word...separately."

"The Murphys?" Tony, Joe and Skull aw asked at wance, sounding nervous.

"Aye."

"Whit the hell dae the Murphys want wae us then?" Skull demanded, looking as if he wis jist aboot tae shite they kecks ae his.

"Ah've nae idea. Ah'm jist the runner aboot here."

"The Big Man and the Murphys?"

"Separately," Calum confirmed.

"Fuck that, Ah'm no gaun," Skull announced, shaking his heid.

"Where?" Tony asked him.

"The McAslin Bar. And ye better get yer skates oan. That wis aboot three hours ago. Ah widnae keep him hinging aboot, seeing as he's in a shite mood."

"Aw, fucking nice wan, Calum, ya bloody bampot, ye. Whit did ye hiv tae go and say that fur, ya selfish shitehoose, eh?" Skull whined.

"Sorry, boys, Ah'm only passing oan the message," Calum said, touching his toes.

"Any idea whit they're efter, Calum?"

"Naw, they don't tell me anything apart fae the message."

"Ah'm no bothered aboot The Big Man. It's they Murphy pricks that ur the problem," Joe girned.

"Skull, ye've no upset any ae the Murphys recently, hiv ye?" Tony asked him, as they aw looked o'er at Skull.

"Aye, Ah bloody well breathed the last time they saw me. Ah hate they Micks. Ah've done nothing tae them apart fae throwing a cat in the door ae their cabin and pishing oan wan ae their doos wan time. Ah know they don't know aboot it because they've spoken tae me since and no done anything aboot it."

"There ye go then. They probably jist want ye tae dae something fur them. Anyway, Ah'll need tae go. Ah'll catch up wae youse later," Calum said, stretching his neck while shoogling his shoulders up and doon.

"Aye, thanks a bunch fur trying yer hardest tae find us," Skull scowled sarcastically.

"Nae bother, wee man," Calum replied wae a big grin, as he shot aff running up the garden, leaping o'er Buttercup's gate in wan jump.

"Prick that he is."

"Aw, shut up, Skull. It's no his fault...he's only daeing whit a runner's supposed tae dae."

"It's awright fur ye tae say that, Tony. Why the fuck could he no run in the opposite direction when he clocked us. That's whit Ah want tae know?" Skull girned, starting tae get himsel intae a bit ae a stooshie.

"Right, well, we'll hiv tae check it oot. Joe, they won't know ye're oot, so ye kin miss this wan."

"There's nae way Ah'm gaun near they Murphy pricks. Ah've done nothing wrong," Skull announced defiantly, still sporting a worried expression oan his kisser.

"Johnboy, here's yer chance tae meet The Big Man and Danny, Mick and Shaun Murphy."

"They won't hurt us, will they?"

"Naw, bit if they dae, it'll only be a boot in the arse or oor ears will get skelped."

"Make sure ye're between them and the door," Skull advised helpfully, calming doon wance he realised he didnae hiv tae meet them.

"So, whit's the plan then?"

"There isnae wan. We'll jist hiv tae take the chance that we hivnae done anything tae hiv made them mad at us."

"It's Shaun that ye hiv tae watch oot fur. He'll walk roond behind ye and when he makes his move, ye won't know it until he's goat they big hauns ae his roond yer scrawny neck," Skull advised, unwittingly touching his neck wae they manky fingers ae his.

"Skull, we've done fuck aw tae annoy them."

"That's whit they done tae ma da, the year efter Ah wis born."

"Whit did they dae?" Johnboy asked him.

"They tried tae get ma da tae sell them wan ae his best doos, bit he widnae gie in tae them. A wee while later they came roond tae the hoose and set aboot him and he's never worked or been oot ae the hoose since. Aw he dis aw day is glug sherry and pish himsel."

"Aye, they said he punted them a doo that wis diseased," Joe said.

"Wis it?" Johnboy asked.

"Naw, it bloody well wisnae! They found oot later that it wis wan ae Flypast's doos that hid TB. Whit a hiding they gied him as well. They say he goat the same as ma da did, bit it wisnae as bad."

"Aye, Ah know Flypast. He's goat a cabin oot the back ae ma ma's kitchen windae."

"Well, that's the nice people that want tae speak tae us."

Efter playing a game ae fitba wae an empty beer tin fur an hour in the school playground, they slowly heided doon through the school oan tae St James Road and crossed intae McAslin Street. When they eventually goat tae the pub, Tony and Johnboy arranged tae meet Joe and Skull later oan tap ae the wall at the side ae the stables in Stanhope Street. Oan the way up McAslin Street, Johnboy hid asked how he'd know whit wan wis Shaun.

"The three ae them ur aw big basturts wae blond hair," Skull hid said.

"Danny and Mick ur twins and ye'll know Shaun by the Mars bar oan the side ae his coupon," Joe hid added.

"Aye, some mad wummin put a pint glass intae it. Ma ma said he howled like a wee bubbling wean in front ae everywan," Joe hid chipped in.

"He'd tried tae get aff wae the wummin in front ae her man and when she telt him tae fuck aff, he called her a pig. When her man stepped in, Shaun stuck the nut oan him and that put him oot ae the game. When her man went doon, she lifted her man's pint glass and stuck it intae Shaun's face," Tony hid said.

"The fact that everywan witnessed him take the liberty didnae matter a toss. The wummin and the man done a moonlight flit that night wae aw their weans and that wis that," Joe hid said, snapping his fingers.

"Did they ever catch up wae them?" Johnboy hid asked.

"Fuck knows, bit it hisnae stoapped Shaun taking liberties."

As they walked in the front door ae The McAslin Bar, there wis an opening oan the left that said 'Aff-sales.' A man and a wummin wur staunin grappling each other inside it, groaning like two dugs oan heat and slobbering aw o'er each other. They wur leaning o'er tae wan side and Johnboy could see the tap ae wan ae the wummin's thighs, where her elastic garter wis digging intae the white flesh, keeping her stocking up. There wis a wee hatch that opened oan tae the bar and there wis a bottle ae Lanliq and four blue bottles ae Tennents lager sitting oan the coonter between the love birds and the staff side ae the bar.

"C'moan Nancy, ya shameless hussy, ye. Gie's yer money fur the carry-oot," a female voice said through the opening.

Oan the right, an auld wummin came oot ae a door that said 'The Snug' oan it. When Johnboy glanced past her, he could see a couple ae tables wae aw these auld wummin in their heid scarves sitting roond the wall seats, wae whit looked like a hauf pint and a nip glass in front ae them aw.

"Awright, boys?" the auld yin asked, smiling wae a toothless grin, as she walked past them oot intae the street.

Johnboy followed Tony through the double swing doors and the first thing that hit him wis the smoke and the racket. The smoke grabbed him by the throat and stung his eyes.

"Hellorerr Kirsty. Is Big Pat aboot?" Tony asked.

Johnboy knew before she answered him that it hid been her voice that he'd heard asking Nancy and lover-boy tae cough up their dosh fur the carry-oot. She didnae seem tae be that tall bit the blond beehive sitting like a giant candy floss bush oan tap ae her napper made Dusty Spring-field's look like a sparra's nest. She wis wearing a tight v-neck jumper and her paps wur sticking oot like two boxing gloves o'er a tiny waist. She looked like a beautiful rose sticking oot ae a pile ae shite in that pub, Johnboy thought tae himsel.

"Doon the bottom," she said, walking doon tae the other end ae the bar, withoot glancing at them, which wis brilliant, as Johnboy and Tony soon furgoat why the hell they wur there in the first place, as they joined aw the rest ae the drooling hounds at the bar wae their tongues hinging oot, dribbling doon their chins, watching that arse disappear intae the haze ae blue smoke.

It wis only when a big blond mean-looking basturt, wae a big Mars bar scar oan the side ae his face, stood up at the end ae the bar and spoke that Johnboy remembered why they wur there.

"Kirsty, ma wee prairie flower. How aboot a drink fur yer favourite man?"

They wur soon jolted back tae reality. Johnboy goat a wee thrill ae sat-isfaction tae see the look ae disgust oan her smacker as she wafted away fae them, heiding back up North.

"That's Kirsty," Tony said above the din. "She trained as a hairdresser."

"Really?" Johnboy said, impressed, his eyes following the rose, alang wae everywan else's in the place.

When they reached the far end ae the bar, there wur two tables that hid plenty ae space aboot them. At wan sat the two twins, Danny and Mick, while Shaun, the liberty-taker, wis jist putting a roond doon in front ae them. At the other table, Pat Molloy, The Big Man, who wis the spitting

image ae Desperate Dan fae the Beano, wis sitting reading The Grey-
hound News while wan ae his fingers wis shoogling aboot, knuckle deep,
up his left nostril, trying tae catch a jelly fish by the look ae things. He
wis sitting wae his feet oan tap ae a chair in front ae him as if he wis at
hame. Johnboy tried no tae boak and even managed tae keep his burnt
toast breakfast doon that he'd eaten eight hours earlier, by keeping his
eyes away fae watching that finger daeing aw sorts ae brain damage.
The Big Man wis wearing a stripy blue shirt and a shiny blue tie. He hid
oan a fancy dark blue suit, wae a light coloured coat covering his shoul-
ders, even though the place wis as hot as a gas oven. He'd a ring oan
his right pinkie wae a big gold sovereign coin sitting oan tap ae it. Oan
another stool, jist tae the left ae him, sat Horsey John's right haun man,
Tiny, the midget wae the club fit, whose two hauns wur gripping a big
pint ae Guinness. Johnboy hid a strong urge tae suggest that he'd be
better aff wae a hauf pint, when The Big Man looked up.

"Tony, ya manky wee thieving toe-rag, ye. How ur ye daeing?" Des-
perate Dan asked, pulling oot his finger, making the same sound as
Johnboy's ma made when she pulled the cork oot ae her sherry bottle
at Christmas and leaving a massive angry nostril that slowly started tae
shrink back tae its normal size.

"Fine, Pat."

"And who's this manky wee arse-bandit wae the fancy Levi's ye've goat
wae ye the day?"

"This is Johnboy."

The Big Man took his time, looking Johnboy up and doon.

"So, where hiv youse been snow-dropping then?"

"Alexandra Parade."

"Ah, that brings back the auld days tae me, that dis. Dae ye remember
Alexandra Parade, boys?" he asked, looking o'er at the three blond goril-
las.

"Aye, Ah goat ma first pair ae underpants there," wan ae the twins said,
aw misty-eyed.

"See whit we've aw goat in common then, boys? We aw started oot
in the same wee cesspit, so we did. It's always good tae be reminded

ae where ye came fae noo and again," The Big Man said, looking at the manky pair in front ae him.

"Er, ye wur wanting tae speak tae me, Pat?" Tony asked, bit The Big Man ignored him.

"Tiny, go and get the boys a wee drink. They look awfully dry-moothed, staunin there in they fancy expensive jeans that some poor mug his worked aw week fur."

Wae that, the filthy basturt lifted the side ae his arse aff ae his chair and let oot a fart that sounded like a clap ae thunder above the racket in the bar. There wur loud guffaws fae somewhere behind Johnboy, followed by, "Fucking stoater, Big Man!"

Stoater? Johnboy thought that The Big Man must've shat himsel. Even wae aw the smoke tae smother the smells in the place, The Big Man hid tae wave his Greyhound News furiously in front ae his nose tae get rid ae the smell ae shite that took o'er their side ae the bar.

Meanwhile, Tiny arrived wae two hauf pints and set them doon in front ae Johnboy and Tony.

"Tiny, hiv ye jist shat yersel again?" The Big Man asked in mock horror.

"Probably," Tiny said, reaching roond and touching his wee arse before sniffing his fingers and then grabbing his Guinness wae baith hauns again.

Johnboy wis dying tae taste the beer, despite no knowing where Tiny's tiny hauns hid been before they'd arrived, bit he'd decided tae take the lead fae Tony. Tony wis staunin there, trying tae look as if he widnae want tae be anywhere else in the world.

"Trannys!" The Big Man finally said, looking at Tony.

"Trannys?"

"Ah need some trannys and Ah need them pronto."

"Nae bother."

"How much ur ye efter fur them?"

"Ah'm no sure, it depends oan how many ye want."

"How many kin ye get me?"

"It depends."

"Oan whit?"

"Oan whit the fuck trannys ur," Tony said, straight-faced.

The Big Man slapped his fancy-suited knee, and let oot a roar ae laughter.

"Ah knew ye didnae know whit the fuck Ah wis oan aboot, ya fly wee midden, ye. Ah wis jist trying tae see how long it wid take ye tae own up."

"So, whit's a tranny when it hits ye oan the napper?" Tony asked, visibly relaxing, bit still no reaching fur the beer.

"Transistor radios. Everywan wants them these days, including me," The Big Man said in triumph, looking aroond at Tiny and the blond back-breakers who wur aw eyeing each other up knowingly, delighted that they knew something the boys didnae.

"How much dae they cost?" Tony asked.

"Anything between fourteen and twenty quid," Tiny chirped in, looking up fae his Guinness wae a big white foamy moustache oan his tap lip.

"A fiver each then?" Tony said.

"Ah'm the crook aboot here. Try again, Mario."

"Three quid each then?" Tony said.

"Ah'll tell ye whit Ah'll dae. Ye'll get a quid each fur yer standard Perdio PR25s, Dansette Gems, Choristers, Dynatron TP30s and Pye Q3s, bit ye'll get two quid if ye come up wae a KB Rhapsody Deluxe, or even better, a Realtone Globepacer or a Grand Prix GP 901. They're like hens teeth as they've jist newly started tae appear in this country fae America."

"It's a deal," Tony said.

"Ye kin tell if it's a real Globepacer because there's a 'Dial-O-Map' wae real time zones that pops oot ae the back," chipped in Tiny.

"A 'Dial-O-Map?'"

"Aye, a fancy wee map ae the world," Tiny said, as if he knew whit the fuck he wis talking aboot.

"Er, right, Pat. So, if we kin get ye a whit?"

"Realtone Globepacer, Grand Prix 901 or a KB Rhapsody Deluxe."

"Ye'll gie us two quid a shot?"

"Aye. Noo, fuck aff. Ah've goat a wee bitch who's running across in the White City that Ah want tae put a line oan."

And wae that, they wur dismissed.

Jist as they wur aboot tae high-tale it oot ae the place, Shaun, the liberty-taking gorilla, waved them across. He looked as if he wis awready pished.

"Yersel and yer mates, including that wee ugly Skull wan…come roond tae ma cabin at wan o'clock the morra. Don't keep me waiting," he slurred.

"Nae bother, Shaun. We'll be there."

As Johnboy wis walking oot the door, he said, "Goodnight, Kirsty," in his maist friendly grown-up voice and goat a few titters and grunts fae the hounds ae the Baskervilles camped oot at the bar, bit a lovely smile fae the rose who wis pouring a pint. As they went through the swing doors, he noticed that Nancy and her man wur still sticking their tongues doon the throats ae each other in the aff-sales section.

"There's nae way Ah'm bloody-well gaun roond tae that dookit the mor-ra," Skull shouted defiantly when they caught up wae him and Joe oan the stable roof.

"Skull, ye don't hiv any choice. Tell him, Johnboy."

"Aye, he asked fur ye by name."

"So, whit did he say then?"

"Remember and tell that wee Mr Magoo he's tae be there oan the dot," Tony said, keeping his face straight.

"Fuck him and his wanking brothers. Ah'm still no gaun."

"Anyway, we'll deal wae that later. Johnboy is gonnae show us where we kin plank oor dosh. Is that right, Johnboy?"

"Aye, bit we'll hiv tae heid back doon tae the bottom ae McAslin Street tae get there."

"Right, let's go. We'll tell ye whit wis said oan the way."

Chapter Sixteen

"Ah've jist spotted that Johnboy ae yours, coming doon McAslin Street," Helen's maw said tae her. "It's a wonder ye didnae bump intae him oan route."

"He wis probably aff hame," Helen replied.

"He wis wae three other boys...a right sleekit wee bunch, if ye ask me."

"Whit, they wurnae wearing alter smocks, ye mean?"

"Ah'm jist saying...and anyway, it's efter nine. Should he no be hame and in his bed at this time?" her maw went oan, looking at the clock. "Ye know whit they say aboot boys and idle hauns."

"Maw, it's still light ootside and it's the school holidays."

"Aye, well, when you wur his age, ye wur still in yer bed at seven, holidays or no."

"When Ah wis his age, ma Auntie Jeannie hid me trooping aboot aw o'er the pubs and halls in the Toonhied behind her oan the campaign trail, trying tae get wan last non-voter tae go oot and vote fur her. Ah wis lucky tae be in ma bed by midnight maist nights," Helen retorted, instantly regretting bringing up Aunt Jeannie's name as her maw stiffened in her seat. "And anyway, don't you worry aboot Johnboy. Ah've goat him well in haun, so Ah hiv. He's feart tae look at me these days, in case he gets grounded. He's been kept in three times in the past week fur his cheek and it drives him nuts. So, how ur you and Da daeing?"

"Ach, ye know, nothing ever changes aboot here. Dae ye know that Ah've served yer da up scrambled egg oan toast wae black pepper every single night fur the past forty five years, including during the war when eggs wur as scarce as hens' teeth?"

"Aye, ye don't know how lucky ye ur."

"Whit? Is Jimmy fussy aboot whit ye're putting doon in front ae him?"

"Naw, maist ae the time Ah've goat sweet F.A. tae gie him when he comes in fae his work, apart fae a stale piece ae bried, fried in dripping."

"Ach, well, Ah'm sure it keeps him oan his toes, eh?" her maw said as they baith burst oot laughing.

"So, spit it oot, whit's the joke?" Helen's da asked, coming intae the room wae The Evening Times tucked up under his erm.

"Hiv ye left that windae open? Ah hope tae God none ae the neighbours hiv tae go intae that cludgie fur at least hauf an hour," her maw said.

"Ach, serves them right. If they think that's bad, they should've seen whit wur officially classified as shite-hooses fur us heroes tae take a crap in during the war."

"Aye, well, save us fae oor blushes and change the subject, Colonel Pish-pot," Helen said.

"Aye, let's change the subject aboot aw ma heroic escapades that ensured Queen and country could hiv a crap in peace. Hiv ye telt her then?" he said, heidin fur the sink tae wash they hauns ae his.

"Check this oot," her maw said, sliding a fancy printed pink card across the table tae her. "A big skinny boy in shorts and a vest came bounding up the stairs, three at a time, and pushed it through ma letter box. Auld Izzie next door thought she wis getting attacked, the way he shot past her."

"Ye've been invited tae auld Daisy and Bill's wedding anniversary?"

"How dae ye know that?" they baith asked at wance.

"Aye, me and Jimmy goat an invite tae."

"Did ye? Oh, that's different then. We'll probably go noo," her maw beamed, looking across at her da.

"Whit? Jist because her and Jimmy ur gaun, ye're gaun noo?"

"Aye, so whit? A minute ago ye wur in the huff because Ah said Ah wisnae gaun, noo that Ah am, ye're back in the huff."

"Ah've no mentioned it tae Jimmy yet, so it's no a hunner percent that we'll be gaun anyway."

"He disnae hiv a problem wae Pat Molloy, dis he?" her maw asked, putting oan her best solemn face.

"Jimmy? Naw, Ah don't think so. It's jist that we're skint."

"Ach, don't let that put ye aff. Yer da will make sure ye've goat enough fur a wee Babycham or two."

"Nae doubt, Ah kin manage a wee sub as long as it's paid back...this time."

"Oh right, brilliant, then we'll definitely be there," Helen said, as she picked up the card, feeling better than she hid fur a while.

"It says here that there will be a top Country and Western band playing aw night and he's putting oan a wee Bingo session wae first class prizes fur aw us wummin folk," her maw said, getting hersel aw excited.

"Aye, ye let that wan slip through yer fingers, Helen," her da said.

"Aw, don't start spoiling the fun before it's even started," Helen retorted, gieing her da a dirty look.

"Well, Ah'm only saying."

"Ye're only saying whit?"

"That ye could've been sitting in a fancy hoose, living the life ae Riley, insteid ae sitting up in Montrose Street wae the door coming in tae meet ye."

"Whit's this goat tae dae wae us being skint?"

"Ah'm only saying ye could've been wae a successful business man."

"Pat Molloy is a bloody money-lender who breaks people's legs if they don't pay up oan time."

"Aye, Ah heard that rumour tae," he scoffed under his breath.

"Right, Granda, change the record," her maw warned, before Helen could come back at him.

"Ah'm still no sure why we wur invited though," Helen wondered oot loud.

"Probably because ye looked efter auld Bill when Daisy wis ill aw they years ago. Remember?" her maw reminded Helen. "If it hidnae been fur yersel, Bill widnae hiv been able tae go oot tae work."

"Aye, maybe that's the reason."

"Or he's still goat a wee saft spot fur ye," her da slipped in.

"Anyway, Ah'll speak tae ma loving husband, the wan that worships the very ground that Ah walk oan, the faither ae ma weans who'd never, ever, stray and make me look like an eejit by gieing me a showing up in front ae aw ma friends," Helen said bitterly, staunin up and gieing her maw a kiss before heiding oot the door.

As Helen wis heiding doon the stairs, she could hear her maw getting oan tae her da tae keep his trap shut aboot her and Pat Molloy.

Chapter Seventeen

The lane ran back fae Grafton Street fur aboot a hunner yards before ye came tae the corrugated iron gates. There wis jist enough room fur the lorries tae take the fence posts, reclaimed rafters and wooden fences in and oot again wance they'd been dipped. Oan each side ae the lane there wis a brick wall aboot six feet high. Oan the left, as ye went in fae Grafton Street, wis the back ae the tenements oan Grafton Square and oan the right wis the back ae the hooses at the bottom end ae McAslin Street. Johnboy hid tae tell Skull and Joe tae be quiet and tae stoap farting aboot as they entered the lane, as that squinty-eyed tosser, Crisscross, and that fat Christian wife ae his lived jist o'er the wall oan the right.

"Whit? Crisscross lives o'er here?" Tony asked, pulling himsel up oan tae the wall wae his fingertips and peering o'er.

"Aye."

"Whit wan?"

"The bottom wan oan the right, in the corner, jist beneath the railings. The boarded-up windae tae the right ae that is the back ae the dairy oan the corner."

"Whit the hell is he daeing living here?" Joe asked, taking a peep beside Tony.

"Who knows, bit there's another three Christian wummin staying there as well. Sometimes Ah used tae come roond and sit oan the wall here, listening tae them aw make a racket, singing Christian songs and knocking hell oot ae tambourines, like nowan's business."

"Is that so?" Tony murmured, heaving himsel up fur another wee gander.

"Aye, the Christian wummin wur okay, bit when Crisscross joined in, it always went tae pot. Ah wid've sacked him masel bit they mad wummin didnae seem tae mind and they jist chanted louder, aw smiling at each other."

"Aye, he's probably riding them aw, the dirty basturt," Joe sneered, wae a lecherous smile.

"Ah wonder why they'd want tae stay in a dump like this?" Skull asked, using baith erms tae try and reach an itchy bit oan his back, bit failing miserably.

"Dae ye think they keep dosh in the hoose?" Joe wondered.

"Who knows, bit they're always oot wae they cans ae theirs, trying tae cadge money aff ae people who're always skint. Hiv ye never seen them daeing the roonds ae the pubs?" Johnboy asked them.

"Ahhh, that's better," Skull sighed, groaning in delight, as he leaned back against the brick wall, his eyes shut, gently bobbing up and doon tae gie himsel a right good scratch.

"Fur fuck's sake, Skull. The last time Ah saw that wis when Horsey John and wan ae his auld flea bag nags wur sharing the stable door posts the-gither. Baith ae them hid the exact same look oan their coupons as ye've goat noo," laughed Joe.

"Is this it?" Tony asked wance they wur aw staunin in front ae the corru-gated double gates.

"Aye, we'll need tae climb o'er. Ah usually go in o'er the wall fae the back closes in Grafton Square."

Wance they wur in the yard, they stood looking at the building. It wis square shaped and wis built oan tae the end ae the tenement build-ing. Fae the ground up tae aboot a height ae ten feet it wis made ae the same bricks that surrounded the backs ae the tenements. It didnae hiv windaes bit it hid slatted wooden walls above the brickwork that stretched aw the way aroond it and up as far as the sloping lean-to, slated roof, which let ye see through tae the roof rafters. Where there wis slats missing, tarpaulin covered the gaps. There wis a double door facing them that wis padlocked. In the yard, three big square steel tanks wae steel lids stood aboot four feet deep. Two ae them wur used tae dip the fences, gates and roof rafters that hid been taken oot ae condemned buildings which wur noo being knocked doon. The other wan wis full ae acid stuff that wis used tae strip aff anything that wis covered in paint. Aw Johnboy's pals knew tae keep well away fae that tank efter wan ae his pals hid handled a bit ae wood that hid been dipped in it. It hid lifted the flesh straight aff ae Shuggie Martin's fingers.

"So, how dae we get in then?" Tony asked, efter they'd scrambled o'er the gates.

"Follow me," Johnboy said, motioning wae his haun, as he walked roond the left haun side ae the building and climbed up the big stack ae wooden pallets that hid been there fur as long as he could remember.

At the tap, he pushed the heavy tarpaulin in towards the inside ae the building and stepped through oan tae whit seemed like a second flair, bit wis in actual fact where the owner hid stacked aw his long roof rafters and other big lengths ae oak. The dummy flair wis aboot twenty feet up fae the ground and set back aboot ten feet fae the front ae the building that hid the double padlocked door oan it. Because ae the slatted walls, ye could see right ootside intae the yard and the gates they'd jist climbed o'er.

"O'er here," Johnboy whispered in the semi-darkness, walking across the stacked wood tae the back ae the building, stoapping at the brick wall that appeared tae haud everything thegither.

This wall wis a further six feet higher up fae where they wur staunin and ran the length ae the back ae the building and looked doon oan tae McAslin Street.

"Okay, Ah gie in," Skull said, no impressed.

"Kin ye no see it?" Johnboy asked.

"See whit?" Tony and Joe chimed thegither.

"The stash hole."

"Ah cannae see a bloody thing," Skull said, touching the rough wall wae his fingertips, peering aw o'er it.

"Brilliant!" Johnboy said, as he jimmied himsel up oan tae the ledge at the tap. "Up youse come."

The three who wur left staunin pulled themselves up and intae a sitting position.

"Right, where noo?" Tony asked.

"Ye're sitting oan it," Johnboy replied wae a big grin.

The three ae them turned tae the side and looked at the wall that their arses wur plapped oan. It wis a double-layered wall that hid a crevice running the full length ae it. The crevice wis aboot twelve inches deep and aboot four inches wide.

"Bloody brilliant!" Joe said. "Who else knows aboot it?"

"Jist us," Johnboy replied, as Skull and Tony stood up and walked alang the wall in opposite directions.

"Aye, it'll dae," Tony agreed, efter he came back fae exploring. "If we're gonnae stash oor dosh here, it'll need tae be at the far end there," he said, nodding tae where he'd jist come fae.

"Ma da's goat an auld toffee tin that he keeps his nails in. It's goat a lid oan it. Ah'll take it doon and we kin keep the dosh in that," Joe volunteered.

"We've goat two pound eleven bob fur the kitty, so far. Wance Joe gets the tin, that'll be oor first saving."

"Will it haud aw the coins, Joe?"

"Aye, it's long and deep and the lid is really tight oan it."

Efter another wee look aboot, Johnboy, Tony and Joe jumped doon and went o'er and sat wae their legs dangling o'er the edge ae the dummy flair at the front.

"Where the hell ur we gonnae get trannys fae?" Skull asked oot loud, fae somewhere up in the rafters.

"We'll need tae move oot ae the Toonheid and go oan the hunt," Tony replied.

"Where aboot?" Joe asked.

"Ah'm no sure, bit ye know how we jump oan the back ae lorries tae get hudgies aw o'er the place?"

"Aye," Joe and Skull answered thegither.

"Well, there's yer answer."

"Ah'm no even gonnae kid oan Ah know whit ye're oan aboot, professor," Skull said, as the others sat watching him swing between two rafters, jist aboot gieing everywan a heart attack when he slipped, then managed tae get a grip ae a nail sticking oot ae the side ae it wae his fingers, so avoiding plummeting tae the concrete flair thirty feet below.

"Fucking brilliant!" Joe said, as the penny drapped.

"Ah'm wae Skull here. Ye'll need tae gie me a hint ae whit ye're oan aboot, Tony," Johnboy said, leaning forward, letting a spit trail oot fae between his lips, interested tae see how long it wid stretch before snapping.

"We jump oan the back ae a BRS or a Taylor's lorry. It'll gies us a lift tae other parts ae Glesga, depending oan where it's heided. Oan route, we keep oor eyes peeled and when we see an electrical shoap, we jump aff and tan it," Tony said wae a satisfied, 'Admit it, Ah'm a genius' look oan that kisser ae his.

Johnboy hid tae admit that he didnae need his erm twisted tae be convinced ae Tony's genius.

"So, how dae we get back if we don't know where the fuck we're gaun?" Skull asked, sticking the needle intae Tony's hot-air-balloon-plan fae somewhere up in the Gods.

"Skull, trust you, ya tit, ye. Is there anything good aboot ma idea?"

"Ah'm jist saying..."

"Well, jist tell us the better idea ye've come up wae."

"Fuck aff! Don't go in the huff wae me, ya greaser, ye. Ah wis only asking."

"How aboot using a map?" Joe suggested.

"Kin you read a map like?" Skull asked, jabbing away wae that needle ae his again.

"Ah'm lucky if Ah kin read ma ain name," Joe admitted, as everywan laughed.

"That auld granda ae mine works fur Barr's as a lorry driver and he telt me that if Ah ever goat lost in Glesga, Ah should go tae the nearest busy road and catch a bus as aw the main streets in Glesga heid back intae the toon centre," Johnboy volunteered, waiting fur Skull's needle tae appear.

"Really?" Skull asked, swinging away fae them intae the darkness.

"Problem solved then," Tony declared.

"When dae we start?" Skull wanted tae know, his voice starting tae sound excited awready.

"This weekend."

"Good, that'll gie me time tae check oot the bus numbers coming intae the toon centre," Skull said, satisfied, as he came swinging back between the rafters.

He managed tae hing oan wae wan haun while he wiped his nose wae the sleeve ae his jersey before finally anchoring above where they wur sitting.

"So, whit's the score wae they mad Murphy pricks?" Joe asked, gaun back tae the discussion that they'd hid earlier oan the way doon McAslin Street.

"Ah wish Ah knew, bit whitever they want, it'll mean grief fur us, so it will," Tony sniffed.

"Hiv ye telt Johnboy that ye used tae work fur them?" Skull asked oot ae the blue.

"Really?"

"Ah never really worked fur them. Ah did a few wee jobs fur Shaun, the wan wae the Mars bar oan his coupon."

"He used tae screw dookits and blag aw the birds," Skull said, lying spread-eagled across the rafters, looking doon oan them.

"Skull, who's telling this story, eh?" Tony demanded.

"Ah'm only saying, Mr Touchy."

"Well, let me get the facts oot before ye start interrupting me."

"Well, hurry up and get oan wae it then," Skull shouted, his white toothy smile lighting up his manky face in the darkness above them.

"Ah wis asked tae be their runner bit there wis no way, because ae whit they did tae Skull's da."

"Wankers!" Spiderman growled.

"So, Ah managed tae wangle ma way oot ae it. Jist when Ah thought Ah wis aff the hook, Shaun telt me that he still wanted me tae dae a few wee jobs fur him."

"Screwing dookits," Skull chipped in.

"Noo, if there's wan thing ye don't want tae be caught daeing, apart fae snow-dropping, it's screwing some mad basturt's dookit and blagging aw his good doos," Tony warned, looking directly at Johnboy.

"Unless ye're sick ae life and ye want a quick way tae die a slow, painful death," Joe added.

"Ah tanned two dookits fur him...wan across in Possil and wan up in Springburn," Tony continued.

"Tell him aboot the windae box," Skull said, lying sprawled in a press-up position oan two ae the rafters above them, getting aw excited. "Ah bloody love this wan, so Ah dae."

"The two jobs wur a loft dookit and a windae box," Tony said, ignoring the interuption. "Anyway, the windae box, which should've been the easy wan ae the two, sat oan the guy's spare bedroom windae ledge. Oan the inside, ye could see aw his bedroom walls wur covered wae nesting boxes full ae doos. It wis a nice wee set-up he hid. Aw Ah hid tae dae, according tae Scarface, wis nip up the drain pipe and grab a wee doo aff the landing board and aff Ah'd go."

"Ah bloody-well love this," Skull squealed, nearly pishing himsel wae excitement again.

"Anyway, Shaun The Basturt wanted this guy's really good doo..."

"A big Horseman Thief Pouter. Wan ae the best anywan hid ever clapped eyes oan," Skull butted in again.

"...Bit the only problem wis, Ah hid tae hing aboot fur four days solid because Mad Malky The Barber, widnae put the bloody thing oot and Shaun hid warned me no tae come back withoot it."

"Prick!" Skull murmured.

"He wis a barber? Jist like yer auld man, Tony?"

"Well, no quite like ma auld man. Ma da's a real barber. Mad Malky goat his name because he scalped a guy wae a fireman's axe fur trying tae dae him oot ae a doo deal."

"Lopped the tap ae his napper clean aff," Skull said, swishing his erm tae demonstrate.

"Aye, that's true, it wis a clean cut," Tony added wae a straight face as Skull and Joe laughed, and Johnboy felt a shiver run up his spine.

"Aye, it wis a guy called John Priestly. Ah knew his brother who wis in The Grove at the same time as me," Joe said. "It wisnae the fact that he goat hit wae the hatchet that bothered him. It wis the fact that he wis the only brother, including his auld man, in the family that wisnae awready baldy and that Mad Malky wan went and lopped the tap ae his scalp aff ae him fur his cheek."

"Aye, jist efter it happened, Priestly shot aff doon the street like the clappers, bit when he came back later oan, trying tae find his crown topper, it wis offskie," Tony said grimly.

"And the reason they call Mad Malky 'The Barber' is because he stuck a shoe lace through it and wore it oan his belt when he went fur a pint in The Possil Bar, doon oan Saracen Street," Joe chipped in.

"Ah thought it wis a tail sticking oot ae his arse when Ah wis watching him in the back court, trying tae chat his doos aff the roofs oan tae his landing board," Tony said, a faraway look in they dark eyes ae his.

"Anyway, get tae the best bit, Tony," Skull said, clearly impatient.

"Where wis Ah noo? See, that's ye interrupting me."

"Ye wur hinging aboot fur four days solid," Johnboy reminded him.

"Aye, and then...Bingo! The big Horseman and a nice wee hen wur oot and dancing, showing aff tae each other oan the board. He'd the hood up so they couldnae get oot tae spread their wings. In aw the time we wur hinging aboot there, he put oot other doos and hens bit this big Horseman never goat a flutter aff ae that landing board wance."

"The windae box wis two flights up plus the closest drain pipe wis no only full ae grease, bit he'd aboot eight feet ae barbed wire wrapped roond it jist under the level ae the windae box tae stoap people like us climbing up," Skull said doon tae Johnboy.

"Aye, it wis a basturt trying tae figure oot how tae get up tae they boxes, believe you me," Tony acknowledged.

"Bit it wis Paul who came up wae the answer," Skull said.

"Skull, ye wurnae there, so shut the fuck up."

"Ah'm only saying."

"So, me and Paul wur trying tae figure oot how tae get oor clatty fingers oan the doos and Ah suddenly came up wae a beezer ae an idea...as usual," Tony claimed, wae no a blush in sight. "When we looked across tae the railway wagons at the shunting depot across in Cowlairs, we saw a big line ae telegraph poles stretching aw alang the tracks towards Colston. The next day, Ah nicked a hatchet oot ae wan ae the tool shoaps in the toon centre before we heided across tae Mad Malky's, and me and Paul took turns in chopping the basturt doon. Ah'm no sure whit the cables oan it wur fur, bit there wis some amount ae sparks flying everywhere when it keeled o'er. It wis a bit dodgy fur a while as well, because it fell and landed across two ae the main railway lines. An express train hid jist passed a couple ae minutes earlier, so ye kin imagine the shite oan the arses ae oor troosers, trying tae move it clear before the next wan arrived oan the scene. It must've took us aboot three hours tae get it fae the railway line, back tae jist ootside Mad Malky's back fence."

"This is the good bit coming up noo," Skull squealed, sounding as if he wis aboot tae pish himsel again.

"As soon as we saw that the big Horseman and hen wur oot strutting their stuff, we heaved the pole o'er the fence and across tae the side ae the building. It took us ages tae get it up tae sit jist under the boxes. Paul stood at the bottom while Ah crawled up the pole. Ah remember thinking that it wis gonnae be a dawdle. When Ah reached the board, Ah jist pulled the hood apart..."

"Ye make them oot ae a frame fae the hood ae a pram, using string tae lash it aw thegither." Joe explained tae Johnboy.

"...And stuck ma haun in and grabbed the big Horseman first. It wis a big tough basturt, pecking away at ma haun, even while Ah wis worrying that Ah'd broken its wings while trying tae stuff it doon the front ae ma jumper. In the meantime, the wee hen hid become aw shy and darted intae wan ae the holar boxes at the side ae the board, followed by ma grubby fingers. Ah'd jist goat a grip ae it and wis gently pulling it oot when wan ae the escaped hounds ae the Baskervilles' heid suddenly appeared through the windae box latch fae the inside ae the room and sunk its slobbering teeth intae ma wrist. Look, Ah've still goat the scars tae prove it," Tony said, showing Johnboy his wrist, even though the place wis noo in semi-darkness.

"Wis it bleeding?"

"Bleeding? It wis the worst pain Ah've ever experienced in ma whole life," Tony admitted. "The blood jist spurted aw o'er the inside ae Mad Malky's good windae box and aw o'er that mad dug ae his."

"Did ye let the hen go?"

"Me? Did Ah fuck, and Ah still don't know why. Ah managed tae pull ma erm towards the opening in the hood, still clutching the wee hen, wae the dug still attached tae ma wrist, trying tae pull me back intae the room, when aw ae a sudden, the wee hen pecked the snarling hairy basturt right in the eye. There wis this massive yelp as its jaws opened instantly and Ah slid aw the way doon the pole wae only ma baws and the big Horseman between me and the pole. Ah wis pishing blood fur a week, so Ah wis."

"Wow!" Johnboy exclaimed, looking back and fore at Tony and Skull, who nodded back, confirming how sore Tony's hee-haws hid been.

"When Ah landed, Paul looked as if he wis gonnae shite himself, there and then. We heard roaring coming fae Mad Malky and the sound ae running feet heiding doon the stairs, thudding everytime he came tae a landing, wae his big dug, snarling and howling in frustration at me man-aging tae free ma erm fae its jaws. Ah swiftly haunded the hen o'er tae Paul and we bolted fur the fence. Because Ah hid the big Horseman up ma jumper, it made it difficult tae get o'er the fence in the wan go. Paul wis awready up oan tap. The big dug wis heiding straight fur that arse ae mine when Paul threw the hen full force straight at its heid. Ah still don't know tae this day if the dug wis mair pissed aff at the hen than me, bit when Paul scudded it wae the hen full in the face, it jist ignored me and went ape-shit and started tearing fuck oot ae the poor thing."

"Did it die?" Johnboy asked.

"If it didnae, then it wis the baldiest fucking doo in the toon. Paul said that it wis like wan ae yer maw's pillows exploding wae the amount ae feathers that wur flying aboot," Skull said, laughing. "Mind you, that wis probably tae dae wae the fact that the dug wis shaking it aboot in its jaws, aw o'er the place at the time."

"This wee spot ae luck gied me the time Ah needed tae get up and o'er the fence and Ah high-tailed it efter Paul, o'er the railway tracks towards Springburn. The last thing we heard wis Mad Malky shouting at Rebel tae drap the hen."

"Did ye need tae get stitches oan that?" Johnboy asked, nodding tae Tony's wrist.

"Fourteen."

They hidnae really noticed that it hid been getting dark till they heard

the sound ae tyres crunching o'er the gravel in the lane and the inside ae
the shed lighting up wae fingers ae light spilling through the slats oan the
walls. A car hid stoapped at the gates, wae its motor still running, while
the driver goat oot and unlocked the padlock and opened the gates. The
driver then goat back in and drove the car intae the yard. The fingers ae
light moved across the sides ae the inside ae the building and then up
oan tae the beamed ceiling, where Skull's lit-up face looked as if he wis
aboot tae shite himsel. The engine stoapped oan the other side ae the
padlocked doors, bit the heidlights stayed oan dip. Tony put his fingers
up tae his lips silently and nodded fur them tae stay still and quiet. The
passenger and driver's doors opened and two people goat oot. The boys
could hear the voices bit couldnae make oot whit wis being said. There
wis no way that the new arrivals couldnae hear their heartbeats, Johnboy
thought. Jist then, another set ae lights appeared up the lane and anoth-
er car slowly turned intae the yard behind the first car. The whole inside
ae the place lit up, reminding Johnboy ae the floodlights oan a Wednes-
day night across in Parkheid, wae the fingers ae light travelling the same
route as the last wans. This time, Tony, Joe and Johnboy instinctively
swung their legs up and rolled oan tae their backs, before turning roond
oan tae their stomachs, wae their heids peering o'er the edge ae the
dummy flair. Skull, who hidnae been farting aboot either, silently drapped
doon oan tae the dummy flair and rolled oan tae his stomach beside
them. Wance again, Tony put his fingers up tae his lips.
   The second car's doors opened and the boys aw jist aboot hid a heart
attack. Oot stepped the two local sergeants. Joe motioned wae his
fingers and hauns that this wis the two basturts that hid knocked fuck
oot ae him and Paul up at the Stinky Ocean the night ae the break-in oan
St James Road. The voices wur loud and clear noo and they could hear
everything that wis being said. No only that, bit the lights ae the second
car hid lit up the first two visitors.
   "Where is he?" The Sarge asked.
   "Who?" The Big Man answered.
   "Ye know who. Haun him o'er."
   "Ah don't know whit the fuck ye're talking aboot."

"Pat, don't fuck wae me noo...Ah'm no in the mood."

"Liam, keep yer nose oot ae ma business."

"This is ma business, so haun him o'er right noo."

"And if Ah don't?"

"Jim, get him oot ae the boot and intae oor wan," The Sarge commanded.

When the other sergeant went tae the boot ae the big Jag, Shaun Murphy stepped in front ae him and stuck his chin oot.

"Ah widnae touch that boot if Ah wis you, Jim," Shaun growled.

"Pat, Ah'm no leaving this yard withoot him, so ye better make up yer mind fast and tell that big lump ae shite tae move tae wan side."

"The trouble wae you, Liam, is that ye're the wan who's full ae shite aboot here," snarled The Big Man. "Everywan knows that, apart fae you and that cross-eyed bumbling monkey who ye take the pish oot ae every day ae the week."

The Sarge went fur The Big Man, grabbing him by the throat wae baith ae his hauns, trying tae strangle him. The Big Man punched The Sarge oan the side ae the heid wae his left fist, sending his chequered polis hat flying, while at the same time, pushed The Sarge's chin backwards and upwards wae the palm ae his right haun. Big Jim jumped in and started tae pull The Sarge back while Shaun did the same wae The Big Man.

"Ah'm taking him away wae us, Pat. Ye'll need tae fucking kill me tae stoap that fae happening," panted The Sarge.

"Don't fucking tempt yer luck, Thompson," The Big Man panted back. "It's no that wee manky mob ye're fucking aboot wae noo."

"Jim, Ah said tae get him oot ae there and intae oor boot," The Sarge snarled, no taking his eyes aff ae The Big Man.

This time Shaun stayed put, as Big Jim clicked open the boot and hauled somewan oot who wis whimpering loudly in terror. Whoever it wis hid his hauns tied behind his back and wis wearing a white cloth bag o'er his heid. Big Jim hauf dragged and hauf frog-marched the man across the rough ground, opened the squad car boot and slung him roughly in, before banging it shut.

Whit happened next gied the boys the fright ae their lives. It wisnae as a result ae anything that anywan ae them did, bit aw ae a sudden, something fell fae above and behind them and clattered aff a couple ae the cross-beam rafters, before landing oan whit sounded like a corrugated iron sheet underneath them. Suddenly, the beams fae the two bizzies' torches burst through the slats, illuminating the space where they wur lying. Johnboy could see the terror oan the faces ae Tony, Joe and Skull, lying beside him.

"Whit the fuck wis that?" wan ae the voices snarled.

"D'ye think somewan's in there?"

Wan ae them walked o'er tae the padlocked doors and shook it violently.

"Naw, Ah don't think there's anywan there. This place is falling apart. It's probably a cat or a rat knocking something aff ae the roof."

"Let's go, Jim," they heard The Sarge, who'd went fur The Big Man, say.

"This isnae finished wae, Liam."

"Aye, well, any time, Pat. Any time ye feel like it, jist gie me a shout."

The squad car, wheels crunching oan the stanes, drove roond wan ae the big tanks and heided through the gates intae the lane. The Big Man took wan last puzzled look up at the slats, his eyes burning intae the darkness, before turning and walking tae the driver's side ae the car.

"Ah'll drive," he said.

Shaun walked casually o'er tae the gates tae the lane, padlocked them shut wance the car wis through and then goat in the passenger's side.

The boys watched the red taillights slowly disappearing doon the lane. None ae them moved or said a word fur aboot five minutes. Suddenly Tony stood up and heided fur the opening. The rest ae them followed close behind him. Wance they goat tae ground level, they aw drapped their kecks and like burst tanks, squirted oot four frothy shites that wid've done the master brewers ae the McEwens' eighty bob brewery o'er in Port Dundas proud.

Chapter Eighteen

"Kirsty, gaun see who that is, will ye?" The Big man barked, irritated at being disturbed fae the task in haun. "And if it's any ae that bunnet brigade, tell them it's only ten o'clock."

The Big Man wis sitting oan his usual chair at the far end ae the bar, looking at his list.

"Hellorerr Pat. Whit ur ye up tae then?" Shaun asked him, grabbing a rickety chair and plapping his arse doon oan tae it.

"Ah'm trying tae finalise ma invitation list, bit Ah'm sure Ah've forgoatten somewan."

"Let me see it," Shaun said, taking the list and gieing it a quick scan.

"Kirsty, his that Frankie MacDonald been in touch aboot the group?"

"Nope," Kirsty said, sitting oan her stool behind the bar, filing her fingernails, looking gorgeous, bit bored.

"See that prick? Ah'm gonnae swing fur him wan ae these days, so Ah am," The Big Man grumbled tae Shaun.

"So, he hisnae goat ye a replacement yet?"

"His he fuck...that's the trouble. Ah knew Ah shouldnae hiv left it tae him."

"Bit that's his job...there shouldnae be any bother."

"Ah'm telling ye...if he disnae come up wae the goods, Ah'm gonnae nail they baws ae his tae that lavvy door through there. See if Ah don't."

"Ach, Ah widnae worry aboot it. He's goat plenty ae talent working fur him."

"Aye, bit they're aw shite. Ah went doon tae see him the other day there and he'd a few groups lined up. Every wan ae them nearly deafened the moths in ma wallet, they wur that loud."

"Wur they Country and Western?"

"Kirsty, gaun see who that is, will ye?" The Big Man grumbled. "Country and Western? There wis plenty ae wee cowboys who should've been dumped in a hole oot in the country, if that's whit ye mean."

"That bad, eh?"

"It wis aw Beatles' shite. The only crooner Ah could see and hear wis that prick MacDonald crooning oan aboot how this is whit people want tae hear nooadays."

"Hellorerr Pat," Calum shouted fae the far end ae the bar, power walking between the bar and the empty tables at a hunner miles an hour

"How did ye get oan wae Frankie then? His he goat me a Country and Western group yet?"

"He his," Calum said, eyeing up the beauty at the bar, who wis busy concentrating oan daeing her nails.

"Well, fur fuck's sakes, Calum, at least gie me a hint. Whit ur they called this time?"

"Oh right, sorry," he said, turning tae The Big Man and Shaun. "Think ae washing machines and fridges," Calum said, stretching fae side tae side wae his erms oot like a spitfire.

"Ah cannae bloody believe this. Ah'm surrounded by fucking eejits," The Big Man growled, looking o'er at Kirsty, who smirked, looking o'er her nail file at them. "Calum, Ah'm only fucking jesting ye, ya bampot, ye. Spit it oot. Whit the fuck ur the group called?"

"Oh, right…Zanussi and the Frigidaires."

"Ye whit?" The Big Man asked, looking as if he suddenly needed a shite.

"Zanussi and the Frigidaires," Calum repeated, staunin still fur wance. "He says they're fae the Highlands and aw they chookter birds throw their knickers at them oan stage, jist like that Tom Jones wan. He says wan ae them played in Nashville, somewhere doon in England and another played in a place called Milan which he thinks is in France."

"Well, that's a bloody lie fur a start. Ah heard that aw that Highland fanny don't wear anything under their skirts and it's the same wae the guys," volunteered Shaun.

"Kirsty, wid ye fling yer knickers at a group called Zanussi and…the whit?"

"Frigidaires," said Calum.

"…Frigidaires?" asked The Big Man.

"Somehow, Ah don't think so."

"Wid ye fling yer knickers at any group?" he asked, as Shaun and Calum looked o'er wae interest.

"As if."

"Ah'll take that as a naw then. Right, Calum, get yer arse back doon tae that Frankie wan and tell him that Ah'm fair chuffed, bit if they cancel, like Charlie Crevice and the Pyles did, he'd better get tae fuck oot ae the toon as fast as they wee rickity bow legs ae his kin carry him. Hiv ye goat that?"

"Nae bother, Pat," Calum said, power-walking doon towards the batwing doors.

"And Calum?"

"Aye, Pat?"

"Don't let any ae that bunnet brigade in oan yer way oot."

"Right, Pat."

"And another thing, Calum?"

"Aye?"

"Tell Frankie, that's twenty quid deducted fae the eighty he owes me."

"Right, Pat."

"Right, then, whit hiv Ah done wae ma list?"

"Here ye go, Pat," Shaun said, haunin it o'er.

"Any faces Ah've missed?"

"It looks okay tae me, bit..."

"Bit whit?"

"Whit the fuck ur ye inviting that JP Donnelly fur? Ah cannae staun that snivelling wee hyena."

"Shaun, that's ma political connection. He's worth his weight, so he is."

"Ah'd like tae punch the lights oot ae that smarmy face ae his."

"The problem wae you, Shaun, is that aw ye want tae dae is hurt people. Ah get a good dividend fae that wee snivelling prick. As long as we kin keep that snout ae his in the trough, he's useful."

"Ah still widnae trust the wee cockroach."

"Kirsty, gaun see who that is, will ye? It's like fucking Sauchiehall Street in here this morning," The Big Man bawled, glaring up the bar towards the door.

"Horsey John sent me aroond wae this, Pat," Tiny announced oan his arrival, limping doon the bar, humphing a big bag ae meat oan his back.

"Where dae ye want it?"

"Jist put it in the storeroom, Tiny," Shaun said, nodding towards the door beside the lavvies.

"And the other thing, Shaun, he's goat the bizzies tied doon, chasing up aw that young Shamrock and Toonheid Toi mob who ur stabbing fuck oot ae each other while we're earning oor daily bread. Tiny, don't let any ae that bunnet brigade in when ye go oot. Tell them it's only hauf ten," The Big Man said, nodding.

"Right, Pat, bit they're starting tae get restless. That same auld jakey that tried tae stick the heid oan me when Ah came in yesterday...the wan who couldnae reach doon far enough wae that napper ae his...is at it again."

"Which wan?"

"The wan that Kirsty managed tae drag aff ae me," Tiny said, looking o'er, aw misty-eyed, at the patron saint ae midgets who wis back sitting oan her stool, sawing away at another fingernail, ignoring them aw.

"Whit dae ye want tae dae aboot last night's escapade?" Shaun asked him, efter Tiny disappeared.

"Ah don't want tae talk aboot it the noo 'cause Ah'm wanting tae stay in a good mood. We'll talk aboot it later. Okay?"

"Aye, nae bother, Pat."

"Kirsty, gaun see who that is, will ye? Ah kin see Ah'm gonnae get fuck-aw done the day," The Big Man growled, resignation finally creeping intae his voice.

"Pat, Pat, how ur ye daeing the day?" squeaked JP Donnelly, ignoring Shaun.

"In the name ae the wee man," The Big Man exclaimed. "Wis Ah no jist saying, Shaun, that Ah wondered how JP wis daeing, seeing as Ah hivnae seen him in a wee while?"

"Aye, ye did that, Pat," said Shaun. "Listen, if it's okay wae you, Ah'm gonnae shoot the craw as Ah've goat a meeting at wan o'clock roond at the cabin."

"Aye, that's fine, Shaun. It'll gie me and JP a wee chance tae catch up wae each other."

"Fine. It's nice tae see ye, JP."

"Lovely tae see ye, Shaun," JP said pleasantly, unable tae control the twitch in his arse and the shiver running doon his spine.

"And how ur ye daeing the day, Kirsty? Hiv ye still no found another wee job as a hairdresser yet, hen?"

"Naw."

"Listen, Kirsty, go and make up a wee parcel fur JP wae that lovely meat that Ah've jist goat freshly delivered, will ye? There's a good lassie."

"Ah'm jist in the door and ye're spoiling me awready, Pat," JP grunted, wae a big happy smile.

"And gie the cooncillor a large Bells while ye're at it."

Kirsty went o'er and plonked the whisky and the water jug doon oan the table, spilling a wee drap ae the whisky, before disappearing intae the store room.

"Ah get the impression she disnae like politicians," JP said, pouring in the water and taking a sip.

"Aye, she's a sloppy cow, that wan. Whit kin ye dae though? That's whit happens when ye employ the professional class. The paying customers like her though, and they always come first in business, as you well know," The Big Man said, no having long tae wait fur whit he knew wis coming.

"Pat, Pat, whit's gaun oan wae you and Liam? He's awfully upset, ye know," JP said in his maist sincere and concerned voice.

"He's upset? Whit aboot me, JP? Ah've done fuck aw wrang apart fae gaun aboot ma ain business."

"Aye, Ah know, bit it'll no be good fur anywan if ye're hivving wee run-ins wae the local sergeants noo, will it?"

"Liam and that Big Jim Stewart need tae stay oot ae ma road, JP. Ah'm no hivving them messing me aboot and especially no embarrassing me in front ae wan ae ma boys."

"Ah know, Pat, and he knows it as well."

"So, whit the fuck is he daeing, messing me aboot then? Whit's it goat tae dae wae him whit me and the boys ur daeing?" The Big Man pouted, aw hurt.

"Ye're putting him in an awkward position, Pat, and aw he's worried aboot is that ye're upsetting the apple-cart."

"He's the wan that came tae me. Ah didnae invite him in, ye know."

"Aye, bit ye wur seen and reported oan."

"By who?"

"Ah don't know. Aw Ah know is that he didnae hiv any choice."

"So, ye're saying he wis daeing me a favour?"

"Whit Ah'm saying is that…if ye're up tae something that's blatant, they'll hiv tae respond accordingly."

"So, Ah should be thanking them?"

"Ah'm no saying that. Whit Ah'm asking ye tae dae is put whit happened last night intae perspective and let the dust settle. We need tae work thegither fur the benefit ae the community."

"Aye, well, maybe ye're right. Tell Liam Ah appreciate his interference if it wis fur the benefit ae us aw."

"Aye, Ah'll dae that, Pat."

"Kirsty! Gie JP another large Bells, hen."

"Aw, ye're a wee stoater, so ye ur, Kirsty, hen," JP said, as Kirsty slammed the nip doon, spilling hauf ae it, before turning oan her heels and returning wae a broon paper parcel tied up wae string.

Chapter Nineteen

The boys wur sitting oan the wall behind the Macbraynes' bus garage looking at the cabin. It wis aboot twenty feet high wae a sloping roof that the holar boxes and landing board jutted oot ae the middle ae. It must've been aboot twelve feet by twelve feet square and wis covered wae corrugated sheets wae a thick coating ae black tar covering it. The door intae it wis aboot ten feet aff the ground. It looked as if a tank widnae be able tae get intae it. There wisnae any sign ae movement aboot the place.

"Dae ye think he's there?" asked Skull.

"Aye, if he wisnae, there widnae be a couple ae hens oan the board," said Joe, looking aboot the sky tae see if there wur any doos oan the go. "And he widnae hiv the ladder up tae the door either."

"Whit dae ye think he wants fae us?"

"Fur Christ's sake, Skull...fur the hunnerth time, Ah've nae idea."

"So, how dis it work?" Johnboy asked tae nowan in particular.

"Whit?" Tony and Joe asked thegither.

"Fleeing the doos."

"Seriously?" Skull asked him.

"Aye, Ah've never done it."

"It's pretty straightforward. Two guys hiv a dookit near each other. The first guy puts oot a wee hen and the other guy puts oot a doo," Skull said, scanning the rooftaps oan the other side ae Parly Road.

"Or guy number wan puts oot a doo and guy number two puts oot a hen," Joe said, nodding.

"Sometimes Ah wonder why the fuck Ah bother letting you run aboot wae us, Joe, ya bampot, ye. Ye've jist said the same thing as Ah hiv, only in reverse, ya daft eejit, ye."

"Anyway, the idea is that whitever pigeon kin get the other pigeon back tae their dookit is the winner," Joe said, ignoring Skull.

"By that, he means, if the guy wae the hen gets the doo tae follow his bird back in the hope ae it getting its Nat King Cole, he gets tae keep the doo," Tony said.

"This means that he then owns it and kin dae whitever the hell he wants wae it," Joe continued.

"So, whit happens if guy number wan ends up wae a dookit full ae doos and hens?" Johnboy asked.

"Then guy number wan takes them doon tae the doo shoap in the Saltmarket and sells them. Ye usually get aboot five bob fur a doo and aboot six bob fur a hen," Joe replied. "There's big money in fleeing the doos."

"If ye know whit ye're daeing, that is. If the doo-man his a wee saft spot fur a particular doo or hen that's been taken in by somewan else's bird, he kin buy it back fae the shoap fur aboot double whit it wis sold fur in the first place," Skull said, smiling.

"As easy as that?" Johnboy asked.

"Aye, bit don't furget, some doos and hens ur much better than others due tae their breeding, mind ye," Tony said.

"If ye've goat a right wee stoater ae a doo or hen, ye kin wipe oot the opposition in the area in aboot six months. The Murphy brothers collect only the best wans as well as breed fae them," Skull added.

"They're fucking murder-polis tae beat, bit some hiv taken them tae the cleaners, such as Mad Malky, The Barber, o'er in Possil," said Tony.

"Even Flypast hid a good run ae taking some ae their doos and hens aff ae them, bit it didnae last long," Joe said, eyes no wavering fae watching whit wis gaun oan in the sky above them.

"Why, whit happened?" Johnboy asked, scanning the rooftops.

"Flypast hid a wee Silver Storie hen. It didnae look like much and wis a wee scraggly thing, bit it wis fucking deadly. It took in three ae the Murphy's best doos, three days oan the trot, and a further two oan the fourth day before they'd hid enough."

"Aye, the yella basturts wur feart tae put anything oot efter that, especially doos," Skull scoffed.

"If Ah mind right, they lost a Red Bar tae start wae, then a Chequered and then a Silver Tipped doo. Flypast's wee hen took the Silver Tipped in five minutes flat. Everywan in the Toonheid wis pishing themsels when the word goat oot," Tony said, smiling.

"Oan the fourth day, the fly basturts put oot two doos at wance, which isnae very sporting. The first wis a lovely big Broon Dun Pouter that hid grouse feathers aw the way up its legs tae its tadger..." Skull wis saying, when Joe took o'er the story.

"Aye, the Silver Storie's eyes jist aboot fell oot ae her sockets and she aboot flew straight intae the side ae a tenement building when she saw that big strapping handsome hen-percher ae a thing," Joe laughed.

"And then, did they no put oot a big Ash Chequered, white feathered cock. Cock by name and cock by nature," Tony drawled, as they aw laughed.

"By this time, everywan hid heard whit wis gaun oan so there wis a fair crowd gathered, including aw the bunnet brigade fae aw the pubs up and doon Parly Road. At wan point the bizzies turned up tae see whit aw the commotion wis as the pavements oan baith sides ae the road wur full ae auld boys up tae see the spectacle ae the Murphy's getting humped by Flypast," Skull chipped in excitedly.

"The first anywan knew that something hid happened wis when the big Ash disappeared. The two doos and the hen hid been chasing each other up and doon every tenement roof between Glebe Street and Castle Street. At wan point the hen hid even landed oan the roof ae the Murphy's cabin bit the two doos fucked it up when they started fighting o'er her. The Murphys then took the big Dun in and left the big Ash oot tae try and finish aff the business. Twenty five minutes later, the wee Storie wis back sitting oan the big billboards opposite the cabin oan her lonesome, flashing her fanny at the cabin," Joe said.

"Ten seconds later, the big Dun wis let oot again and made straight fur her. She then fucked aff, pursued by hairy feather legs, aw o'er the place. The crowd watching whit wis gaun oan...aboot two hunner ae them by this time...began moving up and doon Parly Road, in and oot ae aw the closemooths tae the back courts in hot pursuit, placing bets oan who wis gonnae get who. Three times the big Dun managed tae get her oan tae the roof ae the cabin. Another time the wee hen actually landed oan the board itsel, bit it wisnae daft. It knew tae stay straight oan the edge though, away fae the hood. Whoever wis in control in the cabin shot their bolt too soon and yanked the string and the hood shot up, slamming shut, bit no before the wee beauty flew aff like a shot tae the sound ae 'oohs' and 'ahs' fae aw the local doo men who wur watching o'er the other side ae the billboards. The big Dun wis left wae his cock tucked back intae they feathers ae his, running roond in circles oan the board. It didnae look too happy because when that hood wis let back doon, it wis aff like a priest oan heat. The hen must've started tae get fed up wae aw this shite, because efter only five minutes, it flashed its fanny and disappeared, followed by bushy legs in hot pursuit and that wis the last the Murphys saw ae their good doos," Tony said, as they aw burst oot laughing at the memory.

"Aye, Flypast isnae that daft though," Skull continued. "He hot-trotted doon tae Paddy's, the doo shoap doon in the Saltmarket, the same day and aff they went tae some deserving punter somewhere else."

"Whit aboot their hens then?" Johnboy asked.

"Same thing as the doos. Efter the carry oan wae the doos, they started tae hassle Flypast tae put oot his best doos against their hens, which he did, tae everywan's amazement," replied Joe.

"The first day he put oot a nice Chequered doo against wan ae their Ash hens and she took it straight back tae the cabin within ten minutes ae being let loose. Then he put oot a Red Bar doo and wiped the fucking smile aff their Irish faces...no two ways aboot it," Skull said, wae a dirty sounding laugh.

"Three days and three hens later, they gied up," Tony laughed.

"Well...gied up putting anything oot," Skull said tae Johnboy, his voice becoming serious.

"Aye, the basturts went roond tae Flypast and offered tae buy their hens back before he fucked aff doon tae the Saltmarket oan the Sunday and offered him the price he'd get at the shoap."

"Bit Flypast widnae sell so they started tae threaten him, ye'll be surprised tae hear," Skull added.

"The daft twat still widnae sell, so they fucked aff, threatening tae dae him in at a later date. Within a week the Red Bar doo and the ugly wee Silver Storie that embarrassed them in front ae everywan in the Toonheid wur baith shot wae an air rifle," Joe said, shaking his heid in disgust, clearly still shocked.

"Fucking filthy pricks!" Skull shouted across towards the cabin, before getting a warning tae keep his voice doon fae baith Tony and Joe.

"There wis nae proof, bit everywan knew who it wis," Tony continued. "Bit even if they hid seen the Murphys daeing it, there's nowan aboot here capable ae taking them oan."

The four ae them hid sat doon in a line oan the cot that ran the length ae the back wall, facing the holar boxes and landing board that the doos launched aff ae inside the cabin. Tae their right, the nesting boxes ran the whole length ae the wall fae flair tae ceiling. Maist ae the boxes hid doos or hens sitting in them. In each pen, there wis a wee wooden block, or a crop, as Skull telt Johnboy later oan, fur the birds tae sit oan and hiv a shite aff ae, as well as wee dishes ae water. Shaun the Basturt and wan ae the twins sat opposite them. Nowan said a word. The brothers stared at them and the boys tried their best tae avoid eye contact. At last, Scarface broke the ice.

"Fur Christ's sake, Skull. Whit the fuck's that oan tap ae yer napper?"

"It's ma Celtic tammy."

"And whit's that supposed tae be oan yer back?"

"It wis ma da's Jags jersey. He'd trials and wis signed up wae them jist efter Ah wis born and goat a shot in the first team. Scored two goals in his first match, so he did."

"Is that whit it is? And here's me thinking ye'd jist stepped oot ae a Quality Street box," Danny, the comedian twin snorted, causing Shaun the Basturt and that wanker ae a brother ae his tae let rip wae guffaws ae merriment between them.

"Aw, c'moan, boys, we're jist hiving a wee laugh tae break the ice," Mr Mars Bar Face said, clocking their unsmiling kissers.

"Aye, ma da also flew the doos. There wis nothing he didnae know aboot them...according tae everywan in the Toonheid who knew aboot doos, that is," said Skull, looking aboot the cabin, wae an unimpressed expression oan that coupon ae his.

Baith Scarface and Danny's eyes narrowed tae slits immediately. Johnboy's arse started tae twitch, watching the pair. They baith hid the same look that the wolf hid in the Little Red Riding Hood book he'd read when he wis a wean, as they glared across at Skull.

"Aye, yer da knew his stuff, right enough," The Scar retorted quietly, under his breath, fae behind clenched teeth.

"It's a pity he couldnae tell the difference between a scabby diseased doo and a healthy wan, like the rest ae us doo-men though. Is that no right, Shaun?" added Danny.

Ye could've heard a pin drap. It wisnae jist Johnboy's arse that wis twitching. He could hardly breathe, watching the two wolves staring at Skull. When Shaun finally spoke, Johnboy nearly jumped oot ae his good snow-dropped 501s.

"Aye, well, we widnae want tae go there noo, wid we, Danny, eh?" Shaun hissed, the baith ae them still glowering across at Skull, who'd turned back fae watching whit wis gaun oan in the nesting boxes and who wis noo trying, unsuccessfully, tae stare them doon.

"So, whit kin we dae ye fur, Shaun?" Tony suddenly asked, breaking the spell, trying tae change the subject.

"It's no whit youse kin dae fur us, bit whit we kin dae fur youse, although, dae Ah detect a wee bit ae an attitude problem fae Roy ae the Rovers o'er there?" Shaun growled, nodding towards Skull.

"The Jags, Shaun. Get it right," Danny Boy said, scaring Johnboy back tae arse-crampsville.

"Naw, naw. We've been looking forward tae coming and hivving a wee chat wae youse tae see whit the score is," Tony lied through they shiny white teeth ae his. "Hivn't we, boys?" he asked, as everywan, except Skull, nodded like the wee plastic dugs ye wid see regularly, gaun up and doon Parly Road in the back windaes ae Morris Minors and Eleven Hunners.

"Aye, well, Ah've goat a wee proposition fur youse up-and-comers. Ye're under nae obligation tae accept as Ah've goat a queue a mile long wanting first option, bit it wis The Big Man that wanted tae gie youse a wee haun up, if ye get ma drift."

The tension seemed tae ease a wee bit and Johnboy's arse stoapped gurgling as they waited fur Tony tae say something.

"And the price is non-negotiable before we start," Danny chipped in fur good measure.

"And whit wid that be fur then?" Tony asked.

"We're moving oot ae here…lock, stock and barrel…tae concentrate oan the loft o'er in Ronald Street. It disnae make sense fur us tae be operating two set-ups," Scarface announced pleasantly.

Even Skull shifted in his seat at this revelation.

"Aye, we want tae get closer tae oor pal, Flypast," Funny Fud said, laughing tae himsel, clearly no able tae believe how funny he wis.

"Dis Flypast know?"

"We furgoat tae send him a postcard."

"So, whit dae ye want fae us then? We're okay tae gie ye a haun tae shift, so we ur. Isn't that right, boys?" Tony said oan their behauf.

"Aye," the rest ae them murmured enthusiastically, sounding as if they couldnae wait tae be invited tae their ain funerals.

"Naw, ye've picked us up wrang, ya bampots. We want tae sell the cabin tae youse."

"Us?" they aw chorused at wance.

"Youse," confirmed Scarface and Funny Brother in unison.

Silence.

"Well, say something? And remember whit Ah said, the price in non-negotiable."

"How much?" Tony asked, looking the place up and doon…this time, keener than before.

"It's a steal at fifty quid."

"Fifty quid?" the boys aw yelped in unison.

"How much is fifty quid?" Skull asked oot loud.

"Ah think ma da makes aboot thirteen or fourteen quid a week," Johnboy volunteered.

"Nothing tae a wee bunch ae thieving shitehooses like youse," Shaun cooed, a big wolf's grin appearing oan that scarred coupon ae his.

"We've only goat two quid odd in the kitty so far."

"See, youse ur saving awready. That shows ye know the value ae money."

"Forty quid...plus," Tony said, speaking tae Shaun.

"Ah telt youse, nae negotiating," Danny The Prick scowled, no laughing noo.

"Plus whit?" the greedy basturt asked, ignoring his baby brother.

"Ye throw in a pair ae hens and a pair ae doos each and we get tae pick wan ae the hens and wan ae the doos oorselves. Plus..."

"See youse, ya wee fucking crumbs? Ah've a good mind tae sling youse aw oot ae that fucking door...heid first," snarled Happy Jack, glowering at them.

"Haud yer wheesht, Danny! Let the wee Tally wan finish."

"Plus, we get access tae a horse and cart aff ae Horsey John oan the hoose."

Johnboy held his breath. They'd gone back tae being able tae hear a pin drap, or should that be, tae hearing doos shiting aff ae their wee crops. The brothers looked at the boys and this time, the boys looked straight back. Johnboy could tell Funny Brother wanted tae kick their arses and be done wae it.

"Ye kin hiv wan doo and wan hen each ae yer choice fae the bottom row ae nesting boxes there," he said, nodding towards the cages as aw their heids swung roond tae hiv a wee shifty. "The wans above them ur no included. Ye kin get a horse and cart fae Horsey John oan a Monday or a Tuesday, bit ye'll pay the full whack ae ten bob fur the day. And the price fur the cabin is forty five quid."

"We'll settle fur jist the wan doo and a hen and we'll pay five bob a day fur a horse and cart oan the Monday or Tuesday till we pay aff the cabin and it's still forty quid...and we won't help youse tae shift either," Tony added, putting oan his friendliest ae smiles, as Johnboy, Skull and Joe still continued tae haud their breaths.

They could tell that Danny Boy wis still no biting. He wis watching Shaun, jist as the boys wur. It wis a battle ae minds...good o'er evil. At first, the boys thought that they wur hearing things.

"It's a deal, bit ye've only goat four weeks tae pay aff the forty quid at a tenner a week."

"We'll pay a score at two weekly intervals. That's aw we'll need tae get oor hauns oan that kind ae dosh," Tony bragged.

"If youse miss wan payment, we'll revert tae a weekly payment plan and ye get hit wae the multiple standard interest rate," Shaun, their new pal, advised.

"It's a deal," Tony said.

"Aw, fur fuck's sake, Shaun!" the laughing twin wailed, no laughing noo.

The boys didnae gie a right tit's fuck. They crowded roond Tony, slapping his back while staunin o'er the cages looking at the startled hens and doos.

"You pick whit we want, Skull," Tony said tae him, the presence ae the Murphy's furgoatten aboot in aw the excitement.

Chapter Twenty

"Right, girls and boys," Sally Sally shouted fae the kitchen.

JP and Crisscross let the lassies pass through the living room door first, before following them through tae the kitchen. Wae Crisscross, it wis politeness, bit wae JP, it meant that he could get a good swatch ae they unspoilt Christian arses in they tight uniforms ae theirs.

"My word, Sally, whit a fine spread ye've put oan, hen. Ah hope this isnae jist fur me?" JP said, drooling fae they whiskery chops ae his.

"It's aw thanks tae you and the good Lord, bless his soul, that we've goat a fine spread ae meat oan oor plates the night, Daddy," beamed the probationary lieutenant. "Girls, you sit o'er, in at the back against the wall and Crisscross, Daddy and me will sit oan this side. Ah'll hiv the chair nearest tae the cooker and sink."

"You'll say the grace, Crisscross?" asked Anita, as Morna, Kathy, Sally and JP bowed their heids and shut their eyes.

"Bless us, oh Lord, fur these thy gifts that we're aboot tae receive, especially the lovely wee bit ae brisket and aw the other piles ae meat in oor fridge that ye graciously brought tae oor poor wee hoose and table via brother JP. We thank ye because we know that there ur hunners ae poor wee starving weans oot there in Africa that hivnae even seen a coo, let alone hid a whiff ae whit we're aboot tae eat, enjoy and receive. Amen."

"Amen," they aw cried.

"So, tell me, girls, how ur ye getting oan wae yer latest drive?" JP asked them, though he wis looking across at Anita, who gied him a hard-on when he heard the russle ae that black skirt ae hers and the flutter ae that purple ribbon tied tae her bonnet everytime she spoke tae him oan the street when he wis oot daeing the roonds ae his constituents.

"Och, fine. We've been out every night for the past four weeks visiting all the bonny wee pubs up and down Parly Road and Cathedral Street," replied Morna.

"Och, aye, my feet are killing me, but it's for a worthwhile cause and my feet are not as sore as the sweet Lord Jesus's were," chirruped Kathy, who couldnae wait tae get tae heaven tae tell everywan how good she wis.

"And everyone has been so generous, even the horrible smelly drunk ones who keep insisting I give them a kiss before they'll slip something into that wee tight slot o mine," Anita said, as JP jist aboot choked oan the burnt crust ae his roast tottie.

"Aye, I chust can't believe the amount of little bairns that are hanging aboot playing outside the pubs late at night though," said Kathy. "I mean, you would think they'd be at home, all bathed, in their pyjamas and put into their beds before the pubs come out."

"Aye, it's a shame...they jist spoil it fur everywan," Sally agreed, stuffing hauf a roast tottie and a thick wedge ae brisket dipped in gravy intae that cherub face ae hers.

"Kin ye no dae anything aboot it, Crisscross?" JP asked, taking the opportunity tae impress Anita oan how influencial he could be.

"Aye, well, it's no as easy as it may seem. Maist ae these wee tinkers know their rights and if they don't, their maws certainly will."

"There was a wee ugly crater of a bairn with a Celtic hat on his head, wearing what looked like an old ripped rugby shirt. If it wasn't for Sally here, he would have been away with my satchel o War Crys," Morna cried oot, obviously still traumatised by the incident.

"Yes, when I grabbed him by the scruff, he claimed he only wanted to sell them over at Parkhead on Saturday at the game and it was his intention to bring back the ones he hadn't sold, along with the money, would you believe?"

"Aye, that wid be Skull. A right wee sticky-fingered wan, that wan," chipped in Crisscross. "He's always wearing that Celtic tammy and his da's auld Jags jersey."

"Jags?"

"Partick Thistle. His auld man used tae play fur Partick Thistle back in the fifties jist before Jimmy McGrory ae Celtic wis aboot tae sign him up."

"Ach, his best days wur well behind him," JP snorted.

"So, what became of him?" Morna asked.

"He wis a lippy wee sweetie, jist like that boy ae his. He ended up getting intae a fight wae somewan bigger than himsel and came oot ae it second best," JP scowled.

"Aye, he ended up wae severe brain damage and never kicked a baw again," Crisscross agreed. "Aw self-inflicted due tae that big mooth ae his, of course."

"Aw Ah kin say, girls, is that the work ye're daeing fur aw they wee African weans will no go un-noticed," piped in JP, changing the subject as he smacked his chops loudly.

"Och, we're not doing it to get noticed, JP. We're doing it because we care and it's the Lord's work," Anita replied, fluttering they sexy Christian eye-lids at him as he tried unsuccessfully tae catch the dribble ae gravy that ran aff ae that chin ae his and oan tae his good masonic club tie.

"So, whit hiv youse lovely ladies goat coming up?" asked JP, dragging his eyes away fae the saucy Madonna sitting opposite him. "Crisscross said youse ur thinking ae daeing a wee live concert up in Grafton Square soon. Is that right?"

"Aye, we're gonnae get the band up oan tae the square tae entertain aw the new folk that hiv jist moved in recently," Sally replied through a moothful ae cabbage.

"Och, I heard there's very few of them speak English like us," Kathy chipped in.

"Aye, the majority ur Pakis who wur chipped oot ae somewhere in East Africa. At least that's whit Ah wis telt," JP informed them.

"When I spoke to Sherbet, he told me they were Asian," Morna volunteered.

"What's the difference?" asked Anita.

"Och, of that, I'm not sure," Morna admitted.

"Bit, at least they've been tae Africa. Kin ye imagine? Anyway, Ah've spoken tae Captain Bellow and he thinks it's a great idea. We might even get some ae the new wummin folk tae join oor wee congregation and maybe even sell some ae oor War Crys amongst their neighbours or even roond the pubs, wance we've goat tae know them a bit better," Sally enthused.

"Ah think that's a stoating idea. Whit dae ye think yersel, Crisscross?" JP asked his son-in-law.

"Ah'm no sure that they're Christian, JP, although it widnae dae any harm tae introduce a wee bit ae the auld Christian soldier songs intae their lives."

"Well, gie me a shout if ye need anything, ladies. Ah'm always there fur youse," JP said, as aw the lassies beamed at him. "And if that's a spare cheeky wee roast tottie gaun a-begging that Ah kin spot fae here, Ah kin always be persuaded tae gie it a good hame."

Chapter Twenty One

"How ur we gonnae work it then?" Joe asked Tony, as the four ae them hung aboot, across the road fae Sherbet's.

They'd been staunin ootside the shoap until Sherbet hid appeared wae his baseball bat and telt them tae fuck aff.

"Whit? Getting intae Sherbet's?"

"Naw, getting oor hauns oan some trannys."

"We nip roond tae St James's Road, grab a hudgie and heid aff. Remember...keep yer eyes peeled fur electrical shoaps that hiv cameras in the windaes. Where there's cameras, ye'll find trannys. Skull, you go wae Joe and Ah'll take Johnboy," Tony said.

"So, when will we meet up then?" Skull asked, bending doon tae gie Elvis a wee clap oan his heid efter he arrived oan the scene wae his tail wagging.

"We'll see each other the morra at Horsey John's aboot wan o'clock."

"Okay, that sounds awright tae me," said Joe.

"Noo, remember, it's trannys we're efter. Don't come back wae any other shite...hiv ye goat that, Skull?"

"Well, it's nae use us trying tae get a hudgie fae the same spot. We'll heid up tae Glebe Street and try and nab a lift up there fae wan ae the Taylor lorries," Joe said, using the flat sole ae his sandshoe tae gie Skull a wee push face first oan tae the pavement, as everywan bit Skull laughed.

"Joe, ya prick, ye...that wisnae funny," wailed Skull.

"Aye it wis."

"Okay, we'll heid roond tae the lights. Who's goat the two bob fur the bus fares?" Tony asked them.

"Ah hiv," said Joe, flicking it up and catching it.

"Heids," Skull shouted, jumping up.

"Tails, ya prick," Joe retorted, laughing, as he flashed the coin at Skull before the pair ae them walked aff up McAslin Street, argueing o'er whether Jock Stein wis the best thing since sliced breid or no.

"See youse the morra," Skull shouted, turning roond and waving, as him and Joe passed Rattray's bike shoap.

Johnboy and Tony turned left oan tae St James Road, passed the wee tobacconist's oan their left and heided towards the traffic lights oan the corner.

"Noo, remember, Johnboy...jist follow me. The only thing ye hiv tae remember is...if ye hiv tae jump aff when he's moving, wait until ye hear him changing gear...preferably when he's changing doon."

"How will Ah know that?"

"Ye jist will, and anyway, Ah'll be daeing everything first, so jist follow whit Ah dae and ye'll pick it up."

Efter aboot five minutes, they spotted their taxi coming up o'er the hill oan Dobbies Loan. They'd crossed Parly Road so they could staun oan the other side fae where Paul hid been staunin oan the night that they'd tanned the tobacconist's.

"That's ma granny and granda's hoose up there, jist tae the left ae The Grafton picture hoose," Johnboy said.

"Which wan?"

"The second windae up...the wan wae the lace curtains and the lights oan."

It wis then that they heard the sound they wur waiting fur.

"Furget it, if it disnae hiv a load oan the back, Johnboy. Whit we're wanting is a load, covered in canvas that's tied doon wae ropes."

The lorry crunched o'er the hill and edged tae a stoap at the lights, wae the usual screech and hiss ae the brakes as the driver drapped gears.

"Right, here we go. We'll make oot we're jist crossing tae the other side ae the street by gaun roond the back," Tony said, sounding like a teacher.

When they stepped aff the pavement, Tony jumped up oan tae the back wae wan leap. There wis a square bit at the back that Johnboy used as a step. By the time Johnboy climbed up, Tony hid lain back as if he wis sitting oan a couch. The load stretched up tae aboot ten feet above their heids and wis tied doon by ropes. The canvas stoapped aboot four feet fae the back ae the lorry so it wis like sitting oan a wee shelf, protected fae the wind. When they took aff alang St James's Road, heiding fur Stirling Road, a wee Morris Minor turned in behind them, oot ae Ronald Street. The man, who wis driving, jist smiled and the wummin passenger gied them a wee wave. When Johnboy and Tony waved back, she said something tae the man and they baith laughed. Efter passing Collins, the book publishers' oan the right, the car turned left and disappeared up Taylor Street.

"Mind and keep yer eyes peeled fur shoaps," Tony shouted above the roar.

As they neared Castle Street, Johnboy felt the gears drapping doon as Tony and him bounced back and forward wae the load at their backs.

"He's coming up tae the traffic lights and is probably heiding up Alexandra Parade," Tony yelled.

Jist as they wur crawling slowly towards the traffic lights, they crept past a Taylor's lorry oan their right haun side before coming tae a stoap. There, sitting as if they wur oan a couch as well, wis their manky pals.

"Hellorerr, ya pair ae arse-bandits, ye," Skull shouted across wae a big grin oan his coupon.

"Fuck, that didnae take ye long. Dae ye know where ye're gaun?"

"Aye, tae blag some trannys, ye daft tit," Skull shouted, still wearing his usual grin, alang wae his Celtic hat, filthy red and yellow hooped Jags jersey and his few-sizes-too-big fitba boots.

"Skull, shut the fuck up, ya fud-pad, ye."

"Ah think it's Alexandra Parade," Joe shouted o'er the noise ae the engines revving up.

Baith lorries took aff at the same time. Joe and Skull heided left intae Castle Street towards the turn aff fur Alexandra Parade and Johnboy and Tony's lorry turned right, past The Royal, heiding doon intae the High Street. The last Johnboy and Tony saw ae Joe and Skull that night wis Skull staunin up wae his back tae them, bent o'er wae his troosers at his ankles, wiggling his bare arse at them, as they disappeared oot ae sight. It wis anywan's guess as tae whit the people in the three cars crawling behind them thought.

"Right, ye take the left haun side and Ah'll take the right side, Johnboy. If ye see anything, gie's a shout and we'll nip aff at the next set ae traffic lights."

"Aye, okay," Johnboy shouted as the shoaps started tae appear.

The lorry wis heiding fur Glesga Cross.

"Is that wan?" Johnboy shouted, pointing.

"Naw, that's a Hoover shoap," Tony shouted back, as the lorry slowed tae a halt at the traffic lights at Duke Street.

"This is brilliant, so it is."

"Aye, don't worry...it gets better," Tony shouted as the engine revved up and they took aff again.

The next stoap wis the traffic lights at the bottom ae the High Street, jist before Glesga Cross.

"He'll either turn left intae the Gallowgate and then right oan tae London Road, which means he's heiding fur England, or he'll go straight oan through the Saltmarket and o'er The Clyde, heiding fur God's knows where."

They heided straight oan through the lights, heiding fur the bridge tae take them o'er The Clyde.

"We need tae watch oot here, Johnboy. Lie flat, so we're no seen. The Central polis office is jist doon here oan oor right," Tony shouted.

Jist then, they went past a shoap oan Johnboy's left that wis lit up like a Christmas tree.

"Is that wan?" Johnboy pointed.

"Fucking pure dead brilliant! We'll get aff at the traffic lights if he stoaps at the Albert Bridge.

The lorry went straight through oan the green and stoapped at the traffic lights oan Crown Street.

"Right, here we go, Johnboy!"

As they walked back across the bridge, they stoapped in the middle ae it and Tony pointed oot aw the sights. Tae their left, further alang the water stood the Victoria Bridge wae the Broomielaw and the cranes ae the shipbuilders beyond.

"If ye wur tae hop and skip fae bridge tae bridge ye'd come tae the bridge that the trains use tae go intae Central Station. Oan the left, behind us, where we've jist come aff the lorry, is the Gorbals...a right shite-hole ae a place. Ah know a lot ae boys fae there. The Grove is full ae them. They'd steal the eyes oot ae yer heid, that lot."

"Whit's that place o'er there?" Johnboy asked, pointing across tae the right, in the direction they wur walking.

"That's Glesga Green. If ye want yer baws booted rapidly and yer good 501s ripped aff yer arse, that's where tae go during the day. It's always hoaching wae thieving pricks like us fae the Gorbals, or even worse, aw they Proddy basturts fae Bridgeton Cross. If ye fancy getting a dirty auld pervert's finger stuffed up yer bum while his other haun's o'er yer mooth tae keep the noise doon fae disturbing his pals in the next bush, then it's the best place tae go tae in Glesga oan a dark night like noo," Tony laughed.

"Seriously?"

"Well, if ye don't believe me, oan ye go then," he laughed again, trying tae push Johnboy aff the pavement in the direction ae the park.

"Look, there's somewan walking through noo," Johnboy said, nodding, efter they'd nipped across the road tae peer through the railings.

"Aye, typical pervo," Tony said as if he knew whit he wis talking aboot. "Ah heard that this pervo wance tried tae ride two young boys oor age, years ago and when they fought him aff, he fell and bumped his heid and croaked it. Dae ye know whit happened tae them? They hanged the auldest wan."

"Fur Christ sakes! Whit happened tae the other wan?"

"Ah don't know. Ah think they sent him doon tae Englandshire some-where."

They skipped across the road and came tae a big building wae massive big pillars alang the front ae it.

"This is the High Court. If ye murder anywan, this is where ye come tae get sentenced tae hang."

"Whit, they hing ye in there?" Johnboy asked, looking up at the big broon doors.

"Ah'm no sure aboot that. Aw Ah know is, this is where ye end up, either tae get hung or tae be telt ye're gonnae get strung up."

"Dae ye know anywan that's been hung?"

"Naw."

"If it wis me, Ah'd jump tae the side when they opened the trap door and run like the clappers or Ah'd dae whit Hopalong Cassidy did and get a wee hook put oan ma belt at the back ae ma troosers and wrap the rope roond the hook before it went roond ma neck and then Ah'd kid oan Ah wis croaked."

"Aye, that wid teach the basturts, eh?" Tony laughed.

"The shoap must jist be up here oan the left," Johnboy said, stepping aff the pavement oan tae the road tae look farther up the street.

"Johnboy, look at this building. Dae ye know whit this place is?"

Oan the right ae the High Court wis a wee red brick building wae its windaes aw covered up oan the inside wae white paint.

"Naw, whit is it?"

"Hiv a guess."

"A bizzy office?"

"Naw, it's the mortuary."

"Whit's a mortuary?"

"It's where ye go when they find ye croaked in the street or murdered."

"It disnae look that big."

"It's big enough tae take aw the stiffs. Ma uncle Luigi worked here as a porter and he said that they come in at aw times ae the day and night."

"So, whit dae they dae wae the bodies then?"

"Store them till they get collected."

"This place gies me the creeps."

"Aye, let's shoot the craw up tae the shoap," Tony agreed, as they baith quickened their pace.

It wis jist as Johnboy'd first thought when he'd clocked it fae the back ae the wagon...lit up like a Christmas tree, it wis. In the windae, there wis aw sorts ae cameras and whit they wur efter...trannys. The only problem wis that there wis a big metal grill covering the whole windae, apart fae a gap ae aboot eight inches at the tap where the grill stoapped short ae the frame.

"Kin ye remember the name ae the trannys that The Big Man said he wanted?"

"Something aboot a world spacer."

"Naw, it's a Globepacer. See if ye kin see wan."

They looked at aw the trannys bit couldnae make oot a Globepacer. There wis Mello Tone Tempests, Realtone Constellations, Highwave Star Lites, Hi-Fi Deluxes...and then Johnboy clocked it.

"Ya beauty, ye. There's a Grand Prix GP 901," he said, pointing hauf way up the grill oan the right.

"So?"

"That's wan ae the special trannys that The Big Man's efter."

"There's a wee strip stuck oan the front that says Grand Prix Transistor nine oan it. Ur ye sure that's it?" Tony asked, peering through the grill.

"Ah'm nearly sure...and anyway, we kin jist haun it o'er and make oot that it is and see whit reaction we get."

"Aye, awright. That sounds fine tae me."

"Is this shoap nae use then?" asked Johnboy.

"Whit dae ye mean?"

"Ah mean, dae we need tae look fur another wan withoot a grill oan it?"

"Dae we heck. This is perfect," Tony said, staunin back, ignoring the traffic gaun up and doon the Saltmarket, as he scanned the front ae the shoap.

"So, how dae we get tae the trannys wae that big grill in oor way?"

"Ah'll go o'er the tap ae the grill. The grill will help me get a grip when Ah climb up."

"So, how ur ye gonnae reach the trannys?"

"When we tan the windae, we need tae make sure the whole pane caves in and then, Ah'll jump in and throw them oot tae ye."

"Whit if ye get stuck?"

"Whit if Ah don't?" Tony laughed.

"Aye, okay, if ye say so."

"The only thing Ah need tae know is that ye're gonnae still be staunin here when Ah get in there."

"Tony, don't worry yer arse aboot me. Ah'll still be here."

"And another thing, see that wee box up there," he said pointing above the Bremner's Electricals sign.

"Aye."

"That's the alarm, so it is. When we cave that windae in, the alarm bells ur gonnae clang like a Sunday morning in paradise."

"Oh, right."

"And another thing, the Central polis station is jist across there, roond that corner."

"Ur ye sure this is gonnae be okay? Ah mean, dae ye think we'll get away wae it?"

"Piece ae pish. Noo, aw we need is a nice wee stank cover. Let's go and see if we kin find wan."

Five minutes later, they wur back at the shoap front. Johnboy couldnae believe Tony's cheek. They found a stank right ootside the main door ae the polis office.

"Let's hope wan ae they ugly basturts comes oot and breaks his ankle, eh?" he'd said tae Johnboy, grinning. "Right, listen up, Johnboy. When we get the swag and run, heid up tae the Cross there, turn left oan tae Argyle Street, go across the road and nip intae the first street ye see. That'll take us up tae the Fruitmarket. When we get tae the Fruitmarket, we'll heid straight up Albion Street past The Evening Citizen offices and then up intae the Rottenrow. That's the direction we need tae go in. Hiv ye goat that?"

"Aye, Tony," Johnboy said, feeling his stomach churning and his hauns getting aw sweaty.

"Well, there's nae use hinging aboot when we don't need tae," Tony said, and wae that, he stood back, lifted his erm and threw the stank, edge first, clean through the space at the tap ae the shoap windae, jist as a big low loader wae an even bigger digger oan the back ae it thundered past them.

Johnboy never heard the glass smash, even though a big empty trian-gular space that wis hauf the size ae the windae appeared behind the grill. The alarm went aff oan cue, sounding as if there wis a hoose oan fire, as Tony clambered up the grill like a monkey, before drapping doon oan tae the inside.

"Catch, Johnboy!" he shouted jist before he started throwing trannys o'er the tap ae the grill.

Johnboy caught the first wan bit wis still fumbling wae it when the second wan came o'er and landed oan the pavement at his feet.

"Furget that, Johnboy!" Tony shouted as the trannys started tae come thick and fast.

"Don't furget the Grand Prix!" Johnboy shouted, still seeing the beauty sitting there.

Tony scrambled oot ae the windae heid first and crawled like Spider Man doon the ootside ae the grill. When he swivelled roond and landed oan his feet like some kind ae trapeze artist, he shouted fur Johnboy tae grab as many as he could carry. Whit Johnboy hidnae noticed when they wur in the windae wis that maist ae the trannys hid leather covers attached tae them. He quickly started tae push the trannys intae their leather pouches. Whit seemed tae take ages, bit wis probably only seconds, proved well worth the delay. Johnboy hid two trannys in wan haun and wan in the other when he started tae follow Tony up the Saltmarket. Tony disappeared roond the corner and crossed o'er Argyle Street wae Johnboy following no far behind. Some people who'd been walking alang the Saltmarket and the Gallowgate stoapped tae see whit aw the com-motion wis, bit wance Tony and Johnboy turned intae Argyle street and nipped across the road intae the wee quiet street oan the opposite side, they wur safely oan their way. Johnboy caught up wae Tony as they crossed Blackfriars Street, heiding towards the Fruitmarket. They slowed doon and started tae walk tae get their breath back.

"How many did ye get?" Johnboy asked.

"Two plus the Grand Prix," Tony panted back, wae a big grin oan his kisser.

"Where ur we heiding wance we get there?"

"Let's take the trannys tae the yard where we stashed the dosh," Tony said.

They started tae run again, tae put mair distance between themsels and the shoap. The trannys wur slapping aff their hips each time their feet pounded oan the pavement. They jist aboot shat themsels when they saw blue flashing lights and heard the sound ae bells as they heided to-wards the start ae the big hill at the bottom ae Montrose Street, bit it wis only the fire engines heiding oot ae the fire station oan Ingram Street.

When they goat tae Grafton Square, they nipped through Parvais's close and o'er the back wall, insteid ae heiding up the lane. The place wis as quiet as a graveyard and they stashed the trannys up oan the dummy flair. Tony checked tae make sure that their stash tin wis still sitting where they'd left it.

Within a few minutes, they wur staunin, talking, oan the corner ae Grafton Square and Grafton Street. There wis an amazing smell ae spiced food in the air, wafting aw aboot them. It wis the same smell that came aff the grub that Parvais used tae bring tae school in a tin box.

"Ah wonder how Joe and Skull goat oan?" Johnboy wondered oot loud.

"Ach, well, Ah bet they didnae dae as good as us, eh?" Tony said, smiling under the streetlight.

Efter another couple ae minutes, Tony said cheerio tae Johnboy and heided doon Grafton Street tae McAslin Street, heiding fur hame. Johnboy crossed the road intae Montrose Street, where he bumped intae his big sister, Isabelle, and her boyfriend John, winching doon at the closemooth. They baith went up the stairs and intae the hoose thegither.

Chapter Twenty Two

"How did ye get oan wae the boys?" asked The Big Man.

"They wur slobbering tae get their manky wee mitts oan the cabin. Ah hid tae haud them back, they wur that excited," Shaun The Basturt said, laughing.

"Aye, well, wait till they find oot the place is due tae be demolished, alang wae every other building in the area, tae make way fur a motorway. That'll teach the wee basturts tae dae their hamework, eh?"

"That wee Skull wan is a bit ae a nippy sweetie."

"Whit wan's he?"

"Remember years ago, me and Danny hid tae knock fuck oot ae some wee prick tae get yer good Horseman aff ae him and we put oot the story that it wis him that punted me a doo wae TB?"

"Aye, a right wee lippy prick who thought he could kick a baw, if ma memory serves me well. The wan who widnae play the game, despite knowing the rules and who involved Flypast in trying tae rip us aff efter getting offered a decent price oan it?"

"Aye, well, it's the fruit ae his loins. He's a right ugly wee thing. Ye've probably seen him aboot. He's always wearing fitba boots and an auld flea-bittened Jags jersey fae the 1950s, wae a Celtic tammy tae cover that baldy napper ae his. Danny wis up fur booting his arse fur the lip he wis gieing us, bit Ah managed tae persuade him tae let it go."

"Aye, Ah've clocked him running aboot wae the Atalian. Tony's a lippy wee fucker as well. Ah quite like him though. They'll come in handy, that wee manky mob."

"Aye, the others didnae say much. He's the wan that's running them. Any shite in the future and we'll deal wae him first. The rest will jist cave in."

"Well, we'll see whit happens wae the trannys. Everywan Ah speak tae is asking me if Ah kin get ma hauns oan them. Even the basic wans will get me a fiver a shot. Kirsty! Kirsty! Gaun see who that is at the door, hen. Tell them we're no in...it's Sunday."

Calum appeared, hauf running doon the bar before skidding tae a sudden stoap in front ae The Big Man.

"Before ye start, Calum, staun fucking still, will ye? The last time Ah spoke tae ye, Ah ended up feeling seasick fur a day and a hauf efter, so Ah did."

"Aye, hellorerr Pat. Ah've jist spoken tae Frankie and it's bad news, Ah'm afraid."

"Aw, don't bloody tell me. Whit is it noo?"

"Zanussi and the Frigidaires hiv pulled oot."

"Tell me ye're jesting me."

"Naw, Frankie says wan ae them his went aff tae be a folk singer, wan his went aff tae work fur the BBC and the other wan went and goat hitched."

"Whit the fuck's getting married goat tae dae wae playing in a group, the dirty fucking basturts!"

"He says no tae worry though, as he's goat a replacement that ur much better."

"He bloody-well better hiv. It's jist as well Ah hivnae put the name ae the group oan the invites. See whit Ah hiv tae put up wae?" The Big Man snarled at Shaun.

"Did he say whit the replacements ur called, Calum?" Shaun asked.

"Aye, they're called 'Up The Duff.' He says they dae loads ae crooner stuff, as well as Country and Western."

"Ah've never heard ae them bit Ah like the name. It's goat a nice wee ring tae it," Shaun mused.

"Tell him Ah want a repertoire fae him oan whit they sing as soon as possible. Ah'm no hivving any shite sung at ma maw and da's anniversary."

"A whit?" asked Calum.

"Whit?" The Big Man asked, looking at Calum, who'd started stretching fae side tae side wae his hauns oan his hips.

"Ye want a whit fae Frankie?"

"A repertoire, ya daft twat, ye. Dae ye no know whit a repertoire is?"

"Naw."

"Shaun?" asked The Big Man.

"Never heard ae it."

"Kirsty, tell these thickos whit a repertoire is."

"A song list," Kirsty said, no looking up fae the How-Tae-Impress-Yer-Friends-By-Using-Big-Fancy-Words book she wis reading, insteid ae cleaning the pub like she wis brought in tae dae, due tae the fact that the cleaner hidnae turned up.

"Calum, make sure he understauns the seriousness ae the situation he's in if he disnae deliver a top class act. The party is only jist three weeks away."

"Aye, Ah'll tell him, Pat. Anything else fur me tae dae?"

"Ye kin gie Kirsty a haun tae square this place up. It smells like a shite-hoose in here."

Chapter Twenty Three

Johnboy pulled himsel up oan tae the wall at the back ae the stables, keeping his bag ae trannys oot ae eye-shot behind his back as Joe and Skull wur awready sitting there, smoking and arguing o'er fitba and Jock Stein again.

"Joe, ye don't know whit the fuck ye're talking aboot."

"It wis Jimmy McGrory who done aw the work in the first place. Ah'm telling ye, Stein wullnae dae any better."

"He's jist won them the cup by beating Dunfermline, who ur bloody brilliant jist noo."

"That's whit Ah'm staying, ya stupid fud, ye. It widnae hiv made much difference if McGrory wis still in charge. The results wid've been the same."

"Yer arse wid be the same. Ye wurnae at the fucking final."

"Whit's that goat tae dae wae anything? Ye probably didnae see the game because ye wur too busy pick-pocketing every Celtic supporters' fags and lighters fae their pockets during the match."

"Ah watched the whole game, knob-heid. Ah only dipped pockets oan the way in and in the toilets at hauf time. Ah saw Billy McNeil's heider as clear as Ah'm looking at the big bloody pluke that's aboot tae burst oan the side ae that nose ae yours."

"Piss aff, Mr Magoo, ya wee prick, ye!"

"Aye, aye," Johnboy said, as he joined the fitba commentators. "Ah see youse ur still supporting the same team, eh?"

"That wee fud-face disnae know whit he's talking aboot, as usual."

"Up yours tae," Skull said, taking a puff ae his fag.

"Ah could hear youse aw the way o'er the back there," Tony said, plapping his arse doon, grabbing the packet ae Capstan full strengths that Skull hid sitting beside him.

"That stupid basturt jist disnae know when he's beat," Skull said.

"So? How did youse get oan then?" Joe asked.

Johnboy could tell that Joe and Skull wur excited. It wis obvious they thought that they'd done better than Johnboy and Tony.

"Oan ye go," Tony said.

"Fuck aff, Tony, we goat here first," Skull said, reaching fur his fags.

"Skull, Ah don't know where the hell ye goat these fags fae, bit Ah hope ye didnae pay fur them, cause they're bloody red rotten, so they ur," Tony said wae his face twisted in disgust efter coughing fur aboot two minutes straight tae the sound ae laughter.

"Whit dae ye mean? They're good Capstan full strengths, ya cheeky basturt, ye. Nowan's asking ye tae smoke them."

"Don't change the subject. How did youse get oan?" Joe demanded, interrupting the pleasantries.

"We goat five plus wan ae the special wans The Big Man wis efter," Tony gasped through another coughing splutter.

"Whit aboot yersels then?" Johnboy asked.

"Three," Joe said.

"Three? Ah thought by the way youse wur acting that ye'd come away wae a lorry load or something."

"Ah, bit it wis better than that, wisn't it, Joe?" Skull said, still wearing that 'we've done better than youse' look oan that ugly kisser ae his.

"So, whit wis the better than that then?"

"You tell us whit youse goat up tae first," Skull said, relishing the fact that him and Joe wur up tae something.

Between them, Tony and Johnboy explained whit hid happened the night before. Joe and Skull didnae say much, bit Johnboy noticed that baith ae their eyes lit up like pen torches at the mention ae the grill and the windae.

"Aye, we hid the same problem. Aw they tranny shoaps seem tae hiv big grills slapped oan the front ae them," Joe agreed.

"Right, spit it oot before Skull pishes himsel...again," Tony said tae laughter.

"Aye, well, unlike some, we hid a nightmare oan oor hauns," Skull started.

"Ah don't know where the fuck that driver thought he wis gaun, bit he turned up Alexandra Parade and then cut doon tae the right through Appin Road and Haghill, jist efter we passed Alexandra Park. He then heided towards Carntyne and Tollcross, cutting doon this street and that street," Joe said, butting in.

"The only shoaps we could clock wur newsagents and grocer shoaps," chipped in Skull.

"Wance Ah knew he wis heiding towards Tollcross Ah sussed he wis gaun south..."

"So we jumped aff at the lights in Tollcross itsel and wid ye believe it? Another wagon wis sitting at the lights facing the other way, so we quickly nipped oan the back ae that wan, back intae the toon. We went past Glesga Cross oan the way in. Youse must've jist been roond the corner at your shoap by then," Skull said.

"The driver heided through the toon centre towards St George's Cross and then oan tae a big street called Dumbarton Road. It wis like Aladdin's cave. There wur shoaps oan practically every corner that seemed tae be stacked wae whit we wur efter."

"The only problem wis getting aff ae the bloody lorry. He seemed tae go fur miles before he stoapped at a traffic light that hid turned red," Skull added.

"Ah wisnae too bothered, seeing as whit Johnboy hid said. He wis right, the road jist went oan straight furever, fae the toon centre tae who knew where."

"When we jumped aff, we walked back a couple ae hunner yards till we came tae the last tranny shoap we'd clocked."

"Could we find a stank? Could we fuck," chipped in Joe.

"Aye, we searched everywhere. We wur up and doon aw the side streets bit there wis nothing, although this turned oot tae be a good wee fluke. A couple ae days ago, Ah took a bag ae glass bools aff ae that fat pal ae yours and his mates, Johnboy. They wur sitting oan the corner ae St Mungo Street playing oan the holes ae a stank. Aw the bools they hid wur they wee glass wans wae wee coloured bits in the middle ae them. Amongst aw the wee coloured wans, there wis four ae the bigger bottle green wans though."

"Whit? The wans that hiv goat the markings oan them, as if they're fitbas?" Johnboy asked.

"Aye. Well, Ah wis really pissed aff wae us no finding a stank and when Ah put ma haun intae ma pocket, Ah came across some ae the bools rattling aboot."

"Is this dinger ae woe gonnae last aw day or whit?" Tony asked, taking wan last draw ae the fag before flicking it at Skull's heid.

"Fur fuck's sake, Tony, that's whit Ah've jist been talking aboot fur the last five minutes. Catch the fuck up, will ye, ya eejit, ye," Skull growled, his heid swiftly disappearing doon intae his fitba jersey tae let the fag end whizz past him.

"Anyway, the wee baldy basturt started throwing the bools at the windae above the grill..."

"...And they jist exploded intae a thousand bits," chipped in Skull.

"...And then aw he'd goat left wis the bigger green wans," said Joe.

"Ah took aim and let fly."

"Bit the green wan wisnae high enough and pinged aff the glass through the grill in the middle ae the windae," Joe continued, eyes blazing wae excitement.

"Ah knew Ah hit it because Ah heard the thing ping and explode like the other wans."

"Ah started tae get oan tae him fur being as blind as a bat because Ah thought he'd missed the windae aw thegither, when he telt me tae hiv a wee look at the glass through the grill."

"There wis a tiny hole aboot the size ae a pea. It hid a ring aboot a quarter ae an inch aw the way roond it," Skull said, haudin up his haun, making a ring wae his thumb and finger.

"Like a big nipple oan a fat bird's pap, ye mean?" Tony asked, as the rest ae them looked at him, wondering whit the fuck he wis oan aboot. "Ach, furget it," he said.

"Anyway, whit wis Ah saying jist before Ah wis interrupted...again?" Skull growled, making a big deal oot ae hogging the story, fur full effect.

"Skull, Ah'm gonnae poke wan ae they beady eyes ae yours wae wan ae yer shite fags if ye don't fucking hurry up and get tae the point," Tony threatened, tae mair laughter.

"Ah don't know why, bit Ah telt Mr Magoo here tae try it again, and this time tae try and hit the windae above the grill. Of course, seeing as we know he's the son ae Crisscross, he bloody missed and hit the windae a second time through the grill."

"Ye never telt me tae hit the windae above the grill the second time, ya lying prick, ye. It wis the third time ye telt me tae hit the basturt above the grill."

"So, anyway...sure enough, another big fat bird's nipple appeared aboot two feet tae the right ae the first wan. It wis really strange."

"Wis it alarmed?" Johnboy asked.

"Aye, bit there wisnae a cheep oot ae it at this point," Skull said, nodding.

"Oan the third throw..."

"...Which wis when he telt me tae hit the windae above the grill..."

"...Ah telt Crisscross's son here tae make sure he hit above the grill."

"...Bingo! Straight as a fucking dart," Skull demonstrated by throwing an imaginary dart.

"Sure enough, another ae Skull's big sister's juicy nipples appeared above the grill, bit no before dafty here drapped the last green bool doon a big water drain at the side ae the road. Kin ye believe that?"

"Aye, bit the damage tae the windae hid been done awready, so we didnae really need that wan anyway."

"Ah still wisnae sure whit the fuck we wur daeing," Joe continued, "bit Ah stood back and took a run at it. When Ah reached the front ae the windae, Ah continued tae run up the grill, like something oot ae the olympics and managed tae grab the tap ae it wae ma haun. At the same time as Ah wis daeing ma monkey impression, Ah gied the glass a thump wae that elbow ae mine before drapping back doon oan tae the pavement."

"Three big cracks instantly appeared between the nipples ae Joe's maw's tits," Skull hooted, drooling wae excitement.

"She's only goat the two, ya eejit," Joe fired back.

"And wan ae yer ugly sister's tae make up the three," Skull shot back.

Tony and Johnboy wur sitting back, pishing themsels laughing and enjoying the banter fae Laurel and Hardy. Johnboy still wisnae too sure whit the hell they wur oan aboot though.

"We stood looking at the cracks, wondering whit the fuck wis gaun oan, when aw ae a sudden, Skull stuck wan ae they manky fingers ae his through the grill and pushed."

"The big triangle ae glass let oot a loud groan, jist as loud as when ye did yer last shite, Tony, and then it keeled o'er flat, intae the shoap front."

"It wis then that the alarm went aff. Ah didnae mess aboot either. Ah put ma back against the grill wae ma hauns clasped in front ae me and Skull took a run and wis up and in."

"The only problem wis when Ah landed. While there hidnae been a mess tae start wae, Ah landed straight oan tae the glass triangle so some poor deserving basturt will hiv hid a wee job tae dae, cleaning it aw up. The clanging ae the bell wis deafening so Ah jist grabbed whit Ah could and goat tae hell oot ae there like a shot."

"Dae ye think it wis a fluke?" Tony asked.

"Whit?"

"The glass cracking wae the bools pinging aff ae it?"

"It wis a fluke finding oot aboot using the green bools, bit no aboot the glass cracking. Aw they windaes ur thick plate glass. Ah reckon we'll be able tae dae this wae aw the shoap windaes fae noo oan," said Joe.

"And the beauty is, there's nae noise...jist a wee ping. We won't hiv tae depend oan big wagons rumbling past tae gie us cover fur the sound," Skull said.

"Bloody brilliant, so it is," Tony exclaimed in wonder, as Johnboy and him looked at Joe and Skull in amazement.

"And ye hid the cheek tae call me a dafty?" Skull said wae a big grin oan his coupon. "Ah should be the second in command ae this wee ootfit, y'know."

"Don't worry, Ali Baba, ye've jist been promoted," Tony said, winking at Johnboy and Joe, while Skull pushed the chest ae his Jags jersey oot wae pride.

"See, ya pair ae dug's baws?" Skull said tae Johnboy and Joe.

"Ah cannae wait tae try it oot," Johnboy said.

"Well, if we kin blag some bools aff ae the fat boy and his mates the day, we kin try it oot the night," Joe suggested.

"Naw, we need tae get the trannys delivered and get the go-aheid fae Horsey John aboot a horse and cart fur Tuesday."

"We've goat plenty ae time tae try it oot before Tuesday, hiven't we?" Johnboy asked the other two hopefully.

Joe and Skull baith nodded, looking at Tony.

"Naw, we don't. We hiv tae see Horsey John or Tiny the day. We'll need a couple ae days tae blag coal briquettes fae the plant and shift them fae o'er in Pinkston tae somewhere where we kin get the horse and cart up tae, tae pick them up. We cannae use the bascule bridge up at the tap ae Glebe Street. There's too many hooses up there and people wid clock whit we're up tae."

"So, how did ye get back intae the toon then?" Johnboy asked Skull and Joe.

"We nipped oan a number sixteen bus that wis coming fae Knightswood, heiding fur Stobhill hospital...up near Colston. It took us aw the way intae the toon centre and drapped us aff oan Cathedral Street. It wis a piece ae pish," Joe said.

Jist then, they saw Horsey John and Tiny come intae view beneath them.

"Hellorerr John. Awright, Tiny?" Tony shouted.

"Whit hiv Ah telt youse aboot climbing up oan tae ma roof, eh? Get fucking doon before Ah come up there and kick yer arses, ya wee bampots," Horsey John growled in welcome as they aw jumped doon intae the stable yard.

"We've goat a delivery fur ye, Tiny," Tony said.

"Whit kind ae delivery?"

"Trannys."

"So, where ur they?"

"Where's yer dosh?"

"How many hiv ye goat?"

"Nine, and wan ae them is wan ae yer fancy wans."

"Whit, ye've goat a Globepacer?"

"Naw, it's yer Grand Prix GP 901. It's even goat a fancy red leather cover oan it."

"Is that right?"

They could tell that the wee midget wis impressed.

"Haun them o'er and Ah'll get ye the money later," the greedy wee fly-man said.

"Tiny, you show us the dosh and we'll haun o'er eight trannys at a pound each and two pounds fur the Grand Prix…as agreed wae The Big Man," said Tony, reminding him.

"Ah know fuck aw aboot this so it's nothing tae dae wae me," Horsey John muttered, limping away.

"Aye, well, ye kin deduct five bob fur the horse and cart that we'll be us-ing oan Tuesday, while ye're at it, Tiny," Tony said loud enough fur Horsey tae limp back tae where they wur staunin.

"It's ten bob a day, and who the hell says youse ur getting wan ae oor horse and carts? The last wan ye goat wis shiting fur a week efter. Ah telt ye no tae feed her any crap bit ye widnae listen."

"Shaun said we could get a horse and cart fur five bob a day oan Mon-days or Tuesdays until we pay aff the cabin."

"Aye, Ah heard ye'd bought that. Ye must be no right in the fucking heid. They brothers ae his will take every doo and hen ye put oot."

"Gluttons fur punishment," Tiny chipped in, chortling tae himsel.

"And you, ya daft wee scab…Ah wid've thought ye wid've known better," Horsey John said tae Skull.

"Aye, well, don't ye worry aboot me. It's no ma da they're dealing wae noo," Skull retorted.

"Ah know fuck aw aboot any deal and until Ah dae, youse ur getting fuck aw horse and cart oot ae here. Noo, fuck aff, Ah've goat work tae dae."

Wae that, Horsey John limped away and heided in through the stable door, beside the office.

"Is he always as happy as that or is he jist glad tae see us?" Johnboy asked Tiny.

"Ah'd be careful wae him, if Ah wis you," Tiny warned. "He thinks it wis wan ae youse who shat in the back ae that closemooth across the road, the other week there, and nearly killed him. He goat eight stitches oan the back ae his napper and a cracked rib and spine because ae wan ae youse clatty basturts."

"Why the fuck wid he think it wis us?" Tony demanded indignantly.

"Cause you and carrot-heid there wur clocked flitting aboot fae close tae close, following that wee fat wan who ye beat up in the close beside The McAslin."

"We never beat up anywan," Skull denied.

"Ah'll need aboot an hour tae get the money," Tiny said. "So, come back here wae the trannys then and Ah'll hiv the dosh ready."

"Aye, well, when ye're at it, make sure Shaun tells Horsey John that we'll need a horse and cart oan Tuesday, wae feed thrown in. And it'll be five bob fur cash," Tony said as Tiny walked across the yard.

"And, if we're paying good honest money, we don't want wan ae they auld flea-bitten fuckers that couldnae pull a pram either," wis Skull's parting shot as Tiny disappeared through the stable door.

Chapter Twenty Four

"Liam, is Big Jim aboot?" Colin, the inspector, asked.

"Aye, he's jist getting ready."

"Well, gie him a shout and the baith ae ye come up tae the boardroom."

"The boardroom? Er, aye, okay."

"And Liam, Ah mean the noo and no the morra or the next day."

"Aye, nae bother, Colin. We'll jist be wae ye. Er, is everything okay?"

The Inspector didnae answer as he disappeared through the door. Big Jim wis tying up his bootlaces in the locker room when he looked up tae see who wis blocking oot the light.

"Ah've jist hid Colin inviting us up tae the boardroom oan the second flair."

"Us? Whit the hell hiv we done?"

"So, ye've no picked up any gossip then?"

"Hiv Ah fuck. Why wid anywan want tae speak tae us up there? Ah've been in and oot ae here fur the past nine years and Ah've never even been oan the second flair. Ah widnae know where tae go."

"Well, ye're gonnae find oot noo. He wants us up there pronto, as in right noo."

"There hisnae been any mair false complaints that Ah don't know aboot, his there?"

"Jim, Ah'm as puzzled as you ur. We'll jist hiv tae wait and see whit's cooking. The main thing is…no matter whit they ask ye, deny everything."

"Ah've goat fuck aw tae deny, apart fae the odd wee sweetener here and there, which everywan's entitled tae."

"So, keep yer knickers oan and we'll go and find oot whit's gaun oan then. It's probably jist tae inform us that they goat it wrang aboot gieing they medals tae Jobby and Crisscross."

"Dae ye think so?"

"Whit else could it be? And anyway, it's nae use us guessing. We'll find oot soon enough," The Sarge said, wondering again whit they'd been caught oot oan.

"The second door oan the right, boys. Mind and chap oan the door and wait before ye go in," said Peggy, the wee blonde thing, that everywan in the stations aw o'er Glesga hid been trying tae dip their wick intae since she started working in Central four years earlier.

Liam hid heard that wan ae they skinny-arsed college boys fae forensics, who wis based o'er in Alison Street, hid somehow managed tae get intae they pants ae hers a couple ae years before, at wan ae the Christmas parties o'er at the polis social club in the Gorbals.

"Lucky wee basturt pumped her aw night," Billy Liar, who wis his sergeant at the time, hid telt him.

Efter an agonising long minute ae silent tension, Colin opened the door fae the inside.

"In ye come, boys, and take a seat doon there," he said, nodding towards the two seats at the bottom end ae the table.

Wance they wur seated, a heavy silence hung in the air. Big Jim wis fidgeting uncomfortably in his seat, looking guilty as sin and as miserable tae boot.

"Ye wanted tae speak tae us, Colin?" The Sarge asked tae break the ice.

Sean Smith, the chief inspector, looked up fae the papers he wis reading and frowned, looked at The Sarge fur a couple ae seconds and then went back tae his reading. Nowan spoke. There wur six ae them there, no including the chief inspector, aw looking doon the table at them. A clock oan the wall wis that loud, it sounded as if it wis a wee drummer fae the apprentice boys' flute band, marking time.

"Nice tae see youse, lads," The Chief finally said, flipping the folder shut. "Ah take it ye know everywan here?"

The Sarge looked at them aw. Apart fae Colin and The Chief, there wis Billy Liar...Bridgeton, Pat Curry...Gorbals, Mickey Sherlock...Flying Squad, Daddy Jackson...Anderston and parts ae Partick and Ralph Toner fae the Criminal Inteligence Department...aw inspectors, aw Irish and aw right arse-holes if ye crossed them in any shape or form.

"Aye, we aw know each other," The Sarge replied, taking oan the job ae spokesman.

"Tell us the story ae your success up there in the Toonheid, in dealing wae that wee thieving manky mob that's been running rings roond youse," The Chief asked pleasantly.

"Ah don't know how much Colin his telt youse, bit basically, they've been running aboot, breaking intae shoaps and hooses, blagging anything that isnae screwed doon," The Sarge replied, shrugging.

He looked across at Colin and thought he detected a wee fleeting warning, flashing across they grey eyes ae his.

"And whit exactly hiv ye done tae suppress these unfortunate habits ae theirs?" The Chief continued.

"Whit we've done is…we've managed tae work oot their shoap-screwing strategy and then kept wan step aheid ae them, tae fuck them up the arse every time they make a move."

"A strategy? Ah bloody well knew it," growled Daddy Jackson, the first time any ae the inspectors hid spoken since Big Jim and The Sarge hid come intae the room.

"Carry oan, Liam. Ye wur saying?" The Chief said politely, making The Sarge feel even mair uneasy than whit he'd been when he first entered the den.

"We sussed oot that they wur daeing aw the screwing in a geographic circle. We knew that they'd been zig-zagging across the area fur a while, bit then we started tae monitor their activity, using a wee tobacconist's oan St James Road as a starting point. Efter the tobacconist's, they moved up oan tae Parly Road where they screwed Curley's, the grocer's. They then tanned a wee draper's shoap up the tap end, near tae Castle Street, then shifted doon oan tae Stirling Road and hit Frankie McConnell's Dairy. They then heided back across tae Parly Road at the St James Road end and started aw o'er again. The maist recent wans wur the fruit shoap doon fae the traffic lights at Dobbies Loan. Fae there, they hit Tony's Fish and Chip shoap oan the opposite side ae the road fae Curley's, and then they heided back doon tae Cathedral Street again, via Stirling Road, where they screwed the paper shoap beside Canning Lane which, as youse aw probably know, takes ye back o'er tae St James Road."

"How dae ye know it wis them?" asked Pat Curry.

"Aw the shoaps hid their windaes tanned wae a pavement stank, except fur the fruit shoap oan Parly Road. We're no sure whit they used fur that wan."

This last statement caused a wee murmur amongst the inspectors.

"Whit did the forensic boys come up wae?" asked The Chief.

"They thought they might've used a hammer, bit Ah'm no so sure aboot that."

"Why no?" asked Billy Liar.

"Ah don't know. It's no how they operate and Ah'm jist no sure they're that sophisticated."

This answer tae Billy Liar's question caused an even bigger murmuring amongst them. The Sarge could sense the tension in the room heighten and Big Jim started tae fidget in his seat again. The Sarge wanted tae turn roond and gie Big Jim a bollicking. Fur Christ's sake, he thought tae himsel, the dumb prick wisnae even contributing. He'd a bloody cheek… sitting there, shuffling aboot as if The Sarge hid answered a question wrang. The Sarge jist couldnae fathom oot whit he could've said that wis causing the stir at the far end ae the table.

"Hiv ye been reading any ae the recent reports fae the other divisions, Liam?" Colin asked.

"Ah don't usually dae that till roond aboot mid-week. It gies me a chance tae catch up oan whit's happening in the Toonheid first, if ye know whit Ah mean."

"Two shoaps goat tanned last night," Daddy Jackson grumbled. "Wan ae them wis up wae me oan Dumbarton Road."

"And the other wan wis wae me, doon here in the Saltmarket," added Billy Liar.

"And witnesses say they saw wee toe-rags aroond aboot eleven or twelve years ae age, fucking aff wae the stolen gear," continued Daddy.

"Whit kind ae gear?" The Sarge asked.

"Trannys," Colin answered, chipping in fur the first time.

"Trannys?"

"Transistor radios, tae be precise," The Chief said.

"Ah don't mean tae sound as if Ah'm no interested here, bit whit the fuck's this goat tae dae wae me and Big Jim?" The Sarge demanded, as Colin's eyes heided skywards.

"Because the wan in ma patch wis done wae a bloody stank...that's why," snarled Billy Liar.

"And the wan in Dumbarton Road?" asked The Sarge.

"Don't you bloody worry aboot Dumbarton Road, Thompson. We're the wans who're asking the questions here."

"Ah'm sorry, Ah didnae mean tae upset youse."

"Getting back tae the fruit shoap oan Parly Road," said The Chief. "Ye said ye wurnae convinced aboot a hammer being used. Whit dae ye think it wis? How aboot you, Jim, whit's your thoughts?"

"Ah'm like Liam, Ah'm no sure," Big Jim said limply, looking at Colin, who didnae look too impressed.

"There wisnae any evidence tae suggest that it wis or wisnae a hammer. That's jist a feeling Ah hid aboot it. It used tae be called instinct," The Sarge chipped in.

"So, as far as youse wur concerned, it could've been anything that wis used oan that windae?" asked Daddy.

"Well, there wis nothing left at the scene tae suggest whit wis used," The Sarge replied.

"Whit happened tae the glass fae the windae?" asked Colin.

"The glass? Jist the usual...the joiner boys wid've taken that away wae them when they finished patching up the hole."

"Ye see, the problem Ah hiv, Liam, is that ye've chased they wee basturts oot ae the Toonheid and exported them o'er tae us," Billy said tae nods fae aroond the table.

"Wae aw respect, Billy...fur wan thing, Ah don't think ye've come up wae anything substantial here tae link oor wee manky toe-rags and fur another, we're proud ae whit we're daeing up in the Toonheid. That wee manky mob seriously assaulted wan ae ma boys and we're daeing some-thing aboot it. Noo, if that means they're shifting their modus operandi somewhere else, then Ah cannae dae anything aboot that, unless Ah kin catch the wee basturts red-haunded or Ah kin get some mair personnel tae support us in oor endeavours," Liam retorted, staunin up fur himsel and Big Jim.

The sound ae the apprentice boy drummer started up again as nowan said a word fur whit seemed like ages. Big Jim wis definitely gonnae drap aff ae his chair oan tae that fat arse ae his at any moment, The Sarge convinced himsel.

"Aye, well, Liam," The Chief said quietly, so quietly that The Sarge hid tae strain his lugs tae hear whit the fuck he wis saying o'er the sound ae the drummer in the clock. "We hiv reason tae believe that yer wee toe-rags ur widening their horizons and becoming a wee bit mair extreme in their tactics. Where ur the connections, ye ask? Where is the proof, ye wonder? And why dae ye think we should be gieing you and yer boys oan the beat a wee pat oan the back insteid ae us sitting here gieing you and Big Jim a hard time? Well, let's look at where we're at and then youse kin maybe try and see oor position, eh? The two shoaps that goat tanned last night wur electrical shoaps. The wan in the Saltmarket wis tanned using a stank...we know that. The other shoap in Dumbarton Road wis also an electrical shoap, bit wisnae tanned using a stank even though the goods that wur stolen wur trannys. Whoever tanned the shoaps could've took a whole heap ae other stuff, bit trannys it wis. We hiv reason tae believe that the shoap windae in Dumbarton Road wis blown in by a shot, fired either fae a haungun or a rifle."

Baith Big Jim and The Sarge jist aboot fell aff ae their chairs oan tae their arses.

"A gun?" they baith exclaimed at wance.

"Well, as ye've pointed oot, Liam, the evidence ae linking yer wee group ae happy shoappers tae the two shoaps is only circumstantial. However, the thought ae they wee cowboys running aroond wae a haungun disnae bear thinking aboot noo, dis it?" The Chief Inspector asked him.

"Ah... Ah don't know whit tae say," The Sarge replied, stunned.

"Well, forensics ur trying tae trace where the bullets ur as we speak. They reckon there wis three used oan the windae in Dumbarton Road. We should hiv the full picture by twelve o'clock. In the meantime, this information disnae leave this room. Colin will brief youse later, bit ma ad-vice tae youse is tae go oan the basis that yer wee manky toe-rags ur the

wans who screwed baith shoaps. Ye need tae track doon where that gun
is pronto and get it aff ae them, before they end up shooting themsels
or worse, somewan gets a bullet in the heid. Hiv Ah made masel clear?"
The Chief said, glaring at The Sarge and Big Jim.

  "Aye," baith sergeants said in unison, staunin up and heiding fur the
door, which Colin wis awready haudin open tae let them pass through.

  "Ah'll see youse baith doon the stairs in ten minutes," he said, as they
walked through intae the corridor and alang tae where wee Peggy wis
sitting, tapping away at her typewriter, sounding like the bursts fae a
Gatling gun.

  "Hiv they gone bloody bonkers or whit?" The Sarge growled, as soon as
Colin walked intae the mess room.

  "Hiv youse gone fucking bonkers, ya stupid pair ae twats, ye? Whit am
Ah gonnae dae wae youse, eh?"

  "They don't seriously believe that wee manky crowd hiv goat a gun, dae
they?"

  "Liam, fuck knows whit ye're oan, fur Christ's sake. Whit is it wae you
and guns? Remember whit happened the time that Taylor boy shot that
poor wee lassie wae the big tits, eh? A week later and ye still couldnae
find the fucking thing."

  "That wisnae a gun, Colin. That wis an air rifle...jist a wee pea shooter."

  "They've hid the forensic boys o'er oan Dumbarton Road since last
night. Youse better pray that there wisnae a gun used oan that windae
or the baith ae youse will be oot oan yer arses."

  "Whit's it goat tae dae wae us?" Big Jim whined.

  "Ye've been fucking aboot wae that wee crew fur far too long noo.
They're still running aboot taking the pish oot ae us."

  "There isnae any crime associated wae them that's goat proof attached
tae it. We've put the lid oan them, despite whit they turnip-heids think,"
The Sarge growled, using his thumb tae point upstairs.

  "Whit ye've done is chase the wee basturts oot ae the Toonheid oan tae
somewan else's patch. Ye've no put them oot ae action."

  "They're slippery wee fuckers, Colin. Gie's a break, eh?"

  "Right, here's whit youse ur gonnae dae, as a priority. We need tae establish if they're running aroond wae a gun. Use aw yer contacts. There'll be nae questions asked aboot yer methods, as long as it stays oot ae the papers. Hiv Ah made masel crystal clear?"

"Aye," they baith chorused.

"Well, whit the fuck ur ye daeing, staunin there looking at me? Get oan wae it, fur Christ's sake!"

Chapter Twenty Five

"Whit aboot the barbed wire then?" asked Skull, doubtfully.

"Ah gie in. Whit aboot the barbed wire?"

"Joe, who the fuck's talking tae you, ya bampot, ye? Ah'm only asking a question, ya hair-lipped fanny, ye."

"We'll get up oan tae the wall itsel and step o'er it. We don't want any-wan tae notice that we've been and gone," said Tony.

They hid jist walked up North Wallace Street fae Parly Road. Johnboy clocked his granny at her windae and gied her a wave.

"Ah bet she's wondering why we're carrying two wooden fish boxes each," Johnboy laughed.

When they goat tae the deid end at the tap ae the street, the briquette plant wis o'er tae their right. It wis a big black ugly creepy monster ae a place that hid gantries, chutes and conveyor belts coming oot and intae the building fae aw o'er the place. There wur a couple ae stationary lor-ries sitting in the loading bays. There wis steam and smoke coming oot ae the tap ae the building and it wis surrounded by a big wall wae aboot five strands ae barbed wire pegged oan tae posts aboot six feet apart aw the way roond the tap ae it. Johnboy wisnae too bothered aboot that. Whit bothered him mair wis whit ran between them and the plant.

"Okay, try this wan then. How dae we get o'er the canal and back tae here wae the briquettes?" he asked.

"Right, Joe, ya smart twat, ye...answer that wan then," Skull chipped in fur good measure.

They followed Joe's gaze as he looked up and doon the canal, known as The Nolly by everywan in the Toonheid. The canal itsel wis aboot thirty feet across. Oan either side ae it, auld boxes, hauf sunken prams, bald tyres, wrecked car shells and hauf sunken midgie bins, alang wae heaps ae other shite, floated and bobbed aboot aimlessly. The water itsel, wance it wis allowed tae flow unhindered, looked tae Johnboy tae be at least twenty feet across. Whit they hidnae noticed, wis the car roof, sit-ting submerged, haufway between them and the other side, which when pointed oot by Tony, could be seen, sitting jist under the water.

"Hurry up, brainbox...we've no goat aw day," Skull challenged.

"Skull, they baws ae yours ur gonnae go fur a swim in a minute, wance Ah kick them oot fae under they scrawny legs ae yours, if ye don't shut the fuck up and let me think."

"See, Ah telt youse, he hisnae a clue."

They aw looked at Tony, who stood there knowingly, smiling at them.

"Look o'er here," he said, walking up tae the edge ae the canal and pointing.

Oan baith sides ae The Nolly, if ye looked really close, ye could see two stacks ae wooden pallets, tied thegither wae ropes, bobbing aboot in the water, amongst aw the other shite.

"Ah'm looking, bit aw Ah see is dirty water and auld prams," Skull said.

"Right, whit ye're seeing is baith ends ae a wee bridge. Kin ye see how the pallets ur tied oan tae the metal loops oan the stane at the tap, oan the other side?"

"Oh, aye," Joe said, no knowing whit the fuck Tony wis oan aboot.

"Well, whoever's built the bridge his turned the pallets in sideways. Whit we hiv tae dae is swing them roond, oot the way, so they're facing intae The Nolly, and then..."

Tony walked o'er tae the grass at the back ae the wire company depot, bent doon and picked up two big thick planks.

"...Put wan ae these planks between us and that auld car that's jist under the surface ae the water, then use the second plank fae the roof ae the car oan tae the pallets oan the other side...and hey presto, we've goat oorsels a wee bridge."

Silence.

Nowan spoke fur a good minute. Aw they could hear wis the sound ae birds and the distant rumble ae cars and lorries driving o'er the wooden bascule bridge in the distance which took ye fae Glebe Street up oan tae Pinkston Road. Tae Johnboy, it wis like the scene when Moses parted the water in the film, The Ten Commandments. It wis pure dead brilliant, so it wis.

"Where did aw this come fae?" Joe asked, wae a sweep ae his haun towards the pallets.

"Ah don't know. Ah spotted it the other day when Ah wis up here, following Horsey John and Tiny."

"Whit wur they daeing up here?" Skull asked oan behauf ae Johnboy and Joe.

"Ah followed them because they wur carrying a sack. Ah thought they wur maybe gaun tae hide some goodies, bit it wisnae whit Ah thought it wis."

"So, whit wis it?" Johnboy asked.

"They came up here and slung the sack intae The Nolly. Christ only knows how they didnae clock me. Bit, anyway...wance they'd pissed aff, Ah managed tae fish it oot ae the water."

"And?" Skull demanded, impatiently, spreading his hauns, his face twisted like a dafty.

"It wis full ae kittens."

"Kittens?"

"Aye, there wur six ae them."

"Dirty basturts!"

"Aye, Ah wisnae too sure whit tae dae wae them and then Ah noticed oor wee bridge set-up here. It took me a while tae work oot whit it wis at first, bit wance Ah did, Ah goat the kittens across and set them free oan the other side."

"Aye, the stable cats ur always popping oot kittens. This is obviously where the basturts come tae droon them," Joe said, looking up and doon the canal.

"No wanting tae change the subject, bit Ah cannae swim," Skull announced, peering fearfully o'er the side ae the canal wall tae the mucky water below.

"Stoap whining like a wee lassie, Skull. Who the fuck kin swim? Ah know Ah cannae, and Ah'm no intending tae start learning noo," Joe said, pushing Skull towards the water.

"Tony, Ah think it's brilliant, so it is. And Ah kin swim," Johnboy said, tae the other two.

"Kin ye?" Skull and Joe said at wance, looking at Johnboy the same way they'd aw jist looked at Tony when he'd shared his discovery wae them.

"Aye, Ah learned when Ah wis a wee snapper."

"Whit's it like then?" Skull asked him.

"Whit?"

"Being able tae swim."

"It's like...if the two ae youse don't pick up a plank each while Ah swing roond the pallets oan this side, ye'll baith get a lesson oan whit it's like," Tony said tae them, then turned tae Johnboy.

"And you, Flipper...Ah'll haud the pallets at this end steady. Ye jump doon oan tae them, while Dafty and Dafter, o'er there, push the plank oot intae the canal towards the car roof, minding tae keep their weight oan it at this end at the same time," he said, glaring at them.

"Whit if Ah fall in?" Johnboy asked doubtfully, peering o'er the edge.

"Then swim, ya diddy, ye!" Skull shouted, tae laughter fae the other two.

Johnboy jumped doon oan tae the first pallet, using his hauns oan the canal wall tae steady the wobble in his legs. He then swivelled the pallets roond so the two longest pallets that wur tied thegither ended up jutting oot intae the water. It wis wobbly as fuck. Joe and Skull pushed the plank oot o'er the side fae the edge. Johnboy took the weight and pulled while they pushed.

"Noo, make sure the other end is o'er the tap ae the car roof, Johnboy."

"Ah'm no sure it'll haud oor weight," Johnboy squealed, feeling the pallets under his feet wobble and start tae sink.

"Johnboy, get oan wae it, ya prick, ye," Skull shouted as him and Joe continued tae laugh.

Johnboy thought that he'd goat it first time, bit the weight ae the plank oan the other side drapped it intae the water aboot two inches short ae the car.

"Pull back, ya pair ae fud-pads, ye," Tony shouted, as they heaved it back aboot hauf way.

"Don't bother tae gie's a haun here, Tony. We'll manage oorsels," Skull said sarcastically.

"Right, go!" Tony shouted, as Johnboy wobbled like a drunken jakey wae his shoes four inches under the water.

This time, Johnby goat a connection and the plank landed oan the edge ae the roof. He wis jist aboot tae clamber back oot when Tony stoapped him in his tracks.

"And where the hell dae ye think ye're gaun?" Tony barked at him.

"Ma feet ur soaking. Ah'll need tae come oot."

"Seeing as yer feet ur awready soaking, nip across tae the car roof and shove this other plank oan tae the other pallets, withoot the plank drapping back intae the water. The plank will need mair than the two inches this plank is sitting oan," Tony advised.

Johnboy looked at him, and then at the other two, who baith looked back, grinning.

"Knobs!" Johnboy muttered, turning tae face the plank.

"Aye, so ur we, Johnboy! Noo, hurry up and dae whit ye're telt," Joe sang, fair enjoying himsel.

Johnboy picked up the second plank. He could feel the plank under his feet sagging, the further he goat oot intae the middle.

"Ah'm no sure aboot this," he girned.

"Hurry up, Johnboy, and stoap yer whining, ya whinger, ye," Skull shouted tae guffaws fae the other two.

"Ah don't know whit the hell ye're laughing at, Skull. Ye're next," Tony said drily.

"Fur Christ's sake, don't make me laugh," Johnboy shouted, still wobbling like he wis daeing the twist.

When he goat tae the car roof, he noticed the distance between him and the pallets oan the other side wis no as wide as the first part ae the bridge. Efter a few false starts, he managed tae connect the plank tae the pallets. Efter another wobbly, bouncing run, he landed oan the pallets oan the other side. He then turned the coupled bobbing pallets lengthways, until they wur facing oot intae the canal. He pulled the plank further towards himsel until it wis securely oan the pallet.

"That wis wan ae the scariest things Ah've ever done," he shouted.

"Right, sling o'er the fish boxes," Tony said tae the other two, ignoring Johnboy's hint fur a wee bit ae praise.

Johnboy darted and ducked oot ae the way as the boxes came flying o'er, landing aw roond aboot him.

"Right, Skull, whitever ye dae, jist keep yer eyes straight aheid ae ye, and don't look doon," Johnboy said encouragingly, as Skull wobbled oan tae the plank. "Oh, and ignore the wee crabs, it's only the big wans that bite."

"There's no way Ah'm stepping oan tae that sinking plank," Skull yelped, jumping back oan tae the pallets.

"Oot ae ma way, Skull, ya wee shitebag," Joe said, as he pushed by him and hauf walked, hauf ran across the two planks, followed by Tony, ten seconds later.

"Is he serious aboot the crabs?" Skull whined at Tony fae the other side.

"Skull, get the fuck across here or we'll leave ye behind," Tony warned him.

Skull took a deep breath and imitated Joe and Tony's quick hauf run wobble. He managed the first and second planks okay, bit jist when he wis aboot tae place a fitba boot oan tae the pallets oan the far side ae the second plank, Joe let oot a howling shriek.

"Christ's sake, Skull, watch oot fur that big fucking crab!"

Wae that, Skull landed in the water. It didnae happen in slow motion like ye saw in the films, Johnboy thought tae himsel. Skull submerged like a thrown javelin and shot up like a dart. Wan second his Celtic tammy seemed tae be floating in amongst aw the rubbish and the next he wis wearing it again.

"Help! Help me, ya basturts!" he spluttered, flailing his erms, surrounded by aw the shite ae the day, as Tony bent doon and grabbed him by the scruff ae the neck and dragged him oot.

"Joe, ya dirty basturt, ye. Ah'm gonnae kill ye fur that, ya fucking wanking tadger, ye," he wailed, spluttering like a wet dug.

"Aw, shut up, Skull. Ah wis only kidding ye. Kin ye no take a joke?"

While they wur arguing wae each other, Tony and Johnboy heided back and repeated the process by pulling the planks oan tae their side ae the canal so as no tae leave a trace ae their bridge.

"Right, let's go and check oot how we're gonnae get oor hauns oan some briquettes," Tony shouted, interrupting the blazing argument that wis in full flow.

When they goat tae the wall, Joe put his back tae it and held oot his hauns, clasped thegither. Wance Tony wis up, he stepped o'er the barbed wire and spent a few minutes jist looking up and doon, figuring oot their next move.

"Right, Ah've goat it. Up youse come and start slinging the boxes o'er."

"Ah'm gonnae get you fur that, Joe, ya poxy basturt, ye," Skull whinged, shivering in the sun, as they climbed their way up oan tae the tap ae the wall, while Tony drapped doon the other side, intae the yard.

There wur mountainous square blocks ae briquettes as far as the eye could see, aw stacked neatly. Each block wis aboot fifty yards square. The blocks nearest the plant building hid steam gently rising aff the tap ae them. They'd obviously jist been made earlier in the day.

"Right, here's whit we hiv tae dae. Jump doon here and we'll make steps oot ae briquettes up against the wall. Wance we get the steps high enough, we'll put the briquettes intae each box and dump them o'er the other side. Hiv youse goat that noo?" Tony asked.

"Nae bother."

"Aye."

"And mind yer baws oan that barbed wire. Ah've either goat a bad drip or wan ae ma sacks his jist sprung a leak," he said, scratching his crotch.

Efter taking wan ae the long sides aff ae each ae the fish boxes, it wis a dawdle. They lifted the briquettes six at a time and drapped them intae the box. A dozen briquettes fitted perfectly. It took them aboot hauf an hour tae build their steps under Tony's direction. They wur quiet at first, bit it soon became obvious that nowan could hear or see them. The patter, whinging and whining between Skull and Joe soon hid them aw in stitches.

"Right, Skull, you up oan tap. Johnboy, you're in the middle and me and Joe will dae the filling ae the boxes fae doon here," Tony said.

Fur the next couple ae hours, they worked oan the line wae boxes being passed up full and slung back doon empty. Skull and Johnboy took turns ae shifting aboot when Johnboy's erms goat sore. They jist slid the briquettes oot ae the boxes o'er the tap ae the wall. By the time they wur finished, they wur able tae step aff ae the tap ae the wall oan tae the stack they'd made and scramble doon oan tae the ground.

"Right, aw we hiv tae dae noo is start shifting them o'er tae the edge ae The Nolly, next tae oor wee bridge and we're done," Tony said.

There wis nae moaning as they aw set aboot shifting the briquettes, probably due tae the fact that they wur aw knackered. They carried two boxes o'er tae the canal every journey, each containing two dozen briquettes. The smell ae fish aff the boxes wis long gone.

"Make sure ye lay them flat," Tony shouted efter them. "We don't want any thieving basturts tae see them fae the other side before we collect them in the morning."

"How much hiv we goat then?" asked Skull.

"Ah reckon aboot eighty dozen," said Tony.

"So, whit's the profits gonnae be then?"

"The other guys who take oot the horses and carts charge wan and ninepence a dozen, so we'll charge wan and a tanner," Joe said.

"Eighty times wan and six comes tae...comes tae..." Skull said, looking at the sky above Johnboy's heid, wae his eyebrows bobbing up and doon, while at the same time, coonting furiously wae they fingers ae his, like wan ae they contestants oot ae 'Double yer Money' or 'Open the Box.' "...Six quid, less five bob, means we'll get five pound, fifteen bob profit," he declared wae a smug look oan his face.

"Jeez, Skull. That wis quick," Johnboy said, clearly impressed.

"Aye, bit it disnae sound right tae me," Joe said doubtfully.

"Believe you me, ya dumb monkey-nut, ye, Ah goat it right first time, nae sweat. Isn't that right, Tony?"

"Where dis the 'less five bob' come fae then?" Joe demanded tae know.

"The price ae the hire ae the horse and cart."

"Ah'll let ye aff."

"Wow, Ah cannae believe we're gonnae make that amount ae dosh," Johnboy said, in wonder, black as two in the morning and covered in coal dust.

"Right, first thing the morra morning, you and Skull heid up here, Joe. Me and Johnboy will pick up the horse and cart and bring it up tae the road-end and we'll get loaded up. Awright?"

Jist before Johnboy left them at the bottom ae North Wallace Street tae heid hame, a squad ae the Toonheid Toi boys, who wur spray painting graffiti oan the auld toll building at the lights oan the corner ae Parly and St James' Road, turned and gied them a warm welcome.

"Fuck's sakes, watch oot, boys, the baby Black and White Minstrel Show his come tae toon efter walking a million miles."

"How's yer maaammy, maaammy?" wan ae them howled, shaking his hauns, palms held ootwards taewards them.

"Gie's wan ae yer famous maaammy smiles."

"Lick ma shitey Catholic arsehole, ya Proddy pricks, ye," Skull shouted back at them.

Chapter Twenty Six

"Ah don't think we should try and get a grip ae him in front ae his mates," Crisscross murmured, taking another wee peek oot ae the closemooth entrance.

"Aye, we'll need tae nip him where we cannae be seen talking tae him or people might get ideas," The Sarge agreed.

They wur watching the wee fat grass walking doon Parson Street towards them wae four ae his mates jist before the five ae them disappeared intae wan ae the closes.

"Ah think he's oan his way hame, if ye ask me. Whit dae ye think?"

"Aye, there's a good possibility ae that. Let's nip up his close and we'll see if he turns up," The Sarge replied as they exited the closemooth they wur in and nipped doon intae Taylor Street.

When they arrived at the wee fat boy's closemooth, they heided up tae the middle landing between the ground and second flair and peered oot ae the broken stairheid windae tae see whit wis gaun oan. They saw the boys walking diagonally across the back court in their direction.

"Here, hiv a look at this," Crisscross said, nodding his heid jist o'er tae the left ae where the boys wur.

"Whit?"

"Kin ye no see it?"

"See whit?"

"The scabby doo fluttering aboot in the puddle."

"Oh, aye. Ah wonder whit's wrang wae it."

"Probably a broken wing."

The boys hidnae seen the doo at first and walked past it. It wisnae moving. It looked as if it hid sensed the danger. Wan ae the boys suddenly bent doon and picked something up. It wis then that he spotted the doo as it started tae flutter and walk aboot in circles, dragging its wing in its wake through the puddle.

"Look at that, Alex!" The Sarge and Crisscross heard the boy say tae Fat Boy who stoapped and turned.

"A scabby doo!" Fatty shouted in glee, as him and his mates walked o'er tae see whit the score wis.

"Aye, its wing's goosed," they heard wan ae them say.

"Right, listen up," Fatty announced, walking away fae the puddle, putting wan foot in front ae the other, toe tae heel and heel tae toe, coonting up tae twenty before turning. "Here's the rules…nowan is allowed tae go beyond this line," he said, dragging the toe ae his shiny shoe across the dirt.

"Aw, brilliant!"

"Get yer stanes!" Fatty shouted, as they aw scattered in different directions, collecting bits ae broken bricks, slates and debris fae the back court.

"Me first!" Fat Boy screamed, as he launched a hauf brick that missed the doo by aboot a quarter ae an inch bit covered it in an explosion ae dirty water.

"Ach, never mind, Alex. If you cannae stone it tae death, ye kin always try tae droon it."

The next stane tae be let loose struck it oan its injured wing, the force ae the blow sending it tumbling through the water.

"Is it deid then?" wan ae them asked, clearly disappointed.

"Naw, here it comes," Fatty said, pointing as the doo struggled tae its feet.

Four large stanes later and it still hidnae been hit.

"Five points tae the next wan that gets it," an ugly wee toothless fairy shouted.

"Ma turn!" Fatty shouted and let fly.

The stane caught it oan the side ae the heid and the doo disappeared under the water.

"Aw, fuck's sake, Alex!" whined Toothless, "Ah wanted another shot."

They stood looking at the puddle, bit there wis nae movement. They walked o'er tae hiv a closer look. Jist when they goat tae the puddle, the doo stood up, shook its heid and started tae move away fae them, dragging its gammy wing behind it.

"Yes, ya wee darling, ye!" wan ae them shouted, as they aw raced back tae the line, picking up mair stanes oan route.

Toothless let fly and missed by a mile. Two mair shots came and went. Meanwhile, Fatty hid walked o'er tae wan ae the middens and came back wae an unbroken red brick. He threw it the way the sojers throw grenades in the war films. It landed narrow end doon, right smack oan tap ae the doos heid. The doo widnae hiv known whit hid hit it. It lay with baith its wings grotesquely twisted flat, while its feet wriggled fur a few seconds and then went still.

"That's cheating Alex, ya prick, ye," whined Toothless.

"How come?"

"Ye could hardly miss wae the size ae that brick."

"Haw youse! Ya evil wee basturts. Leave that poor bird alane," a wee wummin shouted fae her kitchen windae.

"Fuck aff and mind yer ain business," Fatty shouted back. "We're only putting it oot ae its misery."

"Ah'm gonnae hiv tae go," wan ae them said.

"Aye, so am Ah," Toothless added.

"Okay, Ah'll see youse aw the night then," Fatty grunted, walking towards the back close where The Sarge and Crisscross wur waiting.

"Charming wee fucker, eh?" The Sarge murmured.

"Aye, dae ye think he's polis material?"

"Him? Naw, too sadistic, that wan. He's mair suited tae being a screw up in the Bar-L."

The two ae them held their breath. They could hear Fatty, the grassing doo-killer, stomping through the back close, whistling like Tweety Bird. He hesitated at the first step fur a second, paused, and then started tae thud up the stairs. He jist aboot shat himsel when he wis confronted by two big bizzies, wan wae skelly eyes that Ben Turpin wid've been proud ae, and the other wae sergeant's stripes oan each erm.

"It wisnae me, sir...honest," he whined in automatic mode.

"Whit wisnae you, Alex?" asked Crisscross.

"That hurt that doo. Ah tried tae stoap them, bit they widnae listen... honest, sir."

"Ah don't know aboot you, Crisscross, bit Ah'd let him aff if Ah wis the judge, wae that excuse."

At the mention ae a judge, Fat Boy, the grassing doo killer, burst intae tears.

"Ah swear oan ma maw's life, cross ma heart and hope tae die, Ah did-nae dae it, sir. It wis them. Ah kin tell ye aw their names," he whined, crossing himsel oan the wrang side ae his chest, like a typical Proddy.

"Listen, Alex, furget the doo…it wis only a scabby hawker. We're no interested in that. We jist need a wee chat wae ye," The Sarge cooed gently.

"A…a chat?"

"Aye, jist a wee chat, son."

"Er, whit aboot?"

"Y'know…this and that."

"This and whit?"

"That wee thieving manky mob that tanned the shoap in St James Road. Ye remember them, don't ye?" Crisscross said.

"They bast…Ah mean, they boys that goat aff wae it? They wans?"

He's a sly wee fucker, this wan, The Sarge thought tae himsel. It hidnae taken him long tae recover.

"Aye, well, hopefully no fur long wae your help, eh, Alex?" The Sarge purred gently tae him.

"Ma help?"

"Aye, we need tae know whit they're up tae."

"Where they go at night."

"Who's gaun wae who."

"Who's daeing whit."

"And where they keep their stash."

It wis the mention ae the stash that goat the first response.

"Stash? Whit stash wid that be, sir?" the wee fat sleekit baw-bag asked them.

"Alex, don't play games wae us noo. We've jist clocked ye tormenting a helpless wee doo and telling that auld nosey basturt tae fuck aff. There's at least two charges in there, so there is," said The Sarge, starting tae en-joy himsel, looking o'er at Crisscross who'd jist taken aff his hat and wis sitting doon oan the white-wash covered stairs.

"No tae mention resisting arrest and assaulting the polis," added Criss-cross fur good measure, clearing the wax oot ae his ear using the match that he'd spotted lying oan the landing.

"Bit, bit..."

"No, bit nothing, Alex. We know ye'd rather be in the polis station as a junior constable when ye grow up, rather than locked up in the same cells as that bunch ae wee manky-arsed toe-rags."

At the mention ae sharing a cell wae the manky mob, Fat Boy's face turned white.

"Bit Ah've no done anything," he wailed, panic taking a grip ae him.

"Exactly...that's the point, Alex. Noo it's your turn tae get wan o'er oan they wee fucks, isn't it?" Crisscross said, soothingly, trying tae wipe the wax aff his matchstick oan tae the glossy painted wall.

"Whit is it ye want?"

"We want ye tae follow them, keep yer eyes oan them, stalk them...the way Tonto dis in The Lone Ranger, or jist like in Sherlock Homes. Ur ye wae me?" asked The Sarge.

"Er, aye, Ah think so."

"We're no interested in yersel or yer mates...we jist want them. We need tae know where they keep that stash ae theirs."

"If they catch me, they'll kill me, especially that Tony Gucci...the Atalian wan."

"Aye, bit ye've goat us. Who the fuck hiv they goat, eh? Answer me that wan."

"The Big Man," Fatty muttered.

At the mention ae The Big Man, Crisscross threw his match, heavy laden wae a big dollop ae wax oan wan end, oan tae the stair, while The Sarge almost choked, bit somehow managed tae keep his voice calm.

"Whit aboot The Big Man?"

"Ah've heard they've been daein some jobs fur him," Fat Boy whimpered, shrinking back, wishing he hidnae mentioned The Big Man's name.

"Whit kind ae jobs?" asked Crisscross, skelly eyes narrowing.

"Stealing doos oot ae dookits and breaking intae shoaps fur fancy wee radios."

"How dae ye know this, Alex?" The Sarge asked, back in gentle mode, heart beating faster noo.

"Cause Ah heard Horsey John and Tiny speak aboot it."

"When?"

"Jist yesterday. They said that Tony Gucci and his pals hid goat a good collection ae fancy radios and hid passed them oan tae The Big Man. He goat them aw at knock doon, dirt cheap prices. Ah heard Tiny tell Horsey John that The Big Man wis really happy wae them and that he wis gonnae gie them mair work."

"So, where dis the doos come intae it then?" Crisscross asked.

"Tiny said tae Horsey John that when he went roond tae drap aff a bag ae meat, Shaun telt him that he wis aff tae meet up wae Tony Gucci and his pals."

"Bit he never actually said he wis gonnae get them tae steal some eejit's doos, did he?" Crisscross pressed.

"Naw, bit Ah know fur sure that Tony Gucci and that gang ae his tanned dookits before and fucked aff wae doos fur Shaun and his brothers. Why else wid he invite them roond tae his cabin, eh?" Fat Arse asked.

"Right, whit time dae ye normally finish yer paper roond?" asked The Sarge.

"Aboot hauf five."

"Right, every second night, wan ae us or Big Jim and Jobby will be waiting here tae talk tae ye. Is that okay?" The Sarge stated, rather than asked him.

"Er, aye."

"It's a big responsibility we're gieing ye, so don't let us doon noo, will ye?"

"Naw, Ah won't."

"Right, aff ye go. We'll see ye two nights fae noo, Alex."

The Sarge and Crisscross started tae heid doon the stairs when Fat Arse couldnae resist calling efter them.

"Er, ye don't think there's any chance Ah could get an undercover badge, dae ye, Sir?"

The Sarge wis jist aboot tae tell him tae fuck aff, when Crisscross goat in there first.

"Don't ye worry aboot that, Alex. We'll get ye wan ae oor special 'behind enemy lines' badges...won't we, Sarge?"

"Er, aye, don't ye worry aboot that...Special Constable Milne," The Sarge said, trying no tae pish himsel laughing.

"Brilliant!" Fatty whooped, a big smile plastered across his coupon as he aboot-turned and stomped up the stairs, feeling aw chuffed wae himsel.

When The Sarge and Crisscross hit the street, it hid started pishing doon.

"Aye, the gardeners will be happy noo," sighed Crisscross, sniffing the air.

"Whit gardeners?"

"Whit?"

"Ah said whit gardeners?"

"Y'know, garden gardeners."

"Whit? In the Toonheid?"

"Naw, don't be stupid. Ah didnae mean aroond aboot here, ya stupid bampot, ye."

"Aye, Ah wis wondering whit the fuck ye wur oan aboot."

"Here, did that wee fat grass wae the forked tongue mention he saw Tiny deliver a big bag ae meat roond tae The McAslin Bar?"

"Aye, he'd get ye hung that wee fat basturt, so he wid."

"Ye don't think that wis Buttercup, dae ye?"

"Buttercup?"

"Aye, Buttercup that went missing the day before the weans 'Doon oan the Farm' party at the school."

"Fur Christ's sake, Crisscross. Sometimes Ah jist cannae believe ye."

"Whit did Ah say?"

"Of course it wis Buttercup, ya stupid eejit, ye."

"Ye mean, aw they winos, pimps, pervos and that bunnet brigade ur aw tucking intae poor auld Buttercup pies?"

"Aye, and aw the rest ae it. There wid've been a fair auld bit ae beef came aff ae her arse, Ah'll tell ye. Ye kin bet everywan and their grannies hiv been tucking intae the best ae brisket aboot here o'er the past few weeks."

"That's pure bang oot ae order, so it is," Crisscross said, shaking his heid, as they sauntered doon towards McAslin Street, remembering tae scan the pavement and avoid aw the dugshit.

Chapter Twenty Seven

The gates swung open, bang oan seven in the morning. Johnboy didnae know why, bit it looked strange seeing a wee midget wae a big limp heave the big wooden gates open oan his lonesome. Johnboy made the mistake ae offering tae gie him a haun, bit Tiny telt him tae fuck aff as he'd been daeing it fur eleven years, four months and thirteen days, withoot anywan gieing him a haun.

"Aye, he's a touchy wee shitehoose, that wan," mumbled Tony, oot ae earshot.

When the second gate swung open, aw the carts appeared intae view. They wur aw lined up in a row wae their shafts pointing forward, like guards, bowing in their honour as the pair ae them stood in the middle ae the entrance. When they trooped in, Horsey John wis scattering straw aboot the cobbled yard.

"Hellorerr John," Tony said pleasantly.

"Whit the fuck dae youse two want?"

"Ah wis thinking ae a horse and cart...if ye've goat any, that is."

"Ah'm busy, so fuck aff and come back later."

"Listen, we're here oan business. We've paid up front, so whit stall dae Ah go in tae get masel a horse then?"

"Tiny! Gie this pair Jessie," the grumpy auld basturt shouted.

A couple ae minutes later, Tiny appeared wae the maist beautiful horse Johnboy hid ever clapped eyes oan in his entire life. He couldnae believe that they wur being allowed tae take her oot fur the day oan their ain. Tony hid telt him that ye needed tae be fourteen tae take oot a horse and cart, bit Tony'd never been asked his age before.

"Aw, fur Christ's sake, John...no that auld hag? It's a load ae briquettes she's gonnae hiv tae pull aboot the day," Tony whined.

"There's fuck aw wrang wae her, ya cheeky wee tink, ye. Look at her... she wid've beat Brasher in the Grand National o'er in Bogside, wae three length tae spare, she's that fit."

Johnboy hid tae admit, he never thought he'd ever agree wae grumpy Horsey John, bit she looked like a right thoroughbred tae him. Jessie jist stood there looking at Tony and Horsey John arguing o'er her as if she didnae hiv a care in the world. She'd a straw-hat oan her heid, wae a couple ae plastic flowers sticking oot ae it. Her ears stuck oot through two holes on each side ae the boater and she wis chewing away wae a 'It's yer money ye're wasting, pals' look oan her kisser.

"Take her or leave her, bit ye're no getting yer money back," Horsey John shouted.

Wae that, he stomped aff intae the stable block.

"Ah think she's gorgeous, so Ah dae," Johnboy said, stepping closer tae her.

It wis then that she let oot a sneeze that hit him wae baith barrels. Luckily, only wan dollop landed oan that foreheid ae his while the rest splattered oan tae his chest. Christ knows whit she'd been eating bit he learned whit it wis like tae be shot wae a Blunderbuss. His face wis sting-ing like buggery. Unconcerned at his pain, she then let oot a big shaking heid whinney that ricocheted aff the stable walls and started up every other nag in the place.

"Sharrruuuppp!" Horsey howled tae them fae somewhere in the stable block.

Jessie seemed tae settle doon a bit wance she started tae hiv a pish which came oot in a big arc behind that arse ae hers. It lasted fur aboot five minutes and wis finally finished aff wae wan ae the loudest farts Johnboy hid ever heard in his life. It even made his granny's wans sound ladylike.

"Probably her first wan ae the day," Tony said, excusing her bad man-ners.

"Thank God fur that," Johnboy said, waving his haun in front ae his nose.

"Aye, she ain't no lady, oor Jessie. Imagine sitting oan the cart behind her, doon wind, eh? Right, hiv ye done this before?" Tony asked, carry-ing o'er the harness.

"Naw, bit Ah think Ah remember seeing it done oan Gunsmoke."

"Right, Ah'll explain it as Ah'm daeing it. That way ye'll get tae learn oan the job."

"Nae bother," Johnboy said, as Jessie decided tae hose the yard doon in front ae them again, withoot any shame tae her name.

"Right, this is the collar. Ye push it o'er her heid, remembering tae put it oan wae the tap bit at the bottom. Wance it's oan, ye turn it roond so the tap bit ends up at the tap...see?"

"Aw, right."

"Right, Jessie, ma wee sweet flea-bag," Tony purred, stroking her under her neck soothingly, while backing her in between the shafts ae the cart. "Right, Johnboy, you haud the shafts in that position and Ah'll get the chain looped and connected at the back and the front."

Johnboy couldnae see everything that Tony wis daeing, bit it wis obvious that he'd done it before.

"Ye need tae get this right as she'll need tae be able tae sit back in the breeches. This will stoap the cart moving back and forward. Wance she's shut in, ye take these chains and leathers and fasten them oan tae wan side ae her collar and then dae it oan the other side."

"Ah'll never remember aw this."

"Ye will...it jist takes practice," Tony said, coming o'er tae Johnboy and staunin looking at his handiwork.

"Right, Ah'll go and get her feed."

Johnboy hid never really noticed it before Jessie wis hooked up tae the cart, bit she wis like a patchwork quilt. Where the collar and leathers touched her, her skin wis smooth and shiny while the rest ae her wis like tight steel wool.

Tony came back carrying a sack ae feed and slung it oan the cart. In his other haun, he'd two empty feed sacks which he slung oan tae the front right haun side and made up a cushion, before planting his arse doon and looking o'er at Johnboy.

"Well, ur ye coming?"

"Aye," Johnboy said, aw excited, jumping oan, while Tony flicked the reins oan tae Jessie's arse gently and she heided oot the gates and turned right doon towards McAslin Street.

"Where's Mr Magoo then?" Tony asked Joe oan arrival at the canal at the tap ae North Wallace Street.

"Who knows...Ah've been here since hauf seven and there's been nae sign ae him."

"Ye don't think ending up in the water his put him aff, dae ye?" Johnboy asked.

"Ah widnae hiv thought so," Tony replied. "Although, it's a well-known fact that water and Skull ur no the best ae pals."

"Whit dae we dae noo?" Johnboy asked.

"Whit dae ye mean?" asked Joe.

"Will we go and hiv a wee look fur him?"

"Fuck that...he'll turn up. Whit we've tae dae is get the cart loaded up, pronto," Tony said, walking o'er tae the Nolly.

"Aye, Ah widnae worry aboot baldy, Johnboy."

"Right, let's get the bridge set up and hope oor briquettes ur still sitting where we left them," Tony said, as the three ae them looked across the canal tae the other side, no seeing anything fur the long grass swaying in the breeze.

It didnae take them long, despite Skull's absence. When they goat across, aw the briquettes wur lined up where they'd left them. The eight fish boxes wur still sitting wae a dozen briquettes in each ae them tae weigh them doon tae stoap them blowing away.

"Right, here's whit we'll dae. We'll start wae wan box each tae see how the planks take oor weight. We'll no fuck aboot. Wance we're across the bridge, heid straight tae Jessie wae them and up oan tae the back ae the cart," Tony instructed them.

"Aw, nice wan...they gied ye Jessie. Skull will be chuffed, if the lazy basturt ever shows up," Joe said, looking o'er tae Jessie who'd her heid stretched doon intae her feed bag.

The three ae them stood, no saying anything fur a minute or two. They wur staunin silently, measuring the distance fae their side ae the canal, across the bendy planks and o'er tae where Jessie wis staunin. They could jist see a bit ae the back end ae the cart sticking oot at the corner ae the wire works wall.

"Well, it's nae use staunin here looking...let's go!" Tony said, lifting up wan ae the boxes and heiding aff towards the bridge.

Joe and Johnboy stood where they wur and watched him go. He didnae break his stride and practically ran across the planks, big watery splashes covering his feet as he bobbed up and doon like a trapeze artist, straight up oan tae the other side and o'er tae the cart. They heard the thud ae a dozen briquettes crashing doon oan tae the wooden boards before he re-appeared, walking towards them wae a big grin oan his coupon.

"How far did the planks go under the water wae ma weight oan it?" he asked.

"A couple ae inches," Joe shouted.

"Well, whit the fuck ur youse two waiting fur then?"

They picked up a box each and Johnboy let Joe go first. Joe went across in aboot six or seven bouncy steps tae each plank, followed by Johnboy. Efter aboot twenty minutes and a few wee near misses, they goat intae a rhythm. They soon worked oot that if they semi-ran at the plank, the weight ae their body wae the box full ae briquettes sank the plank doon far enough tae make it spring back up pretty fast. The trick wis tae get their second step oan tae the plank jist when it sprung back up tae its highest level. This meant they ran and bounced their way across, bit they always hid at least wan fit oan the plank at any wan time. Tae start wae, it wis a bit hit-or-miss and then it wis like riding a bike. During aw this experimenting, they wur arguing whit wis the best way tae get across withoot losing a dozen briquettes tae the canal below them. Efter taking a breather, so Tony and Joe could hiv a fag, they agreed that wance they goat their breath back, they'd gie it a go wae two boxes at a time. Tony wis trying tae convince either Joe or Johnboy that it wis up tae wan ae them tae take the lead wae the double dunt, seeing as he'd gone first earlier.

"Ah'll tell ye whit, Johnboy. You go first, and Ah'll tell ye whit it feels like tae get yer Nat King Cole," Joe offered him.

"Don't believe him, Johnboy. He's never hid his hole in his life."

"Tony, shut yer arse. This is between me and the virgin here."

"There's no way Ah'm gaun first. Ye're aulder than me. Ah'm only ten, ye're eleven, so ye should go first."

"Okay, whit if Ah gie ye two bob oot ae ma cut when we flog the bri-quettes?"

"Aw the money is gaun intae the kitty fur the cabin."

"Tony, ya Atalian knob-end, stoap bloody butting in."

"Ah'm jist saying."

"Well, don't. He nearly went fur that."

"Naw, Ah didnae. You go first."

"Awright, Ah'll play ye fur it."

"Whit's the game?"

"We'll hiv a pishing competition."

"Whit's the rules?"

"We'll staun oan the edge ae the Nolly here, and the first tae hit the water, beyond aw the shite floating aboot, wins."

The three ae them goat up and stood oan the edge ae the canal wall and looked at the distance. Johnboy reckoned it wis aboot ten feet tae the open water, while Tony thought it wis mair like seven or eight.

"Tony, you kin be the judge, in case virgin boy here tries tae pull a flank-er."

"Will Ah fuck. Ah'm in."

"Did ye hear that, Johnboy? That means we need tae join up. Scotland versus the greasy Atalian bams who've never played an honest game in their lives. That means, whitever wan ae us wins, we'll make him go o'er first. Is it a deal?"

"Is it fuck, Joe. Ah don't trust ye. Maybe me and Tony should dae a deal, eh?"

"Or maybe we jist aw play oan oor ain and the best pisher wins," Tony chipped in, measuring the distance ae the water between himsel and the canal wae they dark eyes ae his.

"Right, ya pair ae baw-bags, seeing as it wis ma idea, Ah'll go first then."

Joe pulled his fly doon, grabbed his tadger, stood fur aboot twenty sec-onds concentrating and then let fly wae a jet ae pish. It wis a stoater. It must've travelled aboot five feet.

"That's jist fur starters," he bragged, grinning, stauning back and tucking in his fire extinguisher wae a satisfied, smug look oan that coupon ae his.

"Call that a slash?" Tony scoffed, stepping forward, unbuttoning his 501s, waiting aboot ten seconds then letting fly wae another gush that beat Joe's by aboot six inches.

"Right, oot ae ma way. Ah might be the only virgin here..."

"Or no," Tony quipped.

"...Bit Ah dae know how tae fly-pish jist as good as auld Jessie o'er there."

And wae that, Johnboy stepped forward, took his willy oot, applied a bit ae pressure behind his knob-end wae his thumb and finger, squeezed, while concentrating at the same time. He reckoned his tadger swelled up tae aboot twenty times its normal size and looked like wan ae they frogs that he'd seen oan a nature programme oan the telly...its neck swelling up like a balloon while it wis croaking tae wan ae its mates in the jungle. When he eased aff oan the pressure gauge, his pish sizzled through the air, whizzing past Tony's by aboot eight inches.

"Take that, ya pair ae pishpots, ye," he hooted, swaggering back fae the edge like a gunslinger.

"Mine's wis jist a starter, so it wis. Watch this wan," Joe said, stepping forward.

Sure enough, it flew by Johnboy's by aboot four inches. Tony's next wan wis even better. His wis a good ten inches oot in front, making a drumming sound as his pish rattled aff the side ae an auld rusty pram.

"Make way fur Gus the Gusher," Johnboy announced, focussing as he stepped forward wae his tackle ready.

Johnboy beat Joe's effort, bit wis jist short ae Tony's.

"Aha! We've goat ye oan the run noo, ya wee damp squib, ye. Ah knew it wis only a matter ae time," Joe said, roughly pushing Johnboy aside, as he lined up.

Sure enough, Joe's sailed past Tony's. A couple ae mair inches and he wid've reached the water. Tony made a big deal oot ae taking his next shot. He shook his heid, shoulders and hauns while at the same time, stretched his neck this way and that way before taking a slow deep breath, as he stepped forward like an Olympic athlete. It wis a disaster. He'd hung oan fur aboot twenty seconds and let fly. It landed aboot four feet in front ae him.

"Basturt! Ma tank's run empty."

"Aye, that's whit they aw say. Right, Gus, ya virgin, beat mine if ye kin."

Johnboy hid tae cancel his first attempt because Jessie put him aff. Jist before he let fly, he caught sight ae her staunin oan the other side looking at him, clearly wondering whit the fuck they wur up tae.

"Don't blame Jessie, ya eejit ye," Joe smirked.

Johnboy stood there concentrating, ignoring Joe, his eyes clamped shut, squeezing like a madman fur aboot hauf a minute. He could hardly keep a grip oan his bulging frog's neck, it wis that swollen. When he opened his eyes and looked doon, he could practically see through it. He never knew a tadger hid so many wee spidery veins running through it. When he eased aff oan the brakes, it squirted like a silvery rocket, two feet beyond the edge ae a hauf sunken tyre and straight intae the Nolly. Efter a stunned silence, the three ae them burst oot hooting and laughing. Joe hid another go, bit only managed a dribble that travelled aboot four inches in front ae him before trailling aff intae a sprinkle, jist missing his new knocked-aff sandshoes.

"Fuck that!" Joe said, confirming Johnboy as the undisputed Glesga canal pishing champ ae the world fur 1965.

"Aye, that wis definetly a championship winner, that wan, so it wis. So, who's first oan the double dunt then, Johnboy?" Tony asked.

Johnboy looked at the pair ae them. Joe and Tony looked o'er at him in expectation, each hoping that it wisnae him.

"Who dae ye think?" Johnboy asked, smiling, as he looked o'er at Joe.

"Johnboy, ya wee disloyal fud-pad, ye. How could ye side wae an Atalian basturt who's da came o'er here efter we fucked them in the war and shagged aw oor maws and done oor das oot ae aw the good jobs, eh?"

They wur sitting oan the edge ae the Nolly wall, hivving a right good laugh, slagging aff and taking the pish oot ae Joe, when a weird sound attacked their ears and a bald heid appeared, staunin in the middle ae the bascule bridge. It wis Skull blowing through a fancy silver bugle, bit aw that wis coming oot wis a sound like a large watery echoing fart. When he reached them, he held up a white box.

"Anywan ae you fannies fur a pie?" he shouted across.

"Brilliant, Ah'm Hank Marvin. Where'd ye get them fae then?" Joe shouted across before bouncing o'er the bridge.

"Ah lifted them aff ae a City Bakeries van oan the way up here," Skull said, letting aff another bugle fart.

"So, where did the bugle come fae?" Tony asked, snatching it oot ae Skull's haun.

Tony tried tae get a better sound oot ae it than Skull hid been managing tae get.

"Oot ae the gospel hall oan Stirling Road."

"Whit the hell wur ye daeing in the gospel hall?"

"That da ae mine wis pished oot ae his heid again last night and the stupid auld eejit widnae let me in, even though Ah wis kicking fuck oot ae the door fur hauf an hour. He kept shouting that he disnae flee the doos any mair."

"Whit's that goat tae dae wae the gospel hall?" Johnboy asked.

"Ah hid tae find somewhere tae kip, so Ah broke in last night, roond aboot midnight. Ah ripped aff wan ae they fancy red velvet curtains fae the windae and wrapped masel up in it and slept oan a bench. It wis as cosy as anything, so it wis."

"So, where did the bugle come fae then?" asked Joe, grabbing it aff Tony, blowing through it and getting a good noise oot ae it.

"When Ah went through the windae at the back, Ah ended up in a wee room full ae black boxes. This wis in the first box Ah opened. Ah thought it wid come in handy if we wur selling briquettes the day."

"Right, ye've jist arrived at the right time. We've hauf loaded the cart. We're noo gonnae start carrying o'er two boxes at a time. You kin go first," Joe said, smiling.

"Naw, Ah'll watch youse first tae see how it's done. Whit horse did ye get, by the way?" Skull asked.

"Jessie."

"Aw, brilliant. She's a darling, so she is."

"Ah didnae think Tony wis too pleased tae get her," Johnboy said, looking across at Tony fur confirmation.

"Is that right? Ah think he's hivving ye oan, ya bampot, ye. Tony and Jessie go way back. Is that no right, Tony?"

"Aye, Ah always make a scene wae Horsey John. If he thought Ah liked her, we'd get something else. Every time Ah'm in wae the briquette guys, he always gies her tae the wan Ah'm wae, thinking it will noise me up, the stupid auld prick."

"Where is she?"

"Roond the corner."

"Right, Ah'll watch how youse ur daeing it, bit first Ah'm aff tae share this pie wae her," Skull said, walking o'er tae the corner, in the direction ae Jessie.

"Right, let's get started. You first, Joe," Tony said, as Joe shot Johnboy a dirty look.

Chapter Twenty Eight

"Ah'd watch whit ye say if Ah wis you. He's in a bit ae a mood," Tiny advised, as Calum breezed past him jist ootside the pub door, managing tae squeeze in before Kirsty bolted it shut fae the inside.

The Big Man wis still feeling annoyed, even though it hid been hauf an hour since Liam Thompson and Crisscross hid left.

"Awright, Pat?" The Sarge hid asked him.

"Hiv ye ever tried knocking first?"

"Aye, we wur gonnae, bit this wee angel kindly allowed us in at the same time as Tiny, didn't ye, hen?" he'd said, nodding in the direction ae Kirsty, who wis sitting oan her bar stool, trying tae work oot how tae pronounce a big word.

"Noo, whit kin an honest business man like masel dae fur two ae Glega's finest then, eh?" The Big Man hid asked sarcastically.

"Jist a wee friendly chat and some advice aboot how tae protect yer business and yersel fae the wee thieving basturts who're running aboot the streets jist noo," The Sarge hid said, pulling up a chair.

"Kirsty, get the boys a cup ae tea, will ye?"

"So, how's business, Pat?"

"Cannae complain."

"Ah hear ye've goat a wee party coming up soon."

"Aye, it's the auld wans' anniversary. It's a pity aw the invites hiv been sent oot and it's a full hoose. Ye wid've liked the group Ah've goat booked. Top notch Country and Western, they ur. Jist released their new record only last week."

"Whit's their name? Sally's maybe goat wan ae their records," Crisscross hid asked him, leaning oan the bar, eyeing up the joint.

"Up The Duff. The singer is a right crooner, so he is. Seemingly, aw the wummin, young and auld, fat and thin, fling their knickers at him every time he hits a high note. Ah've printed oan the invites that aw the lassies that ur coming should sew their names intae their knickers, as management cannae be held responsible fur any loss ae property."

"Sally will be sick that she's gonnae miss that. Ah don't suppose ye could squeeze her and wan ae her pals in, could ye, Pat?"

"The amount ae times Ah've been asked that very question o'er these past few weeks, ye jist widnae believe. Ah keep telling people it's a private function bit they won't take a telling. Ah'll tell ye whit, Crisscross, Ah'll put Sally and her pal oan ma spare ticket waiting list. That's the best Ah kin dae."

"Ach, Ah don't care whit they say, Pat. Ye're no the right cunt that everywan says ye ur," Crisscross hid said, looking o'er tae The Sarge fur confirmation.

"Eh?" The Big Man hid uttered, a puzzled frown oan that kisser ae his, looking across at The Sarge tae see if Crisscross wis taking the piss.

"Er, let's jist change the subject fur a minute, Pat," The Sarge hid said, jumping in and gieing Crisscross a dirty look.

"Aye, whit is it ye're efter?"

"A wee slippery tongue his informed me that ye've goat that wee manky mob daeing some jobs fur ye. Wid that be right?"

"Whit wee manky mob?"

"Ye know who Ah'm talking aboot, Pat."

"Liam, Ah don't know who the fuck ye're oan aboot. And anyway, ye should know better than tae listen tae people wae forked tongues. They kind ae bams kin get people intae aw sorts ae trouble. Ah widnae hiv grasses drinking in ma bar...the staff aw know that. They kind ae people ur barred fae this place."

"Aye, bit that's ma point. If somebody his telt me that, who else hiv they telt?"

"So, who ur we talking aboot?"

"Ah'm no in a position tae divulge the source ae ma infomation."

"Then how kin Ah gie ye a straight fucking answer, if ye don't tell me who the fuck the manky mob ur that ye're speaking aboot?"

"Aw, right, Ah see whit ye're getting at. It's that wee Atalian mongrel and his manky pals."

"Whit aboot them?"

"Ah've been telt that they've been supplying ye wae trannys."

"Liam, Liam, that's bloody slander and ye know it, so it is."

"Aye, that's as well as maybe, bit ye're the wan who's being talked aboot doon at Central."

"By who?"

"The chief inspector, Sean Smith, fur wan, as well as the rest ae that Irish Paddy pack fae across the city."

"Aboot a couple ae trannys?" The Big Man hid scoffed, laughing.

"Naw, aboot them using a gun tae pan in the windaes ae the shoaps tae get them."

The Big Man hid stoapped laughing and his face hid turned red.

"Ah think ye've been watching too many cowboy films, Liam," he'd scowled.

"Naw, Pat. This his came fae the tap. They wee slippery vermin that ye've taken a shine tae ur running aboot wae a haungun, taking pot shots at electrical shoaps aw o'er the toon. They're bringing oan heat tae places that wid prefer tae be cauld at this time ae the year."

"Ye've goat tae be shitting me?"

"Naw, bit the shite's flying yer way, and it's no only you that it's gonnae hit, if ye get ma drift."

"Fur a start, the only tranny Ah've hid ma hauns oan recently wis when Ah hid ma hauns doon the knickers ae a big strapping sexy blond who turned oot tae be Larry fae Lennoxtoon. Noo, don't get me wrang, Ah've nae personal opinions regarding whether somewan prefers the dark hole ae Calcutta tae a nice wee bit ae fanny-pie, bit Ah managed tae persuade him...or her, that at this time ae ma life, she wisnae the wan fur me."

"So, whit did ye dae tae convince him...her?" Crisscross hid asked wae interest.

"Ah imagine she wis left in nae doubt and wae a fairly big bald patch efter Ah ripped a hairy clump aff ae her, wae this right haun here..." he'd replied, wae a wry smile, lifting up the haun in question so everywan could admire it. "At least, that wis the impression Ah goat at the time, as Ah wis telt later that the scream could be heard in Argyle Street and Ah wis in a fancy big hoose o'er in Partick."

"Pat, Ah'm being serious here," The Sarge hid said, wance him and Crisscross hid stoapped pishing themsels laughing.

"So am Ah. It wisnae funny at the time," The Big Man hid said as Kirsty arrived, plapping three cups ae tea doon oan tae the table and spilling the hot liquid aw o'er the surface.

"If the big boys end up doon here, it could be messy fur a lot ae people, Pat."

"Aye, ye'll be losing sleep at night aboot that, Ah wid imagine, Liam."

"Look, we'll aw be losing some sleep unless ye reel these wee sticky-fingered fuckers in a bit."

"Ah still don't know whit the hell ye're oan aboot, bit Ah'll make a few wee discreet enquiries. How dis that sound?"

"And the gun?"

"Whit aboot the gun?"

"When dae Ah get the gun tae show the big yins at the tap table that we're oan tap ae this?"

"When ye gie me the name ae yer wee chatterbox."

"Aw, fur Christ's sake, Pat. Don't be bloody stupid, will ye?"

"Well, whit? You get the gun and Ah get the slanderer...problem solved."

"Ah cannae."

"Ye cannae or ye wullnae?"

"It's wan ae the local young wans and there's no way Ah'm gieing ye his name."

"Then there's no way Ah'm putting masel oot fur yer gun then. Ah've goat a reputation tae maintain here, despite whit ye might think or the wee grassing basturt who's using youse tae get tae me thinks."

"Pat, Pat, we've goat tae work thegither here."

"Naw, youse two hiv goat tae work thegither. Ah'm jist an honest civvy businessman, gaun aboot ma lawful business."

"Ah want that gun, Pat."

"And Ah want the wee whistler that's putting ma livelihood in jeopardy. Ah promise nothing will happen tae him...jist as long as him and his family move the fuck oot ae the Toonheid. Ah guarantee they'll get a safe passage."

"Ah cannae dae that, Pat, and you know it."

"Then get tae fuck oot ae ma business and ma life and leave me alane, will ye?" The Big Man hid shouted.

The Sarge hid jumped up, sending his chair o'er oan tae its back wae a clatter, as it skited across the wooden flair, causing Kirsty tae appear at the storeroom door.

"Wan thing everywan is agreed aboot here, Pat, is that ye're a right prick, so ye ur."

"Aye, well, Ah won't tell ye in front ae that poor wee innocent lassie, staunin o'er there, whit they call ye in this pub every night."

"Right, Crisscross, let's get tae fuck oot ae here before Ah dae something that'll get me arrested."

"Aye, you dae that, Sergeant Shiny Buttons."

When Calum appeared at the tap ae the bar, he wis so busy concentrating oan his breathing that he missed Kirsty drawing a finger across her neck. By the time he reached The Big Man, who wis lying back oan his chair, erms folded across his chest wae his gub open, catching flies, it wis too late. The eyes popped open, followed by a yawn.

"Aye, hellorerr, Pat, sorry fur disturbing yer wee siesta," Calum said, daeing a series ae squats and lunges in front ae him.

"It's yersel, Calum. Whit hiv ye goat fur me the day?"

"Shaun says The Capstan Club wis chock-a-block last night and he took forty quid aff the Chinese chefs fae the Far Flung Pu. They only hid twenty between them so he's accepted an IOU. Wan-bob Broon said him and Charlie Hastie done the roonds as usual and collected everything apart fae the Finkelbaums.' He says they've offered their pair ae big weird looking poodles as collateral and they'll manage tae square ye up next week."

"Whit the fuck am Ah supposed tae dae wae a couple ae giant, hungry poodles?" he growled, no expecting and no getting a reply.

"Oh, aye, and Frankie says 'Up The Duff' hiv pulled oot and he's hid tae heid aff doon tae Dunoon at short notice, tae attend his granny's funeral."

"Mother ae fuck! Funeral? Funeral?"

Silence.

"Ah'm gonnae gie that sick basturt a fucking funeral he'll remember fur the rest ae his short life, so Ah am. Ah cannae believe he's let me doon again efter everything Ah've done fur him, the ungrateful selfish prick," he growled.

Calum hid, sensibly, awready stoapped daeing his squats and wis looking o'er at Kirsty, gulping.

"Er, Ah goat the impression he might be away fur a wee while as he looked like a pack horse wae aw they bags and boxes ae files that he wis humphing doon the street," Calum said supportively, while Kirsty spread her hauns wide and moothed "Duh" at him.

"Ah'm gonnae kill that eejit when Ah get ma hauns oan him. Ah fucking warned him aboot how important this wis. Whit the hell am Ah gonnae dae noo?" The Big Man groaned, plapping his elbows oan tae his knees, using his fingers tae gently rub his temples in an attempt tae collect his thoughts.

Calum eyeballed Kirsty wae a 'dae something' look.

"It's no the end ae the world, Pat. Something will turn up, won't it, Calum?"

"Oh, Ah don't know aboot that. If Frankie cannae get anywan, then..." Calum's voice trailed aff, efter getting a freezing look fae her.

"Ah'm bloody goosed, that's whit Ah am. Ah'm surrounded by eejits, bampots and body-swervers," The Big Man cursed tae himsel.

"Ah could maybe help ye oot, bit it will cost ye," Kirsty said fae her stool.

"Whit dae ye mean?" Calum and The Big Man asked in unison, looking o'er at her.

"Well, ma brothers play in a band."

"So?" Calum and The Big Man chipped in thegither.

"Well, they're in big demand jist noo, bit they might dae me a wee favour."

"Kirsty, if ye didnae think Ah wis being fresh wae ye, Ah'd come o'er there and gie ye wan ae ma winching specials, that aw the birds in the toon go nuts o'er."

"Aye, well, Ah kin tell ye the noo, the price will be non-negotiable, so don't even start."

"Anything, hen, anything."

"Ah cannae promise."

"So, whit's the score then?"

"They've jist broken up their last group and ur in negotiations tae start up another wan."

"Whit dis they've 'jist broken up' and ur 'starting another wan' mean?"

"It means they've hid musical differences wae their lead singer and their bass player."

"So, whit the fuck dae they dae then, other than play spoons and an auld washing board?"

Silence.

"Right, okay, Ah'm sorry, Ah'm sorry, Ah shouldnae hiv said that. Kin ye no see Ah'm stressed and distressed aw at the same time?" he muttered, in whit sounded like an apology.

"Wan plays guitar and the other wan plays the drums."

"So, how the fuck dis hauf a band help me oot then?"

"Look, don't start oan me. If ye want me tae help ye oot, Ah will. If no, then we'll leave it at that."

"Kirsty, Kirsty, ye're too sensitive, hen. Ah've always said that, hiven't Ah, Calum?"

"Aw the time," Calum chipped in.

"Look, Ah'm no being disrespectful, hen. Aw Ah'm asking is how the fuck kin hauf a band help me in ma time ae need?"

"Wae ma two brothers and Calum's sister, Sarah May, we've maybe goat oorsels a group."

"Sarah?" Calum said, squirming as he looked o'er at The Big Man.

"Ach, we're fucked!" The Big Man groaned.

"How come?" Kirsty challenged him.

"Dae ye mean, Sarah May Todd? Florence Nightingale? The lady wae the lamp, or in her case, the lady wae the pie? The wan that came in here wan night and scudded me oan the foreheid wae a mince pie in front ae aw ma customers before aboot turning withoot an explanation fur the said assault? That Sarah May?" he said, sitting back in his chair, fingers back oan they temples ae his.

"Dae ye no think that the fact she's training tae be a nurse might suggest she's the furgiving, caring type?"

"Kirsty, Ah don't think ye fully understaun the situation here, hen. There's no way she'll help me oot. She bloody hates ma guts, so she dis."

"Ah don't particularly like ye masel, bit it disnae stoap me helping ye oot tae gie yer wee maw and da a good anniversary night oot."

"Thanks fur that kind endorsement, Kirsty. Nae wonder that auld wummin, Harry Bertram, goat shot ae ye fae his salon. The way ye build up ma confidence in times ae trouble and strife is overwhelming, so it is," he drawled sarcastically.

"Ach, furget it then," Kirsty said, gaun back tae her book ae big words.

"Tell her the story, Calum."

"Er, well, there wis a wee misunderstauning between Pat and Frankie, who wis Sarah May's manager at the time."

"And?"

"Well, Sarah wis supposed tae sign up wae Bad Tidings, the record company o'er in Partick. The day she turned up tae sign oan the dotted line there wis nae sign ae Frankie."

"Well, there's a surprise," Kirsty said, looking fae wan tae the other.

"So, because Frankie, who wis her manager and agent, wisnae aboot oan the day, Sarah May couldnae sign up due tae being underage, so she blamed Pat."

"Whit hid it tae dae wae Pat?" Kirsty asked, looking o'er at The Big Man.

"Aye, well, ye see, masel and Frankie'd hid a wee disagreement at the time, o'er a business transaction and as a result ae sensitive negotiations, Frankie ended up in The Royal wae a broken knee."

"So, she blames ye fur messing up her chance ae the big time?"

"Er, aye, Ah think that wid maybe hiv something tae dae wae it."

"Aye, right enough, come tae think ae it, she probably widnae dae ye any favours," wis Kirsty's parting shot as she goat up aff her stool and walked intae the store room tae make hersel a cup ae tea.

"Calum, take ma advice, son. Don't mess wae any ae these local dolly birds. If ye kin, get yersel a nice wee posh bit ae stuff fae Bishopbriggs or Kirkintilloch, where they're nae used tae talking back tae their men."

"So, whit ur ye gonnae dae noo?" Calum asked, resuming his squats and lunges.

"We'll gie Kirsty five minutes and Ah'll try ma charm oan her again tae see whit she kin dae fur me regarding the pie flinger."

Chapter Twenty Nine

"C-o-a-l -B-r-i-q-u-e-t-t-e-s-s-s!"

"W-a-n-a-n-d-a-t-a-n-n-e-r-f-u-r-a-d-o-z-e-n-n-n!"

"C-h-e-a-p-a-s-f-u-c-k-k-k!"

Tony and Johnboy could hear Skull and Joe fae the front ae the street. Every time they went by a closemooth, it wis like a megaphone throwing oot their voices shouting, "Coal briquettes!"

Things hid been a bit slow. Fur a start, maist people usually goat their coal and briquettes oan a Saturday and secondly, which wis even worse, nowan hid any money.

"Ah'll take a dozen aff ye, son, bit Ah cannae pay ye tae ma man gets paid oan Friday," wis the usual response.

Joe hid stoapped blowing the bugle as well because aw the weans kept appearing fae far and wide, wae clothes they'd rifled fae their maws' hooses or neighbours' washing lines, thinking that the ragman hid arrived oan the scene, earlier than usual that week. When the weans saw that they didnae hiv any toys tae gie them in exchange fur aw the shite they wur turning up wae, they'd been gaun mental and chucking stanes at the boys and Jessie. Wan mad wummin hid chased Skull wae a mop, jist missing his heid because some ae the wee basturts hid nicked aw her good lace table cloths fae her washing line that she wis using fur her daughter's wedding function later oan in the week.

"So, whit ur the briquettes made oot ae?" Johnboy asked Tony fae where he wis sitting up oan tap ae the stack, scanning the windaes in the street fur customers.

"Ah'm no sure. Ah think it's aw the dross and coal dust they hiv lying aboot. They put some watery stuff in it and then bake it in big ovens. When it comes oot, it's in the shape ae a wee square brick. Clever, eh?"

"Aye, Ah've heard a lot ae the wummin, including that ma ae mine, prefer them tae coal."

They'd jist drapped aff three dozen tae Fat Fingered Finklebaum in the pawn shoap, two dozen tae the Fruit Bazaar and six dozen tae The McAslin Bar where The Big Man hid tried tae gie them a bob a dozen, bit Tony hid held his bottle and telt Johnboy and Skull tae put the briquettes back intae the boxes.

They wur jist coming up tae the junction ae Taylor Street and McAslin Street where the hooses ran oot, when Joe and Skull appeared oot ae a closemooth and jumped up oan tae the cart. The next hooses wur further doon the street, where McAslin Street crossed o'er St James Road beside Rodger The Dodger's scrap shoap.

"Aye, we're no shifting them as quick as Ah thought, even wae drapping the price," Joe said, jist efter telling a couple ae weans tae piss aff and take their rags back hame wae them efter following the cart aw the way doon as far as Murray Street.

"Aye, bit we'll get there. It's always this slow at the beginning ae the week."

"Look, there's yer fat pal," Skull said, motionning wae his chin, as Jessie crossed St James Road.

Fatty Milne hid clocked them and nipped intae the wee sweetie shoap beside the school.

"Aye, ye better run, Fatso!" Skull shouted as that fat arse ae his disap-peared through the door.

"At least Ah don't share a play piece wae him," Johnboy scoffed at Skull.

"Haw, fucking haw," came the reply.

It wis a bit strange though, Johnboy thought tae himsel. He wis sure that he'd clocked the blob up in St Mungo Street aboot a hauf hour earlier. He'd fairly been waddling aboot. Unfortunately, efter the second sighting, Johnboy'd never gied him a second thought.

"Right, we'll need tae get change. Johnboy, nip across tae Sherbet's and get three tipped singles. Take this ten bob note that The Big Man gied us and make sure he gies ye plenty ae thrupennies and tanner bits in the change," said Tony, haunin Johnboy the note.

"Aye, and make sure it's Embassies and no any ae they Park Drive shite he papped oan tae us the last time. Ah'll be checking them when ye come back."

"Joe, get them yersel if ye're no happy," Johnboy said, jumping doon and heiding o'er tae the shoap.

"Awright, Sherbet?" Johnboy shouted, o'er the sound ae Sherbet singing alang tae The Beatles asking somewan fur help.

"Awright, wee man? Whit kin Ah dae ye oot ae?"

"Three tipped singles, and no they Park Drives."

"Ah didnae know ye'd started smoking," he said, opening a packet ae five Park Drives.

"Ah hivnae. They're fur ma maw."

There wis a slight hesitation before Sherbet threw doon the packet ae cheap chats and started tae open a packet ae ten Embassies.

"How is that maw ae yours anyway? Still raving and ranting and leading the charge against aw they sheriff officers?"

"Probably."

"Aye, Ah saw her up in Grafton Square a couple ae weeks ago at Mary MacDonald's hoose sale. Bliddy bonkers she wis."

"Did ye?"

"And where dis she get aw that rent-a-mob fae? Ma wife, Maisa's been translating whit her and her pals hiv been up tae aroond aboot the closemooths tae aw the mothers. They wur fair impressed wae her."

"Wur they?"

"Oh, aye. They wurnae too sure aboot people no paying their bills though, bit they wur impressed that yer maw went oot ae her way tae help another neighbour who wis in trouble. That'll be ninepence."

"Ma ma asked if ye kin gie her plenty ae thrupennies and tanner bits in the change."

"No can do. Ah'm looking fur change masel," he said, haunin o'er three hauf croons, a bob, a tanner and wan thrupenny bit.

Jist then, Parvais came intae the shoap.

"Hello Johnboy. How are you?"

"Ah'm fine, Parvais. How aboot yersel?"

"Very fine, thank you."

He then said something in Pakistani tae Sherbet, who pointed intae Madeira Cake Avenue.

"Hiv tae go. See ye, Sherbet."

"Aye, see ye, Johnboy."

When Johnboy came oot ae the shoap, Jessie and the cart wur sitting parked up ootside the side entrance ae the school dining hut. Skull wis still trying tae get a decent sound oot ae the bugle, tae nae effect, and Jessie wis chomping, wae her nose in the sack ae feed at her feet.

"Here ye go," Johnboy said, flinging the wee white paper bag containing the fags at them. "He didnae hiv any loose change fur us."

"They better be Embassies, Johnboy, or ye'll be gaun back wae them," Skull scowled, sounding like Johnboy's ma, as Joe and Tony held the fags up tae their eyes.

"Oh, aye, here comes trouble in a string vest," Joe said, as they aw turned tae look up towards Grafton Street.

Calum The Runner hid appeared roond the corner and wis heiding towards them, running like a whippet.

"Aw, fur Christ's sake…kin Ah no get any peace?" Tony groaned as Calum skidded tae a stoap beside the cart and then started tae dae push-ups aff ae the side ae it.

"Aye, aye, boys. Whit's up?"

"Ye don't fancy sixty dozen briquettes, by any chance, dae ye, Calum?"

"Naw, bit Ah know The Big Man wid probably take them aff yer hauns."

"Aye, Ah bet he wid, the fucking thieving stoat. He's awready tried and been telt tae fuck aff," Skull replied.

"Right, spit it oot, Calum. Whit ur ye efter?"

"Shaun says he's cleared the cabin and he'll need twenty smackers up front first thing oan Saturday morning."

"Tell him tae fuck aff. We'll decide when we take o'er the place, no him," Skull growled.

"He says he'll leave yer doos in the cabin efter he locks it up oan Friday, bit they'll need fed oan Saturday sharp, as he's only goat enough feed fur them till this Thursday."

"Ah knew we shouldnae hiv dealt wae they bloody crooks, Tony. Ye wur well warned…Ah telt ye."

"Aw, put a cork in it, Skull. Calum, tell Shaun that Saturday's nae good fur us as we're busy. Tell him we'll collect the keys oan Thursday night."

"Nice wan, Tony," Calum said impressed. "He's obviously trying tae catch youse oan the hop, cause he telt me tae also tell youse that if he disnae get the dosh oan time, ye'll know whit the interest is."

"Aye, that'll teach the pricks tae try and get wan o'er oan us, eh? Ah'd love tae see the looks oan the faces ae him and they ugly brothers ae his when ye tell him that," Joe said, as they aw laughed, getting excited at the thought ae getting their grubby fingers oan the cabin.

"So, whit else is happening, Calum?" Tony asked.

"Ach, The Big Man is daeing his dinger cause every group he books fur his maw and da's anniversary party keep pulling oot at the last minute."

"Where's the party?"

"Hiv ye no heard? It's a private function in the pub a week oan Saturday. Ah think wan ae yer trannys is gonnae be the star prize in the Bingo. Everywan is talking aboot it, trying tae wangle an invite."

"Ah think ma ma and da ur gaun tae it, alang wae ma granny and granda," Johnboy chipped in fae his perch oan tap ae the briquettes.

"So, whit group did he get in the end?"

"There isnae wan jist noo. He's gaun crackers...Frankie MacDonald his fucked aff oot ae the toon tae Dunoon because the last three groups he's booked ur too feart tae play in The McAslin."

"So, who's aw gaun tae the party then?"

"Everywan and their dug will be there. He's even bringing in Tam the Bam fae The Grafton o'er in Cathedral Street tae manage the bar, jist tae make sure there's nae dipping gaun oan at the till."

"Whit aboot yersel? Will you be aroond?"

"Oh aye, Ah think he wants me tae make sure there's plenty ae drink coming up fae the cellar. He'll still be wheeling and dealing and needing a runner oan the night as well, Ah suppose," Calum said, swinging a leg oan tae the cart and then stretching his fingers towards his toes.

Jessie wis starting tae get restless and kept looking roond tae see whit wis happening.

"Awright, Calum, thanks fur that," Tony said, lifting the reins and gieing Jessie a wee tap oan the arse tae move her oan up the street.

By the time they reached the corner ae Grafton Street, they'd sold another seven dozen briquettes.

"Right, Ladies and gentlemen, this spot will be perfect. Gaither roond in a semi-circle, facing the hooses o'er there," Sally Sally said, pointing tae the curved sweep ae the tenements oan Grafton Square.

The brass band members started tae take their instruments oot ae their cases and set up.

"Is that no terrible?" Mary said.

"Aye, imagine the shock he felt when he discovered it hid been pinched?" responded Hannah.

"It jist goes tae show ye that thieving gits ur nae respecters ae wan's religion."

"Ah mean, trumpets ur a fair price compared tae oor wee tambourines here," Hannah said, gieing her tambourine, wae its coloured steamers, a wee shake and a rattle.

"And they lips ae his."

"Ah know, whit a waste."

"Ah don't mean that."

"Whit aboot them?"

"Did ye no see the way they wur quivering when he walked through intae the main hall wae his empty case and announced that his good bit ae brass hid gone AWOL in the night?"

"Aye, it's a shame, so it is. Ah wis gonnae go o'er and gie him a wee cuddle bit the last time Ah did that wis the day he buried his Marjory and the dirty bugger wis never away fae that door ae mine after that."

"Ladies, less chatter and mair action, if ye don't mind. That's right, chaps, o'er here a wee bit," Sally Sally cooed, shuffling the trumpet section and the quivering-lipped bugler intae the middle, keeping the tuba oot oan the left flank and the oboe section o'er tae the right.

"It's jist as well he kept an auld spare wan at hame, so it is," Mary whispered tae Hannah.

"Whit, another wummin?"

"Naw, another bugle."

"Right, we'll hiv the trombone o'er oan the right and the two triangles oan the left followed by...last bit not least...the tambourines."

People hid started tae peer oot ae their windaes and set up shoap oan their windae sills, tae see whit wis gaun oan. Aw the weans fae the hooses wur aw running aboot being chased by dugs ae every description, size and colour.

Captain Bellow stood in front ae the band, white conductor's stick gripped in his left haun and a bible in the other as Sally Sally hurried tae get intae line, clutching her tambourine.

"Aye, it's a fine group ae missionaries we hiv staunin here the day. And mair than a few wee pretty wans at that..." The Captain bellowed, startling the dugs and the weans as aw the female missionaries either jist aboot fainted wae pleasure or cried oot 'Praise the Lord!'

"...and jist before we start this wee bit ae God's work here the day, Ah wid jist like tae take this opportunity tae thank Probationary Lieutenant Sally Cross fur her ootstanding organisational skills in putting aw this thegither. Thank ye, Lieutenant," he said, gieing a glowing Sally Sally a wee bow.

Sally Sally turned and shyly accepted the clapping and acknowledgement fae her Christian warriors by rushing back oot in front ae them and gieing a wee modest speech.

"Ah wid jist like tae say that although it wis ma idea, ma good Christian sisters, Morna, Anita and Kathleen, who've came aw the way fae Tain, up there in the wilds ae the Highlands, hiv been a really big support in setting this up the day. Since first coming tae lodge wae masel and that fine man ae mine's, Lieutenant Cross, they've been an inspiration. If it wisnae fur their love ae the Lord and being able tae accept guidance in good grace, Ah don't think we'd be in a position...so a wee church mouse his secretly informed me...tae announce that we're wan ae the front runners, tipped tae win the 1965 'Feed And Clothe The Needy African Children' shield," she squealed excitedly.

That wis enough fur the band members tae aw take the opportunity tae clap and sling in a few wee 'Thank you, Lords' as Sally Sally took another few wee bows before returning tae her place in the band.

"There she goes...Probationary Lieutenant Cross...as modest as ever.

Well, if she's too shy tae tell everywan aboot her good work, we'll tell the world aboot it oan her behauf. We're proud tae hiv ye as a sister in the good work ae the Lord. Noo, before we start oor wee missionary session here the day, Ah wid jist like tae ask ye aw tae bow yer heids in prayer," Captain Bellow bellowed. "Lord, we might no always get it right aw ae the time, and maybe we don't always get it right maist ae the time, bit who needs tae go tae Africa or other foreign lands tae dae a wee bit ae missionary work, when ye see the lovely and beautiful gentle folk who've recently come amongst us o'er the past year tae eighteen months. They might no be able tae see ye in person, bit Ah'm sure, wae oor help, yer presence here the day will bring strength and joy tae everywan in this here community. Us soldiers ae Christ ur here oan yer behauf...tae share yer love, yer affection and, mair importantly, tae show the people looking doon upon us that there's only wan true God, and through oor lead, help them tae recognise the joy that could be theirs if they wid only open their eyes and hearts and come and join us as we march forward towards thy kingdom and thy glory...Amen."

"Amen."

"Praise the Lord."

"Jesus is good."

"Right, ladies and gentlemen, efter three, we'll jump straight intae 'Onward Christian Soldiers.' Wan, two, three..."

Depending oan who ye spoke tae efter that eventful sunny efternoon up in Grafton Square, probably determined the answer ye goat as tae whose dug kicked the party aff fur real. When Johnboy hid later lugged intae the arguements between his ma and some ae her pals, who'd been present at the time, nowan seemed tae be able tae agree whose dug hid lead the charge. Betty, fae next door, who didnae own a mutt so didnae hiv an axe tae grind, swore that it hid been Elvis, Tam the Bam's labrador. Whichever wan it wis...the presence ae the Christian warriors, wae their musical instruments in full flow, hid issued a challenge tae aw the mangy dugs in the area tae show whit they wur made ae. If ye wur tae think ae aw they films where people ur stuck oot in the wilds, in five feet ae snow and it's getting dark and suddenly, the wolves let rip, then ye'd get a general idea ae whit the bedlam sounded like. There hid only been aboot six or seven dugs lurking aboot in the square, as wis usual in the heat, at that time ae the day, when the band kicked aff wae 'Onward Christian Soldiers.' By the time they wur marching aff tae war, the competition hid kicked aff fur real, wae fifteen bad boys, ae aw shapes, sizes and colours, accepting the challenge ae defending their Territory. While some ae the mair undisciplined wans wur wandering aboot confused, hauf howling and hauf yelping, the real maestros...aboot eight or nine ae them...wur sitting behind the brass section in a semi-circle, gieing it laldy, big style. Probably the reason that Elvis goat tagged as the ringleader and the wan who started them aw aff, wis because he wis sitting facing the semi-circle ae howling mutts in the same way as Captain Bellow wis stauning in front ae the howling warriors ae Christ.

As soon as the band opened up and the dugs goat tore in, Parvais's wee sister, Delisha, and aw her wee pals jist froze oan the spot and stood there wae their eyes bulging oot ae their heids and their mooths hinging open in disbelief.

Aw Elvis's hound-dug pals in the semi-circle hid their noses pointing straight up tae the heavens, letting loose a racket that the Hounds ae the Baskervilles combined wae the Hunner-and-wan Dalmatians wid've been proud ae.

"Jist ignore the racket, ladies and gentlemen. The devil's at work here. Let's show these dumb dark disciples who kin make the finest noise," Captain Bellow bellowed, as the band upped a gear and blew, shaked, sang and twanged their instruments louder, in an attempt tae droon oot the racket coming fae the mangy pack.

Jessie and the boys hid jist entered Grafton Street at the McAslin Street end while the band wis setting up in the square. Efter leaving Calum and arriving at the corner ae Grafton Street, the sales hid dried up. People who did hiv money, didnae hiv coins in their purses and aw the boys hid left wur ten bob and wan pound notes.

"Ur we gonnae be able tae shift these, Tony?" Joe hid asked Tony again, as Johnboy and Skull looked up at aw the windaes fur customers.

"Ah've telt youse, it's jist slow because it's Tuesday and people ur skint."

"Aye, bit we'll need tae get change as well as get Jessie back fur six o'clock."

"Aye, Ah know."

Parvais, who wis oan his way hame fae Sherbet's hid caught up wae them.

"Hello boys. What are you doing?" Parvais hid asked them.

"How're ye daeing, Parvais? We're selling briquettes. Ye don't want tae buy any, dae ye?" Skull hid asked him.

"What's briquettes?"

"Insteid ae lumps ae coal, these ur coal bricks. Normally they cost wan and ninepence bit because it's Tuesday and everywan is skint, we're selling them fur wan and a tanner a dozen."

"So, they're the same as coal?"

"Johnboy wis jist saying that a lot ae the wummin prefer them tae bags ae coal because they last longer. Isn't that right, Johnboy?"

"Aye, although ye'd need tae make sure ye hiv sticks under them tae get them tae light. Wance they catch, a couple will dae ye aw night."

"Really? And how many do you still have to sell?"

"Probably aboot fifty or sixty dozen or so."

"But you would be able to get more, if required?"

Fae lying sprawled oan tap ae the briquettes oan the cart, the boys hid aw bolted up and looked at Parvais, open-moothed. Even Jessie hid turned her heid tae see whit the excitement wis aw aboot.

"You see, a lot of the ladies in my family, as well as our neighbours, are at home all day. Some of the fathers work long hours and some have gone back to Pakistan to visit relatives. Unfortunately, the mothers cannot allow strange men in to the house to deliver coal, therefore, this is a problem for our families. It seems to me...and forgive me, I do not mean to insult you...but as you are not men, but children, delivering these coal briquettes as you call them, would not be such a problem for the mothers."

When Parvais hid finished speaking, there hid been a stunned silence fur aboot five seconds and then the boys hid burst oot laughing and started tae dance oan tap ae the briquettes, aw o'er the back ae the cart. Parvais hid jist stood there wae a smile oan his coupon, thinking that they wur as mad as hatters.

"Whit dae ye want us tae dae, Parvais?"

"Well, first of all, it is very important that you show the ladies and mothers respect. And by this, you cannot swear, spit, wipe your nose on your sleeve or pass wind in their presence. This would be very disrespectful and would mean that they cannot take coal briquettes from you. Other than that, I believe you will be able to sell them your bricks at the price you have quoted me."

"Joe, you take Jessie's reins and Ah'll nip o'er intae the yard and get us some change fae oor stash. There's plenty ae change, lying daeing nothing, in that dosh we goat fae Horsey John and Tiny when we sold them the coo," Tony hid said.

"Ye'll need tae watch oot fur the workmen, Tony. Heid intae the yard fae the North Frederick Street end. That way, they won't clock ye," Johnboy hid advised.

"Aye, okay, that sounds fair enough. Joe, take Jessie up tae the square and Ah'll catch up wae youse in a couple ae minutes."

"This is bloody brilliant, so it is," Skull shouted o'er the racket, as they sat oan the back ae the cart, pishing themsels laughing at the spectacle in front ae them.

When 'Oh Come All Ye Faithful' finished, Elvis and aw his pals quietened doon fur a minute, tae hiv a wee breather, bit the band wisnae messing aboot.

"'Will yer Anchor Hold,' efter three please...wan, two and three..." bawled Bellow.

That wis it...the gauntlet wis thrown doon again, never tae be lifted till the last wan wis left staunin. Elvis and aw the dugs jist went fur it. The wans that hid been wandering aboot ran o'er tae staun in amongst the wans that wur sitting in the semi-circle. There must've been aboot sixty windaes looking doon oan tae the square and every single wan ae them hid people hinging oot ae them in fits ae laughter. It wis like wan big happy party. Everywan wis hooting and pointing. Even the dugs looked as if they wur enjoying themsels. Parvais's mothers and neighbours wur aw shouting at each other across the windae sills. Johnboy wisnae sure whit they wur saying bit, by the sound ae the laughter, it wis clear they wur getting intae the swing ae things. Parvais joined the boys and asked if it wis no a bit early fur them tae be celebrating Diwali. Like aw good things, it hid tae end sooner than people wid've liked though.

The first dampener, as far as the band wur concerned, came when two ae the dugs started shagging each other in between the conductor and the trombone player. The rest ae the band members tried tae ignore it until Sally Sally dashed oot ae the line and started scudding the dugs oan their nappers wae her good tambourine. This should've done the trick bit unfortunately when the dugs tried tae fuck aff, it became obvious that they wur stuck tae each other. The band wur professional though, and they didnae miss a beat...until Skull decided tae get in oan the act, that is. He stood up, pulled oot the bugle and started gieing it big grunting farty sounds that echoed aw o'er the square. Johnboy wisnae sure whit exactly happened next as everything started tae happen at wance. If people thought the dugs wur loud before, it wis nothing compared tae whit happened when Skull finally goat the hang ae getting maximum noise oot ae his bugle. As he went fur it, big style, Elvis and aw his fifty seven variety pals saw this as a further challenge oan their Territory. They seemed tae get a second wind and upped the howling stakes and droont oot the band aw thegither. The sound fae the band jist dribbled tae a complete stoap, apart fae Hannah, who wis staunin there, eyes squeezed shut, looking heavenwards wae determination, whacking fuck oot ae that tambourine ae hers fur dear life.

Suddenly, wan ae the band members shot oot ae the group, heiding to-wards Jessie and the cart, shouting, "Haw baldy, that's ma bugle, ya wee manky thieving basturt, ye."

Skull jumped aff the cart and hot-footed it up the nearest close wae the bugle in his right haun, followed by the holy warrior in hot pursuit.

Meanwhile, Sally Sally returned tae scud the two sex fiends who wur still helplessly tangled up, stuck tae each other, hoping this wid separate them, while the weans aw started tae rifle through the instrument cases in search ae toys. Wan wee bare-arsed four year auld, wae a bundle ae his maw's good washing at his feet, kept tugging at the conductor's left leg.

"If ye're no the ragman, when will he be here then, Mister?"

Sally Sally eventually spoilt everywan's fun when she ran tae the front ae the band, erms waving and shouted, "Right, everywan, let's call it a day and pack up. We'll come back when there's no so many distractions...and that applies tae you as well, Hannah, hen."

Chapter Thirty

"Whit time did ye say they'd be here, Kirsty?" The Big Man asked, admiring the Rolex that he'd goat fae Charlie Chip...Scotland's answer tae Jimmy Tarbuck...wan night recently efter Charlie hid turned up at The Carlton Club following a sell-oot show at the Pavilion. No only hid he goat the Rolex, bit he'd goat the entire door takings, which Charlie wis carrying aboot in a shoe box. Shaun maintained it hid set a club record. Exactly forty three minutes efter arriving, Charlie No-Laughs hid been forced tae borrow, wae interest, the price ae a taxi fare back hame tae Newton Mearns. Charlie certainly hidnae been that funny when they'd slung him in the back ae a taxi that night, back hame tae that big blonde wife ae his, The Big Man remembered, wae a fond smile.

"Aboot ten."

"And everything's fine wae Florence Nightingale?"

"If she turns up."

"So, whit's that supposed tae mean?"

"It means, if she turns up. Ah hid tae promise her the earth."

"As in?"

"As in it's gonnae cost ye, fur a change."

"Aye, well, we'll soon see aboot that."

"Pat, these ur ma two wee brothers who're turning up this morning. They've asked me tae represent them in the negotiations."

"Whit negotiations?"

"Sarah May his also asked me tae represent her."

"Kirsty, whit the fuck ur ye oan aboot? There's a standard price fur these things nooadays."

"Which is whit?"

"The group will get three nicker fur the night. That's fur two wan-hour sets wae a five minute pish break and if, and only if, they're no bad, Ah might gie them a wee bottle ae Sweetheart stout tae wash doon the applause at the end ae their second encore."

"So, ye'll be in fur yer first heart attack this morning then?"

"Kirsty, hen, ye've done great getting them alang here, especially that mad pie-flinger ae a nurse, bit jist leave everything else tae me, eh? Aw, c'moan noo, gonnae no dae that?"

"Whit?"

"Gie me that look. Don't ye worry, Ah'll make sure that wee broon envelope his a wee bonus in it at the end ae the week."

"Really, Pat? Aw, that's lovely, so it is. Ah cannae wait. Thanks a lot!" she scowled, disappearing intae the store.

"Aw Kirsty, c'moan noo, ye kin tell Uncle Pat. Whit hiv Ah done noo?"

"Naw, naw, everything sounds fine and dandy. You jist go aheid. Ah've done ma wee bit tae help ye oot. Jist gie me a shout anytime," she shouted, as Pat winced at the sound ae things being thrown aboot in the store.

"Ach, ye're a right wee stoater, so ye ur," The Big Man said, settling back and shaking oot the pages ae his Racing News before turning the page.

Kirsty arrived back at her stool. She sat staring at him fur a minute, thinking aboot whit he'd jist said. She wis gonnae hiv tae play this wan carefully. It hidnae been easy getting Sarah May and the boys tae turn up this morning.

"Country and Western?" Gareth hid laughed. "We play The Beatles and The Stones. We've been up aw night learning tae play The Stones's 'Satisfaction,' pitch perfect, so we hiv."

"It's a wan-aff night."

"And ye think we could jist turn up and play 'Where's Ma Razor, Honey, Ah Want Tae Slit Ma Wrists Again' and that's that, dae ye?"

"It cannae be that hard."

"It's no, bit it's shite."

"The money's good...cash in haun."

"Naw, furget it, and anyway, we don't know any ae that cowpoke stuff."

"Ye kin learn."

"When ur ye talking aboot?"

"A week oan Saturday."

"Where?"

"Will ye dae it?"

"We hivnae goat a singer or bass player."

"If Ah get ye a singer and a bass player, will ye dae it?"

"Naw, cause we don't know any ae that shite."

"Ye kin learn. Ye've goat ten days."

"Who's the singer?"

"Will ye dae it?"

"Who's the singer?"

"Sarah May Todd."

"Sarah May? Whit? She's agreed tae join ma band?" Gareth hid asked, looking o'er tae Blair who'd done an imaginary drum roll before hitting his invisible cymbals wae his drum sticks.

"Will ye dae it?"

"Naw."

"Aw, piss aff, Gareth. The money's good."

"How much?"

"Three pounds."

Gareth hid looked o'er at Blair who'd hesitated, before daeing another drum roll bit hid missed the cymbal this time and drapped the stick oan tae the sticky carpet that covered their bedroom flair.

"Ah know ye won't believe me, bit Ah meant tae dae that," Blair hid said, smiling sheepishly.

"So, whit's it tae be, Gareth?"

"Naw."

"Fine, wait tae everywan hears that ye've turned doon three pound a heid fur wan night's work."

"Each?" they'd baith blurted oot.

"Aye, whit did ye think Ah wis talking aboot?"

"Christ, we're no playing in front ae the Queen, ur we?" Blair hid asked, picking up the stick and gieing it a wipe oan his sticky blanket.

"Er, close."

"How close?" Gareth hid asked.

"Pat Molloy's maw's anniversary."

"The Big Man? Ye want us tae play fur him?"

"Aye."

"Where?"

"Ma work."

"Ye want us tae play in The McAslin Bar?"

"Kin we wear suits ae armour?" Blair hid chipped in, jist in case anywan hid furgoatten he wis there.

"Look, furget it. Ah know somewan else who'll dae it. Ah jist wanted tae gie youse the first shout."

"Look, Kirsty, we'd love tae help ye oot. The money wid be great and Ah bet The Who disnae get that kind ae money, bit we know fuck aw aboot Country and Western. Ah couldnae gie ye wan song."

"Then learn some."

"How?"

"Why don't ye baith nip doon tae Paddy's Market and get some ae they auld records and listen tae them. They're bloody gieing them away doon there."

Gareth hid looked o'er at Blair who'd done yet another drum roll before hitting the cymbals this time.

"We'll check it oot."

"Well, ye better hurry cause he wants tae meet ye the morra at ten."

"Night?"

"Morning."

"Right, Blair, ya lazy basturt, ye, get yer troosers aff that flair and oan tae yer arse. We're aff doon tae Paddy's Market."

"Kirsty! Kirsty! Kin ye get that, hen?" The Big Man shouted, gate-crashing her thoughts.

She shook her heid and blinked, trying tae remember where she wis. The Big Man wis sitting looking o'er his Racing News at her, wae a puzzled, irritated frown oan his coupon. She could hear Gareth nattering away, twenty tae the dozen, and she thought she heard Sarah May laughing. When she opened the door, she wis glad tae see Gareth, Blair and Sarah May staunin in the sunlight. They hid big smiles oan their faces. She jist aboot keeled o'er when her eyes focused and she saw whit the boys wur wearing though.

"Ur youse pair trying tae take the pish?"

"Who? Us?" Gareth asked, aw innocently.

"Never mind...come in. He's waiting oan ye. Remember, leave the money side ae things tae me. And Gareth, the less ye say, the mair chance ye've goat ae getting the gig, as well as getting oot ae here withoot a sore face."

"Hellorerr boys...and girl. Come in, come in...plap yer arses doon oan they seats and Kirsty'll get youse a wee drink. Whit'll ye hiv?"

"Nothing fur me, Kirsty," Sarah May said.

"Two large nips and two pints ae heavy fur us," said Gareth, trying tae admire himsel in the tobacco-stained mirror behind the optics oan the bar.

"And that'll be nothing fur youse as well," Kirsty said, gieing him a dirty look as they went and sat doon.

Sarah May pulled up a stool and sat, leaning backwards wae her elbows oan the bar, facing them.

"Well, Ah must admit, boys, Ah didnae expect two cowboys tae turn up the day," The Big Man said, admiring the two boys sitting there wae cowboy hats oan their heids.

"Howdy!" Blair said, wae a wave ae his haun, avoiding Kirsty's stare, bit smiling o'er at Sarah May, who wis sitting there, clearly enjoying hersel.

"They picked them up doon at Paddy's Market," Sarah informed Kirsty.

"So, ye know why ye're here. Ma name's Pat and it's ma maw and da's fortieth anniversary a week oan Saturday. Before we start though, Ah've awready hid the pleasure ae meeting Sarah May o'er there...bless her...bit whit's yer names?"

"Ah'm Gareth."

"And Ah'm Blair."

"Naw, naw, no yer stage names, boys...yer real names?"

"That is oor real names," Blair retorted, indignantly.

"Fur Christ's sake, Kirsty. Whit the hell wis yer da oan when he came up wae they tags, eh?" he said, looking o'er at her, jist in case the boys wur taking the pish oot ae him.

"Ah've goat a feeling he's impressed, so far," Gareth murmured tae Blair oot ae the side ae his gub.

"Aye, it's the cowpoke ootfits," Blair whispered back.

"Okay, sorry, boys, Ah didnae mean tae be disrespectful tae youse. Whitever ye dae, jist don't introduce yersels by yer first names oan the night or Ah'll hiv every priest in the Toonheid battering doon ma door fur front row tickets."

"Ach, don't ye worry aboot us, Mr Molloy, we're professionals. Wance yer maw and da and aw their pals hear us crooning and yodelling like a pair ae randy chickens, we could be called Pinky and Perky and they still widnae gie a horse's shit whit we're called."

"Aye," said Blair, daeing an imaginary drum roll and a crash ae a cymbal tae impress.

"Aye, well, it's yer repertoire that Ah'm far mair interested in. Ah'm wanting tae hear a good bit ae painful crooning coming aff ae that stage oan the night."

"Oor repa whit?"

"Sarah May?" he asked, eyes rolling tae the ceiling.

"Oor song list."

"Oh, right, aye…sorry…goat ye. Well, we thought we'd kick aff wae 'Get An Ugly Girl Tae Marry Ye' by The Coasters."

"Oh, that sounds good…carry oan," The Big Man said nodding, clearly impressed.

Before Gareth could come back wae another classic, Sarah stirred oan her stool and said, "Or…'Will Yer Lawyer Talk Tae God' by Kitty Wells?"

"Oh, Ah'm no sure aboot that wan," The Big Man demurred doubtfully.

"Well, how aboot 'Mental Cruelty' by Buck Owens and Rose Maddox?" she asked hopefully.

"Whit else hiv youse goat, boys?" he asked, ignoring Sarah May.

"'How Come Yer Dog Disnae Bite Nobody Bit Me?' by Mel Tullis," Gareth said, looking o'er at Sarah May wae a 'beat that wan, if ye kin, gringolita' smug look oan his coupon.

"'Here Comes Ma Body Back Tae Me' by Dottie Wax?" Sarah May slung in before The Big Man could respond tae Gareth.

"Oh, Ah'm no sure aboot singing aboot deid bodies wae aw the auld wans in the company. Boys?"

"'The Shotgun Boogie' by Tennessee Ernie Ford?"

"That's a good wan," Blair chipped in, in support ae Gareth.

"Or, how aboot 'Ah'll Never Be Free' by Kay Star and Tennessee Ernie Ford? Same band," Sarah May slipped in, enjoying the confusion oan Blair's face.

"'Mamma Sang A Song' by Bill Anderson? Guaranteed tae get a tear, that wan...nae doubt aboot it," Gareth said, shifting his seat closer tae the bar, so he could see the whites ae Sarah May's eyes.

"'Mamma Get A Hammer, There's A Fly Oan Daddy's Heid' by Lou Morte?" came the swift reply.

"Aye, that sounds a good wan. Ah'd love tae hear that. That'll go doon well wae aw the wummin folk," Kirsty chipped in, laughing in support ae Sarah May.

"Aye, we could then go straight intae 'The Root Ae Aw Evil Is A Man' by Jean Shepherd and then maybe 'Ah Wish Ah Wis A Single Girl Again' by The Maddox Brothers, and lastly bit by no means least 'Don't Sell Daddy Any Mair Whisky' by Joe Val. That's bound tae get an applause fae aw the wummin, eh?" Sarah May said, winking at Kirsty.

"It's no a funeral we're playing at, Sarah May. Hiv ye no goat any happy wans that ur a bit mair respectful and sympathetic towards the poor men folk in the bar, who'll hiv tae sit there listening tae that voice ae yours aw night?" Gareth asked her, as Blair and The Big Man nodded their heids in agreement.

"Aye, how aboot 'Act Like A Married Man' or 'A Dear John Letter' tae finish up wae?" Sarah shot back, as Kirsty and her laughed at the expressions oan the faces in front ae them.

"Ah knew she'd be bloody well trouble wae a capital T," Gareth growled under his Stetson.

"Ach, away and dry they eyes ae yours wae a wet bandana," Sarah May retorted, as her and Kirsty went intae another fit ae giggles.

"Right, that's it. She's no in the band before it's even started. She's probably burnt her brassiere, alang wae aw they other heidcases that wur oan the telly the other night there."

"Aw, Gareth. Shut yer geggy and stoap getting yer lassoo intae a twist," Kirsty said, tae mair laughter fae the bar.

"Er, well, it's aw very cosy, us sitting here oan oor jolly arses oan a lovely summer's morning, bit Ah've goat a business tae run. Noo, Ah widnae want tae step oan anywan's toes here, bit Ah'm picking up a few wee potential musical differences that Ah hope wullnae interfere wae yer performance oan the night. However, withoot taking sides...and Kirsty will back me up here...Ah'm no wan tae interfere or cause any undue problems, bit Ah hiv tae admit, Sarah May...oan this occasion, Ah hiv tae agree wae the boys."

"Oan whit?"

"A few wee cheery numbers fur the boys oan the night in the bar wid be appreciated."

"So, we've goat the gig then?" chipped in Marshall Matt Dillon fae under his Stetson.

"Aye."

"Nice wan!" Chester Proudfoot said, gieing a wee imaginary drum roll, wae a cymbal crash.

"Ah've discussed the money and the refreshment situation oan the night wae Kirsty, so Ah hope tae see ye then."

"Aye, she did say, although she didnae mention too much aboot the refreshment details," Gareth said, looking fae The Big Man tae Kirsty.

"Aye, well, Ah'm willing tae be pushed oan that a wee bit, bit only if the night is a success."

Chapter Thirty One

Nowan hid uttered a single word in aboot five minutes. Joe wis lying oan his back wae his arse hard up against the brick wall wae his legs pointing skywards. Skull wis back tae daeing an impression ae Spider-man, crawling aw o'er the rafters ae the roof. Wan minute he wis o'er by the wall above the door, the next he wis crawling towards the back wall. Tony sat wae his legs dangling o'er the edge ae the dummy flair, staring intae space. Johnboy wisnae sure whit tae dae, so he stood up and proceeded tae hiv a pish o'er the edge ae the dummy flair. The front wall ae the shed must've been at least twelve feet away and he managed tae hit it at least wance, bit nowan appeared interested. It wid've been a championship score, bit Johnboy jist buttoned up his snow-dropped kecks and wandered o'er tae the corner and sat doon, looking at the rest ae them. Whit should've been wan ae the best days ae his life hid turned intae wan ae the worst.

Everything hid been gaun great. Parvais hid gone and telt aw the wummin that the boys wur there tae save the day by selling them cheap briquettes. Before they knew it, they'd been flying up and doon the closes wae a dozen here and two dozen there. Some ae the wummin wurnae too sure whit they wur selling as they hidnae come across briquettes before.

"Don't ye worry, missus, if ye don't like them, we'll gie ye yer money back next week," they'd telt them.

Parvais thought that this wis funny as none ae the wummin could understaun a word the boys wur saying, bit he helped oot and telt them aw whit wis being said. Everywan they'd sold briquettes tae hid been aw smiles and really friendly towards them. In every hoose, the wummin hid jist held oot their hauns wae money in them tae the boys. The boys hid taken whit wis offered and the amazing thing hid been that they'd gied the wummin back the right change. The wummin obviously widnae hiv been aware ae it, bit this wis probably the maist honest thing Tony, Joe and Skull hid ever done in their lives where dosh wis concerned. Every time they'd left a hoose, they'd left wae flat pancakes that wur called chapattis, or something like that, tae scoff oan the way doon the stairs, wae a few left o'er fur Jessie. The only bother they'd goat intae hid been wae Horsey John, who'd shericked them fur no cleaning the coal dross aff ae the back ae the cart. Bit noo, here they wur, sitting staring intae space, wondering whit the fuck hid hit them.

"It must've been wan ae the basturts that works here. Ah say we burn the fucking place doon," Joe said in disgust, looking aboot.

"Aye, Ah reckon ye're right, Joe," Skull said, fae somewhere up in the rafters.

"Thank God Ah took money oot and didnae put any back in when Ah came o'er fur the change," Tony said.

"So, how much did ye take oot?"

"Four quid."

"So, if we hid twelve pound six bob in the kitty, that means we lost eight pound six bob tae some rotten thieving basturt who disnae gie a fuck who he hurts," Joe lamented.

"Ah think it wis Johnboy. Efter aw, it wis his hidey hole."

"Piss aff, Skull. Ah wis wae you when Tony came o'er tae get the change."

"So? Ye could've slipped o'er when ye wur up delivering briquettes tae wan ae the tenements o'er there, fur aw we know."

"Skull, shut yer arse, ya knob-heid, ye. It wisnae Johnboy," Joe said, still lying oan his back.

"Aye, bit Ah'm only saying...plus he's a Proddy tae boot. And we aw know whit they're like..."

"Ur ye sure nowan else knew aboot this plank, Johnboy?"

"Nowan knew. Ah've never hid any ae ma stuff gaun missing before this."

"Well, some thieving basturt knows aboot it noo," the voice fae the rafters said.

Tony sat staring intae space and then said whit wis oan aw their minds.

"Well, we're well fucked noo. We'll hiv tae get Skull tae go and tell his pal, Shaun the Basturt, that the deal's aff."

Skull's manky face appeared above the rest ae them, looking doon.

"Aye, you and yer maw's left pap ur gonnae tell him, cause there's nae chance ae me daeing it."

"So, whit happens if we don't come up wae the dosh, Tony?" Johnboy asked.

"At wan minute past midnight oan Thursday night, that scarfaced prick will tell us tae cough up, wae interest...aye, loads ae interest. Christ, how could Ah hiv been so stupid?"

"So, how much hiv we goat left?"

"Nine smackers."

"So, we're short ae eleven?"

"Aye."

"So, why kin we no go and get the other eleven?"

"In two days?"

Silence.

"Er, Ah think Ah know where we could maybe get a good whack tae start wae," Johnboy said, as Tony and Joe's chins lifted up aff ae their chests and Skull's feet landed oan the dummy flair beside him.

Chapter Thirty Two

"So, whit dae ye think then?" Helen asked her maw, daeing a wee twirl.

"Aw, Helen, ye look like a million dollars, so ye dae, hen."

"Ye don't think it's too o'er the tap, dae ye?"

"Away, ye go. Ye're absolutely stunning, so ye ur."

"Ye don't think ma paps ur too exposed?"

"Helen, ye should be proud ae whit ye've goat, hen. Ah cannae remember the last time ma melons saw the light ae day. Naw...wait a minute... Ah think it wis in 1939, oan the day Big Bertie McCaskill crashed his coal wagon efter Ah bent o'er tae pick up the bag ae sugar that Ah'd drapped ootside Curley's, up oan Parly Road. There wisnae any ae they fancy brassieres then, ye know. Ah furgoat aw aboot them when Ah bent o'er and oot they popped like two wee fat puppy mongrels wanting tae go fur a run. Even worse...yer da hid jist come oot ae the shoap efter haunin o'er the coupon fur the sugar. Whit a look he gied me efter telling Big Bertie tae concentrate they eyes ae his oan picking up his coal, which wis scattered aw o'er Parly Road, insteid ae gawping at they mammaries ae mine."

"Aw, Ma, ya shameless hussy, ye. Ah bet ye meant tae drap the sugar," Helen teased.

"Naw, naw. Bit efter that, yer da wis always telling me tae button ma coat right up tae ma chin, even in the middle ae the summer."

"So, whit happened tae Big Bertie, the dirty coalman? Did he no go and get himsel killed in the war or something?"

"Aw, it wis a real shame, so it wis. He goat taken prisoner in the war, at the end ae October 1942, by the Eyeties, near a place called El Alemein and slung intae the jail. He wis still there two weeks later when the RAF drapped a bomb oan tap ae it and he wis killed alang wae a lot ae the other sojers."

"Aw, naw, that's a sin, so it is. So, where aboot is El Alamein then?"

"It's somewhere in Egypt. Don't ask me where aboot though. Yer da said that whit made it even worse wis that two weeks efter Big Bertie goat captured, the Desert Rats...that's whit yer da's regiment wis called...

arrived in the nearest toon and took o'er the place. Seemingly the only wans that wur killed wur the prisoners who wur aw locked up. Aw the wee Atalians hid hidden in the basements in the toon itsel and wur aw awright. Yer da wis at the funeral wae aw his mates. He said that there wis a couple ae dozen ae oor boys that hid been killed and they wur still in amongst the rubble when they found them."

"So, did they bring them hame tae get buried?"

"Naw. They dug a big trench wae picks and shovels in the middle ae the desert and buried them there. Yer da said that people think the desert's full ae sand, which it is, bit if ye try tae dig a hole, it's like trying tae dig through concrete. They're still there as far as Ah know. Yer da disnae talk aboot it...that and the flies."

"Whit? Big Bertie hiving a fly swatch at yer jiggly jugs?"

"Aw, Helen, that's horrible. Ah shouldnae be laughing, seeing as the poor soul is deid," she said, laughing.

"Ach, Ah know, bit it wis so long ago. We aw hiv tae move oan and get oan wae life, Ah suppose," Helen said, remembering her Aunt Jeannie, who wis her maw's twin sister. Jeannie hid brought Helen up until she wis ten, though Helen wisnae allowed tae talk aboot her.

"Ah used tae see his wee maw up the Parly Road until she died last year. She always looked so sad, heiding up tae St Mungo's Chapel oan her ain every morning, clutching they rosaries ae hers."

"Dae ye think that's why aw the McCaskill boys turned oot bad?"

"Whit, because Bertie went aff and goat himsel killed? Naw, even as wee snappers...Johnboy's age...Ah could tell, even then, that they wur gonnae turn oot tae be gangsterish, that lot. Bertie wisnae an angel, by a long shot, bit gie him his due, when the call came, he wis wan ae the first tae sign up, so he wis."

"The boys wur always nice tae me when Ah wis at school wae them, bit everytime Ah tried tae talk tae them, they'd back aff. It wis only later Ah found oot that it wis because Pat Molloy hid warned no only them, bit aw the other boys ma age at school, whit wid happen tae them if they goat too close tae me because he fancied me himsel...the bugger. Ah wish tae God Ah'd known that at the time."

"Ach, Ah know ye still don't like him, bit he wis always good tae his maw and da, Helen."

"Da disnae mention the war, dis he?" Helen said, changing the subject.

"Naw, it wis only a few weeks efter Big Bertie goat it that wan ae the boys staunin next tae yer da stood oan a mine. Three ae them goat killed and yer da lost three ae his toes. Ye widnae think he's only goat two toes oan wan ae his feet as he disnae walk wae a limp, bit he wis in a terrible state. His back is full ae scars wae bits ae shrapnel still embedded in it. They goat maist ae it oot, bit telt him it wid be too dangerous tae go poking aboot fur mair. He's convinced it's gonnae work its way up intae his brain and kill him wan ae these days, the silly auld bugger."

Silence.

"Maw, dae ye ever think ae Aunt Jeannie?"

"Whit?"

"Ye heard me. Ma Aunt Jeannie...yer twin sister. Wid ye no like tae go and try and see where they buried her in Spain?"

"Look, aw that stuff wis so long ago...it's in the past, so it is...the same as Big Bertie."

"Big Bertie wisnae family, bit Aunt Jeannie wis. Ye've spoken mair aboot him than ye've ever spoken tae me aboot yer ain sister, so ye hiv,"

"Look, Helen, don't start. Ah've telt ye before, Ah don't want tae talk aboot that time and place. It's aw in the past, so it is. Jist leave it... okay?"

"So, anyway, ye don't think this red dress and red high heels ur too o'er the tap then, dae ye?" Helen asked, getting the message loud and clear.

"Whit ur ye wearing oan tap, tae go up tae the pub?"

"That fox fur that Pat Molloy gied me years ago, wan Christmas."

"Aw, Helen, Ah'm so proud ae ye, hen. Ye've goat a lovely man and yer weans ur so nice. Everywan tells me how good the lassies ur tae aw the auld wans roond aboot here."

"Aye, well, it's jist a pity aboot Johnboy though."

"Whit aboot him? He's awright, Ah hope?"

"He's oot ae that door like a whippet oan heat every morning and creeps in late at night. Ah've nae idea whit he's up tae. He's running aboot wae a wee scruffy crowd, who aw look right sleekit."

"Ach, he's jist a growing boy. Ah see him aboot doon here aw the time. Me and yer da saw him and his pals trotting doon Parly Road oan the back ae a horse and cart this morning, loaded doon wae briquettes. When they passed the queue ootside Curley's, the four ae them aw drapped their troosers and flashed their bare arses at aw the wummin staunin there waiting fur their yesterday's loaves. Ah must admit, Ah nearly pished ma bloomers. The horse didnae miss a step either. Ye wid've thought it wis wan ae the gang. They wur aw bloody filthy, fae heid tae toe, covered in black soot, apart fae the whites ae their eyes, teeth and four bare white arses jiggling aboot in the air. Yer da telt me no tae make oot we recognised Johnboy, efter mumbling something aboot bringing back the birch."

"See whit Ah mean? Last week Ah gied him a fair skelp oan that lug ae his and jist aboot broke ma fingers oan the side ae that thick skull ae his."

"Och, Helen, aw the wummin thought it wis hilarious. Ye should've heard the wan-liners. It made everywan's day, so it did, and gied them something tae smile and talk aboot in the queue. We aw need a wee bit ae cheering up noo and again."

"It's awright fur ye tae say that, bit ye don't hiv tae live wae it."

"Listen, it could be worse. He could be oot thieving every day, insteid ae hivving a wee job selling briquettes. Ye should gie him a break and a wee bit ae credit. There's a lot worse than him aboot here, ye know. He's always goat a big smile oan that manky face ae his and he's always goat a big hello fur everywan he sees."

"Ach, Ah suppose ye're right. At least he's daeing something useful and no creating chaos like that big brother ae his."

"Aye, well, there's a beaut' who knows how tae make an entrance, eh?" she said.

They baith burst oot laughing as Helen looked at hersel in the mirror fur the hunnerth time.

"Ur ye sure Ah don't look too tarty in this?"

"Well, Ah widnae go that far..." her maw said tae mair laughter.

Chapter Thirty Three

"Did ye jist say Fat Sally Sally's?" Tony asked.

"Aye."

"Where that mad skelly-eyed prick, Crisscross, lives?"

"Aye."

"So, we screw the place and tan their gas meter?"

"Naw."

"Why no?"

"Cause the place is awready loaded wae aw the money that her and they other Christian wummin collect wae their cans up and doon the Parly Road every night. Wan ae the Martins wis talking aboot tanning the place, bit wis put aff because Crisscross lives there."

"Bloody brilliant, Johnboy!" Joe said, looking o'er at him.

Johnboy's chest puffed oot an extra two inches.

"Hing oan a minute. Dis that mean we wullnae get intae Heaven then?" Skull asked, as they aw burst oot laughing.

"They don't let Catholics intae Heaven, so ye're goosed anyway, Skull," Johnboy said.

"Up yours, Proddy boy."

"So, ye reckon that's where they keep aw the dosh they collect?"

"Well, it isnae in the gospel hall, where Ah kipped last night. If it wis, Ah wid've found it and Ah wid be eating ice cream doon in Dunoon by noo, insteid ae lying oan this rafter looking doon at aw the nits crawling aboot oan tap ae they nappers ae yours," Skull said, efter leaping up aff ae Joe's hauns oan tae wan ae the rafters.

"Well, whit ur we daeing here, listening tae aw the shite that Skull speaks? Let's go and check it oot then," Tony declared, swinging his legs up oan tae the dummy flair.

They heided doon the lane tae the opening intae Grafton Street. They could hear that a goal hid jist been scored by aw Johnboy's ex-best pals, who wur playing fitba up oan Grafton Square. There wur a few people coming up and doon the street, carrying bags ae messages fae Sherbet's and the street lights hid jist come oan, although it wisnae pitch dark.

"Right, here's the score," Tony said, efter Joe hid climbed up o'er the wall and went aff tae check oot the lay ae the land.

"Ah definitely want tae go intae the hoose," Skull said, butting-in and starting his whinging awready.

"Skull, Ah'll decide who dis whit, so keep yer arse shut while Ah make up ma mind…okay? Right, Johnboy, ye're oan the windae ootside, wance we get in."

"And Ah'm in wae you."

"Fur Christ's sake, Skull, kin ye no dae whit ye're telt?"

"Ah'm jist reminding ye. Ah hate that squinty Crisscross tadger. That big fat Christian wife ae his jist aboot broke ma lug when she caught me trying tae blag the War Crys aff ae her pal. There's no way Ah'm gonnae miss oot oan this wan."

"Well, we'll see. Let's see whit Joe says when he gets back."

"Whit dae ye mean Ah'm oan the windae ootside?" asked Johnboy, wae a puzzled look oan his coupon.

"He means that ye sit ootside while me and Tony go in and dae the business. When we're ready, we'll haun the swag oot tae you."

"Aye, ye'll need tae keep yer ears and eyes peeled as well while we're inside, Johnboy. Anything…and Ah mean anything…ye see or hear that's dodgy, ye need tae let us know right away. Hiv ye goat that?"

"Aye, Tony."

"And don't fuck it up, Johnboy. Ye've goat wan ae the easy jobs. Me and Tony ur depending oan ye… seeing as it wis yer fault we lost oor stash ae cash in the first place."

"Whit the hell his that goat tae dae wae me then?"

"Cause it wis yer idea tae plank it there, ya daft arse-bandit, ye. Even Ah knew some thieving selfish minker wid've found it there easy enough."

"Aye, that's right. Ah remember ye saying that at the time."

"Hoi, don't take it oot oan me, loser boy. A blind dug wid've found that plank."

"Shut the fuck up the two ae youse, will ye? Here's Joe coming noo," Tony growled.

Johnboy and Skull turned roond and looked up the lane. Joe hid jist landed oan his feet, hivving jumped doon aff the wall and wis walking towards them.

"It looks okay tae me."

"Whit's the windae like?" Tony asked him.

"It should be okay, though we'll need tae break wan ae the tap wans and then unhook the latch tae slide up the bottom wan. There's a sink in front ae the windae, so we'll need tae watch oot fur the sound ae glass when we go in."

"Ye mean when Tony and masel go in. Ye're oan guard duty, bawbag. Tell 'im, Tony," Skull said, wae a smug look oan that coupon ae his.

"Aw, fuck aff, Tony. Ah dae aw the dirty work and noo Ah'm being left oot? Johnboy kin dae that."

"Naw, Joe. Johnboy is oan the windae."

"Whit fur? He kin check oot the street jist as good as me."

"Naw, he cannae. He's no done this before. Ah want him where Ah kin see him."

"So, whit's wrang wae Mr Magoo, the poisoned dwarf? He's a noisy fucker. The whole building will hear him clattering aboot in they fitba boots ae his."

"Don't take it oot oan me, Joe, ya skinny Johnny-bag, ye. It wisnae ma decision. Did Ah no volunteer tae stay oot here and keep ma eyes peeled, Johnboy?"

"Aw, aye...ye wur pleading like fuck, if Ah remember right."

"Exactly. See, Ah telt ye. So, shut yer geggy and take yer punishment like the big girl's blouse that ye ur," Skull said, wae a bigger grin.

"Why the hell dae we let that wee baldy basturt run aboot wae us, eh?"

"Ur ye sure we'll be okay wae that windae, Joe?" Tony asked him, ignoring the question.

"Aye, bit ye'll need tae make sure ye cover whitever ye use tae break it wae a cloth or something. Ye're in the corner there, so it'll probably sound louder than if ye wur in the middle ae the block."

"Aye, awright. Okay, Joe, if ye work it between the lane here and the corner doon there oan McAslin Street, we'll get started. If anywan turns up, gie's a shout as soon as. Come up through the close if ye hiv the time. If no, gie's a shout o'er the back ae the wall. Hiv ye goat that?"

"Nae bother," he grumbled.

"Right, let's go," Tony ordered.

Johnboy and Skull followed Tony up the lane. They aw stepped back
and then took a run at the wall. They wur up and o'er it in nae time, wae
aw their feet landing oan the ground oan the other side at the same time.
It wis really dark by then, apart fae the lights coming oot ae people's
kitchen windaes. There wis a wee railing running the length ae the build-
ing wae a wee opening that hid some steps leading doon tae the back
close level. They jumped o'er the fence and stood ootside the hoose.
Skull sat doon and started tae unlace his fitba boots.

"Right, get yer socks aff, Johnboy, and put them o'er yer hauns."

"Whit fur?"

"So that ye don't leave any prints. It's jist like wearing yer sister's
mitts," Tony said.

"Or knickers, in your case," Skull whispered.

"Aw, right, nae bother," Johnboy mumbled, sitting doon beside Skull who
wis noo lacing up his boots.

It only took Johnboy a few seconds tae get his socks aff and shoes back
oan as aw he hid oan his feet wis his auld sandshoes that didnae hiv any
laces in them.

"Right, Johnboy. Go and get me a stane aboot the size ae a hauf brick.
Try and get me something wae a pointed edge oan it."

As Johnboy went in search ae a stane, he heard Tony telling Skull tae
haun o'er his Celtic tammy and Skull saying, "See, and youse pricks ur
always slagging me aff fur wearing it. Noo ye cannae dae withoot it."

Johnboy came back wae a stane and haunded it tae Tony, who wis aw-
ready staunin up oan the windae ledge, wae Skull haudin him by the legs.
Tony put the stane intae the tammy and hit the windae oan the corner
ae the glass beside where the inside latch wis, making sure that he hit
the middle spar ae the frame at the same time, so that his haun didnae
follow through.

"Any good?" Skull whispered.

The second dull thud wis followed by the smashing sound ae the glass landing oan the sink inside. Johnboy reckoned his arse-hole must've been pouting like Marilyn Monroe's lips as the sound bounced aff every tenement between them and Parly Road. Surely tae God they hid tae shoot aff, and pronto, he wis thinking tae himsel, getting ready tae tackle the wall. He looked up fur the signal tae run, bit Tony awready hid his haun inside the windae letting the catch aff.

"Slide it up nice and slowly, Skull. There's a big bit ae glass still sitting in the frame up here," Tony whispered as Skull started tae slide up the windae.

When he goat it up far enough, Tony goat a haud ae it and Skull heaved himsel up and slipped in, the sound ae crunching glass jangling Johnboy's nerve ends.

"Ah'll hiv tae get something tae haud the windae up wae," Skull whispered as he disappeared oot ae sight.

Johnboy heard a cutlery drawer opening, then a haun appeared at the windae wae a rolling pin and put it intae the runner at the side. Tony gently lowered the windae doon oan tae it. Johnboy nipped across and looked in as Tony jumped doon. Skull wis lifting bits ae glass aff the sink draining board and putting them oan tap ae the cooker beside it.

"The windae's knackered by the looks ae it. There's nae pulley ropes or weights tae haud the thing up," Tony whispered tae Johnboy.

"Ach, well, they've goat an excuse tae get it fixed noo," Skull added, swiping his tammy back aff Tony's haun and covering up his bald napper.

Johnboy could jist make oot the grin oan Skull's face as Tony slipped in through the windae.

"Remember, Johnboy. If ye hear anything, gie's a wee whispering shout...okay?"

"Aye, nae bother, Tony."

Johnboy went and sat wae his back against the wee wall, facing the windae. He wisnae sure whit time it wis. He could hear the theme tune tae 'The Avengers' fae a couple ae tellys bit he couldnae be sure if it wis the start ae the programme or the adverts aboot tae come oan. There wisnae a sound coming fae inside Fat Sally Sally's. Every noo and again, he thought he saw a shadow crossing the room, bit he wisnae too sure.

He wondered whit wid happen if there wisnae any dosh in the hoose. Wid they still manage tae get the dookit? Who the hell could've discovered the planking place? He hidnae telt a soul aboot it. Wan ae the workers in the yard must've come across it. They probably clocked Tony nipping in tae get the change during the day...the thieving shits. He wis still trying tae suss oot whit hid happened or who could've blagged their money when he heard a roar ae coins crashing and bouncing. It wis the same sound that he'd heard when Skull won the jackpot oan the wanermed penny bandit in the chippy across fae the pawn shoap, only much, much louder. He goat up, looked aboot tae see if there wis any curtains moving, which there wisnae. He peered in through the windae and jist aboot shat his breeks when Skull's face appeared up o'er the sink.

"Here, take this, bit haud it fae the tap end."

Skull haunded o'er whit looked like a white sack tae Johnboy. Skull must've been reading Johnboy's thoughts.

"It's a pillowcase. Don't drap it or ye'll waken the deid."

Johnboy goat a grip ae the tap end and took it o'er and laid it doon where he'd been sitting. The arse ae it spread oot when he put it oan the deck. He looked aboot and opened the neck. There wis jist enough light coming oot ae the hooses fur him tae see whit wis sitting in the bag. There wis ha'pennies, pennies, thruppenies, tanners, bobs, two bob bits and whit looked like the odd hauf a croon.

"Johnboy? Here, grab this."

This time it wis Tony's hauns that wur ootstretched. Johnboy grabbed the bag, which wis heavier than the first wan. He put it doon beside the other wan and waited. Tony appeared first oot ae the windae, followed by Skull.

"Hing oan, Ah've furgoat something," Skull said, nipping back in tae the hoose.

"Right, Johnboy, start taking the bags o'er tae the wall. Ah'll wait fur dunderheid here," said Tony.

Johnboy hid jist goat back fae drapping aff the second bag when Skull started haunin stuff oot ae the windae tae Tony, who Johnboy heard whispering tae Skull that he wis a fucking eejit. When Skull climbed oot,

Tony haunded Skull back whitever it wis he'd gone back fur.

"Let's go!"

Tony wis first up oan tae the wall and quickly disappeared oot ae sight. It wis then that Johnboy clocked whit it wis that Skull hid in his hauns.

"There's nae use in us being starving when there's good grub sitting there daeing fuck aw, is there?" he said tae Johnboy, shrugging his shoulders.

Skull wis staunin haudin whit looked like a full loaf ae plain breid.

"Robertson's strawberry jam, wid ye believe? And Stork marge. Nane ae that Echo shite that we hiv tae put up wae aw the time. They Christians must be rich."

Before Johnboy could answer, Tony appeared oan tap ae the wall.

"Right, haun they bags up, Johnboy, and watch ye don't spill them."

Tony grabbed the bags and swung them straight o'er the tap tae Joe who wis oan the other side.

"Here, Johnboy. Pass this up next."

Wance Skull wis up oan tap, Johnboy haunded up the loaf, wae the jam oozing oot the sides ae it. Johnboy didnae realise how hungry he wis till he started tae lick the jam aff ae wan ae his socks, which he wis still wearing oan they hauns ae his. When he drapped intae the lane, Tony, Joe and Skull wur hauf way across Grafton Street, heiding fur Frankie Wilson's close. By the time he caught up wae them, Joe hid disappeared o'er the wall intae the school dining hut and Tony wis sitting oan tap ae it as if he wis oan a horse.

"Same again, Johnboy," he said, as Johnboy haunded the bags up.

"Aye, the same here as well, Johnboy. Fur Christ's sake, take they fucking socks aff. Ah'm no wanting tae taste yer smelly feet aff ae ma good Mother's Pride."

Johnboy hidnae noticed that they'd awready taken their socks aff ae their hauns.

"Stuff them in yer pocket the noo," Skull said, jimmying up oan tae the wall.

A couple ae seconds later and they wur aw sitting oan the bench in the shed ae the boys' playground in the school.

"Jam? Is that it? Wis there nae cheese, Skull?" Joe moaned, peeling back a slice.

"Ye might've at least cut the fucking thing in hauf," Tony moaned.

"Don't worry, smart arse, that mooth ae yours will manage that nae bother," Skull said, taking a big bite oot ae the middle ae his double piece, between the crusts.

"This breid is bloody stale tae," Joe said, chewing oan his.

"Aye, jist like yer maw's fanny."

"Ah think it tastes magic. Ah cannae remember the last time a piece tasted so good," Johnboy chipped in.

"It's the Robertson's jam. Ah'm telling ye, they Christians must be as rich as priests," Skull said, pulling a packet ae Jammy Dodgers oot fae under his Jags jersey.

"Ye better hiv taken Custard Creams, Skull, ya fanny, ye," Joe said, reaching o'er fur another jam piece.

"Never let it be said..." Skull retorted, wae a satisfied grin oan his coupon, hauling oot a packet ae good quality McVities Custard Creams and throwing them oan tap ae wan ae the money bags.

"Aye, ye knew better," Joe chipped in, smiling and looking as chuffed as Punch.

"See, Johnboy, you stick wae me and ye'll never go hungry. Stay wae these manky losers and ye'll waste away."

"So, how did it go then?" Joe asked, putting his hauns in wan ae the bags, scooping up coins and letting them slip through his fingers, the way that pirates dae in the films efter they open up a treasure chest.

"Nae bother. Johnboy did a good job and everything went well until Skull done his usual fuck up..."

"By the way, before he starts, Ah wis the wan that found the stash in a suitcase under the bed."

"...by drapping a suitcase full ae coins aff the bed oan tae the flair," Tony continued.

"Is that whit the noise wis? Ah thought ye'd won the jackpot oan a wan-ermed bandit the size ae a Morris Minor."

"Naw, when we heaved the suitcase oot fae under the bed and opened it and saw aw the coins, Ah telt Skull tae get wan end, fur us tae lift it up oan tae the bed. Ah goat ma end oan, bit Skull drapped his end and it landed oan the flair."

"The metal bits ye get oan the corners ae they suitcases ur lethal. There should be a label telling ye tae watch oot fur them. Ah wis okay lifting it up, bit when ma haun slid alang tae the corner, it wis like getting slashed wae a razor and Ah hid tae let go, so Ah drapped the bloody thing."

"So, how much dae ye think we've goat, Tony?" Joe asked, as Johnboy reached o'er fur his second piece.

"Ah don't know, bit Ah think we'll hiv enough tae cover oor losses fae earlier oan and take o'er the dookit."

"Bloody brilliant!"

"Yes!"

"That wis Crisscross and his fat wife's bedroom that we wur in," Skull chipped in, through a moothful ae breid.

"How dae ye know that?" Tony asked.

"Cause when Ah opened the wardrobe, there wis a bizzy hat sitting oan the tap shelf and the dressing gown oan the bed wid've covered the penalty area o'er at Parkheid."

"It's a pity Ah wisnae there. Ah wid've left that skelly-eyed prick a wee prezzy," Joe said.

"Aye, it wis a pity ye wurnae there, bit when we finished, Ah went back in tae make us up these pieces. That wisnae aw Ah went back in fur though, ye'll be glad tae hear," Skull said, as the other three looked o'er at the ex-choir boy, wae the manky jam-covered face. "Aye, Ah nipped back through tae the bedroom and grabbed that hat and done a big shite in it and put it back where Ah found it," he said, smiling.

They aw burst oot laughing.

"Fucking brilliant!"

"Aye, bit jist so that that fat Christian wife ae his wisnae left oot, Ah lifted the blankets up and wiped that arse ae mine right doon her good sheet that wis covering her mattress. Ah think it wis her side ae the bed as Ah noticed a pair ae stripy pyjamas under the covers oan the other side. Ah made sure Ah tucked everything in jist nice so as no tae spoil the surprise," he went oan, aw innocently.

Johnboy wisnae too sure if it wis funny or no, even though they wur aw falling aboot laughing. The wan-liners coming thick and fast in deid-pan voices started tae gush oot ae them aw.

"Kin ye imagine whit'll happen the night then? 'Jist skid in here, darling,' Crisscross will say."

"Or...'Ah smell shite!'"

"'Ye goat promoted again, darling? Oh good, wan stripe or two this time?'"

"'Wis that a streak or a shriek Ah heard while ye wur howling the place doon, darling?'"

"'Two stripes and ye're oot!'"

"'It wisnae me... honest!'"

"'Fuck's sake, Sally...noo Ah know where they goat the name, "skid-mark" fae!'"

By this time, Johnboy wis bent o'er double wae the pish dribbling doon the inside ae his leg.

"Aw, stoap it. Ah cannae take any mair," he howled.

"Right, whit dae we dae noo then?" Joe said, hiccupping as he looked at them aw, sprawled oot across the shed.

"Ah need tae get hame. Ma ma is gieing me heaps ae hassle jist noo," Johnboy said.

"Joe, ye take wan bag hame and Ah'll take the other. We need eleven quid tae make up oor stolen stash. Ah'll sort oot five pound ten bob fae whit Ah've goat and you see if ye kin dae the same. We'll meet the mor-ra morning, up oan Horsey John's roof," Tony said.

"Aye, okay. Skull, whit ur ye daeing?" Joe asked him.

"Ah'm no sure. Ah don't know if Ah'll get in the night."

"Right, ye kin come hame wae me, bit ye'll hiv tae wait ootside oan the landing while Ah go in first, tae show face. Ah'll leave the bag wae you and then Ah'll come oot and gie ye a shout and ye kin sneak intae ma room and nip under the bed. Wance the auld wans go tae theirs, ye kin come in beside me. Ye'll hiv tae be quiet though, or Ah'll end up sleeping ootside, wae ye."

"Aye, nae bother, Joe. Ta."

"Right, see youse the morra then," Tony said, lifting up his bag.

Chapter Thirty Four

The Sarge hid jist been picked up by wan ae the squad cars and drapped aff at Central. He wis wanted, bit he knew whit it wis aboot. A parcel hid been drapped aff that morning fur him bit the hauf-wit oan the desk couldnae remember whit the tink hid looked like who'd delivered it. If Pat Roller fae The Echo only knew the hauf ae it, The Sarge thought tae himsel. When he'd taken delivery ae the parcel at the start ae his shift, he'd opened it at the desk. That hid been a big mistake. Before he knew it, every nosey basturt in the place hid found oot that it hid contained a haungun. He'd managed tae nab Colin, the inspector, before the news hid reached him, thank God.

"Colin, hiv ye goat a minute?" he'd asked, popping his heid roond the inspector's door.

"Aye, whit is it, Liam?"

"Hiv a look ae this. Ah've jist picked it up fae the front desk. It wis haun-delivered this morning," he'd said, spinning it roond oan his trigger finger, Roy Rogers style, before haunin it o'er.

"Well, first aff, Ah don't think ye should be handling that. If there wis prints oan it, they're no there noo," the smart twat hid said, sticking a pencil through the trigger guard and swinging it aboot in front ae his beady eyes.

"Where did ye say ye goat this?"

"It wis haun-delivered this morning."

"By who?"

"Daft arse at the desk says he cannae remember. He said some guy came in and said this wis fur me and that Ah wis expecting it."

"He did, did he?"

"Aye."

"And who dae ye think it wis that delivered it, or even better, sent it tae ye?"

The Sarge hid telt Colin aboot his wee chat wae Pat Molloy. The Inspector hidnae gied him the impression that he wis listening until The Sarge hid faltered and stoapped talking. It hid been as if he'd been talking tae himsel, though every noo and again The Inspector hid looked across the desk at him and said, "Carry oan."

He wid then continue his wee tale while The Inspector held up the gun tae the light above his heid.

"It looks clean enough," he'd murmured at wan point, sniffing the barrel.

The Sarge hid also telt Colin aboot his conversation wae the wee fat canary.

"Ah hope ye goat him his badge," wis aw he'd said, taking a wee pen torch oot ae his desk drawer and shining it intae the barrel, his left eye competing wae the bulb oan the torch in trying tae get a glimpse deep intae the hole.

"And ye think this came fae Pat Molloy, dae ye?"

"Who else?"

"Right, leave it wae me jist noo. Ah'll gie ye a shout later if there's any news. This'll hiv tae go o'er tae forensics tae start wae. They'll want tae know if it's been fired recently."

And wae that, The Sarge hid heided oot ae the door, oot ae the building and hid nabbed a number thirty seven bus oan the Saltmarket, tae drap him aff up oan Castle Street, where he'd arranged tae meet up wae Big Jim, Jobby and Crisscross at the Black Street sub-office.

Noo he wis back, trooping up the stairs in Central. As he drew nearer the tap step, he could hear the clatter ae Peggy 'second door oan the right, and naw, ye've nae chance' McAvoy's typewriter gieing it big licks.

"Second door oan the right."

"Aye, thanks, Peggy," ya wee saucy strumpet, ye, The Sarge thought tae himsel as he heided alang the corridor.

Jist before he goat tae the door, it struck him like a bolt ae lightning. Fuck's sake, if he played his cards right, he'd maybe get an opportunity tae talk tae that wee skinny forensic runt who'd humped Peggy silly after the Christmas party. He might even be able tae pick up a few wee tips oan how tae get his fingers intae they drawers ae hers, although he'd need tae be a wee bit subtle as he widnae want the prick tae think he could show Liam Thompson a thing or two in the fanny department.

"Grab a seat, Liam," Sean Smith, the chief inspector said, nodding tae the chair at the other end ae the table.

At least Big Jim wisnae there this time, fucking things up by sitting there shifting aboot oan his seat, the guilt oozing oot ae him, even though they hidnae done anything wrang, he thought as he sat doon. It wis as if time hid stood still since the last time he'd been there. The clock wis still making a racket and the Paddy inspector contingent ae Pat Curry, Billy Liar, Daddy Jackson, Mickey Sherlock, and Ralph Toner wur aw sitting in the same chairs, scowling doon the table at him...the shitehooses that they wur. Colin, his inspector, stood leaning oan the doorjamb.

"So, tell us aboot yer Belgian Browning FN, Liam...and don't leave anything oot. Oan ye go, in yer ain words," The Chief said.

He jist managed tae catch a wee negative nod fae Colin.

"Is that whit it is?"

"Aye, it's a Browning WaA 140 Berretta...Belgian made. Ye kin tell by the light wooden grips oan it. They're pretty shite in that they don't tend tae age wae grace...bit it's still deadly, aw the same. Probably made roond aboot 1943 or 44, Ah wid say, though no as good as the Wehrmacht wans that the Jerries used during the war," Mickey Sherlock, fae The Flying Squad said tae nowan in particular, bit letting everywan know he knew a thing or two aboot guns.

The Sarge went oan tae tell them how he'd put the word oot oan the street that he knew there wis a gun oan the go which wis being used tae pan-in electrical shoap windaes and if it wisnae haunded in, then there wis gonnae be big trouble. They jist aw sat there nodding at him every time he goat tae a wee twist in his Pinocchio pitch, letting oot wee encouraging 'ahs' and 'oohs' every noo and again. Even Liam himsel, no used tae hivving an audience when embellishing porkies, wis fairly impressed at how good he sounded. He even started tae convince himsel that the shite he wis spieling, oot ae that mooth ae his, wis the truth, and nothing bit the truth. Daddy Jackson and Billy Liar baith expressed amazement at the juicy bits ae the tale, glancing o'er at each other wae big grins aw o'er they mugs-shots ae theirs. The Sarge's brain hid then kicked up a gear and gone intae overdrive. Although he widnae hiv admitted this tae anywan, he'd a vivid vision ae a shiny inspector's badge being pinned oan tae his hat before he'd even finished. It wis jist a pity that he hidnae bothered tae glance across at Colin during his gibber though...the stupid haufwit that he wis.

"We've checked wae forensics and they've said that, apart fae wan haun print that turned oot tae be yours, the gun seemed clean. It wis probably cleaned this morning, before it wis passed oan tae us and although there wis still a few wee flecks ae rust here and there, they didnae think it hid been fired recently..."

That statement fae Billy Liar should've alerted him. He wis aware ae Colin's presence oot ae the side ae his eye, shuffling at the door, bit The Sarge wis too busy thinking aboot his impending promotion and dazzling the drawers aff ae that wee Peggy McAvoy, oot there in the front office, wae his shiny badge and newly creased troosers.

"...Bit they've passed it oan tae the ballistic boys, jist tae make sure and tae see if it's been used oan anything."

Another fucking clue that he should've picked up oan.

"So, ye think this is the same gun that that wee manky mob ae yours hiv been using, Liam?"

"Stauns tae reason," he said, shrugging and wondering how he wis gonnae manage tae skim his wages withoot his other hauf finding oot.

He felt quite calm while being put oan the spot by the Paddy posse. He put this doon tae Big Jim no being there tae fuck it up...or maybe it wis because he wis too busy imagining himsel oot wining, dining and pumping the wee blonde thing who he could hear tapping away oot in the front office, oblivious tae the pleasant wee surprise awaiting her. He'd take her up tae The Savoy Cafe in the Coocaddens, he wis jist thinking tae himsel. That wis sure tae saften her up before he let his charms loose oan her. It wis then that the rubber garter that he imagined wis haudin up the thirty deniers oan that left leg ae hers snapped wae the sound and finality ae a moose trap oan his future illicit love-life wae wee blonde Peggy McAvoy.

"So, if we telt ye that the windaes wur tanned using some sort ae sling wae glass bools in it, it wid come as a surprise tae ye, Liam?"

"Ye whit?" he asked, his brain struggling tae comprehend whit it thought it hid jist heard.

"So, if we telt ye that the windaes were tanned using some sort ae sling wae glass bools, it wid come as a complete surprise then?" Daddy, fuck-pigging, arse-licking, Jackson repeated wae a smug look oan that crackly, lined, auld fuck-face ae his.

Hivving said that, The Sarge thought he handled himsel quite well, under the circumstances.

"Really?" he croaked, sick as a pished frog.

"Aye, it took they forensic boys a wee while, bit tae gie them credit, they came up wae the goods in the end, even withoot the intervention ae ballistics," Billy Liar said, sounding mair jolly than anywan hid heard him in a long while.

The Sarge wondered whit the reaction wid be if he threw up, there and then, straight across the shiny table top in front ae them. He felt faint. Ah swear tae God, if Ah ever get hauf a chance tae get ma hauns oan that bloody clock, Ah'll take a fucking axe tae it, The Sarge telt himsel as he sat there, fighting tae keep his composure intact, tae the thundering sound ae tick-tocking. Nae use letting these arseholes see that they'd goat tae him, he thought, as he clamped the cheeks ae his arse thegither tae stoap a fart ripping the fuck oot ae the arse ae they troosers ae his.

"So, where wur we then, Liam? Oh, aye...the Berretta?" said The Chief.

"The only thing Ah kin think ae, is that somewan must've panicked and haunded that in tae me tae take the heat aff ae them," he croaked, impressing even himsel that he wis haudin it aw thegither.

"And who dae ye think that might be?"

"Ah'm no sure. Ah spoke tae Crisscross, Jinty and Big Jim aboot it this efternoon, so we're aw oan the case. We assumed it wis they wee toe-rags we're efter fur the windaes. Ah wis hoping that the forensic boys wid've picked up oan that."

"Colin?" The Chief asked, as everywan in the room looked o'er at the inspector.

"As Liam said, the boys hiv been putting a lot ae heat oot oan the streets. That seems tae be the only explanation."

"There's something aboot this that jist disnae add up," chipped in Billy

Liar, clearly enjoying himsel. "If ye're saying the pavement pounders, including yersel, put oot the word that we wanted the gun that wis being used tae tan in aw they windaes, and we know that a gun wisnae used, bit we've ended up wae a gun, dae ye think we should put oot the word, asking fur aw the jemmies used tae tan aw the shoaps and hooses in the toon o'er the past six months tae be haunded in or there's gonnae be trouble?"

"Aye, we could ask fur aw the getaway cars that wur used in aw the armed robberies while we're at it," Ralph Toner said tae laughter.

"As Ah've jist explained, the strategy we used..."

"There's that word that Ah don't like popping its heid up again," growled Nippy-face Jackson.

"...Wis tae jist keep the pressure oan and let aw the wee toe-rags in the area know the score. There wis a lot ae pissed-aff people gaun aboot because ae it, Ah kin tell youse," The Sarge said, ploughing oan, ignoring the interruption.

"So, whit aboot this wee manky mob then?"

"We couldnae catch up wae them tae hiv a wee chat, bit we've goat the wee fat talking clock oan their trail, trying tae track doon their planking place. We're confident he'll find it and that should lead us tae oor first piece ae solid evidence that'll link them tae the electrical shoaps and aw the other jiggery-pokery they've been up tae. Personally masel, Ah think they've panicked and paid some auld jakey tae haun in that shooter. It shows ye that we've goat the wee basturts oan the run," The Sarge said wae as much conviction as he could muster under the circumstances and clearly no convincing anywan in the room.

"Liam, Ah'm in agreement wae Daddy here. There's something fishy gaun oan that we cannae jist put oor fingers oan. In the meantime, keep the pressure oan these sticky-fingered wee fuckers," The Chief advised.

"Aye, and when ye dae catch up wae them, ye mind and tell them that if any ae ma boys catch them anywhere near Dumbarton Road, oan a bus or no, they'll be booted back tae the Toonheid, minus some ae they sticky fingers that they're so fond ae," growled Daddy Fuck-face.

The Sarge wanted tae tell these tottie-heids tae fuck aff back tae the auld country and leave the real polising tae real bizzies like him and Big Jim, bit thought better ae it.

"Aye, Ah'll dae jist that, Daddy," he mumbled.

Colin opened the door and winked at him as he stepped through it.

The shock ae realising that he wisnae gonnae be getting intae wee Peggy McAvoy's pants any time soon hid left him in such a daze that he hardly noticed her as he passed by her desk. He also never noticed that she'd stoapped typing until he goat tae the tap ae the stairs efter she called oot his name.

"Oh, Liam?"

He hidnae realised that she even knew his name as a thrill shot through they loins ae his. He turned roond, feeling like a hungry dug jist aboot tae get a crumb aff ae a hungry hermit's mince pie. Maybe things wurnae as bad as he'd first imagined, he thought tae himsel as he hauf stumbled back tae staun in front ae her desk wae an expectant look oan his coupon.

"Ah've a message fur ye fae a PC Cross. He says he's up at The Royal. There's been an emergency."

"Eh? Oh, right...how long ago?"

"Aboot hauf an hour."

"Oh, right, thanks...Peggy," he said, jist as her fingers started tae go like the clappers again.

By the time he reached The Royal, everything looked relatively calm enough oan the ootside. Wance inside, there wur the usual drunks hinging aboot, pishing themsels where they sat. He clocked a few faces that he thought he knew, who wur sitting wae blood-soaked towels wrapped roond their heids, while some auld bird wis staunin up oan wan ae the chairs, pished as a fart and singing some stripper song while peeling aff her kecks, exposing paps that wur at least three feet long.

There wis a big commotion coming fae wan ae the cubicles alang the corridor tae his left and he heided in that direction, clocking hospital uniforms flying in and oot. It looked as if there hid been a multiple car accident or a train crash disaster hid taken place somewhere, judging by the amount ae nurses and spotty-faced doctors that wur running aboot. A blood curdling wail hid jist went aff as The Sarge popped his heid through the curtain.

"Crisscross, they wee thieving basturts hiv stolen aw ma money fur the needy weans oot in Africa. Whit am Ah gonnae dae noo?" Sally wailed, lying oan tap ae the bed in her Sally Army uniform, sounding and looking like a distressed, beached sperm whale.

"There, there, Sally. Don't ye worry, darling. We'll soon get it back, hen," Crisscross wis saying, face as white as a ghost and looking distressed, sitting oan a chair and haudin her by the haun.

Another wan ae the Sally Army wummin wis oan the opposite side ae the bed, dabbing Sally's foreheid wae whit looked like a damp nappy. Crisscross clocked The Sarge and jumped up and went through the curtain intae the corridor, jist as another nurse arrived wae a bowl ae water and mair nappies.

"They dirty, manky wee basturts hiv tanned ma hoose and stolen aw the money that Sally and the girls hiv been collecting fur aw the poor snappers oot in Africa," Crisscross wailed, adding tae the racket.

"Crisscross, slow doon and tell me whit's happened, son."

"Sally and the girls arrived hame aboot eleven o'clock, efter being oot collecting roond the pubs. They knew something wisnae right as soon as they walked in the front door because aw the doors wur open in the lobby and they could see the street lights shining in fae the front ae the hoose."

"How did the basturts get in?"

"Through the kitchen windae."

"Did they get aff wae much?"

"The lassies empty their cans intae a suitcase that we keep under oor bed. It wis sitting oan tap ae the mattress, opened and empty. Sally and the lassies think there must've been aboot fifteen tae twenty quid, aw in coinage, in it."

"Fur Christ's sake, Crisscross! Whit kind ae money is that tae be keeping in the hoose?"

"Aye, Ah know...Ah keep telling her, bit she says there's naewhere else.

She disnae trust the banks. The money gets picked up every month and this is them coming tae the end ae their third week."

"Is she awright? She sounds as if she's in pain."

"Ah don't think she'll ever get o'er this wan, Liam," Crisscross mumbled, looking devastated.

"Aye, it must be horrible hivving yer hoose invaded."

"Aye, there's that as well, bit she thinks this might fuck her up fur winning the 'Feed The Hungry African Weans' award fur the second year in a row. She's heard a wee rumour that her and the lassies ur strong contenders again this year. Life won't be worth living if she's pipped at the post by that ugly crowd across in Maryhill. If that happens, Ah don't think she'll recover fae this wan in a hurry."

"Whit's the doctors saying then?"

"They say she's shocked and distressed and want tae keep her in fur observation, bit she says she wants tae get back hame and intae her ain bed."

"Whit's happening back at the ranch?"

"A couple ae the Christian warriors, Anita and Morna, ur there, tidying the place up. Forensics hiv been and they've aw gied statements, apart fae Sally. When she went intae the bedroom and saw the case opened, wae nae coins in it, she fainted. Anita telt me that it took two ambulance men and two pavement pounders tae lift her oot tae the ambulance oan a stretcher."

"Who wis that?"

"Jack and Tommy."

"Ur they still there?"

"Naw, bit they've sent fur a joiner."

"Okay, Crisscross. Let's see if we kin get Sally hame."

"Ah'm telling ye, Liam. Ah don't mind admitting it, bit Ah wis shite feart, so Ah wis. Ah thought Ah'd lost Sally when Ah arrived here, jist as they wur wheeling her in. Ah want they wee basturts strung up by the baws."

"Don't ye worry aboot a thing, Crisscross. This is fucking war. Noo, come oan, son, let's get Sally hame," The Sarge said, lifting back the curtain tae the sounds ae Judy Garland howling alang in the reception seating area.

"C'moan, Sally, hen, let's get ye hame tae yer ain bed and a nice wee cup ae Horlicks," Crisscross cooed.

Chapter Thirty Five

"In ye come and keep the noise doon. Nip under the bed and Ah'll be through in a wee while," Joe whispered.

He closed o'er the front door as Skull crept quietly alang the lobby tae Joe's bedroom, wae the pillowcase haudin the coins in it slung o'er his shoulder. Five minutes later, Joe reappeared wae a couple ae pieces wae dollops ae salad cream oan them.

"Here ye go."

"Lovely."

"Right, the auld wans are in their kip, bit we'll need tae be quiet, especially if we're coonting the dosh."

"Get some socks fur the coins."

"How much did Tony say we've goat tae get fur the morra?"

"He said tae try and get five pounds and ten bob."

"Right, we'll start wae ha'pennies. There's twenty-four ha'pennies tae the bob, so we'll need twenty piles tae make up a pound. Let's go," Joe said, as he opened the neck ae the pillowcase and the two ae them started putting thegither piles ae ha'pennies oan tae the cover ae a 1961 Beano Annual.

Wance they ran oot ae ha'pennies, they started oan pennies, twelve tae a pile and then the thrupenny bits came next.

"Right, that's five pound, ten bob. Dae we carry oan coonting?" Skull asked, looking at the socks wae their necks tied in a knot oan each end.

"Naw, fuck it, we kin coont the rest ae it the morra when we meet up wae Tony and Johnboy. Nip under the blanket and nae farting noo. Ah'll go and switch aff the light."

"Aye, okay," Skull said, that arse ae his letting oot a wee pip-squeak that made them baith burst intae giggles.

"So, whit's the score wae that auld man ae yours, no letting ye in at night then?"

"Who knows. Ah think he thinks the Murphys are coming back or something. Ma ma keeps telling him that it's aw o'er wae and they won't be back, bit he wullnae listen."

"So, why dis she no jist gie ye yer ain key?"

"We don't hiv a key fur the door. It only locks fae the inside. He threw the key oan tae the fire when Ah wis young. Wan time when Ah knocked oan the door tae get in, ma ma goat up and he attacked her, thinking she'd joined their gang. Noo, she jist disnae bother getting up wance her and Betty ur in their beds...too dangerous."

"When we get the key ae the dookit the morra, ye'll hiv yer ain key then, so it wullnae be a problem. Ye kin jist kip in the cabin whenever ye cannae get in."

"Aye, it'll be bloody brilliant, so it will. Jist me and ma doos. Wance we've goat it stocked up, Ah'll try and get ma da tae come roond fur a wee look. He hisnae left the hoose since he goat oot ae the hospital jist efter Ah wis born. Ma says the doctor said he should try and get a hobby, insteid ae sitting there getting pished every day."

"Well, he's sort ae goat a hobby."

"How dae ye mean?"

"Getting pished aw the time, in the same place, in the same chair wae the same bottle ae juice everyday. The Toonheid is full ae people like that."

"Aye, Ah never thought ae that. Ah'll need tae remind Ma tae tell that doctor that when he turns up fur his yearly visit. He'll be fair chuffed that ma da's daeing whit he suggested efter aw."

Wance their laughter died doon, they didnae speak fur aboot five minutes. Jist as Joe wis falling aff tae sleep, Skull broke the silence.

"Dis yer ma and da ever gie ye a wee cuddle, Joe?" he whispered in the dark.

"Ah think ma granny used tae before she croaked it, although Ah'm no sure, as she died years ago, so Ah'm maybe jist imagining it. Why, dis yours?"

"Naw."

Chapter Thirty Six

"Bit, Ma, Ah need tae meet ma pals. It's urgent!" Johnboy wailed.

"And Ah need ye tae take yer da's shoes up tae the pawn because we're skint."

"Ah'll dae it later."

"Johnboy, ye'll dae it the noo and stoap yer whining, ya cheeky wee shite, ye."

"Ah hate you!"

"Aye, so dae Ah. Noo, get they shoes lifted up aff ae that chair and hurry up, before Ah start tae get annoyed. And don't touch the toes oan them wae they fingers ae yours. Ah don't want them aw full ae smudges. Hurry up!"

"How much?"

"The same as last week. Three bob."

"Fat Fingered said tae me last week that they're getting auld."

"Tell him they hivnae been worn since last week because they've been sitting oan his shelf and Ah need three bob."

"You tell him."

"Ur you still here? And remember, get straight back here wae ma money. Ah need tae get some messages in fur oor tea."

The pawn wis up the close oan the corner ae McAslin Street and Stanhope Street, jist alang fae The McAslin Bar. Johnboy hid been taking his da's shoes there nearly every week fur as long as he could remember. He must've been aboot five the first time as he remembered it wis oan the first day he started school. His ma took him up there before drapping him aff at school, so that he'd know where tae go and whit tae dae when he went up oan his lonesome. He'd bubbled tae her that he wanted tae go tae school wae aw his pals, bit she'd telt him tae stoap whinging and that he'd be able tae go tae school wae his pals the next day and fur the rest ae his life. Even though she'd gied him a penny gobstopper that lasted him the whole day, he'd hated walking intae his new class aw by himsel, hauf an hour efter everywan else hid arrived and grabbed aw the good seats in the classroom. That wis how he'd ended up sitting beside Senga Jackson. It hid taken him a year tae get used tae the shame, even though she'd seemed happy enough wae the arrangement.

At the pawn shoap, customers went in the closemooth and then through a door that looked like every other door up the close. Wance ye goat inside, there wis a waiting room, always full ae aulder people than him, that hid a bench oan wan side and a row ae doors intae wee cubicles facing ye oan the other. The doors must've hid super hinges oan them because they wur furever being yanked open before automatically slamming themsels shut wance whoever entered hid haunded o'er their gear, collected their dosh and the next punter hurriedly nipped in tae take their place. Johnboy always played a game ae predicting which door wid open next. His all-time record ae getting it spot-oan hid been fourteen oan the trot. Despite lying basturts claiming tae hiv beaten his score, nowan he knew hid ever produced any eye-witnesses. Johnboy hid auld Bitching Betty and Shitey Sadie, who worked part-time in the bag-wash across the road oan a Thursday and Friday, tae back him up.

"In the name ae Holy Wullie, ye must be blessed tae hiv worked that wan oot Johnboy," Sadie hid exclaimed in wonder at the time, fair impressed wae they special skills ae his, bit it hidnae taken long fur his bubble tae get well and truly burst.

"And him a wee red-heided Proddy tae. Who wid've thought in this day and age, eh? Personally, Ah blame that mother ae his masel," Betty hid hurumphed, grappling fur that rosary wrapped roond her neck before the Devil dressed up as a wee manky toe-rag managed tae get his clutches oan her.

Bitching Betty hid been a nun way back in the aulden days. She'd telt everywan that she'd hid tae leave the convent in whit she'd stood in, which in her case, wis a black habit, because a big filthy hairy priest hid tried tae perch oan her. Johnboy's ma hid telt him that her story wis a heap ae shite. Betty hid lead the charge ae a group ae nuns who'd stormed the alter wine store in the convent and because she wis the ringleader, hid been expelled.

"Everwan in the Toonheid knows the truth fine well, bit they're jist being polite tae her because they don't want tae hurt her feelings. She wis a drunken bitch back then and his been bitching at the world and everywan in it ever since," his ma hid said.

His ma hid also telt him that her Aunt Jeannie hid hated Bitching Betty wae a vengeance.

"Whit did Ah tell ye?" Fat Fingered Finklebaum asked him, bringing him back tae the situation in haun.

"Whit did ye tell me?"

"Ah telt ye last week that three bob is too much. They're getting auld. If that maw ae yours disnae come back and take them aff ae me, Ah wullnae get ma money back oan them when Ah hiv tae sell them oan."

"She'll hiv tae come back as they've goat a do oan in The McAslin Bar next Saturday and ma da will be wearing them. He disnae hiv anything else apart fae his work boots tae wear."

"Oh, Ah don't know," he said, doubtfully, gieing the shoes a right good scan.

"Gie's the three bob and Ah'll tell her she's goat tae come and pick them up and ye kin tell her yersel."

"Hmm, Ah don't know."

"She says they'll only be in fur a couple ae days and she'll pick them up again oan Saturday morning, wance ma dae gets his wages oan Friday."

"Aye, bit ye'll be back here next week, demanding three bob again."

"Aye, bit by then ye'll hiv agreed a price wae her."

"Hmm, Ah, don't know aboot that," Fat Fingered murmured, rubbing the whiskers oan his chin wae they fat fingers ae his, hauding the shoes up, studying the soles and heels oan them fur the umpteenth time.

"Well, neither dae Ah."

"Whit?"

"Ah'm jist thinking ae whit her reaction will be if Ah go hame withoot three bob."

"Two bob."

"Oh, Ah don't know aboot that," Johnboy said, doubtfully, scratching under his right oxter wae his left haun, feeling nervous.

"Whit?"

"She's likely tae come charging doon here like a wummin possessed, so she is."

"Ah jist cannae make up ma mind," Fat Fingered mumbled again.

"Two and a tanner then?" Johnboy pleaded.

"Hmm, Ah don't know aboot that."

"When will ye know?"

"Ah'm thinking, Ah'm thinking."

"Look at the shine oan they toes. Ye kin see the moles oan yer face in the reflection."

"It's awright fur ye tae say that, bit Ah jist cannae make up ma mind, Johnboy," he mumbled, scratching his jowls again. "Ah hiv tae think how Ah'm gonnae pay aff aw ma overheids."

"She says Ah hivnae tae come back wae less than three bob or there'll be big trouble aboot here."

"Ah'll tell ye whit, Johnboy, Ah'll compromise wae her. Two and a tanner."

"Smashing. Kin ye hurry up because Ah've goat tae meet up wae ma pals."

When he came oot ae the pawn, he heided roond the corner tae the stables. He couldnae see or hear Tony, Joe or Skull up oan the roof fae the street. Horsey John and Tiny wur staunin speaking tae Manky Malcolm who owned the rag store next-door tae the stables. They stoapped talking as Johnboy approached, following him wae their gaze. Their staring, un-blinking beady eyes reminded Johnboy ae the Jesus pictures, wae the glowing heart, which aw the Catholics hid tae hiv, stuck up oan their walls at hame, tae make sure they goat intae Heaven...the wans wae the eyes that followed ye wherever ye sat in the room. Efter tagging oan behind Elvis, who like himsel, wis gieing the creepy, beady-eyed saints a wide body-swerve by stepping aff the pavement oan tae the road tae pass them, he nipped intae the first close beside the rag store. He'd heard his ma talking tae Betty fae next door earlier. Betty hid said that when she wis doon hinging up her washing in the back court, the sun wis splitting the trees, even though the only trees he'd ever clocked

in the Toonheid wis the wans up oan Grafton Square. Oan the way up
tae the pawn shoap, efter checking oot the trees oan Grafton Square
oan the way past, he'd wondered how the sun managed tae split them
withoot setting fire tae them. None ae the trees oan the square looked
split or as if they'd been oan fire recently, apart fae the wan at the John
Street end ae the square that Johnboy and his pals hid tried tae burn
doon during the Easter holidays. He'd need tae remember tae ask Tony
if he knew whit the score wis. When he goat through tae the back ae
the closemooth, he wis reminded that it hid been pishing doon wae rain
through the night. He could vaguely remember it battering oan his bed-
room windae and wakening him up. Whit he saw in front ae his eyes no
only confirmed that the rain hid been and gone bit a hurricane hid come
back and wis jist aboot tae hit him where he didnae think his ma hid ever
kissed his da.

Tony, Joe and Skull wur spread oot aboot ten feet apart, running to-
wards him, wae Crisscross, and that big basturt ae a sergeant ae his,
jist behind them, heiding Johnboy's way, wae their mooths wide open,
gulping fur air. Aw Johnboy could see wis their bodies fae the waist up.
Their legs hid disappeared somewhere in amongst big splashes ae water
as their feet pounded through aw the puddles scattered aboot the back
court.

"Run, Johnboy, run!" Tony screamed.

Johnboy jist managed tae dae a quick aboot-turn before being run o'er
by ten splashing feet. They aw burst oot intae Stanhope Street, disturb-
ing Elvis, who wis bent o'er double, wae his tongue hinging oot, daeing a
shite in the middle ae the street, bit who'd the good sense tae snib it and
get tae fuck oot ae their way pronto, narrowly escaping being run o'er, as
they hit the closemooth oan the other side ae the road.

Wance they charged through the closemooth and made it intae the
back court behind the pawn shoap, it wis a race between them getting up
oan tae the midden and o'er the wall where Paul goat nabbed efter the
St James Road break-in, and being nabbed by the pair ae bizzies behind
them. It wis difficult fur Johnboy tae see mair than two inches in front
ae him, as the dirty water fae the puddles wis being splattered across his

face by the pounding ae his ain feet. It wis like a muddy broon waterfall running away fae him. The faster he ran, the mair he wis being blinded. The four ae them managed tae land aw thegither up oan tap ae the midden. Before Johnboy disappeared o'er the dyke, he quickly glanced back at the sound ae Crisscross's splash ae the day.

"Aw, naw, ya fucking wee reprobates, ye!" he shouted, staunin up wae his erms held oot in front ae him, water dripping aff ae his fingertips, wae whit looked like a rotten scabby doo stuck tae the front ae his uniform jaicket.

The Sergeant hid awready stoapped and wis bent o'er between Crisscross and the midden, wae wan haun oan his side and the other wan clasping his knee, wheezing like a leaking hot water tank.

Four sets ae feet landed oan the deck oan the other side ae the dyke wae a loud thud. Nowan spoke before they came oot intae McAslin Street, heiding fur Parly Road. At the junction ae Taylor Street, jist before they nipped across Parly Road towards Lister Street, Tony shouted that they should aw heid fur the cabin. Withoot breaking step, Johnboy shouted that he'd tae heid hame bit that he wid catch up wae them later. As he veered aff tae his left, heiding doon towards The Grafton picture hoose and St James Road, he heard Skull shouting o'er the sounds ae screeching brakes and tooting car horns.

"Last wan there's an arse-bandit's bum-boy!"

Chapter Thirty Seven

"Kirsty, will ye get that, hen?" The Big Man said, withoot looking up fae his Racing News.

"Whit ur ye wanting?" Kirsty demanded, haun oan hip, efter opening the door fur the fourth time in twenty minutes.

"Is he in yet?" asked Horsey John.

"Aye."

"Then, that's whit Ah want," he said, brushing past her. "Hellorerr Pat."

"Horsey, how's yersel?"

"Shite."

"Aye, so nothing's changed then. Ye're still in yer usual good mood, ur ye?"

"Ah've jist saw they cheeky wee manky pals ae yours daeing a runner, wae the bizzies hauf way up their arseholes."

"Whit wans?"

"The Tally and his pals."

"Who wis chasing them?"

"They daft eejits, Crisscross and Thompson."

"So, they'll hiv goat clean away then?"

"Looks like it."

"So, whit kin Ah dae ye fur?"

"Ah haunded o'er the keys tae Shaun's cabin tae them, jist before they took aff and Ah've goat some money tae haun in fur him tae pick up later."

"Jist gie it tae me and Ah'll see that he gets it."

"Fine," Horsey John said, pulling oot five socks full ae coins and throwing them oan tae the table wae a thud.

"Whit the fuck's this?"

"The cheeky wee basturts haunded the money o'er tae me like this."

"Whit's wae the two knots in each sock?"

"The Tally wan said that aw the socks hid holes in the toes so they hid tae tie a knot oan baith ends tae stoap the money fae spilling oot."

"Hiv ye counted it?"

"Hiv Ah hell. They said there wis a score in there somewhere."

"Aye, they're something else, so they ur," The Big Man said, laughing. "They're jist like masel when Ah wis their age...cheeky as fuck wae a good sense ae humour tae boot. No a bad wee crew that. Ah kin see them gaun far."

"Dae ye think they meant tae haun o'er the dosh in coins?"

"Of course they did. They wee shitehooses hiv probably spent the last two days gaun up and doon the shoaps oan Parly Road, changing it fae notes intae ha'pennies and pennies, jist tae noise Shaun and his brothers up. Ah definitely like their style."

"Ah cannae staun the cheeky wee fuckers masel. And the lip ye get fae them? If Ah wis forty years younger, their baws wid've been well kicked before noo."

"Aye, well, Ah widnae put money oan that. They're gonnae be trouble in a couple ae years fae noo, bit we'll deal wae that when the time comes. In the meantime, jist dae whit Ah'm daeing and enjoy the show. Crisscross and Liam Thompson, ye say?"

"Aye."

"Fucking eejits! That wee manky mob will run rings roond them aw day long."

"Ah'm glad somewan appreciates them."

"If ye see Shaun, don't let oan that they've paid in ha'pennies and pennies. Ah cannae wait tae see the face oan him when he his tae sit there aw night, coonting it."

"Right, Pat, see ye later."

"So, Kirsty, hen, how's ma group getting oan wae their rehearsals?"

"There's good news and there's bad news. Which dae ye want first?"

"Aw, fur Christ's sake, Ah hate aw that choices shite...jist tell me."

"Dae ye want the good news or the bad news first?"

"Furget it."

"Fine."

"Listen, Ah'm no gonnae let ye wind me up the day. No news is good news as far as Ah'm concerned."

"Great."

"Okay, gie's the good news first."

"The band ur getting oan like a hoose oan fire and they're churning oot songs, twenty tae the dozen. There's no been a cross word between them and they reckon they kin go oot oan the road. Bad Tidings ur hoping tae catch them oan tour or at wan ae their gigs. Ah've heard the stuff they're daeing. There's a fair chance that they might jist get a recording deal."

"Aye, well, noo, that is good news. Ah'll need tae make sure that Ah get ma cut, seeing as Ah've put them thegither."

"Will ye hell. They've asked me tae be their manager."

"So, that's the bad news, is it?"

"Naw, that's still part ae the good news, ya cheeky sod, ye."

"Okay, nae need tae get they knickers ae yours in a twist. So tell me the bad news then, bit be careful...ye know how sensitive Ah kin be."

"They've goat an offer ae another gig, wae better money...oan Saturday."

"Hiv they fuck. They're playing here next Saturday or they're no playing anywhere."

"Ah telt ye last week that Ah wis representing them. First of aw, ye telt me ye wid pay anything tae get a decent group and then ye informed me, withoot negotiating or nothing, whit ye wur willing tae pay them. Yer offer wis considered and noo Ah'm informing ye that we've goat a better deal."

"Gonnae no dae this tae me, Kirsty? Ye're making ma auld Nobby Stiles play up, so ye ur."

"Ye offered them, through me, three nicker fur the night...is that right?"

"Ah offered three quid plus a bevy if they wur any good. Looking at the way the Pie Flinger and Marshall Dillon wur tearing intae at each other, Ah'm still surprised they've lasted this long."

"Fair enough."

"Noo we're getting somewhere. So, three quid and a bevy still stauns then?"

"Naw, fair enough means thanks fur the offer bit if ye want pish, get in touch wae yer pal, doon the water in Dunoon. See if he kin gie ye a better deal."

"Kirsty, Ah cannae believe whit Ah'm hearing here. Ye know how important this is tae me and that wee maw and da ae mine. How kin ye dae this? Look at aw the things Ah've done fur ye."

"Aye, it's nearly a year since ye offered me the hostess job doon at The Capstan Club and Ah'm still waiting."

"Ah telt ye, how wis Ah tae know Chantel's cancer wisnae terminal at the time?"

"Ur ye wanting tae renegotiate or no?"

Silence.

"Fine then," she said, picking up her Jackie.

"Er, aye, okay, spit it oot, bit Ah'm warning ye, Ah'm no in the mood tae be ripped aff...especially fae the likes ae you," he eventually said wae a scowl.

"Right, this is non-negotiable, so don't even try. Three pounds each tae the musicians and three tae masel fur aw the hard work Ah've hid tae put in."

"Ye're bloody jesting yer uncle Santa fucking Claus here. Ah could get that blind prick, Roy Orbison, fur hauf that if he wisnae awready oan tour."

"Ye obviously hivnae taken a telling, hiv ye? Ah said that it wis non-negotiable. Three single wans plus three fur masel. Take it or leave it, Colonel Parker. Whit's it tae be?"

"Ah don't bloody believe this. Being screwed by a blonde dolly bird and Ah don't even hiv a smile oan ma coupon."

"Hiv we a deal?"

"So, Ah've tae haun o'er twelve smackeroos before ye'll agree tae the group Ah've brought thegither tae play in ma pub tae ma wee poor maw and da?"

"Naw."

"Naw whit?"

"That's fifteen big wans fae where Ah'm staunin."

"How the hell dae ye make that oot?"

"There's the lead singer..."

"Florence Nightingale, the pie flinger, aye?"

"Gareth and Blair..."

"Commonly known in the toon as Sheila and Lola."

"Masel..."

"Kirsty, the soon tae be unemployed barmaid...which makes, if ma calculations ur correct, four times three quid equals twelve. At least it wis when Ah wis in approved school."

"And then there's Michael Massie."

"Who the fuck is Michelle Lassie? Another wan wae an even dodgier name than they brothers ae yours."

"Massie. Michael Massie."

"Who the fuck is he then?"

"He wis the bass player wae Charlie Crevice and the Pyle's until we stole him fur yer maw and da's bash. Best bass player in the toon, so he is. So, that makes fifteen. At least it wis when Ah went tae The City Public."

"Kirsty, ye're bloody skating oan thick ice, hen. They'd better be bloody brilliant."

"Ah think ye mean thin ice."

"That as well."

"And ye better gie me an agreement right noo or Ah'm oot ae that door tae phone Rio Stakis tae get a real job."

"Oh, fur Christ's sake...hiv Ah no jist agreed?"

"Hiv ye?"

"Ah said Ah hid, didn't Ah?"

"Aw, Pat. Ah swear tae God, ye're no the biggest wanker in the Toonheid that everywan says ye ur. Under that sagging beer belly is a heart ae stane."

"Ach, ye're embarrassing me noo...stoap it. Ah only want tae dae whit's right fur ma wee maw and da."

"So, the offer ae the hostess job at The Capstan Club still stauns?"

"Aye, as soon as Chantel moves oan... if ye know whit Ah mean. The job's yours, bit ye might hiv tae wait a wee while jist yet."

Chapter Thirty Eight

Johnboy stood looking at the cabin, soaking in the view. He couldnae believe it belonged tae them...well, nearly belonged tae them. He noticed there wis awready two doos oan the board, dancing aboot. The hood wis up so they wurnae gaun anywhere though. He could hear laughter coming fae the door and Skull's voice.

"Tony, fuck the Murphys. It's aw oors noo."

Johnboy stepped oan tae the bottom rung ae the ladder and shouted that he wis coming up.

"So ye're here, ur ye? And no before time. We thought ye'd goat nabbed by Stan and Ollie," Skull said, popping his heid oot through the bead curtains as Johnboy climbed up.

"Naw, Ah never clocked them wance Ah left youse," Johnboy said, feeling his excitement building up as he stepped in through the door.

The place wis the same as he'd remembered it fae their first visit. The only difference wis that aw the nesting boxes wur open and Tony and Skull wur scrubbing them oot using soapy water fae a bucket that wis sitting in the middle ae the flair.

"Whit ur youse daeing?"

"We're cleaning oot the boxes. Ah don't trust they Murphys, so we're gieing them a good scrub, jist tae make sure they hivnae left us any fungi or bacteria as a farewell present, the pricks," Skull said.

"Kin Ah gie youse a haun?"

"Naw, jist staun there and learn fae the experts," Skull advised, as he dipped the scrubber intae the soapy water and began scrubbing furiously in a new box.

"Being an expert oan soapy water disnae really go wae yer image, Skull," Tony said, looking doon fae the wooden Barr's box that he wis staunin oan tae reach the tap row ae boxes.

"Ha, fucking ha, Tony. When wis the last time ye hid a bath yersel, ya Atalian greaser, ye?"

"Jist efter Ah shagged yer granny. That's whit killed her."

"There ye go, boys," Joe announced, tying a wee bag tae a nail at the side ae the boxes and staunin back tae admire his work.

"Whit's that fur?"

"That, Johnboy, is fur us tae use before we put oor greasy hauns oan any ae the doos. Ah've filled it up wae baby powder. So, before ye pick up a doo, ye hiv tae clap yer hauns oan tae each side ae the bag, jist like this," he said, demonstrating, as a wee puff ae white powder engulfed his hauns. "The powder comes through the cloth and soaks up any greasy shite oan yer hauns and it'll keep the doos clean when ye lift them oot and in fae the boxes oan the landing board."

"Aw, right, Ah see."

"Hiv ye seen oor cavie, Johnboy?" Skull asked, wiping his wet hauns oan the front ae his Jags jersey.

"Naw."

"Ye don't know whit the fuck Ah'm talking aboot, dae ye?"

"Nope."

"Right, oot ae ma way."

Johnboy stood tae the side as Skull lifted up a trap door fae under where he'd been staunin beside the door. Johnboy looked doon and saw that apart fae the light shining doon intae the opening, it wis pitch black. There wis a ladder nailed oan tae the lip ae the opening that stretched doon intae the dungeon.

"Right, oan ye go. Ah'll follow ye doon."

"Me? Er, Ah'm a wee bit feart ae the dark, so Ah am."

"There's fuck aw doon there."

"So, ye go doon first then."

"Ah cannae believe ye. Oot ae ma way," Skull said, and disappeared doon the hole like a wee bald-heided rat.

When Johnboy followed him doon and stood beside him at the bottom, Skull telt him no tae move. He then nipped back up the ladder, and pulled the trap door shut wae a slam. The place went instantly black. Johnboy jist aboot shat himsel when Skull landed, feet first beside him.

"Fur fuck's sake, Skull!"

"Wait a minute and yer eyes will get used tae the dark. And anyway, Ah thought youse carrot-heids could see in the dark?"

"Only if ye eat carrots mair than wance a week," Johnboy replied, as his eyes started tae get used tae the blackness.

"The last carrot Ah tasted, hid a taste ae mince aff ae it. It wis in a school dinner. Fucking horrible, so it wis. Ah prefer them raw masel."

"That's how ye're supposed tae eat them. That and in soup as well."

"Ah know, that's whit Ah've jist said, ya daft eejit, ye."

"Is that wee windaes?" Johnboy asked, nodding.

Johnboy's eyes wur noo in full working order and he wis looking o'er at the four wee narrow beams ae light that wur shining doon horizontally oan tae the flair fae each wall.

"Aye, they're jist big enough tae let in some air and enough light that the doos kin see whit's gaun oan. There's nae glass in them. See the heavy mesh wire oan the insides ae them? That's tae stoap the rats getting in. Wance they invade, yer doos hiv nae chance."

"So, whit happens doon here then, apart fae scaring carrot-heids like masel shitless wae aw that slamming ae trapdoors? Nae wonder hinging his a bad name."

"This is where yer hens hiv their chicks. They like their peace and quiet and the dark as well."

"Oh, right."

"Aye, wait tae ye see the wee beauties we produce doon here. They ugly fuckers, the Murphys, ur no gonnae know whit's hit them. Ah"ve goat big plans fur this place, so Ah hiv."

"Too true, ye hiv. Ah cannae wait tae get involved."

"Right, let's get back up and make sure that pair ae lazy basturts ur daeing whit they're supposed tae be daeing."

"So, whit dae ye think then, Johnboy?" Tony asked, emptying bird shit aff the end ae his shavehook wae his finger intae a box.

"Bloody brilliant, so it is. Ah cannae believe it's oors."

"Aye, well, we'll need tae speak aboot that."

"Goat ye, ya fud, ye!" Joe shouted gleefully, jumping up and doon oan the carpet-covered cot, looking o'er at the other three wae a big grin oan his coupon.

He wis haudin up a wee blue tranny that looked familiar and which hid music blaring oot ae it.

'This is the Mike Ahern Show, believe it or not. Your DJ, Mike A, Radio Caroline, on 1-1-9, your all-day radio station. This is the All Systems Go Show' the voice jingled, followed by the sounds ae the Everly Brothers' 'Price Ae Love' blasting oot intae the cabin.

"Bloody brilliant, Joe," Skull shouted, daeing an impression ae a wee baldy Partick Thistle player, dancing in a filthy, oot-ae-date fitba jersey and whose fitba boot studs wur aw worn doon tae the white soles, bit who looked as if he wis sucking oan a bit ae wire that wis still live, hinging oot ae a wall socket.

Tony jumped oan tae the dance flair and started strutting roond in a circle, hauns at his sides, looking like a doo that wis jist aboot tae get its hole. Hivving never danced before didnae put Johnboy aff either. He jumped straight in and made an even bigger arse ae himsel than the rest ae them by pretending that he wis playing the guitar as the Stones' 'It's Aw Over Now' filled the cabin. They aw eventually sat doon when 'Colour' by Donovan came oan.

"Where did the tranny come fae then?" Johnboy asked Joe.

"Aye, well...Ah decided tae hing oan tae this fur the cabin so didnae coont it when Ah said how many we nicked. Pretty cool, eh?"

"Magic!"

"Right, we need tae figure oot how we're gonnae pay aff next week's money. Any ideas?" Tony asked them, as he picked up the bucket ae dirty water and heaved it oot ae the door.

"Aye, tell them tae eat ma shite because we're no paying," Skull shouted, as everywan burst oot laughing.

"How much hiv we goat in the kitty?" Johnboy asked.

"Efter haunin o'er the twenty tae they Murphy basturts, we're left wae three pounds, fifteen bob and sixpence ha'penny exactly. Isn't that right, Joe?" Skull said.

"Bang oan."

"So, how dae we find sixteen pound, five bob before next weekend?"

"Skull kin spend aw week doon in the toilets ae Dundas Street bus station."

"Right, that'll take care ae five bob fur the week then. Whit aboot the rest?" Tony said through the laughter.

"Five bobs, five bob," Skull sang, joining in.

"Seriously, we're goosed if we cannae pay oan the spot next weekend," Johnboy reminded them.

"Briquettes?"

"That'll gie us six pound less five bob fur the horse and cart. That'll still leaves us ten pound ten bob short."

"Trannys?"

"We'd need at least ten or eleven trannys tae cover that. That's at least three shoaps worth, tae make sure we get the amount we need."

"No forgetting we'd maybe need wan or two days tae get the briquettes across the Nolly."

"How aboot lifting the lead aff the roofs ae the schools and chapels roond aboot here? There's plenty tae choose fae." Joe suggested.

"Or, the green roof at the back ae the building beside the gates ae Sighthill Cemetery. Ah heard that that's where they keep aw the records ae who's planted there. The roof is covered wae copper sheets. It's the weather that's turned the sheets green."

"Is it? Ah never knew that," Johnboy said.

"That's cause ye're thick and we're no," Skull chipped in.

"It wid mean daeing an all-nighter in the dark. Kin ye imagine the faces ae aw the workmen who'd clock ye, while sitting oan the buses smoking their fags, gaun up and doon Springburn Road tae their work, if we did it during the day?"

"Naw, let's leave that wan the noo. That's a good wee wan tae haud oan tae fur a rainy day," Tony said.

"Or night," Skull chipped in fur good measure.

"Why dae we no jist tan the Murphys' loft?" Johnboy asked aw ae a sudden.

Silence.

"Fucking good wan, Johnboy," Joe said eventually, sniggering.

"Imagine the fun they pricks wid hiv, screwing oor baws oan tae a builder's plank efter booting them fur hauf a morning."

"Whit? Whit did Ah say?"

"Johnboy, that's whit Ah like aboot ye...ye've no goat a bloody clue. Who the fuck invited him tae run aboot wae us in the first place, eh? Wis that you, Tony, ya daft Atalian, ye?" asked Joe.

"They'd be oan tae us like the rash ma sister goat treated fur up in Black Street. Aye and it's no whit youse think it wis...Ah think," Tony said, tae mair laughter.

"Whit's wrang wae tanning the Murphys' loft then? How many times hiv ye tanned a dookit and goat aff wae it? Look at Mad Malky and his dug fae Possil? Ye never goat caught fur that wan, did ye?"

"We're game enough, Johnboy, bit no bloody stupid either."

"Aye, well, tae hell wae this. We kin aw think aboot how we raise the rest ae the dosh later. Let's get that wee hen or the doo oot aff ae that board and gie them a wee bit ae exercise. Johnboy, Joe...nip doon and check that none ae the Murphys' doos ur up and oan the go. Ah don't want tae lose this pair before Ah trade them in the morra," Skull said.

When Joe and Johnboy went in search ae the Murphys' doos, Joe telt Johnboy whit hid happened that morning wae the bizzies.

"We'd jist come up o'er the roof, efter gieing Horsey John the dosh and collecting the keys fur the cabin. Skull turned up, saying that there must've been a Friday morning mass oan at St Mungo's as he'd noticed that they still hid their collection boxes...the wans that sit oan the end ae a pole, sitting leaning against the wall in the vestry, jist in fae the front door. It wis jist too good tae ignore. He came running o'er, aw excited, shouting whit wis happening. We wur jist hauf way through Tony's close when that pair ae bampots jumped oot oan us. The sergeant came in through the front, behind us, and Crisscross nipped in the back ae the closemooth."

"Christ's sake. Whit did youse dae then?"

"We charged up the stairs wae the pair ae them up oor arses. Crisscross wis shouting 'Goat ye, ya wee manky basturts, there's nae escape noo.' As soon as we hit the first flair landing, we aw nipped o'er the banister and drapped doon tae where we started. Skull couldnae resist shouting in mid-air, as we flew past them, 'Hiv ye fuck, ya skelly-eyed basturt.' They wur so bloody surprised that they ended up crashing intae each other, like something oot ae the Keystone Cops, when Crisscross whirled roond tae come back doon the stairs efter us. Gie him his due though, that skelly-eyed wanker kin shift. Ah thought they'd captured us the way he wis bounding up the stairs, three at a time. That's when we bumped intae you."

"Aye, Ah jist aboot shat masel when Ah saw whit wis behind youse, coming towards me through aw they puddles."

Chapter Thirty Nine

"Gerrup! Ma ma says if she his tae come through tae ye, it will be wae a high heel shoe in her haun."

"Aw, fuck aff, Norma!"

"Did ye hear that, Ma? Black Boab his jist telt me tae fuck aff," Norma screamed, aiming that voice ae hers alang the lobby.

"Norma, did Ah fuck!" Johnboy screamed back, hoping his shout ae innocence wid get tae his ma before Norma's did.

"Ma, did ye hear that? He's jist swore again."

Johnboy jumped oot ae bed efter Norma disappeared oot ae his bedroom. He stood stretching, facing the windae, yawning. He never heard a thing and only noticed the shoe wae the five inch stiletto heel oan it efter it scudded aff the back ae his napper and bounced aff ae the windae frame. It wis wan ae the sorest things he'd ever felt in his entire life. He reckoned he must've been really tired tae hiv let his guard doon...probably wae aw the excitement ae the day before.

"Aw, Ma, whit wis that fur?" he howled in agony, touching his skull, checking his fingers aboot a dozen times within the space ae five seconds, tae see if there wis any sign ae blood.

"Ah sent yer sister through tae get ye up, so Ah did. So, if ye swear at her, ye're swearing at me. So, stoap yer whining and get through here. No the morra or the next day, bit the noo. Hiv Ah made masel clear?"

"Fucking cunt!" he mumbled under his breath.

"Whit did ye jist say? Eh?" she demanded, eyes narrowed and wearing the wummin-posessed look that she kept in reserve fur the likes ae him.

"Ah said that wis some dunt, so it wis."

"Whit wis?"

"That shoe wae the spike stuck oan its heel. Whoever made that should be in the jail. That's an illegal weapon, so it is. Ye nearly killed me," he whimpered, touching his freshly laid egg, still finding it hard tae believe that his fingers wurnae covered in blood.

"Away ye go, ya wee damp cloth, ye. Ah hardly touched ye. Wait until Ah dae gie ye a real crack oan that skull ae yers. Ye'll soon know aw aboot it then."

And wae that, she aboot-turned in his da's slippers and disappeared.

When Johnboy went intae the kitchen, they wur aw sitting waiting fur him. As well as his ma, Isabelle, Anne and Norma, the icing oan the cake wis sitting there puffing away oan a fag...Betty fae next door. It wis like every boy's nightmare...aw in the wan room. No only hid he jist been screamed awake by a mad hairy ae a sister, assaulted wae a stiletto shoe oan his napper...which wis still throbbing...by a crazy wummin, bit he'd made the mistake ae arriving oan the scene bare-chested. He tried tae dae an aboot-turn before anywan clocked he wis there, bit he'd left it too late.

"Aw, there's ma favourite wee man noo," Betty cried oot. "C'moan and gie yer Auntie Betty a big wet kiss, Johnboy."

Despite the throbbing oan the back ae his nut, he dived intae emergency plan B by attempting tae shuffle towards the sink, jist oot ae Betty's reach. Because ae his pain haze, he forgoat that Norma wis sitting oan the chair by the table. Oan route, she gied him a wee push as he slinked by her, and he ended up in the erms ae Betty.

"Aw, haud oan, Big Boy. Take yer time...we've goat aw day," Betty cackled, tae the merriment ae the others.

She then grabbed him by the lugs and planted a big wet lipstick kiss oan tae the middle ae his foreheid. He tried tae be calm by no throwing up doon the crack between they paps ae hers, which wur aboot four inches away fae his gub. He'd jist managed tae untangle himsel fae her grip, mumbling "Hello Betty," and acting as if being oan his ain wae this bunch ae psychos wis like any other normal day, when she struck again, only this time, the pain wis up there wae the stilleto. The evil witch tweaked that left nipple ae his between her thumb and forefinger.

"Aw, he's a right handsome wee stoater, so he is," Betty cooed, as he felt his nipple being turned like the stoaper on the neck ae an Irn Bru bottle.

He didnae hiv time tae compare which wis the sorest...the high heel oan the back ae his napper or his nipple being crushed between fingers that hid jist turned intae a pair ae pliers...bit he lost his battle tae stay cool.

"Yeeowww!" he howled in agony, as he shot o'er tae the safety ae the sink, engulfed by mair cackling laughter fae The Ugly Sisters and the Hard-up Twins.

"There's a couple ae slices ae toast sitting there waiting fur ye, John-boy," his ma said, no appearing tae gie a toss aboot him and his poor nipple.

"Aw, here's another fine man!" Betty let oot, when Johnboy's da walked in, bare-chested and in his bare feet as well.

"Aye, hellorerr Betty. Ah hope aw youse lassies hivnae been upsetting ma wee boy noo. It sounded as if a cat hid been stood oan a minute ago," he said, gieing Johnboy a wink.

"Ach, ye know us girls, Jimmy. We're jist hivving a wee laugh and a chatter amongst wursels. Is that no right, girls?"

"Oh aye," they aw chirped, like a bunch ae demented geese.

"Whit ur ye up tae the day, Johnboy?" his da asked, yawning and reaching fur a slice ae Johnboy's toast.

"Fleeing the doos."

"Fleeing the doos?"

"Aye, me and ma pals hiv goat oorsels a dookit."

"Dae ye hear that, girls? We've goat a doo man in the hoose noo."

"Well, keep them oot ae here. Ah don't want ma hoose full ae lice. There's enough ae them in here awready withoot him adding tae them," Ma said tae the witches, who aw cackled.

"That sounds really good, Johnboy. Ah've never been intae them masel. Ah cannae see the attraction, bit you go fur it. Anything Ah kin dae tae help ye, jist gie's a shout. Okay?"

"Aye, thanks, Da."

"Oh, that reminds me. Flypast his been trying tae get a haud ae ye fur the past few days noo," Ma said, lighting up a fag efter tossing wan across tae Betty.

"When?"

"The past couple ae days...something aboot yer dookit. He says ye've tae gie him a shout."

"Right, Ah'm aff then."

"Where tae?" Ma demanded, looking o'er at his da, who wis avoiding her eyes.

"Tae flee the doos," Johnboy mumbled, shooting oot ae the room.

He grabbed his jumper fae the bedroom before taking aff doon the stairs, three at a time, pulling oan his jumper oan the way. His left tit felt as if somewan hid taken a blowtorch tae it. Every time he jumped three mair stairs, his jumper moved up and doon and the sizzling started up again. That bloody Betty, he thought tae himsel.

Johnboy heided roond tae Flypast's dookit, bit he wisnae there. He nipped up and knocked oan Flypast's door and his auld maw said he wis aff tae see some boys aboot a dookit.

It wis a shite day aw roond when he looked back oan it. First, he'd been scudded wae a high heel oan the back ae his napper fur lying too long in his bed, no harming anywan. Then a mad wummin hid squashed his left nipple between her fat fingers and turned it intae a swollen sultana fur nae reason other than tae get his attention while she telt him how handsome he looked. This hid forced him intae daeing an impression ae Tom fae a Tom and Jerry cartoon, in front ae the evilest bunch ae wummin this side ae Parly Road. Then, tae tap it aw aff, he goat lifted by the polis oan McAslin Street.

The bizzy must've been a good driver. Johnboy heard the wheels screech and before he knew whit wis happening, the polis car swerved right in front ae him and came tae a complete stoap against the metal shuttered door ae the wee factory across fae the wummin painter's close oan McAslin Street. The fact that the shutter door wis set back aboot eighteen inches fae the ootside wall meant he couldnae nip roond the front ae the car withoot being nabbed by the driver or the other wan in the passenger seat. He'd the choice ae either skipping o'er the bonnet or turning roond and running back the way he'd come, which wis whit he decided tae dae. The passenger bizzy sussed that wan oot, and threw open his door, which hit Johnboy full oan and bounced him back, clattering the back ae his awready sore heid oan tae the metal shuttered door which rippled like wan ae they dancers' bellies oot ae the 'Sinbad' films.

"Goat ye, ya wee shitehoose, ye!" a voice snarled, as Johnboy felt himsel being lifted up by the scruff ae his jumper, his nipple feeling as if somewan wis rubbing a bit ae sandpaper o'er it.

His scream ae pain wis like something oot ae a Hammer Hoose ae Horror film and he wis immediately drapped back oan tae the deck, writhing in agony.

"Ah never touched the wee prick…honest," he heard a voice plead.

"Never mind that, Jack. Sling him in the back seat before anywan clocks us."

And wae that, he wis shipped aff doon tae the Central polis station in the Saltmarket. When he arrived, they took his name, address and age before leading him intae a cell. Tony, Skull and Joe wur awready sitting there, facing the door, like three monkeys in a cage. Tony put his finger up tae his lips as Johnboy went o'er and sat doon at the far end, watching his partners in crime. Johnboy looked aroond. Tony wis sitting wae his knees drawn up and his heid resting face doon oan his erms, Joe wis lying flat oot oan his back wae his eyes shut and Skull wis pacing roond and roond like wan ae his doos. The cell wis made ae white brick tiles and there wis a shape ae a mattress made ae concrete in a corner and a windae way up oan tap that let a wee bit ae light in. A bare bulb shone intae the cell through a hole in the wall, high above the door and there wis a cludgie sitting in the corner that hid a constant dribble ae water running doon intae the bowl. Johnboy couldnae figure oot how ye wur meant tae flush it. Nowan spoke fur aboot five minutes, which must've been a world record fur Joe and Skull.

"Fuck this!" Skull suddenly announced, his voice echoing as he kicked aff his fitba boots, exposing three dirty pink toes sticking oot ae wan sock and his big toe oot ae a hole in the other. "Anywan fur a game ae keepy-up?"

Efter rolling his socks intae a baw, he started tae play keepy-up wae his new fitba. He started aff wae three keepy-ups and then increased it till he managed fourteen before it landed oan the deck. Before long, everywan hid taken their socks aff so that they ended up wae a decent sized fitba. They played two a-side, then penalties, using the door as the goal and then the four ae them played keepy-up. Whichever ae them drapped it hid tae dae five press-ups as a penalty.

Efter aboot four hours, the bizzies started taking them oot, wan at a time, until there wis jist Johnboy left, sitting oan his tod. When his turn came, he wis led intae a room wae The Sarge and Crisscross.

"Right, ya wee cretin, ye. Where's ma wife's money?"

"Ah dunno."

"Who shat in ma good hat, eh?"

"Dunno."

"Who wiped their arse oan ma good sheet then?"

"Dunno."

"Dae ye know that poor wee African weans ur gonnae no hiv a meal the night because ae the likes ae you?"

Silence.

"They poor wee African weans won't be able tae afford shoes tae go tae school because ae you. Whit hiv ye tae say tae that, eh?"

Silence.

"Tell us whit ye've been up tae and we'll let ye aff Scot-free."

Silence.

"Look, we know everything that ye've been up tae aw summer. We know aboot screwing aw the shoaps in the Toonheid and we know it wis youse who tanned aw the electrical shoaps and nicked their trannys."

Silence.

"C'moan, Johnboy, we know ye done it. It'll be better fur ye in the long run if ye tell us the truth."

Silence.

"Look, we've goat yer fingerprints fae oot ae ma hoose. They wur aw o'er ma wardrobe doors, so they wur."

Silence, bit wae a wee glance at Crisscross.

"Aye, that's right, Johnboy. Ye're done, bang tae rights oan this wan, so ye ur."

"We took yer prints aff the station coonter when ye came in. So, there's nae argument. Ye'll be in The Grove the morra, getting yer arse felt...or worse, if ye don't own up, right this minute!"

The baith ae them didnae take their eyes aff ae him. He could feel their penetrating gaze drilling through him. Well, if Johnboy wis being honest, he couldnae actually be sure aboot Crisscross, bit he certainly wisnae mistaken aboot the sergeant. He eventually put up his haun. The look ae triumph oan the bizzies' faces when they glanced at each other made Johnboy feel a wee bit guilty, bit he didnae hiv any choice.

"Aye, whit dae ye want tae say, son?" The Sarge asked kindly, wee black notebook in haun and pencil at the ready.

"Please, sir, Ah need a shite."

"Aw, fur fuck's sake! Ur ye taking the pish oot ae us, eh? Answer me," Crisscross bawled at him.

"Why did ye no go before we brought ye in here, eh?"

"There's a fucking cludgie in the cell. Why did ye no use it when ye hid a chance, eh?"

"There wis nae toilet paper."

"Fuck this. Get him oot ae here, Crisscross, before Ah end up in the chokey masel."

Crisscross frog-marched Johnboy back tae the corridor where the cells wur. He slung him in wan that wis sitting there empty, wae its door open.

"Get in there, ya wee manky toe-rag, ye," he snarled, slamming the door shut.

Johnboy lay doon oan the concrete mattress and started tae hum 'Hoose Ae The Rising Sun.' He wis sure it wis by a group called The Animals. Before he goat tae his favourite bit...the chorus...he heard another hummer joining in. By the end ae the chorus, four hums wur gieing it big laldy.

"Okay, so whit's this wan?" he heard Joe shouting fae wan ae the other cells, starting tae hum another tune.

"Ah cannae hum, by the Hum Dingers?" Skull shouted.

"Humming oot ae Tune, by the Midnight Meows?" Tony chipped in.

"Fuck aff, ya shite hooses! Who is it?"

"Ticket Tae Ride Yer Maw by The Beatles," Johnboy shouted, as they aw joined in wae Joe.

"Shit, Ah widnae hiv goat that wan," Tony shouted, being honest fur wan ae the few times in his life.

"Ma turn," shouted Skull.

"Sarge! Crisscross! C'mere and listen tae this," Creeping Jesus, the turnkey, shouted o'er tae them.

The baith ae them joined the group ae pavement pounders who wur sitting o'er by the door leading tae the cells and cocked their lugs.

"That's an easy wan. 'The Loco-Motion' by Little Eva," Crisscross chipped in, chuffed wae himsel.

"Crisscross, Ah don't bloody believe you. They wee toe-rags hiv jist broken intae yer hoose, shat in yer good service dress hat, wiped their arses oan yer wife's bed sheet, which seeped through oan tae yer mattress and fucked aff wae yer wife's can collection that she's been collecting fur months...and here ye ur, joining in tae play name that fucking tune. Ur ye wise or whit?" The Sarge said, looking at him in disgust before stomping aff, muttering under his breath.

"Right, Mrs Taylor, calm doon and let me explain. The reason that Johnboy is here is because we hiv reason tae believe that he's been involved in a number ae break-ins tae shoaps and hooses o'er the past six weeks."

"Says who?" Helen demanded.

"Says me," replied The Inspector.

"Hiv you been breaking intae shoaps and hooses, Johnboy?" she growled, turning tae him wae a scowl that wid've scared a priest witless.

"Who? Me? Naw, Ma."

"Right, where's yer evidence then?" she asked, looking straight at The Sarge and Crisscross who wur staunin behind The Inspector's chair.

"It's intelligence-based."

"So, explain tae us whit the intelligence is that ye've goat?"

"Whit? Ah cannae dae that," The Inspector retorted, looking across at the other maws, sitting behind and tae the right ae Helen, making oot as if she wis some sort ae a dafty.

"Why no?"

"Because as the word implies, we goat the information via oor confidential sources."

"Ye mean, some wee blabber-mooth his telt ye something tae get this pair aff ae his back, and ye've lifted ma boy?" Helen snarled, nodding towards The Sarge and Crisscross.

"The intelligence his came fae a wide range ae sources. It's no jist the wan source."

"Right, so, spill the beans then. Get yer wide range ae sources tae get their arses in here quick and let's hear their side ae the story."

"Ah don't think ye quite understaun, Mrs Taylor."

"Excuse me, bit Ah think it's you who disnae understaun."

"Well, Ah beg tae differ, of course, if Ah don't mind saying so masel."

"Well, there's a surprise. Well, let me tell ye whit ma sources hiv been telling me, based oan equally reliable intelligence. Oh, and by the way, so as there's nae doubt or misunderstaunin here, while ma intelligence wis also received confidentially, ma sources hiv informed me that they're aw prepared tae come forward and sign a sworn statement."

"Ah'm sorry, bit Ah don't see whit this has goat tae dae wi..."

"First aff, Ah hiv fifteen witnesses...aw good honest neighbours...who reported tae me that that big sergeant staunin behind ye, wae a smirk oan his face, assaulted ma ten year auld son by grabbing him by the hair and the throat in ma back close a few weeks ago. When Ah intervened tae establish whit wis gaun oan, Ah goat verbally abused by him and his side-kick. Ma sources, who ur also ma witnesses, telt me the side-kick wis easily recognised due tae the fact that they'd never come across a squint as bad as the wan that the officer hid plastered aw oor his face oan that particular day. Other sources hiv also informed me that this pair hiv been stalking ma boy and his pals aboot the streets, aw through the summer holidays, trying tae get people tae make up stories aboot them, because Burke and Hare here, ur trying tae make oot that they're responsible fur breaking intae the nursery at the bottom ae ma street. Ma sources also tell me that youse hiv awready charged two local boys who hiv awready confessed tae that crime..."

"Mrs Taylor, Ah don..."

"Ah also received intelligence fae his grandmother and her neighbours earlier the day, who hiv also said they'd gie signed statements, that two big polis officers ran ma boy doon in a squad car in McAslin Street and then proceeded tae assault him before manhaundling him intae the back ae a car and kidnapping him."

"Look, Mrs Taylor, Ah really don't think ye've goat a leg tae staun oan. This is aw supposition," The Inspector scoffed, leaning back in his chair, wae his hauns behind his neck.

"Johnboy, staun up!" Helen demanded, twirling him roond and lifting his hair up at the back ae his heid. "Did ye come hame wae that big lump oan yer heid last night? Tell the truth noo."

"Naw, Ma."

"Turn roond this way," she said, twirling him back roond tae face the uniforms and lifting up his jumper.

The bizzies aw gasped at the size ae his sultana.

"Whit dae ye call this then?"

"Ah kin promise ye right noo that we didnae lay a finger oan him," The Sarge interupted, gawping at Johnboy's crushed crusty nipple and Betty's fingerprints that wur stamped oan his chest like a clump ae badly done blue tattoos.

Tony and Joe's maws sat wae their eyes popping oot ae their heids as Helen twirled Johnboy roond tae show them.

"Wid ye say that looks like fingerprints oan him?"

"Aye," they murmured, as Johnboy wis twirled roond again, starting tae feel dizzy.

"Mrs Taylor, Ah kin assure ye that ma officers wid never dae such a thing and tae even suggest that they wid, amounts tae slander."

"Whit time wis ma boy picked up efter he wis run o'er by that squad car?"

"Yer boy wis arrested oan suspicion ae committing the break-ins at 10.30 this morning."

"And whit time is it noo?"

"It's 9.45. Why?"

"At night?"

"At night."

"Hiv youse aw hid something tae eat and drink the day?" Helen asked the boys.

"Naw," they chorused.

"So, apart fae the harassment, slander, assault, and denial ae food and water, ye've locked up a ten year auld boy fur...fur eleven and a quarter hours. Is that legal?"

There wis a stunned silence in the office. The only sound wis a bluebottle buzzing oan the windae, trying tae get oot ae the mad-hoose. Helen sat staring intae The Inspector's eyes. He blinked first. His jaw wis moving, bit nothing wis coming oot ae that gub ae his.

"Ah'm waiting fur ma answer, Inspector Clouseau."

"Well, ah, well..."

"Aye, Ah didnae think so. Right, Johnboy, ye kin let yer jumper doon noo. Let's go, before Ah really lose ma temper."

And wae that, she stood up and stomped o'er tae the door and held it open fur everywan.

"You as well, son," she added tae Skull, who shot aff his chair and oot the door wae a big grin plastered across that manky face ae his.

Chapter Forty

"So, whit did he dae then?" Helen's maw asked her, when Helen telt her whit hid happened doon at Central the night before.

"Christ knows. Aw Ah saw before Ah disappeared wis the wee ugly inspector sitting there wae his mooth open, catching flies, looking as if Ah'd jist slapped him oan the kisser and that pair ae eejits looking aboot them as if a hurricane hid jist passed through."

"Aw, Helen, Ah'm so proud ae ye, hen. That'll teach them tae cross the lioness when her cub is in trouble."

"Ah hear whit ye're saying, Maw, bit Ah'm really worried aboot whit's gonnae happen tae him noo. They wullnae leave any stane unturned till they get him, will they?"

"Ah widnae be too sure ae that. Ye've still goat aw yer evidence that they've been oot tae get him and his wee pals by using aw sorts ae shitey tricks. There must be a law against that, surely?"

"Ye should've heard whit they wur accusing him ae. Breaking intae this and intae that. Christ, where wid he hiv goat aw the time?"

"No forgetting he's been oot grafting, selling briquettes, as well as getting interested in pigeon breeding."

"Fleeing the doos."

"Whit?"

"It's called fleeing the doos."

"Ah know that."

"Dis ma da know?"

"Aye. Well, when Mary and Bridie helped me roond tae the hoose, Ah could hardly staun up, Ah wis that shocked. Ah thought that big car hid killed him. Yer da wis in an awful state as well. By the time he went roond tae see whit wis happening, Johnboy hid awready been carted aff."

"Aw, Ah'm sorry, Maw. That goes fur Da as well. Ye shouldnae hiv tae put up wae aw this at your age."

"Och, away ye go. Ah'm only sorry that me and yer da didnae hiv a wee boy or two oorsels. Yer da prefers the lassies, bit Ah like the boys, masel. There's jist something animal aboot them, if ye know whit Ah mean," she said, grinning.

"Aye, ye should try living wae them. It wid put ye aff animals fur life, believe you me."

"So, Bridie's grandson put ye right oan whit happened?"

"Aye, he telt me that he couldnae get aroond earlier wae the news as he'd been working until six o'clock. It wis only then Ah found oot fae oor Anne, who's friendly wae the wee Atalian wan's sister, whit's being gaun oan. She telt oor Anne that her wee brother and his mates wur getting a lot ae hassle fae the local polis and she thought oor Johnboy wis wan ae them."

"The dirty frigging pigs that they ur. Hassling wee boys when there's real criminals oan the go."

"Oh, hello Da. Hard day then?"

"Jist the usual," he said, sitting doon and opening the paper. "How's that boy ae yours?"

"Fine, fine. They telt me it wis a mistaken identity and apologised fur any trouble."

"A bit heavy-haunded, if ye ask me. Wait till Ah see that Crisscross wan. Ah'll ask him tae dae a wee bit ae investigating oan the quiet and tae put the word oot tae make sure it disnae happen again."

"Aye, ye dae that, Da."

"Fur Christ's sake! In the name ae the wee man!" Granda exclaimed.

"Whit?" they baith chorused,

"It says here in the Pat Roller column, 'Break-in At Respected Couple's Hoose - Constable Chris Cross and his wife, Salvation Army Probation-ary Lieutenant Sally Cross, hid their hoose broken intae last Thursday night in the Toonheid district ae Glesga. Due tae the employment ae PC Cross, his address his been omitted fae this report. A substantial amount ae money wis stolen fae the residence, as well as substantial malicious damage inflicted oan their property by the perpetrators. Probationary Lieutenant Cross hid tae be rushed tae The Royal Infirmary wae shock efter she and her Salvation Army lodgers came hame tae discover the dastardly deed.'"

"Aye, she always wis a drama queen, that wan," Helen's maw said.

"Ah'll jist ignore that remark, dear," Granda tut-tutted, looking o'er the tap ae the paper at her.

"Hurry up, and don't take aw night, Da. Get oan wae it."

"'Miss Anita Bendoer, wan ae the lodgers staying in the hoose, says it wis such a shock knowing some strangers fingers hid been rifling through her drawers and that if anywan knew the identity ae the said person, they should get in touch as soon as possible. Anonymity will be guaranteed. Meanwhile, Mrs Cross said that some weans in Africa will go hungry the night because their parents hiv nae money tae feed them.'"

"She makes me want tae puke, that wan," Helen murmered disgustedly.

"Gonnae no say that?" her da growled, looking o'er at her, clearly irritated.

"Whit wan's the wan that's obviously in need ae a man, Helen?"

"Ah'm no too sure. There's three ae them...aw heiding fur spinstersville...guaranteed. Arses the size ae a rich wummin's Saturday shoapping bag."

"Ah cannae believe youse two. These poor defenceless wummin, aw living there oan their lonesomes, while Crisscross is oot at aw times ae the day and night, trying tae keep us safe in oor beds. Whit's the matter wae youse, eh?"

"Carry oan and stoap whinging. Ah wis starting tae enjoy that until ye stoapped reading," her maw said, interrupting him.

"Where's ma scrambled eggs?"

"Where's the rest ae that story, Clark Kent?"

"How dae ye know aboot Superman, Maw?"

"That Charlie ae yours used tae bring roond his DC comics when he'd finished reading them...before he fell oot wae yer da, that is. Superman wis ma favourite."

"Aw, Ah never knew that. Whit a lovely thing tae dae."

"Aye, he's a wee prize, that aulder boy ae yours. Ah really miss him," she said, gieing Granda a dirty look.

"Aw, Ah think Ah'm gonnae start greeting in a minute," Helen whimpered.

"Hoi, ur youse wanting tae hear this or no?"

"We telt ye we did. Hurry up, Grumpy."

"Where wis Ah? Oh aye...'Probationary Lieutenant Cross says the wee group ae missionaries wur jist aboot tae be put forward fur the "Maist Money Raised Fur Hungry African Weans" award next month. She says that everywan in the Toonheid will be shocked that their endeavours may be in jeopardy due tae this selfish act. However, she and the three ladies will continue, wae the support ae the Toonheid community, tae still try and win the cup tae make everywan in the area proud.' Aw, is that no nice?" he asked, peering across the tap ae the newspaper at them.

"If ye say so. Keep gaun."

"'Sergeant Thompson, the local polis sergeant, said that everything is being done tae recover the stolen money and anywan wae any information should contact their local polis office.'"

"Look, Ah'm gonnae hiv tae go. Ah need tae make sure Johnboy is still in the hoose. He's goat gate fever since Ah telt him he's no getting oot until Tuesday. See ye, Da. See ye, Maw. Ah'll be roond oan Friday tae make sure everything's ready fur the bash oan Saturday night," Helen said, as she heided fur the door.

Chapter Forty One

"Ur youse in?" Johnboy shouted, as he climbed up the ladder intae the cabin.

"Johnboy, ya wee harry-hoofter, ye. Ye've been let loose then?" Joe shouted.

"Aye, thank Christ."

"Aw, jeez, that maw ae yours. Ah wish Ah hid a maw like that. She's fucking mental, so she is," Skull beamed.

"Aye, bit kin ye see whit Ah hiv tae put up wae?" Johnboy replied, chuffed.

"She sounded like a bloody lawyer. And the faces ae that pair ae bampots staunin at the back wur a picture. Fucking pure dead brilliant, so she wis."

"So, whit hiv youse been up tae then?"

"We wur aw kept in fur a couple ae days till the heat died doon...apart fae Skull."

"Aye, Ah goat rid ae that doo and wee hen and traded them in fur these wee pair ae beauties. Whit dae ye think?"

"Whit ur they?"

"Whit dae ye mean, whit ur they? This is a wee Chequered doo and this is a lovely wee Storie hen."

"Is that no whit ye hid before?"

"Aye, the only difference is, these ur oors and the other wans wur theirs."

"Oh, right," Johnboy said, wondering whit he wis oan aboot.

Suddenly there wis a loud thud oan the cabin and they aw froze. The tap ae the ladder, which wis sticking jist inside the doorway, started tae creak. Somewan wis climbing up. Johnboy looked o'er tae Tony as Tony silently picked up a pickaxe handle, that Johnboy didnae know they hid, fae under the carpeted cot. A hairy well-known heid appeared through the door, wae a big smiling face stuck tae it.

"Ye're in?" Flypast shouted.

"Flypast, ya basturt, ye. Ah jist aboot shat masel," Skull yelped.

"Whit, again? Ye're gonnae hiv tae get they troosers changed wan ae these days or they're gonnae disintegrate when ye're least wanting them tae. Hello boys...kin Ah come in?" Flypast asked, looking the place up and doon.

"Aye, how ur ye daeing, Flypast?" Tony asked.

"No bad, no bad."

"Hiv ye been in here before?"

"Never hid the mis-pleasure until noo."

"Ye mean tae say ye wur never invited roond fur a wee swally by the ugly brothers? Ah'm surprised at that."

"Aye, no a bad wee set up youse hiv goat here, boys. Ah'd heard that this place wis noo under new management."

"Dae ye want me tae show ye aroond, Flypast?" Skull asked, aw excited at their first real doo man visitor.

"Naw, Naw, Ah kin see ye've goat a nice wee...or should Ah say, big set up here. Very good."

"So, whit ur ye up tae?" Tony asked, sussing oot that this wis maybe something mair than jist a wee social visit.

"Oh, aye, ma ma mentioned that ye wur looking fur us," Johnboy said.

"We're no selling any ae oor doos jist yet. The breeding programme his jist started. That pair hiv been treading non stoap since Ah goat them oan Monday."

"Treading?"

"He means humping, Johnboy," Joe said, smiling.

"Oh, right."

"Aye, youse are a hard wee crew tae get a haud ae," Flypast said, looking aboot.

"Only if ye don't know where tae find us."

"Well, Ah spoke tae Calum The Runner twice, plus Ah went roond and left word wae Johnboy's maw."

"She only telt me the day we goat lifted. So, whit wur ye efter then?"

"Ah'd heard youse wur taking o'er this place and Ah wanted tae make sure youse wur aware ae aw the facts."

"Facts?" they aw chorused at wance.

"Aye, like wur youse aware that they're gonnae build a big motorway straight through the Toonheid."

"So?"

"So, youse ur sitting exactly where they're aboot tae start the bloody thing aff."

Silence.

"It's no aw that bad though. They say it maybe won't be fur another year tae eighteen months. Mind you, Ah suppose they'll hiv tae clear the place first, so it might be sooner."

The strange thing aboot Tony, Joe and Skull wis that, although ye'd think that when they wur really, really mad aboot something, they'd stamp, scream and shout, they usually did the exact opposite, Johnboy thought tae himsel, looking at his pals. Shouting or moaning like fuck wis their way ae telling the world that they wur happy. It wis when they'd go aw quiet that ye knew that things wur really serious.

Nowan said a word. Everywan looked as if they wur lost in their ain thoughts. Flypast sat doon and took oot his tin and started tae roll a fag. Even the shagging pair ae doos hid taken a break and wur noo staring doon at them in silence.

"So, how much did ye buy it fur?"

"We still owe them a score oan the second and final payment," Tony eventually said.

Flypast let oot a wee quiet whistle and lit up his roll-up. They sat in silence, watching the smoke trail aff ae the end ae it, spiraling upwards.

"When's it due?"

"This Saturday."

Silence.

Flypast took another draw ae the roll-up and then let oot a perfectly formed lazy smoke ring that floated gently away fae him, followed aboot three seconds later by a bazooka wan that hit the first wan deid centre at a hunner miles an hour, obliterating it. The amazing thing wis that the second wan then slowed doon and turned intae the lazy fucker that it'd wiped oot. Johnboy couldnae keep it in...he burst oot laughing, quickly followed by Skull, Tony and Joe.

"If ye think that's impressive, ye should see whit that wee maw ae mine kin dae wae her left ear and her right nostril using two lit woodbines. It's a real party stoapper, especially efter she's gargled doon hauf a bottle ae Lanny. The last time she tried it, when she wis blootered, she set her wig oan fire. When she sussed oot there wis a fire, she flung the wig towards the sink, bit missed and it landed oan her fancy deluxe plastic Christmas tree and set that oan fire as well. It widnae hiv been so bad if there wis a party oan the go, bit she wis sitting there oan her ain, the silly auld coo," he said drily, taking another puff ae his roll-up.

Skull ran o'er tae the door and started pishing oot ae it, haudin himsel up oan the door frame tae stoap himsel fae falling oot as Johnboy and Tony aboot pished themsels fae where they wur sitting. Joe wis sitting oan the flair, hammering his heels up and doon like the clappers as Flypast sat looking at them wae an amused expression oan his coupon. He then took another deep drag ae his roll-up and shot oot two wee miniature smoke rings fae each corner ae his gub and then shot oot a two bob bit sized wan, followed by a hauf croon sized wan.

"Daddy Bear and Mammy Bear went fur a walk wae Teddy Bear and Mary Bear," he mimicked, as they aw cracked up again, watching the four smoke rings bobbing across the cabin as if they wur away oot fur a walk.

"Aye, it's no funny, is it? Whit ur youse gonnae dae noo then?" he finally asked.

"Kin we no jist ask fur oor money back?" Johnboy suggested, before adding, "Or, at least tell them they kin keep the cabin and we'll furget aboot the other twenty?"

"Or tell them tae fuck aff because the thing's only worth twenty five bob and we're no paying the rest," Skull groaned, looking sick as a parrot.

"Whit dae ye think yersel, Flypast?" Tony asked, as the four ae them looked at him fur advice.

"If Ah wis you, Ah'd get ma hauns oan the score ye still owe them, haun it o'er and learn fae it."

Silence.

"Flypast, if Ah wis tae offer ye fifty top notch champion doos, including nice wee breeding hens, could ye shift them at short notice?"

Aw heids wur noo turned tae Tony.

"As in fifty...fifty doos?"

"As in fifty doos and hens and maybe a few chicks slung in."

Aw heids noo swivelled back tae Flypast, who shot oot a wobbly smoke ring that wis too nervous tae dance and never even goat a titter fae the rest ae them who wur sitting there wondering whit the fuck wis gaun oan.

"Like, fifty real doos and hens?"

"Aye."

"When?"

"Saturday, at the latest."

Silence.

"How much?" Flypast asked.

"Forty."

"That's retail. Ye kin get right good stoaters fur between ten and fifteen bob each oot ae Paddy's doon in the Saltmarket."

"Whit's retail?" Johnboy asked.

"The price ye pay o'er the coonter in the shoap."

"Ye'll no get doos fur ten tae fifteen bob like the wans Ah'm talking aboot," Tony murmured.

Silence.

"Ye're making me nervous."

"Ah'm making masel nervous."

"If they even get a whiff, ye're aw deid," Flypast said, looking o'er at Skull, who wis staunin there picking his nose, wondering whit the fuck they wur oan aboot.

It then hit Johnboy like a stiletto-heeled shoe oan the back ae that napper ae his.

"The Murphys loft!" he yelped, his voice sounding like Brer Rabbit, wae a branch ae a tree sticking oot ae that arsehole ae his.

"Wheesht!" Flypast shouted in a screeched whisper, shooting o'er tae the door and sticking his heid oot through the beads tae make sure nowan wis lugging in, before nipping back and sitting doon oan that arse ae his. "Fur Christ's sake, Johnboy, ur ye wanting tae get us aw killed or whit?"

"Ah knew it. Ah knew youse wid come roond tae ma idea, sooner or later...and no before time," Skull said, aw excited, nose-picking well furgoatten aboot.

"Whit dae ye think, Joe?" Tony asked, four sets ae eyes oan him.

"Kin ye shift that amount ae doos o'er the next few days aw at wance, Flypast?" Joe asked him.

"Aye, Ah think so, if youse kin get them tae me, bang oan a pre-arranged time."

"It wid need tae be cash up front."

"The guy Ah'm thinking ae wid manage that. Cash oan delivery."

"Ach, well, in that case, Ah don't see any problems, apart fae being turned intae dug meat if we get caught," Joe said wae a big grin.

"Fucking bampots won't know whit's hit them," Skull whooped, as they aw laughed nervously.

"Er, dae Ah no get a say?"

"Whit fur? It wis your idea in the first place, Johnboy," Tony said, wae a big grin stuck tae his coupon.

"Tony, wis it fuck. Ah came up wae it first," Skull claimed defiantly.

"Aye, right...sorry, Skull," Tony said, grabbing Skull's Celtic tammy aff ae his heid and slinging it oot the door.

"Tony, ya grease-ball Atalian basturt, ye," he shouted, disappearing efter it.

"Right, this is Tuesday. Ye'll need tae let me know whit the score is by Thursday at the latest...in the morning. And oan that happy note, Ah'm aff tae get ma wee maw a packet ae curlers and kirbys. Her boyfriend's coming roond the night."

"Aye, see ye, Flypast."

Chapter Forty Two

"How's The Rat Pack coming oan wae their set list?"

"Eh?"

"Aw, sorry, Kirsty. Ah furgoat, Frank, Dean and Sammy hiv hid tae cancel, so Ah've hid tae fork oot a wee bit extra fur a better replacement."

"Ur ye trying tae be sarcastic?"

"Too bloody true, Ah am."

"Well, shut that arse ae yours and keep the flies in. Ah telt ye, ye won't be disappointed, unless..."

"Unless whit?"

"Naw, it's nothing."

"C'moan, spit it oot."

"It's nothing, honest. Ah wis jist thinking oot loud, that's aw."

"Kirsty, it's Tuesday and the soiree's oan Saturday. Whit the fuck is the matter?"

"It's nothing, honest."

"Is that pair ae Jessie brothers ae yours messing me or you aboot?"

"Naw, naw."

"The pie flinger then?"

"Naw, naw, Sarah's fine tae."

"So whit?"

"Will ye promise no tae get upset or angry?"

"Of course Ah'll get bloody upset and angry."

"Stoap shouting!"

"Ah'm no shouting!" he shouted.

"Okay?"

"Ah'm ready."

"Fur whit?"

"Fur ye tae tell me whit ma problem is."

"Whit problem?"

"The 'don't get upset and angry' problem."

"Oh, that."

"Aye, that."

"There's nae problem."

"Whit?"

"Ah wis only pulling yer leg."

"Fur Christ's sake. Ye mean everything's okay fur Saturday?"

"It is fae ma end."

"Ur ye fucking nuts?"

"Ur ye fucking sarcastic noo?"

"The first chance Ah get, Ah'm getting shot ae ye...you mark ma words."

"Ah'll no haud ma breath jist yet then."

"Hellorerr Pat. Hiv ye goat ma list?" Calum announced cheerily, slinging his leg up oan tae the bar and stretching the fingers ae baith his hauns doon tae his toes. "Wan two, wan two, wan two and three..."

"Fucking hell, Ah don't know aboot you, Kirsty, bit fae where Ah'm sitting, that disnae only look painful, bit bloody disgusting."

"Wan two, wan two, wan two and three," Calum went oan, hivving replaced his right leg wae his left.

"Ah like a man that likes tae keep himsel fit."

"That's nothing, Kirsty. Check this wan oot," Calum said, leaning back tae put his hauns oan the tap ae a table before slinging baith his heels up oan tae the bar and proceeding tae dae reverse press-ups. "Wan, two, wan, two, wan, two, three."

"Calum, Ah don't want tae be cheeky, bit Ah kin see right up the inside leg ae they shorts ae yers. Did ye wipe that arse ae yers properly efter ye hid yer breakfast this morning or is the inside ae they running kecks ye're wearing meant tae hiv two big broon stripes running doon the inside ae them?"

"Aw, fur Christ's sake, Kirsty. Look whit ye've made me dae noo!" Calum howled, crashing tae the flair.

"Ur ye awright, Calum?" The Big Man asked, helping him tae his feet.

"Aye, and fur yer information, they're Adidas, so they ur."

"Whit is?"

"Ma running shorts."

"So, they're meant tae hiv stripes then?"

"Aw, Kirsty!" Calum whined, looking o'er at The Big Man, pleading wae his eyes fur him tae butt in.

"Look, don't ye listen tae Snow White sitting o'er there, Calum, son. Ah've been at the sharp end ae her sarcastic remarks masel this morning. We're aw victims if yer shadow passes through the front door in here. C'moan and plap yer arse doon o'er here, away fae her."

"So, hiv ye goat ma list fur the day?"

"Aye, Ah'll jist gie it the wance o'er, jist tae make sure that it's aw there. Right, a hunner and twenty hot mince pies fae the City Bakeries, tae be delivered free ae charge at seven o'clock...check. Twenty five plain loaves...check. Ten pound ae peas...check. Four pound ae Echo margarine...check."

"So, it'll be salubrious Saturday during the break then?"

"Kirsty, Ah don't gie a fuck if she's Sandie Shaw's sister, Ah'm no paying oot any mair dosh oan shite singers Ah hivnae even heard ae. Where wis Ah noo? Oh, aye, the anniversary cake. Mind and make sure Duggie Dough Baws spells the names right this time. The last cake he sent roond here wis fur ma sister's wedding. He wrote oan it 'Tae Donna and The Big Prick, Congratulations,' insteid ae 'Tae Donna and The Big Pick, Congratulations.' Big Pick's family nearly caused a riot when they clocked it. They thought Ah'd something tae dae wae it."

"Naw! So, whit happened tae him fur that?" Calum asked.

"Who? Duggie Dough Baws? He wid've goat aff wae it if he hidnae spelt everything else oan the cake right, the thick basturt. He wis walking aboot wae a special frame under his troosers fur ages tae stoap his flattened, fag-burned dough baws coming in contact wae the tap ae his thighs. His missus telt Donna that he'd tae watch Coronation Street staunin up fur a month."

"Aye, Ah heard he gied up smoking efter that. Every time he saw somebody light up a fag, he pished himsel," Kirsty chipped in. "Bloody sin that, so it wis."

"Aye, well, seeing as Ah wis the injured party in aw that, Ah don't feel so guilty. It jist goes tae show ye, though, that in business, ye hiv tae be up-front and accept the responsibility that comes wae it."

"So, stubbing fags oot oan some poor baker's baws is okay then?" Kirsty asked, no being able tae contain hersel.

"Naw, bit mixing business, or in his case, cake mix, wae pleasure that didnae happen tae be funny might jist be okay as long as ye don't get caught oot. So, where wis Ah again, before Ah wis rudely interrupted by the bakers' union rep o'er there? Aye, fifty fairy cakes, fifty tea cakes and twenty snowbaws and Ah need everything delivered fur Saturday morning, apart fae the pies. While ye're at it, nip up tae the sawmills o'er in Baird Street and tell Ronnie The Cat that Ah'll need two big bags ae fresh clean sawdust first thing as well. Tell him it his tae be fresh cut stuff. Ah don't want anything that's been near diesel. Wae the amount ae auld yins in the bar oan the night, Ah better get the flair well prepared. The flair wis swimming o'er in the auld wans corner efter Donna's wedding wae aw the excitement that wis gaun oan. Hiv ye goat that, Calum?"

"Aye, Pat."

"Right, aff ye go son."

"Right, see youse later. Bye Kirsty," Calum shouted, power walking towards the door at a steady hunner mile an hour.

"Oh, and Calum?"

"Aye, Pat?"

"Ye kin still see they fancy Adidas stripes through the arse ae they shorts ae yours."

"Ach, ye're something else, Pat, so ye ur. Ye don't think Ah'm gonnae fall fur that wan again, dae ye? Ye're jist as bad as that Kirsty wan," Calum said laughing, as he disappeared through the swing doors.

Chapter Forty Three

"Whit dae youse think then?" Tony asked, as they wur aw bent o'er, peeking oot through the bottom three inches ae the stairheid landing windae, oan the tap flair landing ae a closemooth opposite the Murphys' loft dookit.

It looked awesome. They'd two landing boards wae holar boxes oan either side ae them sitting aboot thirty feet apart, hauf way up the roof, right oan tap ae the slates. Wan ae them wis still under construction, bit the other wan wis in full operation. There wur doos and hens coming and gaun fae it. Ye could jist make oot the face ae somebody between the holar boxes in the middle ae the operational landing board. Each time a doo or a hen landed, the hood wis snapped up and a pair ae hauns appeared oot tae lift it in.

"Ah'm no sure."

"How high up ur we fae the ground, wance we're oan the roof?"

"Who knows...probably aboot sixty tae seventy feet? And that's jist fae the ground tae the edge ae the slates behind the gutters."

Between the two landing boards, a big chimney stack wis sitting right oan the edge, jist above the gutter. It wis aboot six feet wide and looked tae be aboot ten feet high. It stood right deid centre between the landing boards. There wur six clay chimney pots oan the tap that hid smoke belching oot ae four ae them.

"So, if we fuck up and slip, we might hiv a chance if we kin manage tae heid towards the back ae the stack."

"We could use the back ae the stack tae store up the doos before we move them aff the roof. It wid also gie us shelter fae the hooses oan this side."

"Tae get through between they holar boxes oan either side ae the landing board, we'll need tae come doon oan tae them fae the tap. It's too dodgy trying tae slither up tae them fae the back ae the chimney stack, especially if it rains."

"If we slide doon oan tae the roof ae the boxes fae the ridge at the tap ae the roof, that means we'll only hiv aboot ten feet tae worry aboot tae reach the boxes and the landing board."

"We'll need wan ae us inside the dookit snatching the doos and haunin them oot, wan sitting oan tap ae the roof ae the holar boxes tae collect them and then tae haun them up tae wan ae us who'll be sitting up oan the ridge at the tap. The wan oan the ridge will then need tae walk the doos alang the tap tae the last wan ae us, who'll be sitting in the roof space where we come oot oan tae the slates in the first place."

Silence.

"So, where ur we coming oot oan tae the roof fae then?"

Eight eyes scanned the whole length ae the tenement roof opposite them.

"Ah cannae see a bloody thing."

"There's wan."

"Where?"

"Kin ye no see it jist tae the left ae the stairwell roof glass, o'er in the right haun corner ae the tenement?" Joe said, as eight eyes swivelled tae the right.

"Tae the left ae the glass?"

"Aye, kin ye see it noo?"

Aw the tenements in the Toonheid wur the shape ae a shoe box. Oan each ae the four corners there wis usually big massive square windaes oan the roofs tae let the light intae the stairwells ae the corner closes. The tenement they wur staunin in, which faced oan tae McAslin Street at the front, hid a break jist aff the centre ae it where the big tyre factory wis. They wur bent o'er looking at the back ae the long, unbroken section that ran the length ae Ronald Street and where the Murphys hid their wee doo-breeding operation, up the close ae number seventy.

"Goat it!"

"That wee tiny black square thing?" Johnboy asked.

"Aye. That's a wee sliding door hatch, built intae the roof so the workmen kin get oan tae the slates tae dae repairs. Ye'd probably need tae come up the close in St James Road tae get tae it."

"So, where's the other wan then?"

"See it away o'er tae oor left? Jist tae the right ae the glass," Joe said, as eight eyes zoomed back alang the roof tae the far left.

Johnboy clocked it straightaway, noo that he knew whit he wis looking fur.

"Right, that's the wan we should go fur. It's the wan closest tae the boxes that they're still working oan and it's through them that we'll need tae go tae get intae the loft. Furget trying tae go through the hatch they're using. They'll hiv that well bolted fae the inside wae a big steel 'L' bar."

Silence.

"Ah'm no convinced."

"Aboot whit?"

"Look at the two landing boards fae where we ur jist noo. Tae get intae the sliding roof door oan the left means we'll hiv tae come in via a closemooth oan Taylor Street. Although the sliding door is closer tae the wan under construction, we'd be coming doon the stairs straight oan tae Taylor Street."

Silence.

"So?"

"So, kin ye imagine wan ae us nipping doon the stairs oan tae Taylor Street wae a pile ae doos hoot 'n' nannying and bumping intae wan ae the Murphys heiding back fae the pub tae collect his gun because he wants tae shoot some poor basturt he's taken umbridge tae? The pub is jist roond the corner oan McAslin Street. Taylor Street is the route they'd be coming and gaun fae tae get back hame tae Ronald Street."

Silence.

"So, we need tae come fae the St James Road end then? Is that whit ye're saying?"

Eight eyes zoomed back across tae the right again.

"That means we're adding oan an extra thirty feet or so, tae travel wae the doos alang the tap ae the roof tae get tae the wan that's being built. Fuck, fuck, fuckity fuck."

Silence.

"Aye and naw. When we get intae the loft through the hatch that isnae finished, we kin take aff the L-shaped security bar oan the operational box fae the inside. That'll gie us back oor thirty feet we lost tae get in. They 'L' bars ur usually jist held oan by a bolt underneath the board, wae the tap ae the 'L' bar held against the door tae stoap thieving basturts like us pushing oor way in through the hatch. Ah cannae see they Murphy pricks changing their security fae whit they hid when they hid oor cabin, kin youse?"

Silence.

"Right, Joe. Yersel and Skull…heid roond tae the corner close in St James Road and check oot the skylight hatch oan the tap landing fur getting in. Masel and Johnboy here…we'll dae the wan in Taylor Street, in case we need a fall-back position. Is everywan okay wae that?"

"Nae bother. Okay, let's go, Mr Magoo," Joe said, straightening up.

"Fuck you, Joe. Ah don't even come close tae looking like Mr Magoo, ya ugly prick, ye," Skull snarled, following Joe doon the stairs.

"Right, we'll see youse back at the cabin in hauf an hour."

When Johnboy and Tony reached the tap landing in Taylor Street, baith their eyes wur glued tae the hatch. It wis aboot ten tae twelve feet up above the landing and sat oan the ceiling between the door that said 'Mrs McGeachy' and the bannister haundrail. It also hid two big brand new padlocks hinging fae each end, attached tae the hatch door and the square entry sides.

"Ah've never noticed these wee hatches in the tap landings before," Johnboy whispered.

"Aye, aw the buildings hiv them."

"Dae they aw hiv these big padlocks as well?"

"Naw, wan ae the hooses must've been broken intae. Whoever done it probably went up intae the roof space and kicked a hole doon through the ceiling."

"Is that right?"

"Aye, Ah'll need tae show ye how it's done. We don't usually screw people's hooses unless we know there's plenty ae dosh or we don't like the basturts that live there."

"Ah'll need tae warn ma maw. We live oan the tap landing."

"Hiv you no goat loft rooms in your hoose?"

"Aye, there's two. Wan wae a windae built oan tae the roof at the back and the other wan at the front disnae hiv anything."

"Then ye're okay."

"How did ye know we hid upstairs loft rooms?"

"Because wan time Ah wis screwing wan ae the hooses at the bottom ae your close and Ah clocked them when Ah wis checking it oot. Is that guy who his a stall in the Barras still living there?"

"Aye."

"It wis his hoose. We couldnae get in, bit managed tae tan his basement storage, doon at the bottom ae the back stairs insteid."

"Did ye get away wae a lot ae stuff? Ah heard ma ma and da talking aboot it at the time."

"Aye, we goat tons ae shoes, blankets still in their wrappers and boxes full ae stockings and they new fancy tights. The tights cost us a few bob though as we hid tae gie some people back their money."

"How come?"

"Maist ae the tights hid three legs in them or wan leg wis bigger than the other. They must've been factory rejects. Skull and Paul wur wanting tae go back and demand their money back aff ae him."

"So, any word ae Paul, Tony?" Johnboy asked him as they heided doon towards McAslin Street.

"Aye, he's still in The Grove. He'll probably get sent tae an approved school. So, we wullnae see him fur a while, until he manages tae escape and heid back here. He'll be chuffed aboot the cabin though. It'll gie him somewhere tae kip and he'll hiv Skull fur company."

"Is it true whit they say aboot The Grove?" Johnboy asked, as a ginger cat shot past them intae a closemooth, being pursued by Elvis and wan ae his mongrel side-kicks that Johnboy didnae recognise.

"Whit aboot it?"

"That ye're always in danger ae getting yer arse shagged by wan ae the teachers."

"Naw, Ah widnae listen tae Joe or Skull, Johnboy. There's a couple ae dodgy wans...in fact, mair than a few, who'd shag a barber's flair if they goat hauf a chance, bit you'd be okay. You'd be sitting wae the Shamrock crowd. Nowan wid mess wae ye, or that arse ae yers...believe you me."

"Whit, Ah'm no in the Shamrock, am Ah?"

"Kind ae."

"Whit dis that mean?"

"It means ye come fae the Toonheid and ye run aboot wae us. Aw oor big brothers, uncles and cousins aw ran aboot wae the Shamrock fae when they wur snappers."

"Bit Ah'm a Proddy."

"So whit? So wis Jesus."

"Wis he?"

"Naw, he wis a Jew, bit it's the same difference. Don't believe every lying basturt who tells ye that aw the boys who run aboot wae the Shamrock ur Catholics."

"So, dae Ah hiv tae join then?"

"Naw, nowan joins. Maist ae the people who go aboot shouting 'Shamrock, ya bass,' don't really run aboot wae each other every day. They aw come fae the same place, usually went tae the same school and end up either drinking in the same pubs when they grow up or end up in the same jails. It's only when there's a fight tae be hid that they aw come thegither."

"Ah never knew that."

"Aye, who says ye need tae go tae school tae learn something new every day, eh?"

"Here's something Ah'll teach ye then. It's exactly three hunner and eighty four steps between the close we jist came oot ae in Taylor Street and where we ur the noo, ootside The McAslin Bar. So, if any ae the Murphys wur tae heid hame, gieing they've goat bigger steps than us, it wid be aboot three hunner and twenty steps before they'd be likely tae bump intae wan ae us. So, Joe wis probably right aboot no using the loft in Taylor Street."

"Fuck's sake, Professor, ye'll need tae show me how ye kin count up tae three hunner and eighty four, while still talking and listening tae aw the shite Ah've been spouting."

"Ah probably missed a couple ae steps. Ah'll show ye, if ye tell me how tae kiss a lassie."

"Whit? How tae get tae kiss her or how tae kiss, as in gieing her a smacker?"

"Kiss her as in being allowed tae stick that tongue ae mine doon her gullet."

"Hiv ye goat a girlfriend then? Somewan ye fancy daeing that tae?"

"Ah don't know. Remember we met the two lassies up oan Glebe Street when we wur tailing that fat finger-flickerer Milne?"

"Aye, the son ae Tarzan who goat his baws booted inside oot?"

"Well, wan ae them is called Senga. She's a darling, so she is, bit Ah'm no sure she's that keen."

"Oan whit?"

"Oan me."

"How dae ye know?"

"She widnae take ma good box ae Maltesers aff ae me."

"Is that the wans we ate, sitting up oan the lavvy roof?"

"Aye."

"Fucking lovely they wur, bit ye're right."

"Aboot whit?"

"If she knocked back a box ae good Maltesers, she obviously disnae want anything tae dae wae ye, especially that manky tongue ae yours."

"It wis her birthday as well."

"Ma advice tae you is tae dump her before it's too late."

"Fur whit?"

"Before ye gie her a second chance and make an arse ae yersel again."

"Dae ye think so?"

"That's experience talking, bit take it or leave it."

"Aye, ye're right, Tony. As ae noo, she's dumped."

"Well said!"

"So whit's the score then, Joe?"

"Nae bother. The baith ae us went up intae the loft space and hid a wee gander. We opened the sliding roof hatch and peeked oot. The space between the hatch and the operational landing board looks a lot

336

shorter than it looked fae the stairheid windae we wur looking oot ae. That daft knob-end, Skull, wanted tae go oot and alang the roof tae hiv a closer look."

"Naw, Ah didnae."

"Skull, ye'll hiv tae dae as ye're telt. We're supposed tae be a team. If ye fuck up, we're aw fucked up," Tony warned him.

"Ah wis jist wanting tae find oot whit the roof wis like fae the hatch tae the tap ae the ridge."

"Aye, bit it's broad daylight, fur Christ's sake, and the Murphys wur probably sitting in the loft."

"Aye, okay, Ah'm sorry. Bit jist make sure that it's me that's gaun intae the loft tae haun oot the doos."

"If ye fuck up between noo and the weekend, ye'll be the wan sitting back in the entry loft oan St James Road waiting fur us tae take the doos tae you. Ah'm no kidding ye, Skull...ye need tae dae as ye're telt."

"See the trouble ye're causing, Joe, ya fanny, ye," Skull scowled, looking across at Joe.

"So, when ur we gonnae tan it, Tony?" Joe asked, oan aw their behauf, ignoring Skull.

"We need tae figure oot how we kin get in and oot withoot any ae they Murphy wankers being aboot. Ah'm no sure an all-nighter wid work when they're aw in their kip. Ah'm worried aboot the noise ae us gaun o'er the slates. It widnae be too bad if we wur daeing a couple ae journeys wae hauf a dozen doos, bit we're up there tae clean the place oot so we'd be bound tae wake the pricks up when they're lying in their beds jist under-neath us."

"We could always haud back oan paying aff oor second whack and jist pay aff wan week's interest. We could then jist hing aboot waiting fur oor chance and take it when it comes."

"That'll no work. Where the hell ur we gonnae stash fifty doos wance we blag them? The first place they'll heid fur is here and the second will be Flypast's. Naw, we need tae get this tae work first time. We won't get another bite ae the biscuit. The planning is the crucial part, bit Ah'm fucked if Ah know whit we should dae the noo."

"Ah think Ah know whit we kin dae," Johnboy said.

They aw turned and gawped at Johnboy.

"Johnboy, jist leave this wan tae us professionals, eh? We'll let you know whit we want ye tae dae, like sit in the loft waiting fur the doos tae be haunded o'er," Skull snickered.

"Aye, Ah suppose."

"Skull, shut the fuck up and stoap noising Johnboy up. Don't listen tae Mr Magoo sitting there. He's only winding ye up."

"Stoap calling me Mr Magoo, ya bunch ae tits, ye. Ah've telt youse before, Ah don't even look like that wee baldy misfit."

"Naw, bit he looks like you," Joe said, no being able tae haud his wheesht.

"Whit ur ye saying, Johnboy?" Tony asked him, gieing Joe a dirty look.

"There's a big party oan in the pub oan Saturday night. Ma ma and da ur gaun wae ma granny and granda. It's The Big Man's maw or da's birthday or something."

"Ye're kidding us oan."

"Naw, they've been oan aboot it fur weeks. The Provi-cheque man his been up at the hoose dishing oot dosh the last couple ae weeks. Kin ye no remember Calum Todd, The Big Man's runner, mentioning it tae us a couple ae weeks ago?" Johnboy said, as the other three suddenly bursting oot laughing. "Whit? Whit hiv Ah said noo?".

Skull started it aff by waving his Celtic tammy above his heid as he danced roond the flair singing 'Ah'm no a Billy, Ah'm a Tim,' while Tony and Joe jumped up and started hugging each other before doubling up, laughing hysterically. Given that Johnboy wis a bluenose, he wisnae gonnae join in wae Mr Magoo and the other two, so he jist stood there wae a big cheesy grin oan his coupon.

"Aye, ye're something else, Johnboy. That's it, Ah take everything back. We're no gonnae chuck ye oot ae the Mankys fur being stupid this week. Ah vote we let Johnboy join us oan another two weeks probation," Skull shouted, tae mair laughter.

"Brilliant!"

"Fucking stoater, Johnboy. Well done!"

When the laughter and excitement died doon, everywan looked o'er at Tony.

"If it's that tit's maw's birthday, then aw the Murphys and everywan else will be at the booze-up."

"Including Horsey John and Tiny?"

"Everywan will be there...mark ma words."

"Aye, they've even goat a famous pop group playing," Johnboy said, tae mair cheers, laughter and commotion.

The shite wis definitely piling up beside they crops in the cages by that stage.

"We'll be able tae dance across that roof and nowan will hear us," Skull said, showing the rest ae them the Charlie Chaplin hussle dance that he'd planned tae be daeing across the ridge ae the roof.
It wis a cross between a tap-dance and the dance ae a drunken jakey, wae wobbly legs.

"He's goat a point. The pub's only aboot three hunner and twenty steps fae the closemooth. Everywan in the area who disnae like music will hiv their tellys turned up tae the limit," Tony, the mathematician, said knowingly.

"Aye, and ye'll no be wearing they fitba boots oan Saturday night either, Skull. We don't want ye skiting aff that roof wae they worn studs oan yer feet."

"Don't worry, Ah'll wear ma good 'White Heather Show' wans."

"Ye're a fucking genius, working oot that distance, Tony," Joe said. "Ah widnae hiv thought ae that."

"Aye, there's no wan ae me born every day, so there's no."

"So, whit's next then?"

"Furget waiting tae see Flypast oan Thursday. Ah'll heid o'er tae see him the morra morning. Johnboy, nip in by oan yer way hame and let him know that Ah'll be o'er, bit don't tell him whit's gaun oan at this end. Okay?"

"Fine."

"In the meantime, we need tae track doon Calum. He'll know whit the fuck's gaun oan."

Chapter Forty Four

"Is that the maw she's wae?" asked The Sarge.

"Aye, she's no like that bloody bitch ae a daughter ae hers."

"Hiv ye spoken tae her before like?"

"The auld wan? Oh, aye...she's a nice auld hag...always goat a pleasant word fur everywan and wid gie ye the last penny oot ae her purse. Seemingly, she'd a sister that stood against JP fur the cooncil way back in the thirties, wid ye believe? He says he still his nightmares aboot her."

"Oh?"

"Aye, bit he fucked her good and proper at the end ae the day, although he did say that it wis touch-and-go."

"So, whit happened tae her?"

"Ah'm no sure. She wis some sort ae a nurse and went tae Spain and goat hersel killed. JP said the party he'd thrown when he heard the news wis bigger than the wan he hid when he won the election."

"Aye, JP's never wan tae furget a slight, so he isnae."

"The maw's man drives a lorry fur Barr's. A grumpy auld shitehoose, who's furever moaning and who ye widnae trust as far as ye could fling him. He's always pleasant enough when he speaks tae ye, bit ye kin tell that he's lying through they false teeth ae his, every time he opens his trap. Barr's should've retired him aff years ago. He looks aboot seventy five if he's a day."

"Aye, ye jist don't know who's genuine and who isnae aboot here."

"Ah know an auld boy who goat intae an argument wae him wan night. It wis wan ae JP's business cronies fae The Home Guard. He said the auld basturt claimed tae hiv fought wae The Desert Rats during the War. He'd been bleating oan aboot how The Corporation should be daeing mair fur aw the auld wans who fought in the last two wars."

"And did he?"

"Whit?"

"Fight wae The Desert Rats?"

"Did he, hell. JP soon put everywan right oan that score. JP said that he wis wan ae the worst shirkers that served under him when JP wis a sergeant in The Home Guard."

"Aye, noo why dis that no surprise me, eh? Look at Pat Molloy and that auld man ae his. Ducking and diving while everywan else wis oot daeing their bit. Ah heard Molloy claiming wan night that the work him and his da wur daeing, running stables in the Toonheid and across in Maryhill, wis aw part ae the war effort. It never stoapped them fae running wan ae the biggest black market set-ups in the West ae Scotland though."

"Ah'd jist love tae march o'er there and book that daughter wan oan the spot, right here, right noo."

"Aye, well, the way she stomped intae Colin's office the other day there, Ah thought fur a minute that we wur the wans that wur aboot tae get lifted. Ah cannae believe the protection these wee toe-rags hiv nooadays. Ye'd think it wis us that wur the bad guys."

"Don't get me wrang, Sarge, Ah think Colin is wan ae the better inspectors doon at Central, bit the way he jist sat back and let that jezebel march right in and oot again wae they wee manky basturts in tow wis a bit much."

"Ah know, Ah know, Crisscross. He says she took him totally by surprise. He wisnae too sure if she wis ranting aff the cuff or if some brief hid sat doon wae her and telt her whit tae say. He thinks somewan's using her tae get tae us aw. She certainly widnae hiv the brains tae come oot wae some ae the stuff that prattled aff that forked tongue ae hers."

"So, whit aboot Sally and the lassies' money then? Dae ye think that's long gone?" Crisscross asked him.

"Ah'd say there's mair chance ae me being promoted than they hiv ae getting that dosh back. No that Ah'm efter promotion, mind ye."

"If anywan deserves it aboot here, it wid be yersel, Sarge. Look at aw the reduction in crime that there's been since ye've arrived back oan the scene. Naebody kin say that's a fluke. And tae get a gun aff the streets? Christ, ye should've goat a bloody medal, like me and Jinty."

"It jist disnae work like that nooadays, Crisscross. Ye hiv tae get assaulted or even worse...murdered, before they clock that ye're oot here putting yersel in danger hauf the time. That Paddy crowd hiv goat everything sewn up. Look where they've positioned themsels? That's no a fluke, so it isnae. Unless ye're prepared tae lick arses, ye've nae chance. The fact that they don't like me because ae ma success is neither here or there."

"Totally oot ae order, so it is!"

"Kin ye no see them?" Helen asked her maw.

"Where?"

"Sitting o'er there in Lister Street?"

"Ah cannae see a thing."

"The car is jist sitting aboot ten feet back up aff ae Parly Road, behind a wee black Morris Minor."

"Ah need tae get ma eyes tested. Ah'm as blind as a bat."

"When ye want tae be."

"Whit?"

"Nothing."

"So, who is it?"

"That fascist sergeant and his squinty gofer, Crisscross. They're sitting there clocking us. Probably talking aboot us as we speak."

"Well, Ah widnae pay them any heed. We hivnae done anything."

"The way they operate? That widnae matter a toss aboot here."

"And tae think that da ae yours sticks up fur that Crisscross every chance he gets. He cannae see the bad in anywan wae a uniform oan his back."

"So, ye've been oot shoapping, hiv ye?" Helen asked her, changing the subject.

"Aye, Ah nipped up tae try and see if there wis any ae yesterday's loaves left, bit the locusts hid been and gone."

"Aye, Ah'm wan ae them. Ah goat two, so ye kin hiv wan ae mine."

"So, whit aboot yersel, hen? Ah'm surprised tae see ye o'er this end oan a Wednesday. Ah widnae hiv thought ye'd hiv come up here jist fur two loaves ae stale breid."

"Ah've jist been up tae see Fat Fingered Finklebaum. He cut me doon fae three bob tae a hauf croon oan Jimmy's shoes. Johnboy says he wis lucky tae even get that."

"And you wan ae his best customers as well?"

"Aye, well, Ah'm back up tae three bob. Ah even goat the tanner aff ae him that he owed me."

"The amount ae money he makes aff ae everywan, ye'd think he'd be glad ae the custom."

"That's whit Ah said. Ah nearly caused a riot in there. Before ye knew it, everywan wis demanding mair money fur their stuff. Ah think he jist agreed so he could get shot ae me. Ah telt him that Ah'd get aw the wummin tae start gaun doon tae the pawn shoap in Bath Street if he didnae stoap messing everywan aboot. He then hid the cheek tae start harping oan aboot aw his overheids. Ah telt him straight that if Ah didnae get three bob oan Jimmy's good shoes, then hauf his custom wid be walking. That soon shut him up aboot overheids, so it did."

"Aye, Ah've never met a poor pawnbroker yet."

"Ah noticed that The McAslin Bar's goat a sign up ootside saying, 'Private Do This Saturday. Entry By Invite Only.'"

"Hiv they? Ach, Ah'm starting tae get aw excited, so Ah am. Even that da ae yours wis asking me whit the programme fur the night wis. The only time we go oot noo is roond the corner tae The Grafton."

"Aye, ye'll enjoy yersel. The baith ae youse will."

"Ah cannae wait. Ah heard that they've goat aw these famous TV stars coming."

"Jimmy's goat tae work aw day Saturday, so we'll need tae make sure he's goat time fur a bath before we come roond tae yours tae take youse up tae the pub."

"Hiv Ah no telt ye? We're getting picked up in Pat's big swanky Jag. That skinny boy in the shorts, that runs aboot aw o'er the place like a demented chicken fur him, came roond and telt us that wan ae Pat's boys will pick up aw us auld wans. He says that we'll aw get a lift hame so long as nobody pishes in the back seat ae his good car, the cheeky blighter. Ah think it wis the runner that added that bit oan. Ah cannae see Pat saying something like that, kin you?"

"Ah widnae put it past Pat tae charge ye fur the petrol tae get ye there."

"Oh shite, Helen! Don't turn roond, bit Ah've jist clocked that fat Sally Sally wan, striding up the road towards us wae wan ae her sidekicks. Right, remember, Ah've nae money."

"Hellorerr ladies," boomed the fat probationary lieutenant, shaking her can in their faces.

"Hello Sally. Sorry tae hear the bad news aboot the hoose getting broken intae. It must've been quite a shock."

"Shock? Ah don't think Ah'll ever get o'er it, Helen. Ah jist cannae sleep at night, worrying aboot whit might've happened if we wur aw lying in oor beds sleeping and hid tae get up tae go tae the cludgie in the middle ae being ransacked."

"Och, aye, we'd probably have ended up getting ravished by some big ruffian," said her sidekick.

"Did they get away wae much, Sally?" Helen's maw asked her.

"Aw oor collection money. That's why we're oot shaking oor cans, morning, noon and night, jist noo. We're trying tae retrieve as much as possible. Ah cannae sleep at night fur thinking aboot aw they wee poor weans in Africa gaun withoot," she said, shaking her can at them again.

"Aye, Ah know whit ye mean. Ah cannae sleep at night thinking aboot aw they poor wee weans in the Toonheid gaun withoot either," Helen replied drily.

"So, who's this then?" Helen's maw asked, changing the subject swiftly efter clocking Sally's eyes narrowing tae slits.

"I'm Anita. I stay at Sally's. She's our chaperone while we do our missionary work down here in bonny Glesgie."

"There's mair ae youse, is there?"

"There's myself, Morna and Kathleen. All Highland lassies frae Tain."

"Aye, very good," Helen's maw said drily, trying tae figure oot how tae extract hersel and get gaun doon the road.

"Would you like to make a little contribution to our can collection, Ladies?" Anita asked, shaking the rattling, hauf full, heavy can in their face fur the umpteenth time.

"Ach, Ah'm really sorry, hen. Ah wis gonnae ask youse fur a wee contribution masel. Ah've no a penny in ma purse," tittered Maw, gripping her haunbag closer tae hersel.

"A wee ha'penny wid dae. Better than nothing, eh?" Sally said, rattling her can.

"Ah've jist come fae Fat Fingered, so Ah cannae help ye either."

"Och well, never mind. Maybe next time, eh?" Anita said cheerfully, looking aboot the street fur mair victims.

"Hiv ye tried some ae the local businesses, Sally?" Helen asked her.

"Oh, aye. The only wans that hiv responded so far ur Big Pat fae The McAslin Bar and his business partner, Shaun Murphy. They're a total credit tae the community, that pair. Total gentlemen, so they ur. They sent that boy they've goat, the wan who dis aw their running aboot fur them, roond wae a sizeable donation."

"No that wan wae the skinny legs and the shorts that appears oot ae naewhere, scaring aw us auld wans tae death?"

"Aye, that's him. They sent him roond wae a pound, aw in ha'pennies, in an auld smelly sock. He said that Pat and Shaun telt him tae tell me it wis aw in coinage so we could put it straight intae oor cans, so they widnae appear tae be empty when we were oot collecting. Is that no thoughtful ae them?"

"Och, aye, they even said that they didn't want any publicity. God must have showed them the path to our wee door. God bless them the noo," piped up Anita, aw misty-eyed, looking heavenwards.

"Aye, well, oan that happy note, we'll need tae get gaun if we want tae fill these cans the day. Let's go, Anita. See ye, ladies."

"Aye, bye, Sally. Bye, Martina," Helen's maw said.

"Ye're something else, so ye ur."

"Whit hiv Ah done noo?"

"Her name's Anita."

"So, whit dae ye think they're talking aboot then?" asked The Sarge.

"Ah'm fucked if Ah know. That's the trouble wae Sally. She's so inno-cent. She's nae used tae swimming in amongst life's shitehooses. She widnae suspect that the wummin she's talking tae jist noo wis the wan that sprung wan ae the wee basturts oot ae the jail that wiped his arse oan her good cotton sheet."

"So, whit wid she dae if she knew?"

"Sally? Probably nip roond tae her hoose and put wan oan her, Ah'd imagine."

"Dae ye think so?"

"Oh, aye. She might be as innocent as an angel, bit she's nae mug. She kin pack a punch wae the best ae them. Ah've found that oot tae ma cost many a time, especially when Ah'm pished and Ah cannae be arsed gieing her wan."

"So, whit's the score wae they wee Christian chookter strumpets that ur living wae youse?"

"How dae ye mean?"

"Ye know?"

"They're oot ae bounds, as far as Ah'm concerned. JP's sniffing aboot like an auld horny mongrel though. The last time he wis roond, he wis panting like a randy kangaroo, wae that tongue ae his hinging oot the side ae his mooth as if he'd jist run the two hunner yards in the Olympics."

"And?"

"And, well, nothing. He's goat his eyes oan the wan that's staunin o'er there wae Sally. Ah've been telt no tae leave them in the same room thegither fur mair than two minutes. Sally says we've goat a responsibility tae protect them fae aw these randy unwashed locals."

"Dae ye think Ah'd be in wae a shout then?"

"Probably, bit ye'd need tae get her oan her lonesome and no tell her ye're married. If Sally caught ye, ye'd be walking aboot wearing they baws ae yours as ear mufflers."

"Aye, well, Crisscross...ye know me. Where there's danger, that's where Ah'll be. Right, that's yer Sally and the wee plump Christian thing aff oan the trot. Put this thing intae gear and we'll hiv a wee shifty roond aboot tae see if we kin see any ae they wee bed-shiting shitehooses. Turn left up Parly Road here and slow doon when ye get tae yer Sally and ma new girlfriend. Ah want a wee shifty ae that never-been-kissed arse ae hers oan the way by."

"Ah cannae bloody staun that pontificating cow."

"Aye, well, Ah widnae worry, Helen. Ye won't need tae dae any explaining when yer time comes."

"Ma, don't you start noo."

"Sorry, hen. See, that's whit happens when ye're accosted by they do-gooders in the street, when ye're gaun aboot yer business. Ah always come oot wae that kind ae shite fur aboot a day or so efterwards, every time Ah speak tae them. That da ae yours is the same. He wis nearly convinced tae go back tae mass wan time until he found oot the two men at the door wur really selling encyclopaedias."

"Right, change the tune. Ye wur saying that Ah've no tae come roond tae yours oan Saturday noo that ye've goat a lift organised, is that right?"

"Aye."

"Wan ae the new immigrant families up in Grafton Square his a warrant sale coming up oan Friday. Her man wis lost at sea when he wis heiding hame fae tying up aw their loose ends. Sherbet telt me and Ah goat him tae take me roond tae see her. Nice wee lassie wae five weans. Took me ages tae persuade her tae challenge it. That JP is bloody useless, so he is. He agrees wae me that she's goat a good case tae appeal it, bit he cannae dae anything aboot it before Friday, or so he says. Me and aw the lassies ur planning a reception committee fur the sheriff officers, so we ur."

"Well, watch oot ye don't get arrested and slung intae the clink. They tell me the seats fur Saturday night ur like gold dust. We'll keep yersel and Jimmy a seat beside us, bit ye'll need tae be doon there pretty pronto, so youse will."

"Oh, oh!"

"Whit?"

"It's Dixon ae Dock Green wae that squinty-eyed beaver wan. They've jist pulled oot ae Lister Street."

"They're no heiding oor way, ur they?"

"They bloody better no be. Ah'm jist in the right mood fur a fight wae they eejits. Ah'm still beeling efter whit they did tae Johnboy and his pals, the basturts. They didnae even gie them a cup ae water tae drink.

Ah wish Ah could afford a lawyer. Ah'd sue the arses aff ae the lot ae them."

"Whit ur they daeing noo?" her maw gasped, the fear evident in her voice.

"They've jist driven by us…didnae even gie us a second glance."

"Ye'll hiv tae watch oot, Helen, hen. They'll end up slinging you in the jail, if ye keep annoying them."

"Right, Ma, Ah'm offskie. Ah'll see ye oan Saturday."

"Bye, hen."

Chapter Forty Five

Johnboy hid never been in Flypast's dookit, even though it wis jist oot the back fae his hoose, in the next close doon. Sometimes Johnboy wid open the kitchen windae and sit up oan the draining board wae his feet resting in the sink, looking oot at Flypast's doos taking aff and landing oan the board. Johnboy and his ma used tae cackle like a pair ae hyenas when they'd see Flypast staunin oot in the middle ae their back court, trying tae get his doos aff the surrounding roofs. He'd be clicking his fingers at the same time as chatting soothingly in a lassie's sing-song voice, "Hoot 'n' nanny baby, hoot 'n' nanny baby, there's a good girl," or "boy," depending oan whether it wis a doo or a hen. Although it wis amusing tae watch, Johnboy knew, even then, that Flypast knew exactly whit he wis daeing. He'd watch the doo or hen move closer and closer tae Flypast, alang the roof and then aw ae a sudden, it wid take aff and float doon oan tae his landing board. The sound ae air swishing through the doo's flapping wings as it slowed doon before settling oan tae the board wis amazing. By this time, Flypast wid've awready sussed oot whit wis aboot tae happen and wid've shot back intae his wee cabin up oan tap ae the midden, waiting tae snap up the hood oan the landing board tae catch it wance it landed. Every other week he'd see Flypast wae different guys, maistly oan their ain, staunin oot the back, watching whit wis gaun oan. Noo that Johnboy hid met them and knew who they wur, he realised that sometimes this included wan ae the Murphys...usually Danny... the comedian wan who'd wanted tae chuck them oot ae the cabin when Tony wis negotiating a good price oan it.

Johnboy wis jist staunin at the sink, scraping aff the black burnt bits ae his toast, when he heard a whistle. Even though it wis bright and sunny ootside, he still managed tae clock his maw's heid shooting up, reflected in the windae pane, fae where she wis sitting behind him.

"Who's that?"

"Ma pal."

"Okay, Ah'll start again. Who's that?

"Tony."

"Wan ae the wans who goat lifted wae ye at the weekend?"

"Er, aye."

"Whit dis he want?"

"Me tae go oot and play."

"Where ur ye gaun?"

"Roond tae Flypast's tae check oot his doos."

"Eat yer toast first. He kin wait."

"Bit it's burnt."

"It's always burnt. That's wan ae ma specialities."

"So, ye dae it oan purpose then...burn the toast aw the time?"

"Naw, Ah've always goat something gaun oan in ma heid and Ah get easily distracted."

"Like whit?"

"Like worrying whit the hell ye're up tae every time ye leave this hoose."

"Bit, Ah'm only gaun roond tae Flypast's."

"Johnboy, Ah'm no jist talking aboot the day. Ah'm talking aboot every time ye heid oot ae that door."

"Bit nothing's gonnae happen tae me."

"Dae ye know that Ah've said a prayer fur ye every single night, before Ah go tae sleep, ever since the day ye wur born?"

"Jist fur me?"

"Naw, Ah include yer sisters and brother as well."

"Ah thought ye telt me that God wis made up by some rich king or queen tae keep the smellies like us doon?"

"Aye, Ah did."

"So, who ur ye praying tae every night then?"

"Ah really don't know," she murmured tae hersel, gazing at the sky through the tap windae pane.

"Here ye go, catch!" Johnboy said tae Tony, slinging him a slice.

"Burnt toast? Lovely! Ma maw's favourite recipe."

"O'er the wall or oot and roond the closes?"

"O'er the wall."

They sat oan tap ae the wall, munching, as they watched Flypast through the open cabin door until he turned roond and clocked them.

"Awright, boys? In ye come."

His cabin space wis aboot a quarter ae the size ae the boys' new wan bit wis set oot much the same as theirs. He'd a wee bed cot, covered wae an auld carpet oan wan side, facing the landing board. His nesting boxes wur hauf full ae doos, aw sleeping oan their crops oan the opposite wall fae the door. He'd a wee rocking chair that hid a thick square cushion oan it that hid come fae a bigger chair. The cushion wis folded and moulded tae the seat and a stripy pillow wis tied oan tae the back ae the chair as a comfy back rest. It wis a right wee cosy set-up. Sitting beside the chair wis a pile ae True Detective magazines. The tap wan hid a hauf naked wummin oan the cover, looking right feart as a haun reached doon, haudin the rope that wis tied roond her neck.

"Whit ur they aboot?"

"True Crimes in America. Bank robberies, kidnappings, prison escapes, FBI, Mafia, rapes, murders, gangsters. Ye name it, it's aw in there."

"Dae ye fancy a swap?" Johnboy asked him.

"Wae whit?"

"Ah've goat loads ae DC comics. Spiderman, Superman and aw that kind ae stuff."

"Naw, Ah'm saving these wans up as a collection."

"Ach well, if ye ever change yer mind, ye know where Ah live."

"So, whit dae ye think, boys?" Flypast asked wae a wave ae his haun. "Ah'm trying tae build up ma stock again since that eejit Crisscross wrecked ma place. He still hisnae goat back tae me. Ah jist aboot shat masel and hid a heart attack at the same time that day. Ah thought a bomb hid went aff."

"Ah think it's great whit ye've goat here, Flypast. Ah'm sorry aboot yer cabin. It wis me that goat grabbed the day that happened."

"It wis fuck aw tae dae wae yersel, Johnboy. Don't ye worry aboot it, son. Listen...take a seat and tell me whit the score is."

Tony explained whit they'd goat up tae the day before in sussing oot access tae the Murphys' loft. Other than mumbling, "Aye, right, fine," every noo and again, the only time Flypast spoke wis tae offer them a bit

351

ae advice.

"Ah'd get a rope and tie it roond the waists ae the wans that ur directly oan the roof. It'll gie ye a bit ae protection if wan ae youse slides aff. That's whit Hillary and Tenzing did when they climbed Mount Everest."

"Naw, it's too risky. We don't want wan ae us dragging the other wan o'er wae him if he skites aff. Apart fae Johnboy, we're aw used tae running aboot roofs when we're stripping aff aw the lead sheeting. Ah cannae believe oor luck wae the party though."

"Aye, Ah knew aboot the party. Ah've goat an invite masel. Ah used tae supply The Big Man's da, Bill, wae a lot ae doos before they Murphy wans arrived oan the scene and knocked fuck oot ae me and Skull's da. They thought they'd put the opposition oot ae the game in wan sweep bit Ah've kept oan gaun, despite the basturts. The Big Man's da's awright, believe it or no. It's the son and his gorillas that ur the bad guys aboot here. Ah wisnae gonnae go, bit Ah will noo. It'll gie me the perfect alibi because when the shite hits that fan, the whole ae the city's doo men are gonnae get covered in it."

"So, whit's happening at this end then?" Tony asked.

"It's good news. Ah've a pal ae a pal fae Kirkintilloch and he'll take everything ye kin get. He runs a driving school so there's nae problem picking them up."

"How ur we gonnae get aw the doos intae the back ae a Morris eleven hunner, Flypast? We're gonnae hiv tae make aboot five or six journeys back and forth across the roof fae the dookit tae the exit loft. We'll be using the big cardboard egg boxes ye get oot ae Curley's. Taking the weight ae the doos intae consideration and the fact ae who's transporting them across the tap ae that roof, Ah reckon we're talking aboot ten doos tae a box. Anything heavier, and we'll no be able tae get a good enough balance withoot pitching aff the roof. We cannae depend oan wan ae they randy fuckers no moving aboot in the box, trying tae tread oan a hen while he's aff oan his holiday."

"Naw, naw, Tony, don't worry, son. He's goat a dozen cars working fur him. If we kin tell him the exact time youse will hiv the doos, he'll be there wae the cars, waiting tae pick them up. Ur ye sure ye'll get the big boxes through the roof hatches?"

"Aye, we've used them before. The doos will be sliding aboot a bit during that part, bit they'll be fine. We won't manage tae slip them between the holar boxes oan the landing board though, so it'll be a wan-at-a-time job fur whoever's sitting oan tap ae the landing board holar boxes when Skull hauns them oot."

"So, it's Skull that'll be in the actual loft then?"

"No through choice, bit if it isnae him, life won't be worth living between noo and Saturday. Anyway, he's skinny as a stick, so there shouldnae be any problem wae him getting in and oot."

"Aye, his da wid be proud ae him, taking oan the basturts that gied him the brain damage."

"Did ye no get brain damaged as well, Flypast?" Johnboy asked him, blushing.

"Me? Naw...ma balance is a wee bit aff and Ah get blurred vision every noo and again bit other than that, Ah'm okay. Ah jist make oan that Ah've goat brain damage tae keep they Murphy wankers away fae me. If they thought fur a minute that Ah wis compos mentis, Ah wid've been deid long before noo."

"Whit dis that mean?" baith boys asked.

"It means Ah'm okay in the heid. It's funny, though...ye want tae hear how some people talk tae me. Some ae they pals ae yer maw's crack me up, so they dae, Johnboy. Ah think they think that Ah'm deaf, as well as stupid. That Betty fae next door tae ye spoke tae me the other day in the street. 'Aw, look at poor Flypast. Dae-ye-want-a-wee-sweetie-son?' she asked, mimicking a wean's voice and haunin me a penny whopper at the same time. Ah screwed ma face up at her as if Ah wis stupid and said back tae her in the same wee voice, 'Naw, bit any chance ae a wee shag?' It wis bloody hilarious, so it wis. She turned tae yer maw and said, 'Aye, he might no be right in the heid, Helen, bit his other brains ur working jist fine by the sounds ae it.'"

Efter they'd stoapped laughing, they goat back tae the business in haun.

"So, whit's the score wae the money, Flypast?"

"The price is fine and dandy."

"Really? He accepted it, straight up?"

"Aye. Ah must admit, Ah wis a wee bit surprised at first as well, bit wance he found oot who's loft it wis, he wis as happy as Larry."

"Ye'll need tae make sure he disnae jist gie us aw notes. There'll need tae be plenty ae coins mixed in. Ah widnae want any ae they Murphys tae think that we've jist been haunded o'er a pile ae notes fur selling aff a pile ae doos."

"That shouldnae be a problem. Maist ae his customers haun o'er coins fur their lessons. There's wan really important part that he mentioned though, jist as Ah wis getting drapped aff."

"Whit?"

"The Big Man owns three doos that ur kept under lock and key up in that loft. He's the only wan that gets tae handle them. They've goat tae be in wan ae they boxes ae yours that ur being haunded o'er or the price draps doon tae a score and ten."

"So, whit's so special aboot these wans then?" Johnboy asked.

"Whit's so special aboot them? Christ, youse obviously hivnae a clue, hiv youse? No only ur they his top breeders, bit they're aw first genera-tion pure bred Horsemen Thief Pouters. There wis a batch ae them came across fae Spain tae Scotland in the seventeenth century. It wis a pres-ent fur Mary Queen ae Scots or something. The wans that The Big Man his, believe it or no, kin be traced back tae that original batch. He's goat cartloads ae aw sorts ae paperwork and charts wae their bloodlines oan them. They're like fucking royalty and totally perfect in every way."

"Christ!"

"Aye, they're aw self-coloured, wae nae tigers or grizzles amongst them. They're totally well-sprung, engineered fae their waists up, and hiv goat perfectly generous wattles oan they beaks ae theirs. Their eyes ur a pure mad-man's diamond red. Ah saw a photo ae wan ae them a few years ago, when a pal ae mine managed tae get a shot aff when he wis up daeing a deal wae Shaun. Exactly twelve inches fae the beak right doon tae their tails. They'd dae anything bit make yer breakfast fur ye in the morning wance they recognise yer chat. Brainy as fuck, so they ur. They'll bring in anything that's put oot tae them, and Ah mean anything.

Worth a king's ransom...or in your case, forty big wans. They're absolute total perfection and he's goat three ae them, aw in the wan dookit...unbelievable. Every doo man's dream is tae get tae haud wan in his hauns. Wance their chicks ur hatched, The Big Man gets them shipped straight oot tae Canada tae some gangster connection he's goat oot there."

"If Ah'd known aw this before, Ah wid've thought aboot blagging them fur oorsels." Tony murmured.

"Whit fur? Whit wid yersel or the likes ae me dae wae them? Ye couldnae sell them or even gie them away. There's no a doo man in the whole ae the city wid thank ye fur them. Anywan caught even looking at them wid disappear doon intae the murky foundations ae a multi-storey, so they wid."

"Jesus!"

"Aye, and Ah know where he goat at least two ae them fae. The third wan, Ah'm no sure aboot, although there wis a rumour a few years ago that Pat and Shaun killed two brothers doon in Newcastle fur it."

"Where did he get the other two?"

"The first wan goes back years tae me and Skull's da's time. Don't believe aw that shite aboot disease spreading. Skull's da wis the first in the Toonheid tae own it. He flogged everything bit the shirt oan his back tae buy it aff ae a wee guy, who's name Ah cannae remember noo, who wis emigrating tae Australia. Skull's da, Mick, who wis nae mug himsel, widnae sell it tae The Big Man when The Big Man found oot wan ae the originals wis sitting in the Toonheid. Calum The Runner's da, Matt, picked up oan whit wis gaun oan, because he worked up in the stables at the time. He passed oan tae me whit wis being planned. He telt me that young Pat, The Big Man, who wis only in his mid-twenties at the time, hid ran oot ae patience and hid jist sent the Murphy brothers roond tae take it aff ae Mick. Matt telt me jist in time, wae aboot five minutes tae spare. Ah managed tae nip up tae Mick's, who ye know still lives oan the ground flair up in Barony Street, and explained whit the score wis through his kitchen windae at the back. Ah goat there jist in front ae the Murphys who wur banging the hell oot ae his door. Mick grabbed the big Horseman and passed it oot the windae tae me. Ah stuffed it straight up ma jumper, jist as they came in through the front door. Whit a hiding they gied the poor basturt. Dragged and kicked fuck oot ae him aw o'er the place. Wan ae them...Ah think it could've been Shaun himsel...pulled oot a polis baton and sat oan Mick's chest. Every time he refused tae tell him where the Horseman wis, he goat skelped o'er the napper wae the baton. Ah don't know how many times he scudded Mick, bit within twenty minutes they wur roond here. They didnae fuck aboot either, Ah kin tell ye. Wan kick in the ging-gang-goolies and a skelp wae the baton and Ah wis oot ae the game. When Ah woke up, aw ma doos hid their necks wrung. The big Horseman hid vanished. Wan ae the wans that The Big Man's goat the noo is the great great great, Ah think, great great grandson ae that wan. Ah wis laid up in The Royal fur aboot three weeks. They transferred Mick somewhere else and the next time Ah spoke tae him he didnae recognise me and jist rambled oan aboot aw kinds ae shite, like how wance he wis better, he'd be playing fur Celtic."

"Dae ye think Skull knows aw this?" Johnboy asked Flypast.

"Who knows, bit he's jist like his auld man wis...whinges like buggery, bit scared ae nothing."

"Whit aboot the other wan ye know aboot?" Tony asked.

"Aye, remember ye tanned Mad Malky's place o'er in Possil?"

"How did ye know aboot that?"

"Hoi, remember, Ah'm the stupid wan aboot here. Ah pick up aw sorts ae stuff."

"No the big Horseman?"

"Aye, that wis wan ae them as well."

"Fuck, Ah never knew that. Ah knew that it wis a beauty, bit Ah didnae get a chance tae hiv a real good swatch ae it before he set that dug ae his oan me."

"Aye, Mad Malky's still trying tae track it doon. Ah heard that some wee daft fly man turned up wae something that looked like his, trying tae claim the reward. He'd a photo that matched the thing perfectly, except that it wis jist slightly knock-kneed. Ye could hardly make it oot. Mad Malky didnae say a word fur aboot ten minutes, bit jist walked roond it, stoapping every noo and again tae stare at it."

"Whit happened?" Tony and Johnboy baith asked at the same time, spellbound.

"Mad Malky bit the heid aff it right there and then in front ae him and then proceeded tae stab fuck oot ae the guy oan the spot. He only jist survived, minus hauf his liver and spleen."

"Aye, he did come across as a bit ae a psycho who'd lose his temper o'er nothing. His dug wis the same," Tony said, laughing, showing Flypast the teeth mark scars oan his wrist.

"So, how wid The Big Man know it wis wan ae the originals?" Johnboy asked.

"He's been tracking them doon fur years. Three weeks efter Mad Malky lost his, his wife left him and fucked aff doon south. He'd been battering her aw o'er the place since they'd goat married years earlier. They couldnae hiv any weans efter she lost the first wan when he gied her a right good hiding. Ah heard she'd hid a miscarriage efter being kicked in the stomach. Anyway, wance the dust settled, a wee while efter you blagged the big Horseman, she contacted The Big Man, offering him aw the paperwork fur a good price. Ye kin imagine whit his reaction wis. It wis that payment that allowed her tae finally escape and start afresh."

Silence.

"So, The Driving Instructor will need tae clock that ye've goat the three Horsemen before he hauns o'er the dosh. It'll be payment oan sight," Flypast said, breaking the silence.

"That's nae a problem. We kin dae that."

"And another thing, Tony."

"Aye?"

"Whitever ye dae, don't mess The Driving Instructor aboot. He comes across as a nice guy, no a double-crosser like The Big Man or they Murphys, bit he'd bury ye alive whether ye're young or no, if ye fuck wae him in any shape or form."

"Flypast, aw we want is tae pay aff whit we owe oan the cabin."

"Right, there's something else that might help youse oot if things don't go strictly tae plan."

"Whit?"

"Let's jist say youse get aw the doos oot, bit wan ae the Brothers Grimm turn up unexpectedly or lightning strikes that building."

"Whit? In the middle ae summer?"

"Whitever happens, he disnae want they Horsemen left in that loft, still strutting their stuff, flashing their tadgers at aw they wee hens, at the end ae the night. The Driving Instructor says that if the worst comes tae the worst, he'll accept their heids as proof that they're no still oan the go."

"Whit, kill wan ae the Murphys?" Johnboy yelped, jist aboot shiting his troosers.

"Naw, the Horsemen's heids, bit ye'd need tae hiv aw three tae haun o'er."

Silence.

"Skull widnae wear that. There's no way he'd go fur that wan...money or no," Tony eventually declared.

"Aye, well, Ah wis asked tae sling that wan intae the pot, jist tae let ye know that he's serious. He wants they big Horsemen Thief Pouters, deid or alive."

"Ah've jist thought ae something," Johnboy said. "Whit's people gon-nae say when they see a convoy ae driving instructor cars sitting in the street? Ah've lived here aw ma life and Ah don't know anywan that's been able tae afford a driving lesson, dae you?" Johnboy asked them.

"Aye, Ah thought aboot that wan as well. The Driving Instructor his de-cided tae hiv a Driving School Convention in The Atholl Bar oan Saturday night, jist doon oan the corner ae Stanhope Street and St James Road."

"A whit?"

"A driving school get-thegither. He's invited aw the BSM boys he knows fae aw o'er Glesga and they're gonnae converge oan The Atholl oan Saturday night. They've booked the lounge and they've goat a wee man coming tae dae a talk as cover. Maist ae them will bring their wives or girlfriends, at least the wans that kin drive, so the guys kin aw get pished. As soon as they know youse ur aw ready, the Kirkintilloch boys will nip alang, wan at a time, tae where youse ur and pick up a box and heid straight hame fae there. Simple, eh?"

"Ye're a genius, Flypast. Wait till Joe and Skull hears that wan," Tony said, as they aw laughed.

"Whit youse hiv tae dae is gie them a shout in the first instance tae start the baw rolling. Efter that, they'll jist drive alang St James Road and pick up a box every five minutes oan the button."

"That's complicated."

"How simple could it be?"

"There's only four ae us. Skull will be in the loft wae the doos, wan ae us will be oan tap ae the holar boxes oan the roof itsel, wan will be carrying the doos in the egg boxes alang the roof and wan will be sitting in the exit loft. We're wan short. There's nae way wan ae us wid manage tae get back up tae that loft oan oor ain wance we're doon oan tae the stair landing. It's a two-man job tae get back up. The height's the problem."

"Whit aboot a ladder then?"

"We'll hiv too much stuff as it is, withoot farting aboot wae a big ladder, especially if we're gaun up the close. We noticed there wis a couple ae padlocks oan the wan me and Johnboy looked at the other day, up the close beside the Tap o the Hill pub oan Taylor Street."

"Well, wance Ah'm in The McAslin, Ah'm gonnae make sure everywan knows Ah wis the first tae arrive and the last wan tae leave. So, that's me oot," Flypast said apologetically.

"Right, okay. We'll sort that wan oot at oor end, Flypast. Thanks fur aw this. We owe ye wan, big style."

"Don't worry aboot me, boys. The Driving Instructor will see me okay wance the heat dies doon in a month or so. Ur youse really sure ye want tae dae this? There will be blood oan the streets efter this wan kicks aff."

"Don't worry aboot us, Flypast. We're oan tap ae this, so we ur. Right, Johnboy, get that smelly arse ae yours aff that smelly rocking chair. We've goat a meeting wae Calum The Runner up at the cabin."

Johnboy and Tony fell silent wance the cabin came intae view in the distance. Johnboy wisnae too sure how auld it wis or how long it hid been sitting there. Its situation wis ideal fur fleeing doos. Unless ye wur sitting oan the tap deck ae a bus oan Parly Road heiding fur Castle Street, ye probably widnae hiv known it wis there. Ye might've goat a fleeting glance ae it between the gaps ae the billboards as ye walked past and wondered whit it wis, as it blended in wae the black smoke-stained bricks ae the Macbraynes bus garage surrounding it. The only telltale sign that it wis a dookit wis the holar boxes and landing board sitting oan the slope ae the roof. Efter a row ae tenements wis demolished oan Glebe Street, oan the Kennedy Street side ae Parly Road, the dookit stood oot majestically, nestled between the tenements running east up Parly Road and the back ae Taylor's, the haulage firm that Johnboy and his pals used regularly as a taxi service when they went oot and aboot, tanning shoaps across the city. Fur Johnboy, walking across the waste ground, where the tenement block wance stood, it reminded him ae a scene oot ae an Ivanhoe or Robin Hood film, where the riders approached the imposing castle in the distance. When they arrived efter their pow-wow wae Flypast, Joe and Skull wur chomping through a box ae the City Bakeries best mince pies which Skull hid nicked aff the back ae wan ae their vans ootside the shoap oan Parly Road.

"Jist in time, Ah see," Tony said, as Johnboy and him baith scooped up a pie.

"Ah prefer them cauld masel," Skull wis saying as they sat doon.

"That's because ye've never tasted them hot, ya fud-pad, ye," Joe said, switching oan the tranny and getting the sounds ae The Beach Boys' 'Ah Get Aroond' fae Radio Caroline.

Tony telt Joe and Skull whit hid been said roond at Flypast's, bit left oot the bit aboot Skull's da. Johnboy added in wee bits here and there, trying tae remember whit 'compos mentis' wis aw aboot. Joe seemed fine and interested, bit Skull jist wanted them tae get tae the good part... tanning the Murphys' loft.

"There's no way anywan's gonnae lay a finger oan they fucking Horsemen Pouters, Ah kin tell ye that right noo. Even if we don't like they Murphy tadgers, ye hiv tae keep birds like that alive and in the system," Skull scowled, looking at everywan, daring them tae disagree wae him.

"Why's that, Skull?" Johnboy asked.

"Because aw doos are interbred. Ye need the pure bred wans tae tap up the breeding stock every noo and again tae keep fresh blood flowing."

Johnboy didnae hiv a clue whit he wis oan aboot and looking at the other two, he reckoned that they didnae either.

"How dae ye know aw this?"

"Because ma da telt me oan his good days, in between his bad days, before he goat worse."

"So, how ur we gonnae manage the haunin o'er bit, wance we're aw up the loft? We cannae be nipping alang the roof and doon in tae the closemooth every five minutes."

"We'll jist hiv tae stack aw the boxes in the exit loft until we're ready tae get them doon the stairs."

"Or we kin bring wan ae the Garngad crowd in," Joe suggested.

"Nae chance...they're aw thieving wankers," Skull butted-in.

They heard Calum arriving at aboot the same time as he came flying through the bead curtain and landed in the middle ae the flair.

"Fur Christ sake, Calum! If ye cannae knock, at least bloody shout before ye break and enter."

"Hellorerr Tony, it's good tae see ye as well. How ur ye daeing, boys? Ye wur wanting tae speak tae me?" Calum said, staunin in the middle ae the cabin, looking aroond.

"He wants tae speak tae ye. Ah'm jist the lucky mascot aboot here," Skull said, straight-faced.

"Aye, and Ah see ye still hivnae flogged that bugle yet, Skull?" Calum said, picking it up and running a fingertip alang it.

"How ur ye daeing, Calum? New shorts?" Tony asked, as aw eyes shifted tae the red things he wis wearing.

"Aye, they're ma 'away' wans."

"Dae athletes hiv 'away' running shorts?"

"Oh, aye...it's no jist fitba teams."

"So, whit's happening oan Saturday night in the pub then?"

"A private do, so it is. Why? Why wid the likes ae youse be wanting tae know aboot something like that then?" he asked, suspiciously.

"Because we're gonnae haud up the place, that's why," Skull chipped in.

"That wid be like four blue bottles taking oan Horsey John and that auld fly-swatter ae his. Funny as fuck, bit stupid."

"So, whit's happening oan the night then?" Tony asked.

"People arrive jist efter five, everywan's hauf pished by six, Charlie Chip, Scotland's funniest comedian hits them wae a few stoaters tae loosen them up..."

"That wee midget's red-raw pish," Skull said, looking aboot, happy wae the nods ae agreement aw roond.

"...Hot pies ur taken oot at seven o'clock wae vinegar, mushy peas and a couple ae slices ae plain breid tae soak up the juice. Then, at seven for-ty-five, there's a group oan that cannae staun each other, which includes ma big sister and Kirsty's wee brothers, that should produce a couple ae wee fights amongst themsels tae start the night aff jist nicely. They'll be followed by a break wae some speeches, a slice ae Duggie Dough Baw's best cake, a game ae Bingo and gallons ae mair drink, followed by the group again, by which time the fighting amongst the guests should start fur real."

"Sounds brilliant," Skull said. "Kin Ah come?"

"Usually the bizzies ur in sharp by aboot ten o'clock...chucking oot time. Ah think The Big Man's goat them tae be somewhere else oan Saturday night, which is fine if ye're oan yer best behaviour, bit no if ye're oan the receiving end ae a hiding roond aboot the last bell, fae wan ae the Charming Brothers."

"So, will ye be coming and gaun throughoot the night?"

"How dae ye mean?"

"Will you be oot and aboot fur The Big Man?"

"It aw depends."

"Oan whit?"

"Oan whether he wants something done or no."

"Bit if ye wanted, ye could persuade him that he'd want something done which wid get him tae send ye aff and oot ae the pub fur hauf an hour?"

"Ah suppose so," Calum said slowly, looking roond at them aw, feeling like he wis being measured up fur a coffin, judging by the way they wur aw gawping at him.

"Whit dae ye think, Joe?" Tony asked.

"Ah wid jist tell him."

"Right, spit it oot. It's obvious that youse ur up tae something. If it's anything tae dae wae whit Skull jist said, ye kin furget it right here and noo. Every mad gangster and his moll, including their maws and das will be sitting there, getting pished, oan Saturday night. Even the local priests widnae try and rob they wans and ye know whit they're like."

"We need yer help oan Saturday night."

"Whit? A wee favour?"

"Aye, something like that," Tony said, as he went oan tae tell Calum whit wis aboot tae happen.

Tony must've spoken fur aboot three quarters ae an hour, gaun intae aw the ins and oots ae why and whit they wur planning. The reason John-boy knew it wis that long wis because he wis coonting the records that wur being played oan the tranny when Tony wis speaking. He reckoned each song lasted aboot two minutes forty five seconds wae aboot a fif-teen second gap in between. He added in the Palmolive adverts and the 'Man, that's groovy' jingle that kept being played repeatedly. Aw in, there wis aboot fifteen songs. Sometimes Tony brought Joe in tae back him up oan some point, bit it wis mainly Tony that did aw the talking. Calum didnae even ask wan question and even Skull knew that this wis the wan time no tae say a word. Tony explained that they needed Calum tae nip doon tae The Atholl tae let The Driving Instructor know tae start pick-ing up the doos. He wid then hiv tae nip back up tae the boys and start taking the egg boxes doon the stairs fae the tap landing tae each car as it arrived. The last box doon wid hiv the three big Horsemen in it, bit Tony wid haun that wan o'er himsel.

"Fur Christ's sake!" wis aw Calum said, looking shocked, when Tony finished talking.

Nowan said a word. They jist looked at Calum as he stared back at them. It wis the longest Johnboy hid ever clocked him staun still since he'd first met him. He didnae know whether it wis the song that brought him back tae life or whit, bit when the Seekers 'World Ae Oor Ain' started belting oot ae the tranny, Calum suddenly stood up.

"Ah cannae dae it. Ah need tae get oot ae the Toonheid and the only way Ah'm gonnae dae that is through ma running. Ah wis jist telt yesterday by ma coach in the Maryhill Harriers that Ah've been picked tae represent Scotland in the European Junior Championships. Sorry, boys."

Wae that, Calum heided oot the door. Nowan moved fur aboot five seconds and then Tony goat up and went efter him. Johnboy, Skull and Joe sat there fur aboot twenty minutes, no saying a word. The tranny wis oan bit they didnae even hear whit songs wur playing. Skull put the wee hen and doo oot oan tae the landing board wae the hood up and stood there peeping through the hole in the latch, watching whit they wur up tae.

When Tony stepped through the beaded curtain, the three ae them aw turned and stared at him. Johnboy stood up and held his breath. Tony's face looked doon in the dumps and a bit defeated, Johnboy thought. Johnboy fought hard tae stoap himsel fae bursting oot greeting when he felt his bottom lip tremble. He wisnae too sure if it wis because he wis relieved that he wisnae gonnae end up getting murdered or brain damaged by a big gorilla wae a polis baton or he wis disappointed because he really wanted tae dae this. When he glanced o'er at Skull, Johnboy felt guilty that he maybe knew something that Skull didnae. Tony hid said that they should keep tae themselves whit Flypast hid telt them. Johnboy couldnae help thinking aboot Skull's da and how if he'd haunded o'er the big Horseman Thief Pouter, Skull wid've been working wae him, fleeing the doos in his ain dookit. When Tony did speak, Johnboy couldnae haud it in any longer and started tae bubble.

"Nae problem...he'll dae it," Tony said, a big grin lighting up his face and the cabin.

Chapter Forty Six

"So, whit ur they up tae, Alex?" asked The Sarge.

"Ah don't know."

"Whit dae ye mean, ye don't know? Ye know everything aboot here."

"No everything."

"Aye, bit enough tae wet oor whistles wae."

"Hiv youse goat whistles tae?"

"Aye."

"Kin Ah get wan?"

"Whit's happened tae the badge Ah gied ye?" Crisscross asked him.

"It's here...look," Special Agent Arbuckle said, pulling the white 'V' ae the neck ae his Glesga Rangers jersey forward while raising up his left erm and showing them his silver plastic 'Special Agent' badge which wis pinned oan tae his vest, tucked in amongst the folds ae fat under his oxter.

"Whit the hell hiv ye goat it tucked aw the way under there fur?"

"Cause Ah'm undercover."

"Oh...er...aye, right...so ye ur. Ah furgoat. Right, so spill the beans then. Whit his that manky mob been up tae?"

"Only whit ye awready know."

"Aye, we know that, and you know that, bit jist so we aw know that, we hiv tae synchronise whit we know, aw thegither, so we aw know whit everywan else knows."

"Crisscross, whit the fuck ur ye prattling oan aboot? If Ah don't know, then there's nae chance that he'll know. Isn't that so, son?"

"Aw Ah know is whit youse know."

"Which is whit?"

"That they tanned yer hoose."

"Noo we're getting somewhere."

"So, whit dae ye know that we don't know?"

"Fur fuck's sake, Crisscross, don't start that aw o'er again. Ah'll dae the talking. Oan ye go, son. We know that you know whit we aw know, bit you tell us whit you know first, and we'll dae the synchronising. Okay?"

The Sarge said, looking o'er at Crisscross, warning him wae his eyes no tae start coming oot wae mair ae that gibbering shite ae his.

"Ah heard that they tanned yer hoose and goat away wae aw the dosh that yer wife and they other nice Christian wummin wur collecting fur the wee weans in Africa."

"Carry oan, special constable. And?"

"Aye, they've been telling everywan how good it wis tae get aw that dosh."

"Carry oan."

"That's it."

"There must be mair than that. We know aw that."

"Aye, well it wis that wee cu...boy, Taylor. The wan wae the ginger napper that went in through the windae first. It wis him who discovered aw the money lying aboot. The other three then jumped in and helped him and themsels tae it aw."

"So, whit did they dae wae the money?"

"They've been spending it oan everything."

"Like whit?"

"Like, Ah saw that wee ugly Skull wan shooting up Parly Road yesterday wae a big box ae mince pies held oot in front ae him."

"Wis he being chased?"

"Naw, Ah clocked him buying them. Ah think he wis running so he could get hame before they went cauld. Every step he took, ye could hear tons ae coins rattling aboot in his pockets."

"So?"

"So, they wur City Bakeries wans in the white box."

"Ah cannae believe they wee knobs ur scoffing away aw ma wife's hard work oan tap-ae-the-range mince pies."

"Every time Ah've clocked them since they screwed yer hoose, their pockets hiv aw been full ae Strawberry Bonbons, Bazooka chewing gum, Broon Gems, MB bars, Kola Kubes, Parma Violets, Flying Sherbet Saucers, White Chocolate Mice and Ah even saw them wae a packet ae ma favourites, Blue Riband chocolate wafers."

"So, where ur they planking aw that money they've goat, Alex?"

"Ah, don't know. They're no using the auld planking place in the dip-ping yard behind Grafton Square because Ah went up there efter they done Criss...Ah mean, yer hoose, tae see if there wis any dosh there that Ah could find and haun in tae youse."

"Anything else tae report then?"

"Naw, sir."

"Right, ye kin fu...er, heid aff noo, Alex. Keep yer ears and eyes open, and we'll talk tae ye later."

"Aye, aw right, sirs," Fat boy said, hesitating.

"Ur you still here? Whit is it noo?" The Sarge scowled.

"Any chance ae getting a whistle wae a chain oan the end, sir?"

"Ye kin hiv two if ye kin produce any evidence that will allow us tae nick they wee thieving basturts."

"Okay. Thanks sir," the singing canary sang, thumping doon the stairs, carrying a big towel under his erm.

"Whit dae ye think?"

"Ah cannae believe we're allowing they wee shitehooses tae run aboot spending aw ma wife's money oan crap."

"Naw, Ah meant whit Wobbly Arse jist telt us."

"Like whit?"

"Like, did ye see the way his eyes went intae ecstasy and they jowls ae his started drooling like a leaking rone pipe when he wis rattling aff the names ae aw they different types ae sweeties?"

"Nae wonder. Ah'm partial tae a wee Blue Riband masel. Sometimes, me and Sally will hiv wan or maybe even two, when we're sitting watch-ing Sunday Night at the London Palladium and we've goat the hoose tae oorsels, which isnae very often these days."

"There's something no right here."

"Like whit?"

"Like, he only telt us whit we awready know."

"Aye, Ah know."

Johnboy wis feeling a wee bit nervous. He wis jist aboot tae meet some uglies fae up in Indian Territory...the wans who always beat everywan up ootside The Carlton and Casino picture hooses in Castle Street. He wis trying tae remember whit they aw looked like, apart fae being ugly and nasty wae it. It hid been Skull's idea.

"Who's gaun tae the swimming?"

"Ah'll go."

"Me tae."

"Ah'll need tae go hame and get ma trunks and a towel," Johnboy hid said.

"Naw, ye don't. We'll get ye a pair when we get there."

It wis only when they wur oan their way doon Parly Road, turning intae Glebe Street, heiding towards the public baths in Collins Street, that he heard Skull ask oot loud tae nowan in particular.

"Ah wonder who'll aw be there?"

"Ur we meeting people?" Johnboy asked.

"Naw, bit some ae the Garngad crowd will probably be daeing the same as us and gaun fur a swim."

Johnboy never said a word bit felt his stomach tighten, the closer they goat tae the baths. When they turned the corner at Mary Queen ae Scots hoose oan Castle Street, it only took him a second tae suss oot whit the score wis. There wis a queue at baith doors. Hunners ae boys and lassies wur waiting tae go in. The boys wur queuing tae go in the left door and the lassies wur queuing oan the right. He could see the uglies moving up and doon the line, stoaping every noo and again tae lean o'er and either whack somewan o'er the heid wae a rolled-up towel or tae try and cause a fight by shouting abuse at somewan else. Johnboy hid seen a programme oan the TV wance that showed ye how sheep dogs herded in aw the sheep. It wis jist like that. Sheep huddled, avoiding eye contact and the dugs running aboot, keeping them in check.

"Watch oot, boys, it's the manky birdmen fae Alcatraz who've arrived tae wash the bird shite fae oot ae they ears ae theirs," shouted a wee buck-toothed ugly wan that Johnboy remembered as being a nasty wee fucker, fae ootside The Carlton.

"Hellorerr Patsy, how ur ye daeing?"

"Aye, aye, Tony!" shouted another ugly, before turning tae growl at somewan, "Whit the fuck ur you looking at?"

"Awright, Tottie?" Tony shouted back.

Johnboy saw a couple ae his pals fae doon his end ae the Toonheid and went o'er tae talk tae them in the queue. It gied him an excuse tae keep his heid doon.

"Ah'm no really wae them, Michael," Johnboy mumbled apologetically.

"Aye, Ah heard ye're running aboot wae Tony Gucci and some ae his pals noo."

"Aye, we're fleeing the doos, so we ur. We've jist took o'er a cabin up the tap ae Parly Road, behind the big fag signs."

"Aye, Flypast wis telling us," his pal Jimmy said, nodding.

"Hiv ye goat many doos?" Michael asked, impressed.

"We've goat two. A wee doo and a hen, bit we're starting tae breed them oorsels. Ye'll need tae come up and check oot the cabin."

"Brilliant!" they baith chorused, while glancing o'er at the carnage behind Johnboy.

Jist then, two mair uglies turned up. Wan ae them, who wis called Baby Huey...fat as fuck, wae five chins, who looked aboot fifteen bit who wis only ages wae Tony and Joe, grabbed Skull by the baws and lifted him up aff the pavement.

"Argh! Baby, ya big fat basturt, ye, let me doon," Skull howled.

"Skull, ya wee baldy basturt, where hiv ye been hiding?"

"That wis sore, ya fat-arsed hippo, ye," Skull growled, rubbing they baws ae his tae bring them back intae circulation.

"Ach, Ah wis only playing."

"Listen, Ah want ye tae meet oor new pal," Johnboy heard him say, and his heart sank.

Johnboy looked aboot fur Tony, bit he wis away o'er at the lassies' door, busy wae that tongue ae his.

"Johnboy, c'mere a minute. Baby, this is Johnboy."

"How ur ye daeing, wee man?

"Awright, Baby."

"And Ah'm Patsy," Buck Teeth said.

"How ur ye daeing?"

Baby's mate wis o'er talking tae Tony in front ae a couple ae giggling lassies at the other door, who wur gonnae get that tongue set upon them if they didnae watch oot. Johnboy wis jist swithering aboot whether he should slip across tae warn them ae the danger they wur in, when a well-known Halloween cake face appeared oan the scene. He wis wae four ae his mates and they tried tae slip intae the queue up near the front.

"Hoi, there's a queue aboot here, y'know."

"Shurrup, Speccy, or ye'll be flattened," Johnboy heard Tarzan, the flicking finger flickerer, snarl tae a wee boy three sizes too wee fur him, who wis wearing school glasses wae an Elastoplast covering wan ae the eyes.

Johnboy never could figure oot whether Fat Boy wis jist game as fuck or as stupid as he looked. Efter his run-in wae Skull, ye wid've thought he'd hiv body-swerved the queue and heided hame tae swim another day. Skull's heid swivelled roond, hivving picked up the voice, at the same time as Baby Huey held up a massive pair ae thick hame-knitted, green woollen trunks.

"Skull, Ah need a new pair ae trunks. These wans ur fucked. Ah've lost ma bootlace fur haudin them up. See if there's any fat basturts in the queue."

His timing wis bang oan. Ye couldnae hiv planned it better if ye'd tried. Baby Huey followed Skull o'er tae where Tarzan hid jist punched the poor wee four-eyed boy in the baws fur answering him back. He obviously thought that he wis gonnae get aff wae it.

"Haw, Fatso, haun o'er that towel and trunks."

Fat Arse Milne swivelled roond tae face an even bigger fat arse.

"Bit, bit..."

"None ae yer 'bit, bits' and hurry the fuck up, Tubby," Skull said, snatching Tarzan's towel fae under his erm.

"Catch!" Baby Huey said, flinging the big thick green woolly trunks intae the face ae the son ae Tarzan.

"Bit how will Ah keep them fae falling doon?" Heid The Baw howled, haudin them aloft tae inspect the size ae them.

They could've been used as a replacement sail oan the Golden Hind, bit they wid've been too heavy fur the masts.

"How the funny fucking hell wid Ah know?" Skull retorted, using words that Johnboy wis sure he'd heard somewhere before.

"If he thinks they're bad noo, wait till he jumps in. He'll never get aff the fucking bottom ae the pool," Johnboy heard Baby saying tae Skull, as they walked towards him, cackling away tae themsels.

Jist then, aboot a hunner boys and lassies spilled oot ae the door wae their hair still wringing wet and clinging tae their skulls. A wee man wae nae teeth, aw dressed in white, came oot.

"Awright...ten at a time...take yer time...nae rushing," Toothless shouted, before disappearing in amongst aw the bodies as the queue rushed forward.

"Right, let's go, Johnboy," Skull shouted excitedly, as Tony and Joe followed him intae the mass ae the queue where the Garngad uglies wur awready punching their way forward.

During the rush, Skull fell back and disappeared tae where the fat green submarine stood wae his four pals.

"Ah'll hiv these, suckers," Skull said tae them, laughing, as he grabbed their towels, wae their snazzy stripey trunks peeking oot ae the middle ae them, and threw wan each tae Johnboy, Joe and Tony.

Chapter Forty Seven

"Johnboy, Ah don't gie a damn. Ye're in this hoose until Ah get back," Ma shouted at him fur the eighteenth time as he followed her aboot.

"So, how long will that be then?"

"As long as it takes."

"Ah need tae go oot and see ma pals."

"Ah've telt ye, Ah won't be long."

"Where ur ye aff tae?"

"Look at ma lips. Ah'm away tae a sale up oan Grafton Square."

"That'll take ages."

"So whit? Whit's yer hurry? Ye're still no gaun oot. We've tae go doon tae Martha Street, tae the School Maintenance Board, wae yer sisters, tae get ye kitted oot fur school oan Monday."

"Aw naw, Ma. Ye awready know ma sizes. Ye'll pick oot the stuff fur me whether Ah'm there or no."

"Ah've telt the lassies ye've tae stay in. If ye're no here when Ah get back, ye'll be in here the whole weekend. Don't put me tae the test oan this, Johnboy," she warned him.

"Bit, it's important that Ah get oot ae here."

"And it's important that Ah nip up tae Grafton Square tae help oot wan ae the neighbours."

"They're no neighbours if they stay away up there."

"It's jist roond the corner, noo shut yer arse. Ah'll be back soon. Clean they dishes that ur in the sink."

"Whit ur youse daeing then?" Johnboy asked Norma, Anne and Isabelle as he popped his heid roond their bedroom door.

"Playing music and dancing. Dae ye want tae join in?"

"Ah'll listen," he said, sitting oan Norma's bed.

"That Colin Bluntstone is a total darling, so he is," Isabelle shouted o'er the sound ae 'She's No There' by The Zombies.

"Aye, he widnae staun a chance in here, eh?" Anne said and they aw chuckled knowingly.

"Whit's a boardwalk?" Johnboy asked, scanning through the singles.

"Somewhere where ye walk."

"Ur 'The Drifters' cowboys?"

"Aye."

"Whit dis 'Kinks' mean?" he asked, his heid spinning roond and roond, trying tae read the name ae the group aff the record while it wis playing.

"It's the name ae the group."

"Ah know that, bit whit dis 'Kinks' mean?"

Twenty seconds later, Johnboy wis looking oot ae his bedroom windae, watching the traffic gaun up and doon Cathedral Street. He could see the spray coming aff the back ae the lorries. A ragman sat huddled oan a horse and cart that wis trudging up towards Stirling Road, haudin up the traffic behind him. The horse hid a hat oan its napper. Johnboy could jist make oot the flowers. At least Jessie's oot and aboot, he thought tae himsel. He lay oan his bed and tried tae read a comic. The ceiling wis thumping tae the sounds ae The Supremes' feet, who wur aw screaming, oot ae tune, at the tap ae their voices, 'Where Did Oor Love Go-oh?' He wondered whit Tony, Joe and Skull wur up tae. When Tony hid come back efter catching up wae Calum and wance they'd aw settled doon, Tony hid telt them that aw it hid taken tae convince Calum wis tae talk tae him oan his ain, withoot everywan sitting there staring at him like zombies. Tony hid said that he never hid any doubt that screwing the loft wis gonnae go aheid whether Calum wis in or no. They'd hiv sorted something oot. Joe and Skull awready knew that. Johnboy thought that he wis jist saying that cause he'd caught Johnboy bubbling. Later oan, when Joe and Skull hid nipped aff tae strip the lead piping oot ae an oot-side landing toilet, Tony hid telt Johnboy that he'd telt Calum whit Flypast hid said aboot Calum and Skull's das' involvement wae the big Horseman Thief Pouter years ago, which hid led tae Skull's da becoming a cabbage. Calum hidnae hesitated before saying he wid dae it, as long as he knew whit the fuck he wis supposed tae dae...and he'd never even asked fur a cut ae the money they wur getting fur the doos either.

"Is that youse aff tae get yer glad rags fur school then, girls?" Betty asked Isabelle, Anne and Norma, as she came trotting oot ae Cherry's wae a bottle ae Irn Bru tucked under her erm and a wee poke ae sweeties in her haun.

"Whit time ur you gaun doon yersel, Betty?" Ma asked.

"The letter says three o'clock, bit Ah'll heid doon aboot hauf past two tae get in the queue."

"Aye, we're early oorsels. Ah cannae be bloody arsed wae aw that hinging aboot."

"That wis a laugh this morning, wisn't it?"

"Too right, it wis. Hopefully, they basturts won't be back in a hurry."

"Dae ye think the wee lassie knew whit wis gaun oan? She looked a bit confused...probably because she disnae speak any English."

"Ah went roond tae get a couple ae tipped single fags fae Sherbet's before Ah went up. He telt me that Maisa made sure she knew whit wis gaun oan. He never charged me fur the fags. He's no bad that way, is he?"

"Aye, his loss the day is his profit the morra."

"Aye, bit the lassie wis smiling when we left so Ah think she'll be okay. Ah'll ask Sherbet if Maisa will take us up tae see her in a few days. Sherbet says the lassie usually takes her letters roond tae Maisa when she gets wan fae The Corporation so we'll get plenty ae warning ae when they sheriff officers will be back."

"Right, Ah better let youse get aff. Stan will be wondering whit's happening. Ah hivnae been hame yet. He wis up aw night, sore efter getting that plaster aff ae his erm, so Ah've goat a wee bottle ae ginger and a bag ae aromatics tae cheer him up," Betty said, wae a twinkle in her eye.

"Aye, awright, Betty...Ah'll see ye later," Helen replied, smiling and gieing her a wee knowing wink.

The last time Johnboy hid walked doon the street wae his ma and the lassies hid been the same time the year before, like they'd done the year before that and probably the year before that as well. They clocked the queue as soon as they turned intae John Street. Everywan Johnboy knew and some that he didnae wur aw milling aboot, waiting their turn. Wummin ae aw shapes and sizes wae their boys and lassies in tow wur aw walking up the hill towards them, carrying parcels wrapped up in broon paper, tied wae string, aw chattering wae excitement. It wis jist like Christmas, only it wis the middle ae summer. The queue stretched oot ae the door oan Martha Street, back intae John Street and aw the way doon past the door tae the registry office. Johnboy wondered oot loud if there wid be a wedding oan the go so he could get a chance tae get in aboot wae the scramble and maybe make a few pennies while they waited in the queue.

"The weddings only take place oan a Friday night and Saturday mornings," Ma telt him.

It took aboot an hour and a hauf fur them tae reach the big store room, although it seemed like much longer, due tae the fact that Johnboy wanted tae be somewhere else. Him and the lassies spent aw their time laughing at the students coming and gaun oot ae the students' union building across the road. Maist ae them looked aw serious and doon in the dumps tae Johnboy, wearing black duffle coats and stripy scarves, tramping up and doon John Street, wae 'Beatles Fur Sale' LPs tucked up under their ermpits.

"They're no doon in the dumps. That's how intellectuals look. That's why they're aw at University. They're supposed tae look like that, ya eejit," Norma, the expert, telt him.

"Is that right? Thank Christ none ae us will ever end up as intellectuals," he'd retorted.

"Dae ye need tae hiv a bald napper tae work here?" Johnboy whispered oot loud tae his ma, as they wur ushered forward tae a row ae wee baldy men who wur aw staunin behind the coonter in broon coats wae pencils tucked behind their lugs.

"Ah heard that, Carrot-heid."

"Don't listen tae him. He disnae know how tae stoap babbling," Isabelle, the sook, chipped in, hoping tae keep in wae Baldy so she could get aw the best ae clobber.

"Right, who's next?" Baldy shouted, licking the tip ae his pencil wae his tongue.

Chapter Forty Eight

Saturday.

10.30 A.M.

"Dae ye like it then?" asked Kirsty.

"Whit is it?"

"It's ma Sandie Shaw look," Kirsty said, tapping her hair here and there, while trying tae see her reflection in the tobacco-stained mirror behind the optics.

Talk aboot being in the right place at the right time, she thought tae hersel. Two ae The Big Man's gorillas, Wan-bob Broon and Peter The Plant, hid come intae the bar earlier in the week wae bad news. The fag lorry they'd hijacked wisnae full ae fags efter aw, bit full ae hair pieces... five thousand ae them, tae be precise.

"Wigs? Whit the fuck am Ah supposed dae wae five thousand Crown Toppers?" The Big Man hid shouted.

"It's worse than that. It looks like they're aw fur wummin," Wan-bob hid replied.

Kirsty's ears hid pricked up and she'd gone through tae the bar fae the storeroom.

"Kirsty, whit dae ye know aboot wigs fur wummin, hen?"

"If they're real hair, they'll be worth an absolute fortune. They're aw the rage jist noo. Ah don't know anywan that kin afford tae buy a real wan. They call them hair pieces or hair extensions in the trade. The real hair wans ur no yer cheap chats either. The human wans ur the maist sought efter due tae the fact that ye kin hot-style them, as long as they're dry when ye apply the heat."

"Really? Dearer than a packet ae fags then?"

"Nae comparison."

"Right, Wan-bob, drap aff hauf a dozen the morra fur wee Kirsty here," The Big Man hid said.

"So, whit dae ye think then?" she repeated.

"Aboot whit?"

"Ma new hair piece."

"Ah preferred the haystack ye hid before."

"Aye, well, you wid, seeing as where ye wur born?"

"Eh? Kirsty, hen, Ah don't get that wan? Whit the fuck's whit Ah jist said goat tae dae wae where Ah wis born?"

"Never mind...maybe someday."

"So, how's ma group? Aw set?"

"They'll be here at hauf three tae set up and dae a sound check. Ah'll be away at quarter tae two...sharp. Ah'll need tae get hame tae get ready. Under nae circumstances say a word tae them. Leave them tae get oan wae it and everything'll be jist fine and dandy. Ye know how sensitive these artists ur?"

"A swift kick in the auld hee-haws wid soon sort aw that artistic shite oot."

"Aye, well...that's fur another group at another time."

"Whit time will ye be back then?"

"Quarter tae five."

"Whit? Only three hours tae get a bath and put a wee bit ae pan-stick oan. Ur ye sure that'll gie ye enough time?"

"Pat, ye'd be well-advised tae stay oot ae ma way the day. Ah've gied up gaun tae see The Beatstalkers at The Locarno up in Sauchiehall Street the night and Ah need this pig-sty ae a place ae yers sorted oot before Ah heid aff up the road."

"Ye won't even know Ah'm here. Whit dae ye want me tae dae?"

"Ah need a helper tae help me re-arrange the layout in here."

"Is that it?

"There's wan other thing."

"Whit?"

"There will be a couple ae extra guests coming the night."

"Who?"

"Ah've invited a couple ae the record company people alang tae check oot the group. Ah don't know if they'll turn up though."

"Which wans?"

"Bad Tidings, Gaun Fur A Song and Transatlantic, who've goat an office here in the toon."

"As long as they don't expect free beer and a ringside seat."

"Don't ye worry. Ah'll pay fur their pie and peas, Mr Minge."

"Is that it?"

"Tell Tiny they've tae get in withoot any hassle at the door."

"Who his?"

"The record company people, fur Christ's sake, Pat!"

"Aw right...calm doon. Don't get they knickers ae yours in a knot. Anything else?"

"That'll dae fur noo. So, whit ur ye gonnae be daeing while we're aw slaving aboot the place?"

"Ah'll be sitting o'er here, dishing oot the orders as they come up. Don't ye worry aboot me, hen...Ah'll be fine. And talking aboot fine, here's a fine man noo."

"Hellorerr Pat. Whit dae ye want me tae dae?"

"Ye're wae Kirsty, Calum. Anything she asks ae ye, ye dae it. Hiv ye goat that?"

"Goat it, Pat."

"Right, Calum, ye kin start shifting they tables fae there tae there," Kirsty said, picking up her Jackie magazine.

11.00 A.M.

"Oh aye, he's back, wance aw the hard work's done," Skull announced, as Johnboy arrived through the beads.

"Aye, Ah'm sorry. Ah hid tae go and get ma school gear fur Monday, doon in Martha Street yesterday. Ma ma widnae let me oot aw day. Ah wis up here twice though, wance in the efternoon and then at night, looking fur youse bit youse wurnae here."

"That's because we wur slaving away, planning the robbery ae the century withoot any help fae you."

"Skull, shut yer geggy!" Tony said.

"Is this the egg boxes?"

"Aye, Joe's away doon tae see if he kin get two mair. That'll make eight boxes, which should be plenty."

"So, where wur youse aff slaving tae yesterday? Ah wis aw o'er the place trying tae track youse doon."

"We spent aw efternoon watching whit wis gaun oan up oan the Murphys' roof fae the stairheid landing windae across the back fae them. They're fairly beavering away, trying tae get that other landing board finished. There wis a couple ae them up oan the roof aw day, hammering and sawing away."

"Aye, ye missed yersel as well. We skipped intae The Classic picture hoose doon at the bottom ae Renfield Street last night tae watch aw the dirty films. Ye should've seen aw the flopping paps that wur oan the go."

"Ah wis roond by yours yesterday morning, seeing Flypast, so everything's okay that end. Ah tried whistling up at yer windae," Tony said.

"Ah hid a run in wae The Supremes so Ah couldnae hiv heard ye."

"Right, take these, Skull," Joe said, as an egg box appeared through the beads.

The boxes wur aw stacked up alang the wall beside the nesting boxes and wur made ae double thick cardboard tae protect the eggs, wae wee cut oot bits at each end tae get yer fingers in tae lift them up.

"Fuck's sake, wan ae these is rancid, Joe."

"Aye, Ah know. Some ae the eggs inside must've goat broken during transport. Ye should feel at hame then."

"Ha, fucking ha!"

"Right, noo that we're aw here. Let's run through where we ur and whit's happening," Tony said, like the guy in 'The Great Escape' jist before they aw shot the craw oot ae the camp.

"Am Ah in the Murphy's loft?"

"Skull, jist haud yer horses, fur fuck's sake. Ah hivnae even started."

"Well, am Ah?"

"Aye, noo shut yer arse and let me speak. We need tae get this right first time. We wullnae get another chance later oan when the shite starts tae fly."

"Ma lips ur sealed fae noo oan," Mr Magoo said, settling doon oan the flair, as The Beatles sang tae everywan that there wis actually eight days in a week oan Radio Caroline.

"Right, listen up. Efter Ah stoap speaking, we need tae get the egg boxes shifted doon tae St James Road and up tae the exit loft. Take two boxes each and heid doon there in different directions. We widnae want anywan tae see us humphing them aw thegither, seeing as whit we're aboot tae dae. It's gonnae be daylight when we're up oan the roof as it disnae get dark till late. The neighbours ur used tae seeing people working up there, bit try and keep yer faces covered...and Skull, don't wear yer Celtic tammy."

"Aw, fuck!"

"And another thing, keep the noise doon. We need tae be up that loft nae later than sevenish, before the films come oan the telly. We kin aw meet doon at the close efter the Val Doonican Show."

"Why efter the Val Doonican Show?"

"Because people will start tae settle doon tae watch the John Wayne movie that's oan the telly the night and ur no likely tae be up and aboot looking oot ae their kitchen windaes. Joe's nicked an alarm clock fae hame so we'll know whit the time is. Whitever ye dae, don't fuck aboot wae it and let aff the alarm wance we're in the loft. Masel and Skull will be oan the roof first tae tan in the landing board box that's under construction. Wance we knock oor way in, Skull will nip in and Ah'll shift back o'er tae the wan nearest oor loft. That's where Ah'll be anchored fur the rest ae the night. Wance that's aw done and dusted, Joe will move oan tae the ridge ae the roof when Ah gie him the signal. Johnboy, ye're in the exit loft aw night. Ye start haunin wan egg box at a time up tae Joe, who'll ferry the boxes back and forth. There should only be wan box oan that roof at any wan time. Hiv youse aw goat that?"

"Right, Tony."

"Aye."

"Ah've spoken tae Flypast. Aw the learner driver cars will be doon at The Atholl at the bottom ae Stanhope Street fae seven oanwards. Calum will nip doon there, bang oan nine o'clock, and tell The Driving Instructor tae start sending alang the drivers every five minutes. He'll then nip back up tae the close where ye'll haun doon wan box at a time tae him, Johnboy. He'll then nip back doon the stairs and haun them o'er as each driver appears. Ye'll hiv tae pay attention noo, Johnboy, cause Joe will be haunin in the egg boxes tae ye fae the roof wae the doos in them and Calum will probably be hinging aboot oan the landing at the same time, waiting fur ye tae pass them doon tae him. So, get the boxes doon tae Calum as soon as ye kin. We're fucked if some wee wummin opens her door oan the landing and he's hinging aboot. Wance the second last box is doon wae Calum, make sure tae tell him that that's him done and he kin heid aff back tae the pub. Wance we've goat the last box, which will hiv the three big Horsemen in it, Ah'll deal wae that and get oor money aff The Driving Instructor. Don't come back here tae the cabin. Hightail it straight hame and we'll get thegither again the morra morning, back here in the cabin. The first thing they Murphys ur gonnae dae is heid roond here when they get hame and find oot that they've been raided. When they see we're no here, they'll then heid back here in the morning. We need tae be here when they arrive. And Skull, don't bloody gie them any lip. They'll be dying tae murder somewan, so let's try and make sure it isnae gonnae be wan ae us. Is there anything youse don't understaun?"

Silence.

"Wur we no supposed tae be paying them their money the day?" Joe asked.

"Aye...Ah went roond tae The McAslin Bar this morning tae see Shaun tae see if Ah could leave it till the morra before gieing him the dosh. The Big Man said he wisnae there and asked me why Ah wanted tae see him. Ah telt him it wis tae dae wae the money we owed him and he telt me tae come back the morra wae it as Shaun wis gonnae be oot and aboot aw day...how's that fur luck?" Tony said as everywan laughed.

11.45 A.M.

"Awright, Pat?"

"Awright, Shaun."

"Whit dae ye want me tae dae?"

"How ur we daeing fur drink?"

"Ah've jist brought o'er that case ae White Horse that Frankie MacDonald sent ye."

"Aye, he's no daft, is oor Frankie. He thinks he's aff the hook. Ah sent word doon tae Dunoon tae tell him Ah expect tae see him the night and aw is furgiven. Ah'll deal wae him later. In the meantime, who've we goat picking up the sick, the lame and the lazy?"

"Wan-bob and Charlie Hastie. Wan-bob will hiv the the Jag and Charlie Hastie's in the Zephyr Six. Peter The Plant's in reserve wae the Mark Two."

"Mind and tell them Ah want plastic sheets oan they seats, especially oan the way hame. That good Jag ae mine smelt as if some basturt hid spilt a bucket ae ammonia in it efter Donna's wedding."

"Ah thought it smelt ae cats pish masel."

"Right, Ah've goat Tam the Bam o'er fae The Grafton in charge ae the bar the night. Keep yer eyes oan him. He's honest enough...that's why Ah've goat him in...bit ye never know."

"Aw the boys, including masel, wur hoping tae hiv a good wee swally the night."

"And so youse aw should. Youse hiv earned it. Jist tell Wan-bob and Charlie they've no tae get too legless as Ah widnae want any ae the locals tae think Ah didnae care aboot the auld wans."

1.30 P.M.

Joe put his finger tae his lips while he listened at the hoose door oan the landing. Two seconds later, he wis staunin in the middle ae the landing wae his hauns clasped thegither in front ae him. Tony wis oan tae them like a shot and moved the hatch tae the side and slithered up and intae the loft. Johnboy and Skull started tae haun the egg boxes o'er tae Joe who passed them up. Joe pulled a wee roond alarm clock wae a bell oan the tap ae it oot ae his jaicket and threw it up through the hole. It only took a few seconds before Tony wis back doon, pulling the hatch back intae place.

1.45 P.M.

They'd heided up tae the canal and wur noo sitting watching a squad ae boys their ain age, playing oan a couple ae homemade rafts. Each raft wis made up ae an oil drum sitting in the middle wae lengths ae wood strapped roond the ootside. Three ae them sat oan each drum as if they wur oan a horse and paddled themsels aboot using lengths ae door facings. The two boys at the front ae each raft wur wearing auld rusty war hats that they'd jist fished oot ae the water. Johnboy and the others wur hivving a good laugh, jist sitting watching them screaming every time the rafts hid a wobble. Skull wis touting fur bets oan which wan wid capsize first.

"Ah clocked that fat pal ae yours in the street earlier, by the way," Skull said tae Johnboy.

"Ye mean yer fat-arsed swimming buddy?" Johnboy retorted.

"Whit? The fat basturt didnae droon efter diving in wae Baby's woollen trunks dragging him tae the bottom then?" Joe asked, laughing.

"Did ye see they mates ae his wearing they Corporation bathing trunks? Bloody funny, that wis."

"Did ye clock him, or did he clock you, Skull?" Tony asked.

"We clocked each other at the same time."

"Where aboot wis that?"

"When Ah wis heidin alang Kennedy Street, heiding doon tae youse."

"So, he saw ye wae the egg boxes?"

"Well, Ah widnae hiv goat away wae sticking them up ma jersey."

"Did he see where ye wur gaun?"

"Naw, he gied me a body swerve."

"Ur ye sure noo?"

"Aye, Ah'm sure. Why? Whit's the problem?"

"Nothing."

"Hiv ye no noticed how Fat Boy always seems tae turn up when ye're no expecting it?" Joe asked, as a blood curling shriek shattered the stillness fae wan ae the boys farting aboot oan the raft, as it righted itsel, tae the relief ae everywan sitting oan tap ae the oil drums.

"Well, he'll gie the baths a wide berth fae noo oan, that's fur sure," Johnboy mused, sitting wae his knees up, his chin resting oan them.

"Naw, bit, did we no clock that fat arse ae his the day the stash goat nicked?" Joe asked, looking at them, as everywan's eyes lit up wae interest.

"Ah cannae remember seeing him. Ah still think it wis Johnboy or wan ae they Proddy pals ae his that robbed us," chipped in Skull, looking across at Johnboy, smiling.

"Ye did see him. He nipped intae the sweetie shoap beside oor school oan St James Road. Ah remember ye shouting something at him when we wur oan the horse and cart," Johnboy said, remembering. "Ye don't think he's goat something tae dae wae oor dosh being nicked, dae ye, Tony?"

"Ah don't know. Ah widnae put it past the fat basturt. We need tae keep oor eyes oot fur him fae noo oan."

"Why don't we jist get a haud ae him or wan ae his mates and we'll soon find oot?"

"Skull, he didnae clock ye coming oot ae the cabin, did he?"

"Ah doubt it. It wis at the Dobbie's Loan end ae Kennedy Street where Ah clocked that fat arse ae his stomping towards me."

2.00 P.M.

"Check who Ah kin see wobbling towards us?" The Sarge said, tossing his empty fish and chip wrapper oot ae the car windae.

"Lovely! Who?" Crisscross asked, taking the last ae his fingers oot ae his gub, efter hivving been sucking and licking the salt and vinegar aff ae them fur the past two minutes.

"Oor wee special undercover agent."

"No The Singing Canary?"

"The very wan."

"Where?"

"He's jist crossed the road, coming towards us, behind that Barrs' lorry, up aheid."

"Aye, Ah've goat him. Ah wonder whit he's been torturing the day?"

"We'll soon find oot."

"Hello there, Alex," Crisscross said, oot ae the passenger side windae.

"Hello Cr...Ah mean, sir."

"Whit ur ye up tae?"

"Nothing. Ah'm jist gaun tae meet ma pals."

"So, whit's happening then?" The Sarge asked, leaning across Crisscross tae see the whites ae the wee fat sly fucker's eyes. "Come closer, where Ah kin see ye. That's better."

"Ah saw that wee baldy wan aboot an hour ago."

"Skull?"

"Aye, and he wis carrying a couple ae big egg boxes."

"Where did he go?"

"Ah don't know. He wis heiding doon towards St James Road."

"Whit's doon there that he'd be humphing a couple ae egg boxes tae?"

"Ah don't know.

"Did ye follow him?"

"Naw."

"Why no?"

"Cause him and his mates took oor towels and trunks aff ae us when we wur at the baths yesterday."

"Wis that no yer chance tae go o'er and knock fuck oot ae him the day, seeing as he wis oan his lonesome? He's a wee skinny runt compared tae you."

"Aye, bit he kin fight like fuck."

"Ah'm sure wae your weight and size, he widnae staun a chance."

"Aye, bit he's goat aw his mates."

"So, whit else's daeing wae ye, Alex?"

"Did ye consider ma request fur a whistle oan a chain?"

"We spoke tae the inspector. He says we'd need tae get some real good information tae haun o'er a real polis whistle."

"Well, er, Ah might hiv something that his a connection wae the egg boxes."

"Spit it oot."

"Ah heard they've taken o'er the Murphys' cabin."

"Who his?"

"The Mankys."

"Nah! There's no way the Murphys wid gie that up. Even if they did, they widnae haun it o'er tae they wee toe-rags."

"Well, that's whit Ah heard anyway."

"So, whit's the connection wae the egg boxes then?"

"They're used fur shifting aboot piles ae doos at the wan time."

"So?"

"Cabin, dookits, doos?"

"Oh, right, goat ye."

"So, whit else?"

"That's it."

"Nothing mair?"

"Naw."

"Aye, okay...well, we'll see ye later."

"Will Ah get ma whistle noo?"

"Ah think ye're gonnae need mair than that, Alex. Better luck next time, eh?"

"So, whit dae ye think, Crisscross?" asked The Sarge, wance that fat arse hid twaddled aff intae the horizon behind them.

"Aboot whit?"

"Doos, dookits, egg boxes and St James Road?"

"Ah don't know, bit let's hiv a wee shifty roond aboot and check it oot, eh?"

3.15 P.M.

"Who the fuck ur youse?" asked Tiny, who wis staunin guard oan the door ootside the pub tae stoap nosey basturts being nosey at aw the coming and gauns.

"We're the group."

"Ah thought it wis Country and Western?"

"It is, we ur, we've arrived," announced Gareth, as Blair let oot an imaginary drum roll behind him.

"T'chish!" Blair said tae Tiny, using that wee heid ae his as the cymbal.

"Whit the fuck's wrang wae you, ya eejit, ye?" Tiny snarled, glaring at Blair as he stood aside tae let them pass.

"Oh, er, nothing. Ah'm jist practicing ma stick roll."

"Ah'm the roadie," Sarah May said in passing.

"And Ah'm wae her," Michael, oan bass, added.

"Right, ye're o'er there," Tiny said, nodding tae the far right haun corner where a wee stage hid been set up. "Ye've goat hauf an hour."

"We'll need mair time than that. We'll need tae set up aw the gear first before we even sta...noo, where the fuck did that midget jist disappear tae? Ah wis jist talking tae him," Hank Williams asked, glancing o'er the tap ae the bar.

"Gareth, shut yer arse and start setting up. Blair, ye better get ootside and get that drum kit ae yours in before some wee snottery nosed tea-leaf runs aff wae it. Ah think yer best pal, the midget, jist booted it aff the pavement," Sarah said, as the crashing sound ae the drums came thundering in through the aff-sales hatch.

"Excuse me, sir," Blair shouted at Tiny, followed by, "Hoi, ya dirty wee shites, leave they drums alane," tae the two wee boys who wur knocking fuck oot ae his good snare drum and the flair tom skins wae a couple ae stanes they'd picked up aff the street.

Elvis wis, meanwhile, staunin in the centre ae the bass drum, yelping tae nowan in particular, as it lay oan its side in the middle ae the street.

"You get the snare and the flair tom, Blair, and Ah'll get the bass drum," Sarah said, gieing the laughing gnome, staunin at the door, a dirty look.

"There's isnae much room, is there?"

"Aye, well, jist watch oot wae that bass heid if ye're swinging it aboot, Michael."

"Where's the cables and mics?"

"In ma shoulder bag by the bar."

"Boys, boys, girl, great tae se...whit the fuck? Whit's that youse ur wearing?" The Big Man demanded.

"Whit?" they aw chorused.

"That gear youse ur decked oot in."

"Whit's wrang wae it?"

"Youse ur supposed tae be Country and Western singers, no fucking target practice fur hauf ae the shooters in Glesga. When hauf they eejits in here the night get pished, they'll be bloody aiming fur they bull's-eyes oan yer shirts."

"Bit it's oor good 'Who' tops. We're Mods."

"Ah don't gie a flying fuck if ye're fucking cods fae the fish and chip shoap across the road. Ye're no wearing they shirts the night. Ah'll lose aw ma street cred. Where the hell ur yer cowpoke hats?"

"They're no shirts, and oor cowboy hats don't go wae oor 'Who' tops."

"Ye're bloody right there, pal. Youse hiv goat two and a hauf hours before ma guests start tae arrive. When Ah come back in an hour, Ah don't want tae see anything that resembles a fucking dart board or something aff the wings ae a spitfire anywhere in this pub. Ah want tae see a bunch ae cowboys and a nice wee cowgirl oan that wee stage in that wee corner at seven forty five sharp. Hiv ye goat that, amigos? Noo, where the fuck is that Sandy Shaw when ye need her?" The Big Man snarled, walking towards the swing doors.

5.15 P.M.

The street hid started tae get crowded roond aboot hauf four. At first it wis jist aw the weans in the area alang wae Elvis and his pals. Then aw the maws arrived, followed by some ae the das who'd met their payments oan time and didnae still owe The Big Man that week's money. Tiny started tae arrange the brass pole barriers either side ae the door across the pavement tae the kerb, tae the sound ae 'oohs' and 'ahs' fae the crowd, who wur congregating, watching everything that wis gaun oan wae interest. The red ropes being looped through the hooks ae the poles goat a similar response. It wis when Tiny disappeared and arrived back two minutes later, humphing a red runner carpet oan his shoulders fae the direction ae the stables and started tae roll it o'er the piles ae dug's shite sitting in the middle ae the pavement between the pub entrance and the kerb, that the crowd started tae clap and get aw excited. A wee snottery-nosed lassie nipped under the rope and ran across and flattened a lump ae shite wae the soles ae her sandshoe that could be seen raising the carpet up like a wee red molehill, tae the appreciated cheers ae everywan oan either sides ae the ropes.

"Father O'Malley, if I'm not mistaken, isn't that our good red runner and brass stands that were stolen from the chapel entrance two Sundays ago, just before Cardinal O'Flynn arrived to take mass?" exclaimed Sister Flog, twirling her crucifix aroond oan its long beaded chain in her left haun.

"Yes, I believe that is the very runner, Sister Flog. God certainly uses mysterious ways to help out our neighbours, to be sure."

"So, what are we going to do about it?" she demanded, hitching up her long habit, as Elvis and a scabby mongrel dug brushed past her, in hot pursuit ae a snottery-nosed five year auld who'd been tormenting them wae a melting iced orange Jubbly in his haun.

"I'm sure God will make sure that it arrives back, via the City Cleaners, of course, once I've spoken to Pat's mother at mass tomorrow."

"Oh, oh, here comes the competition. Don't look now."

"Faither O'Malley…Sister Flog, how ur ye baith daeing the day?"

"Oh, fine, Sally. How are things with yourself now?" Sister Flog asked, surreptitiously making a sign ae the cross behind Sally's back.

"Ach, fine and dandy, apart fae Ah'm oan a mission tae try and recoup ma losses."

"Yes, we heard that you had an unfortunate break-in."

"Aye, well, jist another ae God's wee challenges that he throws oor way every noo and again, eh?"

"So, what brings you and the other lady Salvationists up here?" the priest asked her.

"Well, we knew there wid be a crowd ootside, so we wanted tae make sure the good people hid their chance tae contribute tae Africa's loss."

"Wonderful, I'm sure they'll give with glee."

"So, ur youse invited tae the bash the night?" Sally asked them.

"No, Mrs Molloy was hoping Father O'Malley would have got an invite from her son, Patrick, but we believe that it's mostly close family members who are attending tonight. And yourself?"

"Naw, Ah'm in the same leaky ship as yersels. Ma Crisscross put in a word fur me, bit as ye said, it's a full hoose. Ah'm gonnae nip doon later oan, jist as the group goes oan tae try and blag ma way in wae that wee can ae mine. Ye're mair than welcome tae join me, Sister Flog. Ah hear they've goat a really famous Country and Western group belting oot aw the auld wans."

"Really? Er…oh, I don't know," she said, doubtfully, looking at Father O'Malley. "I don't have a can of my own."

"Don't ye worry aboot that, hen. Ah kin supply ye wae wan. It'll show everywan that we're aw working thegither in God's work and whitever we get, Ah'll split it wae ye. We kin hiv a wee competition tae see who raises the maist, eh?"

"Oh, I don't know," Sister Flog said, hesitantly, looking at the priest. "I would need a bit of time to think about it, Sally."

"Well, Ah've heard the group ur oan jist before eight. Ah wis planning tae hit them jist efter that, so if ye change yer mind, ye know where Ah'll be," Fat Sally Sally said, walking aff tae accost wan ae her flock who wis staunin argueing wae himsel, pished as a fart.

6.00 P.M.

People wur getting themsels intae a fair auld tizzy. There wis a buzz in the air by the time two photographers, accompanied by two reporters, arrived at a quarter tae six. Aw the weans wur shouting tae them tae take their picture. Maws, staunin aboot ootside, started tae touch up their hair and tuck loose strands intae their heidscarves. The wummin who wur still wearing curlers sent the weans aff hame tae come back wae scarves or rainmates, or whitever else they could get their hauns oan first. Tiny hid changed and wis staunin there in a black suit, white shirt and black bow-tie.

"Hing oan a minute, Swinton. Ah need tae get a photo ae that wee penguin, staunin oan the door. It's no fancy dress, is it?" asked Slipper, the photographer fae The Glesga Echo.

"Naw, Ah think he's the bouncer," Swinton Maclean, journalist wae The Evening Times volunteered, looking aboot at the crowd.

"Ur ye Pat Roller, Jimmy?" wan ae the maws asked Harold Sliver, fae The Evening Express.

"Naw...Randolph Hearst, missus."

"Oh," she said, disappointed.

"Is Pat Roller coming then?" her mate, Foosty, asked him.

"Well, Ah shouldnae really be telling ye this, bit Pat Roller isnae a real person. Pat Roller stauns fur 'patroller,' as in 'roving aboot.' So there isnae really anywan called that. Whenever somewan comes up wae a story aboot street crime and the gangs, it gets shoved intae the paper under the pseudonym ae 'Pat Roller.'"

"Nae wonder nae tit believes anything anywan reads in the papers noo-adays, Jackie. Did ye hear the dinger he's trying tae hit me wae?" Foosty said, turning tae her pal.

"Aye, Ah heard him, the lying toad. He must think we're aw daft aboot here or something."

"Right, everywan, gie's a big smile," Slipper shouted, as Tiny stood in the middle ae the red carpet, hauns clasped in front ae him, wae hauf the weans and maws in the Toonheid stretching o'er the sides ae the ropes, trying tae make sure they goat their faces in the picture.

Hovering aboot behind Tiny, The Goat, whose job it wis tae take any cars that guests arrived in and park them roond the corner in Stanhope Street, wis trying his best no tae scare aw the weans by looking directly at them. It wis also noted amongst the bystanders that this wis the first time in living memory that anywan hid ever seen Tiny smile, even though it came across as a constipated grimace.

6.45 P.M.

They wur running late. The first car tae draw up alangside the carpet wis a big Austin Princess A135, driven by Charley Chip. Beside him, his famous buxom blonde wife wae the big paps, face hauf hidden by the sun visor, wis applying fresh ruby red lipstick. Blondie goat oot first. She hid oan a skin-tight, wan-piece sequinned ootfit, wae a silver fox stole wrapped roond her neck and shoulders, confidently striding forth in six inch stilettos oan her size nine feet. If it hid been night time, she wid've lit up the street wae the flash bulbs bouncing aff ae her, insteid ae hivving tae make dae wae rays fae the sun which wis still belting doon.

"Hellorerr...how ur ye aw daeing?" she purred and pouted tae the crowd, while Slipper and Flash Robson fae The Evening Express clicked away.

Charlie slid aff the four cushions he wis sitting oan behind the wheel and disappeared oot ae sight fur a few seconds before reappearing, wearing his trademark cheesy grin, oot ae the same door as his big tall wife. The crowd erupted intae applause.

"Charlie, o'er here!"

"Gie's a song, Charlie!"

"Charlie, darling!"

"Gie's wan ae yer funny wan-liners, Charlie!"

The Big Man appeared at the pub door, jist as The Goat disappeared wae the Princess roond the corner tae the wee scallywags who wur getting a tanner each tae keep their eyes oan the cars and tae stoap wee toe-rags like themsels jumping aw o'er them throughoot the night.

"How ur ye daeing, Charlie? Aw, ye're looking as big and beautiful as ever, Gina."

"It's a pity it wisnae night-time, Pat. This sunshine disnae dae ma dress any justice. Ah knew Ah shouldnae hiv listened tae short-arse here," she said, through a big smile, tae the clicking ae the cameras and the admiring tongues hinging oot ae the mooths ae the local men-folk.

"Ah'm fine, Pat, jist fine," Short-arse said wae a cheesy grin, while waving tae aw his fans.

JP Donnelly managed tae drag himsel away fae the bar jist in time tae nip oot and get in the photo wae Gina, Charlie and The Big Man.

"In ye come and we'll get youse a wee drink," The Big Man beamed, hoping Gina wis gonnae be oan her best behaviour and no start her usual antics ae trying tae get aff wae every man in the pub jist tae noise up that wee man ae hers.

Efter that, the cars queued up alangside the pavement, waiting tae disgorge their occupants. There wur Consul Cortinas, a couple ae auld Morris 6s, Riley 4s, and a Mercedes 230SL.

"How many photos did ye get, Flash?"

"Aboot a dozen."

"Aye, same as masel. We'll probably get a couple ae good wans oot ae them. Wan fur the morning paper and the same wan fae a different angle fur the evening."

"Did ye notice anything peculiar?"

"Whit?"

"Aw the wummin turning up wur wearing foxes wrapped roond they necks ae theirs."

"Aye, the smell ae moth balls wis making ma eyes water at wan point, so it wis."

"There must've been a fire sale at the end ae the war or something."

"Jist like The London Palladium," wis the general consensus ae everywan ootside the pub that night.

7.30 P.M.

Inside, people goat a free drink as they sat doon at the tables that Kirsty and The Big Man hid allocated tae them. The bar wis in full flow wae Tam the Bam ensuring everywan's glasses wur refilled as soon as they'd emptied.

"Aw, ye're looking jist beautiful, hen," aw the wummin wur saying tae Kirsty.

"Aye, it's ma Sandie Shaw look."

Withoot any warning, hauf the lights in the bar wur suddenly switched aff and the stage lights lit up as Charlie Chip took tae the stage tae loud cheers and whistling.

"'Ma mother-in-law's an angel,' said big Hector. 'You're lucky, mine's still alive,' replied wee Rab," Charlie Chip drawled, deidpan, starting aff the evening, tae loud laughter and applause. "Whit's the punishment fur Bigamy? Two mother in-laws. Did ye know that behind every successful man is a surprised mother-in-law?"

"Gaun yersel, Charlie, ma darling," Fat Marge, the Assistant Cook, wae the sideburns and wee goatee beard, fae the primary school dining hut, shouted oot.

"He's bloody shite, so he is. Ah've heard aw them before. Ah hope he's no getting paid fur this, Pat," Jimmy scowled in disgust, looking across at The Big Man.

"Ach, the auld wans like him."

"And they nineteen-canteen jokes?"

"Jimmy, sit back and enjoy it...it's a lovely occasion. Ye need tae relax, so ye dae," Helen reminded him.

"Ah'm sorry, bit Ah agree wae Jimmy, Helen. If Ah hear another shite mother-in-law joke oot ae that wee fairy, Ah'm gonnae take a run and jump at him," The Big Man's maw, Daisy, threatened.

"Wee Betty's in a shoap up the Parly Road. 'Kin Ah try oan that dress in the windae?' she asks the sales assistant. 'Ah wid prefer if ye used the dressing room like everywan else, hen,' replied the salesman," Charlie quipped tae mair appreciative laughter fae his fans.

"See, he must've heard ye, Daisy. Right, who's wanting a wee drink as Ah'm aff tae the bar wae Granda's money?" Jimmy asked, staunin up.

"Aw, ye're a wee stoater, so ye ur, Jimmy. Ah'll hiv a wee Babycham in a wee glass ae sweet stout," his mother-in-law said.

"None ae that pish fur me, Jimmy. Ah'll hiv a lime and soda water. Whit dae ye want, Da? Bill?" Helen asked.

"Pint ae heavy."

"Same fur me."

"Daisy?"

"Port and brandy, son. Ah wis gonnae hiv a wee stout and Babycham masel, bit wance Ah start oan them, Ah cannae stoap masel fae farting."

"Pat?"

"Nothing fur me the noo, Jimmy. Ah'll hiv tae go and dae the roonds ae the tables in a minute."

"Right, Ah'll be back in a jiffy."

"Big Tam's wife shouts 'Hoi, is that you Ah hear spitting oan ma mother's good vase oan that mantel piece, Tam?' 'Naw, hen, bit Ah'm fair getting closer aw the time.' And oan that happy note, ladies and gentleman, Ah wid jist like tae wish Daisy and Bill another forty glorious years thegither and sign aff wae a wee song Ah know they baith like. Please feel free tae aw join in. 'Oh Danny boy, the...'"

7.45 P.M.

"Good evening, Toonheid. Good evening, The McAslin Bar. Ma name's Sarah May Todd and Ah'm joined oan the stage the night by the Broncin' Bucking Burr brothers, Gareth and Blair...the wans in the cowboy hats and the frills oan the sleeves ae their jaickets. And oan bass, we've goat Michael Massie, ex-Danny Crevice and the Pyles, bit noo wae us...and thegither, we're Sarah May and the Cowpokes. We've goat a good selection ae songs fur youse aw the night and we're gonnae start aff wae a wee Billy Ed Wheeler song called 'Jackson' that Gareth, oor guitarist, is gonnae sing alang wae me. We hope ye like it as much as we dae...'We goat married in a fever, hotter than a pepper sprout, we've been talking...'"

7.50 P.M.

"Is that The Val Doonican Show Ah kin hear?" Johnboy asked, sitting in the dark wae the boys, sooking oan their frozen Jubblys.

"Naw, that's the group."

"So, when ur we getting started then?" asked Skull, who'd awready finished his before the rest ae them wur hauf-way through theirs.

"When we're finished, Skull."

"Well, hurry the fuck up, ya slow basturts. We've no goat aw night."

"So, everywan knows whit they're daeing then?" Tony asked, peering at the faces aroond aboot him in the darkness ae the loft.

"Aye," the rest ae them said, in between sooks.

"So, whit ur we waiting oan then?" Skull whined, staunin up.

8.00 P.M.

"How ur youse daeing, boys? Ur they glasses that Ah see needing tapped up?" Kirsty asked Fat Fingered Finklebaum, Frankie MacDonald and her auld boss, Harry Bertram, the hairdresser, who wis sporting a bouffant ae hair that wid've made Liberace envious.

"Put this roond oan ma tab, Kirsty, darling," The Big Man said, plapping his arse doon oan a chair he'd comandeered while Fat John McCaskill, the coal man, wis visiting the cludgie.

"Aye, ye've goat a wee stoater there, Pat," Harry said, nodding towards Kirsty, his bouffant bouncing up and doon like a burst horse hair mattress hinging aff the end ae a bedstead.

"Aye, bit she cannae be that good if ye goat shot ae her, Harry," Frankie said.

"Naw, don't get me wrang...Ah never goat rid ae her because she wis shite at her job...oan the contrary. Ah goat shot ae her because three days efter she started, Ah thought she wis gonnae gie me ma jotters. She took o'er the place. Aw these young turks started tae come in tae get their hair done by her, upsetting aw ma auld wans who'd been wae me fur years. Ah hid tae talk tae her and that's when she really gied me a moothful ae lip."

"Aye, well, nothing's changed in that department, Ah kin assure ye," The Big Man said, downing his nip.

"Aye, bit ye've goat a strong management style, Pat. Ah'm no used tae being called an auld queen by ma employees, especially oan their first day oan the job."

"She's popular aboot here. Ma profits hiv went up since she started, wae aw these dirty auld men coming intae the pawn wae their wives wedding rings so they've goat an excuse tae come intae the pub here," Fat Fingered said, rubbing they pudgy fingers ae his thegither.

"Aye, she wis charging aw these wee young wans four times whit Ah wis getting oot ae ma blue-rinse brigade, bit it jist seemed awfully complicated tae me. She said she'd learned how tae cut hair fae some poncie poseur called Raymond 'Teasy Weasy' when she went tae hairdressing school doon in London."

"Here ye go, boys," Kirsty said, plapping the drinks doon, spilling every wan ae them, before disappearing tae confront somewan she'd clocked using the flair as a spittoon.

"When she came and suggested that Ah sack aw ma good staff and bring in aw these weird-looking young wans, that's when Ah telt her we hid tae hiv a wee chat," Harry said as everywan's eyes followed Kirsty's arse as she confronted Peter The Plant o'er by the side ae the swing doors.

"So, whit did ye say?"

"Fuck aw. Efter telling me whit Ah loser Ah wis...no forgetting the auld queen bit slung in mair times than wis necessary...she goat up and stomped oot oan me."

"And the rest is history... at least it wis fur you, Harry," The Big Man said, as they aw laughed, raising their glasses tae their mooths.
8.05 P.M.

Skull and Tony nipped up through the sliding hatch. They scurried up tae the ridge ae the roof and baith walked alang as if they wur oan a trapeze rope, heiding past the operational landing board and boxes. Johnboy and Joe peered oot ae the hatch efter them, watching their every move. Skull slid doon oan tae the hauf finished boxes wae his legs open, baws first, followed by Tony.

"Right, Skull, if ye staun up and swivel roond tae face me, Ah'll haud oan tae yer belt tae take yer weight. See if ye kin put yer fit through the board in the wan go."

Johnboy and Joe watched silently as Tony leaned forward and grabbed Skull's belt. Skull stood up and leaned back intae thin air, wae nothing behind him except the slope ae the roof, a seventy feet drap and Tony saying something tae him. Skull lifted up his right leg and let fly. Johnboy and Joe heard the thud ae Skull's right fit hitting the back wooden panel that sat between and behind the doo boxes that wur sitting oan either side ae the landing board. Whit happened next seemed tae happen in slow motion, although it wis aw o'er in wan or two seconds flat. Tony suddenly shot back oan tae the slates behind him wae Skull's snake belt hinging fae his hauns, while Skull fell backwards, erms ootstretched, and landed wae a crash oan tae his back, slithering doonwards, heid first, towards the gutter oan the edge ae the roof. The scream that came oot ae Johnboy wis far louder than Skull's cry. Tony bounced back up like a rubber baw and managed tae dive forward and grab Skull by the ankle before he disappeared o'er the edge and oot ae sight. They lay there panting fur aboot hauf a minute, no moving.

"Check oot the windaes across the back, Johnboy. See if anywan's watching," Joe hissed tae Johnboy, nipping across the rafters in the loft tae the hatch above the stairwell, listening tae see if there wis any movement oan the stairheid landing below.

Johnboy could hear his heart thumping aff ae his collarbone.

"Hiv ye jist shat yersel, or ur ye jist glad tae see me?" Joe said, efter rejoining Johnboy, looking as white as a ghost and wae a sickly, brave smile.

"Right, Skull...Ah'm gonnae ease masel up. Don't ye move a muscle noo. Wance Ah'm in position, Ah'll haul ye up."

"Whit the fuck happened?" Skull asked, wance he wis back in position, shaking like a leaf.

"The snake-heid attachment snapped aff and Ah ended up wae yer belt in ma hauns."

"Ah knew that belt wisnae an original. Wait tae Ah see that fat shitehoose that Ah goat it aff ae."

"Aye, well, efter the day, Ah'll buy ye two."

"Ah knew Ah should've worn ma good fitba boots. These dancing shoes hivnae even made a bloody dent," Skull said, peering intae the gap, as Tony licked his lips wae his dry tongue.

"Ur ye okay tae go again?"

"Aye...Ah think so."

"It should be okay this time. Ah'll haud oan tae yer troosers."

"Aye, aw right. Jist make sure it's ma troosers and no the real snake this time. Ah widnae want that thing tae snap aff."

Johnboy couldnae believe whit he wis seeing. He thought aboot diving back intae the loft space, bit the urge tae watch wis stronger than his fear ae seeing Skull plunge aff ae the roof. Joe gied Tony and Skull the thumbs up as they slowly went through the same motions as before.

"Aye, he's a game wee basturt, is Skull," Joe murmured beside Johnboy, as they peered across the slates at whit wis happening.

Tony wis haudin up Skull, the same as before. Skull wis hauf leaning backwards, staunin oan wan leg, like some sort ae statue, wae his right erm above his heid, the way they bull fighters staun before sticking the spear intae the bulls. When he let go wae that right fit ae his again, it shot through between the boxes wae his leg following it right up tae his thigh. It looked as if Tony and him wur in a clinch. Johnboy and Joe heard the broken panel bouncing aboot oan the inside ae the loft fae where they wur staunin, heids jutting oot ae the hatch. Tony gied them the thumbs up. Before they could blink, Skull wis awready wriggling heid first in between the boxes.

"How dis it look, Skull?" Tony whispered.

"Fucking hell, Tony. Ah've never seen anything like it. This makes Paddy's, doon in the Saltmarket, look like a stall at the Barras. Try and stretch yer heid in while Ah find a light switch."

Tony's heid popped through the hole, jist as Skull found the switch.

"Fucking hell!" Tony gasped, swivelling his napper aboot.

The loft wis aboot fifty feet long and aboot forty feet wide at flair level. The whole ae the slope opposite the landing board hid disappeared and wis noo lined wae nesting boxes. They hid aw been built sitting forward tae gie them maximum heid height.

"How many doos dae ye think there is aw thegither, Tony?"

"Fuck knows. Maybe a hunner, maybe mair."

"Wow, ye should see this. They've built a cavie fur breeding o'er here.

It's full ae chicks," Skull said, smiling as he turned back tae Tony, before hauding open the door and taking another look.

"Kin ye see the big Horsemen?"

"Naw. Ah don't think they're here."

"Ur ye sure? Hiv another look."

"Wait a minute...Ah've found them."

"The three ae them?"

"Oh, Jesus, Tony! They're bloody majestic, so they ur. They're no shying away fae me either. They're bloody trying tae oot-stare me, the wee crazy basturts. Ah've never believed in God till noo," Skull squealed wae delight.

"Bloody brilliant!"

"Right, Tony, Ah'll go and open up the other landing board nearest tae oor loft."

"Okay, haud oan and Ah'll get Joe alang wae the first box," Tony said, aw excited, as his heid disappeared oot ae the hole.

"Right, that's me, Johnboy. Haun up a box wance Ah get oan tae the ridge ae the slope. Ye'll probably need tae put the box oot first and then follow it oot and sit oan the edge ae the hatch yersel tae push it up towards me," Joe said.

"Right."

Johnboy watched Joe daeing the trapeze walk alang the tap ae the roof. When he goat tae jist above Tony, he sat doon, straddling the ridge wae his back tae Johnboy, as if he wis sitting oan a horse. He then jist let the box go. It slid doon the slates straight intae Tony's ootstretched hauns. Joe turned roond and looked back at Johnboy and put his two fingers up tae his eyes, and then pointed tae the tenement opposite, where they'd been spying oan the Murphys fae a few days earlier, indicating tae Johnboy that he should keep his eyes peeled in that direction. Johnboy thought that it wis spookily creepy sitting in the loft oan his ain until the noise ae the pub started up again. He could hear aw the whistling and clapping as if he wis actually there.

"The cages wae the Horsemen hiv a big metal bar across them wae two big padlocks oan either side, Tony," Skull said fae inside the loft.

"Never mind. Start haunin o'er the doos fae the other nesting boxes and Ah'll load them intae the first box. Make sure ye take aw the quality wans though."

"They're aw quality. Wait till ye see them."

"Right, well, hurry up. Joe's lying sprawled up oan tap ae the ridge where he kin be spotted fae people walking alang St James Road."

"How many tae a box?"

"Make it nine tae a box. Lets keep it nice and easy."

"C'moan ma wee beauties. Come tae Uncle Skull."

8.10 P.M.

"Thank ye everywan...ye're so kind. This next wan's called 'Honky Tonk Blues' by Hank Williams," Sarah May announced wance the clapping and stomping hid died doon.

"Pat, look whit jist walked in, fur Christ's sake," Shaun shouted intae The Big Man's lug.

"Aw, in the name ae the wee man! Ah'm gonnae kick that wee Tiny in the hee-haws. Ah thought Ah telt him that when ye're in, ye're in and when ye're oot, ye're oot, and that's that. Look, Maw, Ah'll be back in a minute."

"Don't ye worry aboot a thing, darling. Ye jist go and dae whit ye hiv tae," Daisy shouted o'er the music.

"Hellorerr ladies. Whit kin a wee poor shepherd like masel dae fur a couple ae angels like youse?"

"Aw, Pat, ye're so nice, so ye ur. Me and Sister Flog here thought we could maybe pass oor cans roond yer esteemed guests, who look like they'd be upset if they wurnae allowed tae contribute tae the needy weans in Africa and Ireland. Is that no right, Sister Flog?" said Fat Sally Sally, stretching that fat neck ae hers tae get a good deck ae whit wis happening oan the stage.

"Yes, I'm sure God will be looking down on this happy congregation as we speak," Sister Flog agreed, checking oot if there wis any seats gaun-a-begging.

"Well, as ye kin see, Ah'm actually full tae the gunnels and although Ah wid like..."

"Although we've been oan oor feet aw day, Pat, daeing the roonds wae the cans, we don't mind staunin up the back here, oot ae the road, till the group his its break. Isn't that right, Sister?"

"To be sure, Sally. You just go back to your guests and we'll just anchor back here, brother Pat."

"Er, look, hing oan a minute and Ah'll see whit Ah kin dae, ladies," Pat said, resigned tae the inevitable, as he nodded tae Wan-bob tae find them a couple ae vacant chairs.

Three second later, Wan-bob wis back, hivving lifted Fat Fingered Finklebaum and Frankie MacDonald by the back ae their collars and plapped them doon at the bottom side ae the bar, behind the amp stack, where they'd need tae hiv hid necks like giraffes tae be able tae see whit wis happening oan the stage.

"There ye go, ladies. Best seats in the hoose, apart fae ma maw and da's."

"Aw, Pat. Ye shouldnae hiv. We wur awright back here," Fat Sally Sally said, brushing past him, followed by Sister Flog, habit hitched up tae jist below her knees wae baith hauns, as they shot aff intae the middle ae the company tae take their seats beside Harry Bertram.
8.20 P.M.

"Fur Christ's sake, wid ye look at that. Is that no an amazing sight, Crisscross?" The Sarge asked, as they wur driving doon Stanhope Street towards Stirling Road.

"Ah wonder whit's oan the night in The Atholl?"

"Looks like that wild bunch, The Driving Instructors, hiv hit the toon, eh?" Crisscross said and they baith guffawed.

"It must be a convention or something."

"Sounds exciting, eh?" The Sarge said tae mair laughter.

"Mind you, look at aw they wee stoating Austin and Morris 1100s. Some fucker's making money."

"Aye, there's a couple ae Ford Anglias as well."

"Check oot that cheeky wee Morris Minor sitting there. Good wee runners, so they ur."

"Dae ye want me tae stoap so we kin hiv a wee shifty?"

"Naw."

"We could always nip intae The Atholl and see whit's gaun oan and maybe get a wee free nip, while we're at it. It wid show the instructors that we're oan the job ootside and that their cars are as safe as ninepence."

"Naw, fuck it...let's go o'er tae Tony's in Parly Road and see if we kin cadge a free fish supper. We'll take it somewhere quiet and scoff it in peace."

"Sounds good tae me."

8.30 P.M.

"Here ye go, Johnboy. Haun me up another box when ye're finished putting this wan in," Joe said.

Joe let go ae the second box, letting the weight ae the doos inside it carry it doon o'er the slates tae Johnboy fae the tap ae the roof.

Things seemed tae be gaun like clockwork. The first box hid been a bit dodgy tae get in as aw the doos inside it hid shifted forward when Joe hid slid it doon towards Johnboy, who wis hinging oot ae the hatch waiting tae catch it. Wance Johnboy pulled it intae the loft, the whole box hid shot through his ootstreched hauns oan tae the rafters at his feet. The lid hid opened jist enough tae let a doo escape and efter it hid whizzed past Johnboy's heid, it hid shot oot through the hatch and fucked aff. Johnboy hid popped his heid oot ae the hatch tae see Tony and Joe looking back o'er tae him tae see whit the hell wis gaun oan. He'd explained whit hid happened when Joe hid come back wae the second box. Joe hid telt Johnboy no tae worry as there wis plenty mair where that wan hid come fae. By that time, the daft doo hid circled roond the roofs a few times and hid come back tae land oan the operational board, ignoring Tony's presence. Johnboy saw Tony saying something tae Skull as he wis haunin oot the doos before he moved back up the roof tae join Joe fur a minute. A few seconds later, the hood wis yanked up and Johnboy saw Skull's hauns appear and take the escaped doo back inside. When Joe came back wae the next box, he telt Johnboy that this wan hid ten doos in it, including Houdini. The music hid stoapped playing. Johnboy heard a female voice saying they wur hivving a short break and that they'd be back shortly.

8.45 P.M.

"Ladies, gentlemen, sheep shaggers and friends. Youse aw know me well enough. Ah'm mair a man ae action than a man ae mere words, as some ae youse hiv found tae yer cost. Okay, Ah promise that's ma only joke ae the night...haw, haw. It's great tae see that everywan who wis invited his made that wee special effort tae be wae us the night. Unfortunately, there's a few people who couldnae be here through nae fault ae their ain. Some, because the angels hiv taken them fae us...God bless them, and others, because they're hivving the pleasure ae her majesty's time, away up there in Peterheid and Perth. We've hid a few wee floral tributes fae them, and these kin be viewed sitting in the aff-sales bothy. When Ah wis born, Ah never really appreciated whit a wonderful maw and da Ah wid end up wae. Aw Ah kin say is, the angels wur looking doon oan me that night. Ah want tae take this opportunity tae thank them, oan behauf ae masel and ma lovely wee sister, Donna, fur the wonderful life they've gied us and Ah hope this wee do the night will highlight oor appreciation ae them and wish them aw the best oan their anniversary. Hivving spared nae expense, ye'll be pleased tae know that the smashing wee Country and Western group that ur playing fur youse the night, ur jist aboot tae be signed up wae a top Scottish record label. And naw, Ah don't own them...yet, haw, haw. See whit youse hiv goat me daeing? That's ma second and last joke ae the night, Ah promise. Anyway, they'll be back oan in a wee while. In the meantime, we've goat the City Bakeries' best mince pies oan their way tae yer tables, alang wae Horsey John's famous mushy peas. Enjoy, and Ah'll see youse aw later."

8.50 P.M.

"Pat, ur ye wanting any running aboot done the night?" Calum asked The Big Man efter he came aff the stage.

"Naw, naw, Calum. We're aw hivving a break...yersel included. Jist make sure ye get doon tae that cellar and get they kegs changed o'er in plenty ae time fur Tam the Bam. That heavy is gaun doon they throats the way flood water goes doon a drain oan a stormy night."

"Er, Ah might hiv tae nip oot fur a wee while."

"Whit fur?"

"Er, Ah've goat a driving lesson.

"Ye've goat a whit?"

"A driving lesson."

"At ten tae nine oan a Saturday night?" The Big Man asked, sliding his sleeve back tae hiv a look at Charlie Chip's good Rolex watch. "Who the fuck his a driving lesson at ten tae nine oan a Saturday night? Anyway, furget aw that shite. Ah'll get ye a bona fide driving licence. It means ye'd never need tae learn. Aw the boys hivnae learned tae drive or sat a test and they're aw good drivers."

"Well, it's a surprise fur ma maw."

"Calum, ye're only bloody fifteen."

"Aye, well, that's why Ah need tae take ma lessons at this time oan a Saturday night. This'll be ma fourth wan."

"Ah'm no happy. How long will ye be?"

"Three quarters ae an hour."

"Ach, well, if it's fur that wee maw ae yours, who am Ah tae deny her, eh? Ye'll miss the cutting ae the cake and a wee game ae Bingo, bit oan ye go, and don't be long."

"Ah won't. Cheers, Pat!"

8.55 P.M.

"Let's heid doon past The McAslin Bar, Crisscross," The Sarge said, sitting wae two fish suppers oan his lap and a bottle ae Irn Bru clenched between his feet.

"Yer word is ma command," Crisscross replied, as he cut across Parly Road intae St Mungo Street and then right intae McAslin Street.

"Wid ye look at aw they haufwit eejits staunin oot there, lugging in. It's like bloody craws waiting fur crumbs. Did ye manage tae get an invite fur Sally?"

"Naw, The Big Man wisnae wearing it. Ah think it wis probably because you and him fell oot. Ah saw her earlier oan and she said that her and Sister Flog wur gonnae try and wangle their way in jist before the music kicked aff."

"Hing oan a minute. Stoap the car...Jim! Jinty! Whit the bloody hell ur youse pair up tae, staunin there withoot yer hats oan?"

"Aw, Hellorerr Liam. We're jist listening tae the music. Bloody stoating singer that lassie is. The boy's pretty good at backing her oan some ae they songs tae."

"Whit's wae the hats aff the nappers?"

"Aw, jist in case The Inspector turns up. It wid help us tae nip up the close withoot him thinking it wis us."

"Well, we noticed ye, ya plonker, ye."

"Ah, bit ye've goat eyes like a bloody hawk, so ye hiv. So, whit ur youse two up tae?"

"We're aff tae hiv oor tea."

"Ach, well, ye know where we ur, if ye need us. Catch ye later. Ah think the Bingo's aboot tae finish and the music's coming back oan. We'll jist nip back tae get oor place beside the door before some basturt steals oor spot. Ah've telt Tiny, who's oan the door, tae keep oor pitch fur us."

"Right, Crisscross, left up Taylor Street and right oan tae Ronald Street. Jist park hauf way doon the street oan the right haun side and we'll tan these suppers before they go cauld."

9.00 P.M.

"Any sign ae Calum yet, Johnboy?" Joe asked, as he slid the fourth box doon tae Johnboy.

"Naw."

"Keep gaun o'er tae the landing hatch and listen. He should be here any time noo."

"Aye, Ah've been gaun o'er tae it every couple ae minutes. There's been nae sign ae him yet."

It wis jist then that they nearly lost the box full ae doos that Joe hid slid doon tae Johnboy, as well as jist aboot shiting themsels. It wis jist as well Johnboy managed tae compose himsel and grab the box as it slid past him. Some mad wummin hid let oot a shriek that wid've curdled milk.

"Two fat ladies, eighty eight. Legs eleven, number eleven. Crisscross's eyes, number wan. Two little ducks, twenty two."

"Aarrggh! Hoose! Oh ma God! Oh Jeesusss! It's me! Ah've won!" The banshee wailed.

"Gie a big doze ae the clap tae the wummin in the uniform, wearing the hat wae the purple bow. She's jist won the night's star prize...a Grand Prix GP 901 transistor radi-oh!" Kirsty howled in disgust intae the micro-phone, as a sporadic smattering ae haun claps came fae the disappointed guests, and fizzled oot as quick as it started.

The sound coming fae the pub wis echoing aw o'er the tenements, bit whoever hid won the tranny sounded ecstatic. Johnboy hoped that the doos wid be okay efter that shriek.

9.01 P.M.

Calum pushed open the lounge door ae The Atholl. A wee man, wae a moustache, wearing a woollen checked jaicket wae leather patches oan his elbows, horn-rimmed glasses and clutching a clip board wae baith hauns, wis staunin oan a chair shouting at the tap ae his voice above the din ae laughter, singing, glasses tinkling aff ae each other and two wum-min hivving a square-go in the corner jist tae his left.

"It is ma considered opinion," he roared, "that the government, due tae increased accidents oan the motorways, may introduce a speed limit later this year."

"Er, excuse me, Jimmy. Dae ye know The Driving Instructor?" Calum asked a passing drunk.

"Aye, son."

"Kin ye pass oan an important message?"

"Aye, Ah kin that."

"Kin ye tell him that we're ready fur the boxes tae be picked up?"

"Ah kin indeed."

"Ur ye sure ye know who Ah'm talking aboot?"

"Aye, Ah kin see him sitting jist o'er there, son."

"Thanks, ye're a pal."

"Nae problem, son. Ur ye sure ye don't want tae join us fur a wee swal-ly?"

"Naw, Ah'm watching the clock. Cheers!"

9.05 P.M.

"Here, wis that no The Big Man's runner...whit's his name?"

"Calum Todd."

"Aye, Calum. Wis that no him whizzing by us doon the bottom ae the street, alang St James Road?" Crisscross asked, munching intae the tail ae his haddock.

"Wis it? Ah didnae see anything."

"Ah'm sure it wis."

"He's a funny boy, him. Dae ye no think so?"

"How dae ye mean?"

"Aw that running aboot like a big glaikit beanpole."

"Whit's wrang wae that? At least it keeps him oot ae trouble and fit intae the bargain."

"Aye, Ah know. Don't get me wrang, Crisscross, bit, look at aw the other toe-rags aboot here...stealing, thieving, ripping the lead aff ae the roofs, screwing people's gas meters, breaking intae shoaps."

"So?"

"So, dis it no strike ye as a wee bit wee queer?"

"Whit dae ye mean?"

"Ye know?"

"Sarge, running aboot tae keep fit disnae mean ye want tae perch oan yer girlfriend's brother's arse."

"Hiv ye ever clocked him running aboot wae a hairy?"

"He's jist wan ae they clean living dafties. Ma Sally wis wondering if we should approach him tae see if he'd maybe be interested in joining The Sally Army as a cadet."

"Ach, well, don't say Ah never warned ye. If ye're born here and ye're no a conniving, sleekit, wee thieving basturt, then there's something wrang wae ye. Pass me that bottle ae Irn Bru."

9.07 P.M.

Johnboy thought he'd heard movement coming fae the landing. He nipped o'er and peeked doon through a slit in the hatch and could see Calum's face staring up at him. He lifted aff the cover.

"Aw right, Calum?"

"No bad, Johnboy. How's it gaun?"

"Fine."

"Right, pass me doon a box. They're oan their way."

"Right. Watch oot when Ah pass ye it doon. The doos will aw slide towards ye."

"Nae problem. Ah'll see ye fur the next wan in five minutes fae noo."

"Right," Johnboy said, covering the hatch o'er the hole again wance Calum hid box number wan safely oan the landing.

9.10 P.M.

"Who likes Patsy Cline?"

"Us!" everywan in the bar screamed back.

"Right, this is a wee song that Daisy his asked me tae sing tae Bill tae show her love and affection fur aw the years she's hid tae put up wae him," Sarah May said tae hoots ae laughter.

"She wisnae saying that last New Year when she cracked open ma heid wae a pair ae fire tongs," Bill quipped loudly, tae cheers and whistles.

"That wis because his false teeth fell oot and woke me up while he wis trying tae hiv his evil way wae me when Ah wis asleep oan the couch. When Ah sussed oot it wis him and no Sean Connery, Ah let the horny auld git hiv it," Daisy shouted, tae howls ae laughter.

"Christ, Daisy, ye've even goat The Bad Habit and that Fat Sally Sally wan in stitches, so ye hiv," Helen laughed intae Daisy's lug.

"And wae they sweet words ae endearments, this is 'Walking Efter Midnight' by the late, great, Patsy Cline," Sarah, the pie flinger said intae the microphone.

9.15 P.M.

"Psst! Johnboy!"

"Whit?"

"The basturt's no turned up."

"Whit?"

"Ah'll need tae nip back doon tae The Atholl tae see whit the score is. Whit time is it?"

"Quarter past nine."

"Right, here ye go, take this box ae doos back up."

"Fur fuck's sake, Calum!"

9.17 P.M.

"Did ye see him, Sarge?"

"Who?"

"Calum?"

"Where?"

"He's jist fucked aff back up St James Road, in the direction he came fae ten minutes ago."

"So whit?"

"Ah'm jist saying."

"Ye said that ten minutes ago."

"Aye, well, he's obviously worked oot a wee street circuit. Ah wonder if he'd let me join him wan night when Ah'm oan the early shift."

"Ye'd need tae catch him first. Every time Ah see him, he's always running aboot aw o'er the place, like a man oan a mission, so he is."

9.19 P.M.

"Therefore," the wee man wae the broon elbow patches, who wis still staunin oan the chair, screaming at the tap ae his lungs shouted, "the safety aspects ae a pedestrian anticipating an emergency stoap fae an oancoming vehicle is slim. However..."

"Hoi! Hoi!" Calum screamed.

The place came tae a staunstill. Even the two mad wummin in the corner stoapped pulling the hair oot ae each other's heids tae see whit aw the commotion wis aboot.

"Put up yer haun if ye're the driving instructor. Ah don't fucking believe this," Calum yelled at the drunken booze-up and groaned, as forty seven guys and two wummin put their hauns up in the air. "Right, Ah don't know which wan ae youse Ah'm efter, bit Ah've goat a stack ae boxes piling up, so kin ye get yer arses in gear and get doon tae ye know where, and pick the fucking things up."

9.22 P.M.

"Before ye say anything, Crisscross. Ah've jist clocked him again."

"He's bloody fit that wan. Ah wonder whit time it wid take him tae cover a mile?"

"Six and a hauf minutes."

"Hmm, he's a young whippet and he kin shift like shite aff ae a hot shovel."

"Aye, he might be young bit tae dae it in less time, ye'd need professional coaching. The way he runs...like a big pansy...he widnae know whit a coach looked like. If ye asked him whit a coach wis, he'd probably think ye wur talking aboot a Corporation bus."

"Whit the hell wis that?"

"Whit?"

"Something jist rattled aff ae the tap ae the car."

"Ah never heard anything."

"Right, Ah'll take a look." Crisscross said, opening his door.

"Whit is it?"

"It looks like wee tiny bits ae slate coming aff the roof above us."

"Ah'm telling ye, the quicker these tenements ur pulled doon, the better. They're aw falling apart."

9.23 P.M.

"Psst! Johnboy!"

"Aye?"

"Haun doon the box. They're oan their way."

"Ur ye sure?"

"Aye, bit listen...tell Tony and the boys that there's a squad car sitting jist below them oan Ronald Street. It's goat that big dunderheid ae a sergeant sitting in it wae that skelly-eyed twat, Crisscross. Tell them no tae worry though. They're jist sitting eating something oot ae the chippy and guzzling a bottle ae Irn Bru."

"Right, here ye go, Calum. See ye in a minute."

"Right, Johnboy, that's five. Three mair tae go. His Calum arrived back tae get the boxes?" asked Joe.

"Aye, bit he says Ah've tae tell youse that there's a squad car wae that big sergeant and Crisscross sitting in it, jist doon oan the street fae where youse ur."

"Fuck, dae they know we're here?"

"Naw, they're hivving their tea."

"Right, Ah'll pass it oan. Haun me another empty box. That group ur bloody good, so they ur. Hiv ye been listening tae them?"

"Aye."

9.25 P.M.

"Coo-ee, Da, Ah'm o'er here," Fat Sally Sally shouted, waving the Grand Prix GP 901 above her heid, trying unsuccessfully tae get JP's attention while he'd his two eyeballs two inches fae Gina's glistening bosom.

"Ah cannae believe that ugly fat cow won that tranny," Helen said tae Daisy.

"Ah know. There's nae justice in the world. Look at the pair ae them. Pat says they wur supposed tae be gaun roond at the break wae their cans and then pissing aff. They hivnae budged aw night and the two ae them ur as pished as a pair ae drunken priests."

"Thank ye...youse ur aw very kind. This is a song fur aw youse ladies oot there by Kitty Wells, called 'It Wisnae God Who Made Honky Tonk Angels.' Don't be shy noo and please join in."

"Aw, Ah love this wan," Helen shouted across tae Jimmy, as the whole ae the pub burst intae song.

9.55 P.M.

"Right, Johnboy...tell Calum he kin go efter this wan. Tell him Tony said he'll see him o'er the next few days."

"Right."

"Gie's up that alarm clock...Skull wants it."

"Whit fur?"

"Christ knows."

"Here ye go."

"Ta."

"Psst, Johnboy? Gie's the next wan doon."

"Here ye go, Calum. This is yer last wan. Tony says he'll see ye o'er the next few days. Thanks fur helping us oot."

"Nae problem. Youse ur welcome."

10.00 P.M.

"How ur ye gonnae get the bar aff the front ae they cages, Skull?" Tony whispered tae him.

"Ah clocked a tool box. Ah'll jist go and see if there's a jemmy in it. Hing oan a minute. Bingo!"

411

"Nice wan, Baldy!"

"Right, Ah won't be a tic."

Skull hid the bar aff in less than ten seconds flat. The nesting box doors wur noo goosed and wid need replaced, bit who the fuck cared. He gently lifted oot the three big Horseman Thief Pouters, wan at a time. They didnae even blink, bit insteid jist glared at him as if tae say 'Right, oan ye come, ya big prick. We're ready fur anything.' At least, that's whit Skull telt the boys the next day. He'd also said that he now knew whit it felt like tae touch the arse ae royalty and that he knew fine well that he'd never get another opportunity tae repeat it as long as he lived.

"Where's the alarm clock?" he asked Tony.

"Here ye go. Whit the fuck dae ye want wae that?"

"Whit time did ye say ye wanted us up at the cabin the morra morning?"

"Aboot hauf eight."

"Right, if we're up at that time oan a Sunday, so ur they big fud-pads, Shaun, Danny and Mick. Set it fur eight thirty tae gie them time fur their breakfast before they come tae visit."

"Christ, ye're some boy, Skull. Right, here ye go."

"Ta. Ah'll be back in a minute."

"Aye, okay, Ah'll get the Horsemen o'er tae the exit loft. Don't fuck aboot noo, Skull. We've goat whit we came fur. Ah'll be back in two minutes."

Skull set the clock doon oan the flair at the far end ae the loft, as far away as he could fae the hatch door that led doon intae the hoose below. Using baith hauns, he heaved up the hatch and peered doon. He crept doon the stairs and began wandering slowly fae room tae room, looking aboot him as he went. Sometimes he stoapped tae touch a curtain or the quilt oan a bed or tae lift an ornament and peer at it. He picked up a black and white photograph ae three smiling wee boys wae their parents. He thought the photograph hid maybe been taken up in Alexandra Park as they wur aw staunin by a boating pond. He recognised the boys as Shaun and the twins, Danny and Mick. He spent a few seconds looking at the shrine the brothers hid set up oan tap ae a sideboard tae their ma and da, who wur obviously pan-breid. A black and white photo ae two grimacing adults wis in the centre ae a frame wae a wee collage ae family snaps surrounding it in a circle. The frame hid a set ae rosary beads embedded behind the glass. RIP wis embossed oan the bottom ae it. Skull thought aboot his ain life and the state his da wis in and whit could've been, before turning away. He slowly sauntered through tae the kitchen where he came across a big ashet steak pie, sitting oan tap ae the cooker, its layer ae uncooked pastry covering the tap ae it, jist waiting tae be shoved intae the oven the next day fur the Murphys' Sunday dinner. Skull spent a few seconds surveying it. It wis a big stoating family-sized wan. He didnae want it tae go tae waste oan they Murphy pricks and decided tae add a bit ae flavouring tae it. He lifted it doon oan tae the middle ae the kitchen flair, gently lifted away the layer ae pastry oan the tap ae it, before drapping his troosers and shiting right in the middle ae the stewed beef. He spread it evenly wae the back ae a spoon fae the cutlery drawer, while humming 'Ah Goat Ye Babe' by Sonny and Cher, before gently patting the pastry back in place and replacing the pie back oan tap ae the cooker, where he'd found it. Efter another couple ae seconds ae humming away, admiring his handiwork, he washed the spoon in the sink, put it back in the cutlery drawer and nipped back up the stairs tae the loft.

"Christ, ur ye no aboot done yet, Skull?" Tony hauf whispered through the boxes.

"Aye, Ah'm coming."

"Right, well done. Let's go!"

The music wis still blasting oot fae the pub. It wis getting dark as Tony pulled Skull up tae the tap ae the roof beside him.

"Whit the fuck's that?" Tony hissed at him.

Before Skull could answer, Tony saw him clutch at his troosers which wur aboot tae end up aroond aboot his ankles. As Skull tried tae stoap them fae falling doon, the jemmy Skull hid taken as a wee souvenir, clattered oan tae the slates and shot doon the side ae the roof and disappeared o'er the edge ae it intae Ronald Street.

10.05 P.M.

"So, how did it go, Calum?" The Big Man asked.

"Fucking shite!"

413

"Is that right?"

"Aye, it wis really hairy fur a wee minute or two, bit Ah sorted it oot. Ah hate they driving instructor pricks."

"See, ye should listen tae yer Uncle Pat."

"Aye, ye wur right."

"Ah'll tell Wan-bob tae get oan tae that driving licence straight away. Ye'll hiv it in aboot two weeks. Gie him aw yer details before he disappears hame the night and mind and add three years oan tae the day ye wur born."

"Aw, Pat, thanks very much."

"Nae problem, son. Calum, if there's wan thing Ah've learned in life, it's that blood's thicker than water and money cannae buy loyalty. That's why you and me need tae stick thegither."

10.06 P.M.

The Sarge hid jist fallen intae a wee efter-supper slumber. Crisscross wis happily engrossed, knuckle deep in that nose ae his, trying tae figure oot why aw the driving school cars seemed tae be stoaping jist oot ae his view at the bottom ae the street. Sure enough, another wee Morris 1100 hid jist arrived fae the left oan St James Road and signalled tae pull across tae the right, opposite the janitor's hoose ae the City Public before disappearing oot ae sight.

"That's the eighth driving school car tae dae that," he said tae The Sarge, who wis oblivious tae his surroundings and who'd started tae whistle through that nose ae his.

It wis jist then that the jemmy came hurtling through the windscreen like a rocket and exploded oan tap ae the dashboard. The Sarge and Crisscross didnae know whit the fuck hid hit them. Aw they knew wis that they wur under attack and they hid tae get oot ae the vehicle. The Sarge stood, hyperventilating, wae his back against the tenement wall and his right haun pressed against his heart, while Crisscross wis across oan the pavement oan the other side ae the street, gaun fae wan fit tae the other, trying tae peer intae the car tae see whit type ae bomb it wis that hid come through the windscreen.

"Sarge, ur ye aw right?" he panted fae across the street.

"Am Ah fuck! Ah think Ah've jist shat ma pants. Thank fuck they wurnae a clean pair."

"Aye, well, join the club."

"Ah think it wis a bit ae the building that came aff and landed oan tap ae us," The Sarge wheezed.

"Ah thought it looked like a big bit ae metal in the shape ae a jemmy."

"Well, go and hiv a bloody look, insteid ae staunin there staring at the fucking thing, Crisscross. Ah cannae move and Ah think Ah'm aboot tae hiv a cardiac arrest!"

Crisscross gingerly moved across tae the car and peered in. The whole ae the tap ae the dash board hid totally fractured and collapsed. A solid steel jemmy, aboot two feet long, wis embedded in the dashboard.

"Ah wis right…it is a jemmy," Crisscross shouted, looking up at the roof, walking backwards tae where he'd jist come fae.

"That effing thing nearly killed us, so it did," The Sarge panted, still haudin his heart.

"Dae ye think it wis intentional? It seems too good a tool fur some eejit tae jist throw away."

"Christ knows."

"See whit we hiv tae put up wae aboot here?" a wee wummin said, tutting, fae the second flair windae where she wis looking oot, her elbows resting oan a striped pillow.

"Aye, it's okay, hen…we're awright. We wurnae hurt, so don't feel the need tae phone fur an ambulance," The Sarge grumbled sarcastically, looking across at Crisscross.

"Aye, well, it wid've been a different story if ye hid been. If ye think it's bad at the front, ye should see it oot the back. Ah cannae let any ae ma weans oot tae play wae the amount ae shite coming aff ae that roof."

"Whit, is there building gaun oan?" Crisscross asked, peering up at the roof.

"Trooping up and doon they stairs wae bits ae wood and boards at aw hours ae the day and night, no tae speak aboot the drilling and sawing. That's been two weeks noo."

"Whit his?"

"They Murphy wans. A law untae themsels, so they ur. If ye say any-thing, that Mick wan jist gies ye dug's abuse."

"Aye, okay...we get the message, so we dae," The Sarge girned, won-dering if he should maybe get Criscross tae take him up tae The Royal fur a wee check-up.

"Well, it's awright fur youse. Youse don't hiv tae live here. We dae."

"Right, c'moan Crisscross, let's see whit they've goat tae say. Thanks fur ye're co-operation, hen."

"Don't thank me. Aw Ah'm daeing is minding ma ain business and look-ing oot ae ma windae."

"Aye, right," The Sarge mumbled, heiding intae the closemooth wae Crisscross at his back.

"Dae ye think they're in, Sarge?"

"Whit? Of course they're fucking in. They jist aboot killed us, didn't they, ya daft twat, ye?"

"Let me try," Crisscross said, taking oot his baton and hammering oan the door wae it, while The Sarge peered through the letter box.
10.07 P.M.

"Christ awmighty, that bampot Skull jist drapped something aff the roof oan the bizzies' side. It looked like a fucking jemmy. Right, Johnboy, Ah'll nip doon the hatch oan tae the landing and you haun doon the last box," Joe yelped, scampering fur the hatch.

Johnboy wis jist putting the box through the hatch tae Joe when Tony and Skull arrived. Tony slid shut the wooden hatch leading oan tae the roof behind him, plunging the loft intae darkness apart fae a beam ae light coming up fae the landing.

"You go next, Johnboy," Tony said calmly.

Johnboy rolled oan tae his stomach and slid doon feet first. He felt Joe's hauns grabbing his ankles as he slid doon Joe's body. Skull went next, followed by Tony, who lifted the stairwell hatch intae place, before drap-ping doon tae Joe. Tony and Joe took wan end ae the box each and they aw heided doon the stairs. Johnboy wis hoping tae hiv a wee swatch ae the three big Horsemen, bit never goat the chance. When they arrived at the bottom ae the close, a learner driver car wis sitting wae its engine running. Johnboy never hid a chance tae look at the driver either as Joe, Skull and himsel turned right when they came oot ae the closemooth and heided towards Rodger The Dodger's scrap shoap aboot fifty yards further alang. Skull and Joe turned right intae McAslin Street while Johnboy scurried across St James Road in the direction ae Sherbet's. Before Johnboy disappeared roond the corner, he turned and saw Tony put the egg box intae the back seat ae the car.

10.10 P.M.

"Is that the Horsemen, son?"

"Aye."

"Kin Ah hiv a quick wee peek?"

"Aye."

"Dae ye know whit these ur worth?"

"Aye, three years in an approved school if Ah'm caught by the bizzies who're jist roond the corner...or me being bundled intae a weighed doon GPO sack and slung intae the Nolly up by the Stinky Ocean, if the Murphys or The Big Man find oot we're involved in this."

"Ye'll probably never understaun whit this means tae me and aw the other doo men in Scotland, son...thanks."

"Ye're welcome."

"Right, here's yer dosh. There's twenty five quid in ten bob and wan pound notes. The rest is in pennies, thrupennies, bob, two bob and hauf croon pieces. Tell that big skinny boy Ah'm sorry aboot the confusion up at The Atholl."

"Nae problem. See ye."

10.20 P.M.

"Noo, listen up everywan. Ah want ye tae gie Sarah May and The Cowpokes a big haun fur an amazing evening ae music doon here in The McAslin Bar in sunny Toonheid," Kirsty shouted intae the microphone, through the thick blue fag smoke and above the noise ae cheering drunks. "And gie a further big haun tae Pat Molloy fur making it aw happen. Hiv a safe journey hame. Good night."

"Aw, Pat, gie's a big kiss, son," Fat Sally Sally drooled, grabbing The Big Man by wan ae his lapels as she clung oan tae her good tranny wae her other haun. "That wis wan ae the best nights Ah've hid in ma whole life, so it wis."

"Aw, ye're welcome, Sally. You tae, Sister...Ah hope ye enjoyed it as well."

"Sure, she had a voice of an angel, that girl did. Wonderful, just wonderful," Sister Flog slurred.

"G'night, Pat," people kept saying in the passing, heiding through the swing doors.

"Aye, see ye, John."

"Tell me, Pat, where did that big handsome man get the nickname 'The Goat' from?" asked Sister Flog.

Jist then, somewan staggered through the swing doors, revealing The Goat punching a bald guy in the mooth, who went doon like a sack ae totties.

"Goat ye!" said The Goat.

The Big Man looked at the Christians wae a wee apologetic smile.
10.45 P.M.

"Right, Pat, that's me offskie," Kirsty said, putting oan her coat.

"Kirsty, the band wur first class. Honest, Ah couldnae hiv asked fur better. If they brothers ae yers wid only change their names, they could go far in the music business."

"Aye, the record company guys liked them as well."

"Tell that Sarah Todd...the pie flinger...that if she ever wants a stint doon in The Capstan Club, she's only tae ask, bit there will be nae pies oan the menu that night. And oan that happy note, Ah'll see ye oan Monday then."

"Pat, don't mess aboot. Haun it o'er."

"Whit?"

"Ye know whit."

"Oh, aye, the ransom. Here ye go, hen," he said, taking oot the envelope fae his inside pocket and haunin it o'er.

"Dae Ah need tae embarrass ye by coonting it in front ae ye?"

"Naw, and ye'll find a wee bonus in there fur aw yer hard work."

"Aw, thanks, Pat. Listen, Ah wis gonnae leave it until Monday, bit Ah may as well tell ye the noo."

"Whit?"

"Bad Tidings offered us a wan LP record deal."

"Us?"

"The group that Ah put thegither and noo manage."

"Ah widnae trust they vultures. If ye knew whit Ah knew aboot them, ye'd stay well clear."

"Aye, Ah telt them Ah wisnae interested."

"See, ye've goat a brain, efter aw."

"Aye, bit Gaun Fur A Song came up wae a better offer."

"They thieving basturts? Another two-bit bunch ae charmers, so they ur. They're run by a big prick called Dandy Thompson. Wid steal the eyes oot ae yer granny's heid, that wan. The last time Ah dealt wae him, Ah ended up punching his lights oot fur his cheek, the bampot."

"Aye, well, don't worry oan that score. Efter thinking aboot it fur a couple ae minutes, Ah telt them Ah wisnae interested in their offer either," Kirsty said, laughing.

"Kirsty, ye did the right thing, hen. Aw these record company hyenas don't gie a shit. Ye stick wae me...at least ye'll be guaranteed a wage packet at the end ae the week, wae job prospects."

"Aye, it wis Transatlantic that came up wae the goods."

"Eh? How dae ye mean?"

"They offered us a three LP deal, re-negotiable efter each record is produced and released..."

"Aye, that's their 'get oot quick' clause, the fly basturts."

"...and fifteen hunner up front tae sign oan the dotted line."

Silence.

"Ah hivnae heard ae them. Ah hope ye didnae accept it, did ye?" The Big Man finally said, looking at her.

"Well, Ah put the group thegither. They've knocked their pans in tae put that set thegither that ye heard the night. They're the first wans that Ah kin remember who've ever put their trust in me, hid faith when Ah telt them that everything wid be awright oan the night. This wis an opportunity fur me tae apply ma skills tae dae something that wis appreciated.

419

Ye saw the reaction ae the crowd. It felt good, making people happy, supporting people who hid confidence in me...people who put their trust in me."

"Kirsty, Kirsty, Ah hear whit ye're saying, hen. Ye've a right tae feel good fur aw the hard work ye've put intae making the night the success that it wis, bit the morra is a brand new day and we've goat a good future aheid ae us...you and me."

"How dae ye mean?"

"Ah wis gonnae leave it till Monday before Ah said, bit seeing as we're hivving this conversation the noo, Ah want ye tae take o'er as hostess ae The Capstan Club, starting next Friday night."

"Oh shite!"

Chapter Forty Nine

Sunday 8.30 A.M.

"Ah don't think he's goat long noo, Mr Murphy," the wee nurse, wae the nice paps peeping oot ae her uniform, whispered.

Shaun looked at The Big Man oan the bed. He hid wires coming oot fae aw o'er him. The pinging sound ae the pulse fae the heart monitor machine wis getting slower and weaker. The Big Man wis struggling, bit still managed tae open wan ae they bloodshot eyes ae his. It wis quite obvious tae Shaun that he wis weak wae exhaustion and wis fading fast. He managed tae motion Shaun tae come closer. Shaun might no hiv noticed the erm movement, as he wis trying tae get the wee nurse tae come oot wae him oan a date that night, bit The Big Man managed tae lift his erm up aff the bed wae his middle finger ramrod straight before gasping, "Ye're The Big Man noo, Shaun."

The bleep fae the machine wis suddenly replaced by a shrill alarm bell that wid've wakened the deid.

"Whit the fu…" Shaun spluttered, jist managing tae open they eyelids ae his withoot his eyelashes being ripped aff as he forced his dry, dehydrated eyes open.

He wisnae too sure where the fuck he wis, as his heid and heart wur pounding oot ae step wae wan another.

"Aw, God," he groaned, fumbling fur the alarm clock beside the bed and managing tae find it first time, fur a change.

He forced his eyes tae focus oan the dial. It wis bang oan hauf eight. Mickey Moose wis staunin oan the second haun wae a grin oan his mug, tick-tocking roond the numbers. He shook it, and looked again. The ringing wisnae coming fae Mickey.

"Danny! Mick!"

"Whit?" wan ae them groggily answered fae wan ae the other rooms.

"Shut that fucking alarm clock aff. Ma heid's pounding."

"It's no me," wan ae them mumbled.

"Aw, fur God's sake!" Shaun snarled, swinging his legs oot ae bed.

He tried tae staun up and jist managed tae grab the heidboard tae steady himsel before he fainted, or worse, shat himsel. He staggered through tae Mick's room. Mick wis lying, face doon, oan tap ae the bed in his suit and tie, snoring.

"Mick, ur ye lying oan tap ae yer alarm, ya daft prick, ye?"

"Naw," Mick groaned. "Ah don't hiv an alarm."

Shaun staggered through tae Danny's room. Danny wis awready awake.

"It isnae coming fae here," Danny mumbled, swinging his feet oot ae bed.

"It's goat tae be that Mick wan," Shaun growled, heiding back tae Mick's room.

"Mick! Mick!"

"Whit?" Mick groaned.

"Get fucking up. Ye're lying oan an alarm clock."

"Aw, fur Christ sake," Mick moaned, heaving himsel up and sliding his legs aff the bed.

Wae Shaun's help, Mick managed tae staun up.

"Danny, ur ye sure ye've no goat an alarm clock?"

"Aye."

"So, where the fuck's it coming fae?"

The three ae them stumbled through tae the lobby and stood listening between the living room and the kitchen doors, blinking and looking at each other. Nowan said a word as they tried tae detect where the sound wis coming fae. Suddenly, three sets ae eyes aw moved at wance towards the ceiling hatch leading up tae the dookit.

"Ah think it's coming fae up there," Mick whispered.

"Ah think ye're right. Let's go, bit keep it quiet."

Danny stumbled intae the kitchen and returned wae a bendy breid knife in his haun. The three ae them crept up the creaky stairs.

"Sshhh!" Shaun hissed, as wan ae the steps groaned loudly at the same time as Danny let rip wae a watery fart.

"Sorry!"

The ringing goat louder.

"Dae ye think we've goat an uninvited visitor, Shaun?" Danny whispered.

"Looks like it," Shaun replied, waving his haun in front ae his nose. "Right, here's whit we dae. Seeing as ye've goat the chib oan ye, squeeze by me tae the front. Efter three, we'll aw charge up through the hatch and let the basturts hiv it. Okay?"

"Aye."

"Right, everybody get their hauns oan the hatch. Wan, two, three!"

The hatch flew open, up aff the flair ae the loft and crashed flat backwards. The three musketeers charged up the steps intae the room, screaming.

"C'moan ya bampots, ye!"

"We've goat ye noo!"

"Youse ur aw deid meat, so youse ur!"

Tae the sound ae the clattering bell, they stood there, stock still, disbelief spread across their coupons, as a scabby hawker doo took flight between the damaged opening ae the landing board boxes.
8.35 A.M.

Johnboy arrived at the cabin by cutting across the waste ground behind the buildings oan Parly Road at the Glebe Street end. He noticed Tony and Joe jumping o'er the wee fence in front ae the billboards. Skull wis awready there as the ladder wis up and the door wis open.

"Any sign ae The Brothers Grimm?"

"No a cheep," Skull said, twiddling wae the knob oan the tranny.

"Ah wonder if they wur roond last night?" Johnboy asked.

"Aye, whit a fucking shock they'd hiv goat. That wid've sobered the pricks up, eh?" Joe said, laughing.

"Well, they wurnae roond here. At least, Ah never heard them. The only visitor Ah hid wis Elvis who hung aboot fur aboot an hour, getting his lugs scratched. He high-tailed it doon the ladder wance he'd scoffed wan ae the lefto'er mince pies," Skull said, smiling as he turned up the volume tae the sound ae The Who's 'Ma Generation.'

"Whit? Skull, Ah thought Ah said we wurnae tae be here last night."

"It's aw right fur youse. Ah've telt ye...sometimes Ah cannae get in at night. Ah'm usually okay up tae nine o'clock...at a push. Efter that, Ah'm goosed. And anyway, it's quite cosy in here. Ah found a box ae candles under the cot and the tranny kept me company."

"Ah'm surprised they wurnae roond...it's jist no like them."

"Well, we shouldnae hiv long tae wait. Ah cannae see them sleeping in this morning. That alarm wid waken the bloody deid, so it wid," Joe said, as Roger Daltrey screamed that he wanted tae die before he goat auld and they aw cackled.

8.42 A.M.

"Whit the fuck?"

"Naw. Please! Please God, waken me the fuck up."

"We've been tanned!"

Danny's brain wis the first tae shift intae second gear.

"The Horsemen!" Danny yelped in panic.

He staggered tae the far end ae the loft, passing aw the open, empty nesting boxes, followed by Shaun and Mick, who stomped oan the alarm clock oan the way past tae shut the thing up.

"The basturts hiv taken The Big Man's Horsemen. We're deid!"

"Look, Shaun, they've came in o'er here...the thieving, miserable fuck-pigs."

"There's nothing lower than a snake that'll steal another doo-man's doos."

"They've left some ae the doos...look!"

"They must've been disturbed."

"Aye...when we came in fae the boozer. Ah knew Ah should've checked the doos before Ah crashed oot."

"So, it wis your fault then?" Shaun and Danny said accusingly at the same time.

"Naw, Ah'm no saying that. Ye know whit Ah mean. We aw fucked up oan this wan."

"The Big Man will kill us."

"Right, who've we goat?"

"It's bound tae be that wee fucking Tally and his baldy pal. Ah wid put ma life oan it."

"Danny?"

"It could be that Flypast wan. Ah'm still no convinced that he's as daft as he makes oot."

"Flypast wis at the do last night, pished as a fart. He pished aw o'er his troosers when Ah wis staunin beside him in the lavvy, daeing a pish...so it wisnae him."

"Ah'm telling ye, Shaun, odds oan it's that wee manky mob...the dirty thieving wee shitehooses. Ah'm gonnae personally droon every wan ae them when Ah get these hauns oan them...wan by wan...efter Ah've strangled fuck oot ae them first," Mick said, haudin up his trembling hauns tae demonstrate.

"Aye, they're the wans Ah'd put ma money oan. That wee Tony wan wid manage tae pull this aff. Bit why wid he shite in his ain nest? There's nae way they'd be able tae shift that amount ae doos withoot everywan in the toon knowing."

"Whoever it wis, must've goat away wae aboot fifty tae sixty doos."

"And they couldnae flee them withoot us finding oot aboot it."

"Hiv they paid the rest ae whit they owe us? Yesterday wis the deadline."

"The Tally wan came intae the pub wae the money yesterday morning. The Big Man telt him Ah wis busy and that Ah'd get it the day."

"It's bound tae be them. Who else could it be?"

Silence.

"Ah'm jist no sure. It's jist too fucking obvious. It could be that the pricks that did this wid know that the young wans wid get the blame," Shaun wondered oot loud.

"Well, there's only wan way tae find oot. Let's get tae fuck roond tae that cabin and see whit they hiv tae say fur themsels."

9.10 A.M.

"Kin ye see whit Ah see?" Crisscross asked The Sarge who wis driving up the High Street fae Central.

"Whit?"

"They wee manky wans walking towards us. Quick, slow doon."

"Whit wans?"

"That pair jist walking past The Auld College Bar?"

"Whit aboot them?"

"Look at their jumpers. They've goat doos stashed up them."

"So? They're obviously heiding doon tae Paddy's."

"Aye, well, no wae they doos, they're no. Pull o'er."

"Right, youse two, where dae ye think youse ur aff tae?" Crisscross growled at the two boys, as he stepped oot ae the squad car.

"Doon tae Paddy's. He opens at ten."

"Whit fur?"

"Tae sell oor doos," the wee wan said, wiping his nose oan the sleeve ae his jumper, as he blinked in the sunlight.

"We're looking fur two wee manky scallywags wae stolen doos, fitting yer descriptions," The Sarge said, wondering whit the hell Crisscross wis up tae.

"Well, it's nae us. The last time ma social worker clocked me, she telt ma maw Ah wis beyond description and that if Ah didnae get smartened up, Ah'd be taken intae care."

"Well, ye need tae understaun where we're coming fae. We've been reliably informed that two wee toe-rags wae ginger hair...bit clearly no brothers...manky as fuck, faces mockit wae dirt, arses ripped oot ae their troosers...baith ae them wae sleeves full ae dried snotter, baith in short troosers, skint knees, full ae dried scabs stuck oan them...wan no wearing any socks and baith wae the backs ae their shoes shackled tae fuck...wan aboot seven, wae nae a tooth in his heid and the other aboot eight, hid nicked some poor doo man's doos."

"So?"

"So, c'moan and look at yer reflections in this good clean squad car windae. You take the back windae and yer wee pal, Goofy, the front passenger wan. Noo, tell me whit youse see?"

"Ah cannae see below ma waist," the big wan said, looking in the back passenger windae.

"Ah'll tell ye whit we kin see. The wee basturts we're looking fur," Sherlock Holmes, wae the bad squint in baith eyes declared triumphantly.

"Bit, Goofy hid two front teeth. Ah don't," the wee wan wae nae front teeth bleated, trying tae wangle his wae oot ae the I.D.

"Don't get lippy wae us. We're the polis," The Sarge snarled, getting irritated at the cheek he wis hivving tae put up wae oan a Sunday morning.

"Right," said Crisscross, opening the boot. "Chuck they doos in here, while we decide whit tae dae wae youse."

"Ma maw said Ah'm too young tae be charged wae anything," Goofy howled, taking two doos oot fae under his jumper and tossing them intae the boot.

"Aye, bit we could always take ye in fur a warning, couldn't we? That means yer maw hivving tae troop aw the way doon tae Central tae pick youse up efter the warning. Is that whit youse really want? Eh?"

The two boys jist stood and stared at them withoot saying anything.

"Whit dae ye think, Crisscross?"

"Ah don't know," Crisscross replied.

"Well, Ah'm aw fur letting them aff this time."

"Ye reckon? Er, aye, okay. Bit, jist this wance. The next time, they'll be nicked."

"Right, youse two...fuck aff and don't let us see youse doon here again," The Sarge said, as the two bizzies opened the car doors.

"That's fucking daylight robbery, ya basturts, ye," Goofy whistled through the bare gums ae that mooth ae his at the departing polis car.

"Crisscross, why the hell hiv we goat four smelly doos wandering aboot in the back ae the car, shiting aw o'er the boot?"

"Let's heid fur Montrose Street and pay Flypast a wee visit. Whit time is it?"

"Twenty past nine."

"Jist in time fur a tea break. Ah hope that saft bampot's goat biscuits."
9.20 A.M.

"Right, Mick...you stay in the car. Danny, ye're wae me, bit Ah'll dae aw the talking. If it wisnae them, Ah don't want it tae be known that we've been robbed."

"Aw, Ah wanted tae come in."

"You stay in the car. If we need ye, ye'll soon know. Grab any wee shite-hoose ye see bolting oot ae the door ae the cabin though."

"Awright, boys?" Shaun announced, as his scar-faced coupon appeared through the beads, followed by Danny.

"Hellorerr Shaun...grab a seat," Tony invited, as he stood up tae make room, while Danny stood blocking the door wae wan haun in his jaicket pocket.

"So, whit hiv youse been up tae then?"

"Robbing everywan blind, trying tae put the dosh thegither tae pay aff the cabin. Ah came roond tae The McAslin yesterday, bit The Big Man said ye wur busy and ye'd collect yer money the day."

"Aye, he said ye wur in. Youse must've been busy tae put a score thegither in a week, eh?"

"Here ye go then. It's aw there, if ye want tae coont it," Tony said, trying tae haun o'er eight single pound and four ten bob notes and two bulging smelly socks wae knots in each end, each wae a fiver in coins in them.

Shaun jist smiled when he saw them.

"Aye, we think we left something doon in the cavie efter we left. A box ae candles, Ah think Mick said it wis," Shaun said, searching the eyes ae the boys fur any tell-tale sign ae doo thievery.

"They wur under the cot. Ah've used two ae them," Skull chipped in, reaching up tae the shelf and taking them doon, as Shaun gied a wee fleeting glance across tae Danny by the door.

"If it's aw the same wae youse, we'll jist hiv a wee gander anyway," Danny said, as he pulled up the cavie trap door, goat oan his knees and peered doon, pulling a torch oot ae his pocket.

Johnboy hid the biggest urge ae his life tae use Danny's back as a springboard oot ae the door, wance Danny's heid disappeared oot ae sight through the flair. The quick reappearance ae that napper ae his probably saved Johnboy's as well as everywan else's lives that morning.

"Don't fret, Ah'll soon replace the two Ah used, Shaun," Skull murmured sarcastically.

"Ach, don't worry. We'll no fall oot o'er a couple ae candles, eh?" Shaun replied, picking up the two heavy socks wae the coins and throwing them o'er tae Danny.

"Some wee basturt's goat rotten feet oan them," Danny said, haudin the socks away fae himsel.

"So, whit's the score wae getting mair doos, Tony?" Shaun asked him, eyes boring intae Skull's.

"Noo that we've paid youse aff, we'll be able tae invest in some mair. Ye widnae be in the market tae sell any, seeing as ye've goat a ton ae them up in that loft ae yours, wid ye?" Skull retorted before Tony could reply.

Johnboy jist aboot fainted oan the spot when Skull came oot wae that wan.

"We're in the breeding business. We buy...we don't sell. Ye might want tae hit Paddy's. They've goat plenty in your price bracket."

Please, please, please, Skull...please don't answer that wan...oh God, Johnboy silently prayed.

"Aye, we're thinking ae hinging oan tae oor money and trying tae buy an upmarket big Horseman Thief Pouter. There's a few good wans oan the go, Ah hear, fur us tae start oor ain breeding programme...if we kin bring in some ae they wee hens ae yours that Ah clocked flying aboot aw o'er the roofs this morning."

Johnboy wondered why the hell he hidnae taken his chance when Danny's back wis bent o'er the cavie. He could feel that arsehole ae his stretching tae breaking point.

"So, ye've goat a wee bit ae dosh put aside, hiv youse?"

"Naw, bit we will hiv when we dae an all-nighter and take they sheets ae copper sheeting aff the records building up in Sighthill cemetery," Tony chipped in, tae nervous laughter fae them aw, including Shaun.

Danny's face remained dour.

"Right, boys, we've goat things tae dae. We cannae be staunin aboot here talking tae youse young runts aw day. Aw the best wae the cabin and gie's a shout when ye're ready tae put a doo up against wan ae oor wee hens, Skull," Shaun said, staunin up and heiding fur the door.

"Aye, Ah cannae wait, Shaun."

9.30 A.M.

"Ur ye in, Flypast?" Crisscross shouted.

"Oh, er...hello Crisscross...Sarge. Ah never expected tae see youse here the day," he said, looking at them, feeling aw flustered and hauf expecting the Murphys tae appear at any second.

"Is that a wee cup ae tea we kin smell?"

"Naw, Ah've run oot."

Flypast wondered whit the fuck these pair ae shite-hooses wur up tae. Hid the Murphys sent them roond tae check him oot?

"Ach, well, never mind. Maybe another time, eh?"

"Dae youse want tae come in?"

"Naw, naw, bit we've goat a wee present fur ye."

"Oh?"

"Aye, get that arse ae yers doon here and come and hiv a look," Crisscross said, walking away.

When Flypast didnae follow, Crisscross stoapped and turned roond, beckoning Flypast tae follow.

"Well, C'moan...don't look so confused. Ye'll be pleased. It's jist oot in the car."

"Oh, er, bit..."

"It's awright, Flypast, ya daft eejit. We're no gonnae bite ye. Ye'll be okay. Oot ye come," encouraged The Sarge, following Crisscross. "And bring a cardboard box wae ye, while ye're at it."

When flypast came through the close ae wan-wan-five, the two ae them wur staunin at the boot ae the polis car wae big grins spread across their coupons.

"Right, first of aw, Ah jist want tae officially say sorry fur wrecking yer cabin earlier oan in the summer. And secondly, tae show ye that we keep oor word and that there's nae hard feelings oan oor part, these ur fur you," Crisscross said, opening the boot and chirruping, "Da, da, daaaah," wae a flourish ae his right erm.

Flypast jist aboot drapped deid oan the spot. Where the fuck hid they come fae? Wur they aff that batch fae the previous night? Oh ma God, Ah'm deid, his brain wis screaming as it started tae melt.

"So, say something then, ya daft sausage, ye," The Sarge said.

"Uh, oh, er, four doos. Where did ye get them fae?"

"Never you mind that, Flypast. Jist you get them intae that wee box ae yours and go and enjoy them. Ah know Ah probably killed mair than four daeing ma Batman impersonation, bit it's a start, eh?"

"Er, Ah don't know whit tae say," he mumbled in a state ae shock. "Look, Ah cannae take these. Youse keep them, Ah've goat plenty ae ma ain."

"Naw, naw, stoap being aw bashful noo. Everything's above board. They're fae us tae you. Right, we don't know how tae handle them, so get them intae that cardboard box ae yours before they shite even mair in ma good boot," The Sarge said.

Flypast waved them aff as they did a U-turn and heided back doon tae Cathedral Street, turning left towards Stirling Road. He then scurried up the stairs tae tell his maw he wis aff doon tae Paddy's wae some doos.

"Bit Ah'm jist aboot tae make ye some toast fur yer breakfast, son."

"Ah'll get it when Ah get back, Maw."

Wae that, he wis aff across Cathedral Street, o'er the brow ae the hill and doon Montrose Street, heiding fur the Saltmarket, as fast as his legs could carry him.

9.32 A.M.

"Well, whit dae ye think then? Whit's the Hampden Glory?" Mick asked, when Shaun and Danny plapped their arses back in the Jag.

"Whit dae ye think, Danny?" Shaun asked, turning roond tae face him in the back seat.

"Ah jist don't know. Ah'm no sure."

"Ah don't think it wis them."

"Why no?"

"Did ye hear that wee baldy mongol? There's nae way that wee cocky knob-heid wid've went oan aboot buying a Horseman and mentioning aw oor escaped hens flying aboot aw o'er the place, if it wis them."

"That's whit Ah wis thinking, bit they could still be at it. Did ye see that wee ginger heided wan? Ah thought he wis aboot tae shite himsel the minute we came in through the curtain."

"Aye, bit he wis like that when they first came roond and we flogged them the cabin."

"So, whit ur youse baith saying then?" Mick asked, looking fae wan tae the other.

"Ma money's elsewhere. Let's nip roond and see The Big Man. We'll need tae get it o'er and done wae sooner or later. Fuck knows whit we're gonnae say tae him."

"And then we'll heid doon tae Paddy's. He might've hid some daft bampot in selling the doos. Ye never know...whoever took them might no know whit they've goat."

9.33 A.M.

"Skull, ya bloody left tit, ye. Ur ye trying tae get us bloody murdered?" Johnboy wailed.

"Whit?"

"Aw that shite aboot buying a Horseman and aw they wee hens flying aboot. Don't tell me ye deliberately let aw they bloody doos oot ae their cages tae fly aboot the Toonheid as well?"

"Whit the fuck wid Ah dae something like that fur?"

"Ye bloody shat in their good McCluskeys ashet steak pie."

"How dae ye know it wis a McCluskeys?"

"Ah don't. That's whit ma maw always buys."

"Well, get yer facts right then."

"Ye know whit Ah mean, ya selfish wanker, ye."

"Anyway, shiting in that pie ae theirs is different."

"Why's that different?"

"Because letting the doos oot widnae help them. Hauf ae them wid jist come back and the other hauf wid get killed by the scabby hawkers."

"Whit?"

"He means that the haun-reared good dookit doos wid be attacked and done in by the scabby wild doos, Johnboy," Joe said.

"Ah think ye did brilliant masel, Skull," Tony said.

"See? Ya fanny, ye!"

9.45 A.M.

"Right, Ah want the word oot. Any bampot, and Ah mean any, caught selling or buying wan ae ma Horsemen Thief Pouters or good doos is gonnae get fucking tortured tae death and then shot in the heid," The Big Man raged, pacing up and doon in his favourite silk dressing gown...the wan wae the arse ripped oot ae it at the back.

432

"We wurnae too sure if ye wanted us tae go public wae this."

"Public? Ah want every doo man and their scabby dugs tae know Ah'm oan their trail. Ah'm telling ye, some basturt or basturts ur gonnae die fur this."

"We've awready started tae look."

"Where?"

"Well, the first place we hit wis that wee manky mob who we flogged the cabin tae."

"And?"

"Ah'm no sure they'd anything tae dae wae it."

"Of course they bloody well did! They're the only fucking wans stupid enough. Ah want ye tae get back roond tae that cabin and kidnap the wee basturts and take them roond tae the beer cellar in the pub. They'll soon fucking tell me."

"That's the point Ah'm making, Pat. They're too obvious. Everywan knows fine well that we'll think it wis them. Look at Oswald."

"Oswald? Who the fuck is Oswald? Whit's that bampot goat tae dae wae anything? Hiv we hid any dealings wae him? Where dis the thieving basturt live?"

"Ah'm talking aboot Lee Harvey Oswald. He's the wan that goat blamed fur shooting the president, bit every eejit wae a brain in their heid knows he wis set up, so he wis. Ah'm no convinced that they wee fly men hiv anything tae dae wae this. Ah think we need tae look further afield."

"Ah think they wur involved," Mick volunteered.

"Let's leave it jist noo. If they wur, we know where tae find them. Ah think we've still goat time fur a recovery job here, if we kin get oor arses intae gear."

"Whit ur ye suggesting then?" The Big Man asked, downing a large nip.

"It's still early. Ah say we nip roond by Flypast's and then heid doon tae Paddy's."

"Flypast wis wae us last night."

"Aye, Ah know that, bit it's aboot starting fae the centre and moving oot. Whoever done this knew whit the fuck they wur daeing and whit they wur efter. They must be pretty confident that we cannae touch

433

them. It'll aw come oot in the wash, though, and when it dis, we'll be there."

"Right, when kin Ah come roond tae inspect the damage?"

"Ah've goat a lovely big McCluskeys steak pie sitting there, ready tae be put in the oven. Why no come roond fur yer tea later?"

"Whit time?"

"We'll see ye aboot hauf seven?"

"Ah'm still gonnae kill some basturt fur this."

10.15 A.M.

"Flypast, ya daft prick ye, how ur ye daeing? Is that maw ae yours still smoking oot ae her ears?" asked Paddy.

"Hello Paddy. Aye, Maw's still wanting tae be famous."

"So, whit brings ye doon tae ma wee doo shoap oan a lovely, sunny Sunday morning, carrying a broon cardboard box, Ah wonder?"

"Ah've goat two Chequered hens, a Broon Dun hen and a Silver Storie doo Ah want rid ae."

"Gie's a look. Oh aye, nice tae. Ah'll take them aff ye fur hauf a croon fur the lot. How's that?"

"Aye, Ah'm daft, bit no stupid."

"So, whit ur ye efter? Ur ye putting dosh in wae whit ye're wanting?"

"Ah fancied that wee faded Yellow hen oan the tap left, the Blue Barr hen and that ugly wee Ash Tipped Spanish doo, doon oan the bottom right. Whit dae ye think?"

"Hmm, aye, okay, Ah'll dae that fur these four."

"Nice wan, Paddy. Cheers!"

10.35 A.M.

"Wis he there?" asked Mick.

"Naw, his wee maw said he's heided doon tae Paddy's wae a box full ae doos." Danny said, getting intae the Jag.

"Ye're kidding!"

"Ah telt youse he'd be involved, bit ye widnae listen."

"Ah still cannae see it."

"Why? Because he's daft? Ah've telt ye...Ah still don't think he's as stupid as he makes oot."

"Ah hope we catch the sticky-fingered prick red-haunded, haunin o'er oor good doos."

"Right, well, we will if ye put this car intae gear and get tae hell oot ae here."

10.45 A.M.

"We're noo the proud owners ae the Parly Road cabin...until it gets demolished, that is," Tony announced, taking a slug oot ae the bottle ae Irn Bru before passing it tae Joe.

"And it didnae cost us a penny. Ah don't think Ah've ever owned anything in ma life, apart fae ma fancy snow-drapped 501s that ur clinging tae that manky arse ae mine," Johnboy said, taking the bottle fae Joe.

"And Ah'm the main doo man aboot here. Ah'll teach youse everything Ah know. Tae hell wae school...Ah've awready learned ma trade," Skull announced, taking a skoof fae the bottle, as they aw nodded their heids in agreement.

"Aye, let they builders try and demolish us. They'll get the same dose as whit the last bampots who crossed us goat, and mair. We're no gonnae take any shite fae anywan, fae noo oan," Joe announced cheerfully.

"So, whit's the plans fur the day?"

"Well, we're gonnae hiv tae tan that roof up at the cemetery this week, noo that we've telt Shaun that's how we're gonnae get oor money tae buy mair doos," Tony said, tapping his pocket and smiling.

"Ah say we heid up tae check oot the roof and then heid doon tae Paddy's tae check oot whit he's goat in stock," Skull suggested.

"Brilliant. Ah've never been in a doo shoap before," Johnboy replied eagerly.

"Right, let's go. We'll see if we kin pick up a bottle ae Irn Bru and some cake snowbaws oan the way," Tony said.

10.55 A.M.

"Hellorerr Paddy," Shaun announced, as the place went quiet and some doo men slinked oot ae the side door.

"Aye, aye, Shaun. It's no often Ah see youse boys doon here. Whit kin Ah dae ye oot ae?"

"We're looking fur a few wee doos that hiv taken flight and wondered if they might've taken up residence doon here amongst the scabby hawkers."

"Shaun, Ah'll try tae be civil tae ye if ye promise tae try and be civil back tae me in ma wee shoap here, particularly in front ae ma loyal customers."

"Paddy, whitever ye say in the next few minutes is gonnae determine whether Ah burn this dump doon, wae you and aw yer doos in it, in front ae aw yer loyal customers, or whether we continue tae tolerate yer existence doon here in the sunny Saltmarket."

"Whit ur ye efter?"

"Wis there any fly man, big or wee, fat or thin, young or auld, fae the Toonheid in here the day, palming aff any doos?"

"Flypast wis."

"Where ur they?"

"Ah've sold them."

"Tae who?"

"Ah don't know. Sunday's ma busiest day."

"Whit did he come in wae?"

"A Broon Dun hen, a Silver Storie doo and two Chequered hens."

"Dae they sound familiar, Danny?"

Danny gied a wee affirmative nod, bit said nothing.

"See? That wisnae so bad, wis it, Paddy? Let's go!"

11.15 A.M.

"Flypast! Open the fucking door!"

"Oh, er, hellorerr boys. In ye come. Dae ye want a wee cup ae tea? Ah've jist put the kettle oan that wee stove ae mine."

"Ah hear ye wur doon at Paddy's the day, palming aff some doos," Shaun asked Flypast, his eyes slitted.

"Aye, that's right. Ah inherited a few wee doos that didnae come wae any background, so Ah thought Ah'd pass them oan. Ye never know whit the score is nooadays and Ah widnae want tae upset anywan...if ye know whit Ah mean?" Flypast said, gulping, shaking like a leaf as the sweat poured aff ae his face.

"So, whit did ye inherit then?"

"A Silver Storie doo, a Broon Dun hen and two Chequered hens."

"Fae who?"

"Crisscross and that big sergeant ae his."

"Whit did ye jist say?" Shaun and Danny baith demanded at the same time, visibly shaken and stunned.

"Ah goat them fae Crisscross and that big sergeant wan...whit's his name? It wis payment fur wrecking ma cabin earlier in the summer. Ur ye sure youse don't want a wee cup ae tea?"

"Fuck!"

"Is there something wrang?"

"Ur you sure it wis them, Flypast?"

"Oh aye, they said they'd suddenly inherited a big batch and they wanted tae square me up fur aw the damage they'd done."

"Flypast, Ah want ye tae dae something. It's very, very important noo. Yer life depends oan this."

"Anything, Shaun." Flypast croaked, shaking like a jakey in need ae a tap-up.

"Ye tell nae fucker whit ye jist telt us. Hiv ye goat that?"

"Oh, er, aye, of course. Ma lips ur sealed."

"Well, make sure they stay that way. Right, Danny, let's go!"

4.30 P.M.

"Ye better make it quick, Skull. Ah shut up shoap at five o'clock."

"Aye, awright, Paddy," Skull said, walking across tae the nesting boxes.

Johnboy and Skull spent the next hauf an hour looking at aw the different doos, hens and everything tae dae wae them. Tony and Joe couldnae be arsed gaun wae them and hid said they wur heiding hame as baith ae them wur starting at The Big Rock up in Royston in the morning.

Efter leaving the doo shoap, Johnboy and Skull wandered alang The Trongate intae Argyle Street and the toon centre proper, daeing a wee recce ae possible shoaps that wid be worthwhile tanning wance they wur back at school. They sat doon oan a bench in George Square fur a couple ae hours, where Skull explained tae Johnboy the difference between the scabby hawker doos, that wur wandering aboot the square looking fur scraps fae people walking past, and the breeds they hoped tae flee oot ae the cabin. He telt Johnboy everything there wis tae know aboot fleeing the doos. Johnboy then spent haulf an hour helping Skull pick up the biggest ae the fag-ends that people hid flung away, before they wandered up the road towards Montrose Street.

"Dae ye remember when we wur tanning in the windaes ae the school at the start ae the holidays and Calum The Runner appeared oan the scene?"

"Aye?"

"And Tony asked me if Ah'd done anything tae upset they Murphy pricks when Calum said that they'd wanted tae speak tae us as well as The Big Man?"

"Aye, ye denied it, as far as Ah kin remember. Ye said something aboot slinging a cat intae their cabin."

"Aye, well Ah wisnae exactly telling the truth."

Johnboy couldnae stoap laughing as Skull telt him how Tony, Joe, Paul and Skull hid used aw sorts ae tricks tae get people tae put their good doos or hens oot so they could capture them. A few weeks before Skull hid arrived at Johnboy's school efter getting expelled fae the Baby Rock, Flypast hid showed Skull how tae dye a scabby hawker wae peroxide tae turn it a nice shade ae white. Rather than let their good work go tae waste, Skull hid let it loose as a Trojan horse up by the cabin when the Murphy's owned it. Fae a distance, it looked like a right wee stoater. Danny, the so-called expert doo man, hid shot his bolt and hid quickly put oot a big strapping Horseman Pouter, thinking it wis a nice wee hen oan the go. Wance the big basturt wis up in the air, Flypast hid then slipped oot wan ae his best wee feathered seductresses fae under his jaicket at the front ae wan ae the closemooths oan Parly Road, jist across fae the billboards. Flypast hid flung it up in the air before dashing through the closemooth and back tae his cabin in Montrose Street. By the time Flypast and Skull hid goat back tae his cabin, the wee hen wis staunin there oan the landing board, getting shagged stupid by the big Horseman who didnae even blink when Flypast yanked up the hood and captured it. Skull said that Flypast hid goat fourteen bob doon at Paddy's, which wis a record price fur a traded-in doo, up tae that time.

"They'd hiv kicked ma arse silly, bit Flypast wid've been dug meat…nae question aboot it…if they Murphy's hid found oot whit we'd done," Skull hid said, as they baith laughed.

Skull hid also telt him that Jessie wis the same age as him and Johnboy. He said that Tony hid attempted tae buy Jessie a few times aff ae Horsey John, using Flypast as the front man, bit she wisnae fur sale. They'd sat and pished themsels laughing as Skull telt him aboot the time Jessie hid goat lifted by the polis at two o'clock wan morning efter being discovered up in Martyr Street wae hauf the copper sheets fae the roof ae St Mungo's oan the back ae the cart she wis pulling. Horsey John and Tiny hid denied any knowledge that she belonged tae them and hid tae bid fur her at a public auction tae get her back. They'd been raging at Flypast because him, Tony, Skull, Joe and Paul hid turned up at the auction and Flypast hid started bidding against them. Horsey and Tiny won her oan the next bid efter the boys ran oot ae money. It hid cost the stable an extra twelve quid oan whit they'd expected tae get her fur. The next day, Mick Murphy hid turned up at Flypast's and telt him they wid rather put Jessie doon than see him getting her. Flypast hid goat the message.

"So, whit dae ye think aboot gaun back tae school the morra then?" Johnboy asked, remembering Skull's announcement earlier oan, aboot no gaun back tae school.

By this time, they wur sitting at the bottom ae Johnboy's closemooth, chewing the cud.

"Ach, Ah'm nae really bothered…Ah quite like it. Ma sister says she hates being surrounded by aw they Proddys, bit she'll live. That skinny teacher is something else though," Skull replied, lighting up wan ae his fag-ends. "John Player? They're bloody shite, so they ur," he said, checking oot the brand.

"Olive? Ma ma wance telt me that she's wan ae the auld school and that aw us toe-rags should respect her fur sacrificing everything fur us wee smellies. Ma said that she's somewan who'll never get married because she's awready married tae her job."

"Jist like aw they priests?"

"She said that maist ae the wummin teachers wur aw spinsters, through choice, when she wis at school, in the aulden days. She prattled oan aboot Olive being a dying breed and how we should aw appreciate her while we've goat her because when she's gone, she'll be gone furever."

"Aye, well, she's no the worst, believe you me, Johnboy. Ye should've met some ae the psychos Ah've come across in ma travels. Bloody worse than the priests, so they wur."

"Aye, she disnae know whit time ae the day it is, bit Ah think she actually likes us. Ye kin tell by the way she kids oan that she disnae know we aw sleep wae oor eyes open. Kin ye imagine being taught by somewan who insisted that ye paid attention tae them?"

"Anyway, Ah'll need tae shoot the craw, Johnboy," Skull said, flicking his tab-end away and staunin up.

"Dae ye want tae come up fur a wee while?"

"Naw."

"Ur ye sure? There probably won't be much, bit there'll be food oan the go?"

"Aye, Ah need tae get up the road in plenty ae time before that auld man ae mine locks me oot."

"Aye, Ah suppose. Efter ma tea, it's the bone comb fur me. Ah kin feel ma heid hoaching wae they wee creepy crawling buggers awready. They must know whit's waiting fur them. See ye in school the morra, Skull." 7.40 P.M.

"Aye, aye, Skull. Whit ur ye daeing away doon here?" asked Flypast, as he turned intae Grafton Street

"Ah wis wae Johnboy. Whit ur ye up tae?"

"Ah wis roond at Sherbet's getting a couple ae tipped singles fur ma maw."

"So, how wis the do last night then?"

"It wis aw right. The group wur good and it gied me an iron-clad alibi. They Murphys wur roond this morning. Fucking jumping they wur...the arseholes. So, how did it go wae youse?"

"Fine. Me and Johnboy wur jist doon at Paddy's checking oot his stock earlier. We'll probably get something aff ae him next weekend."

"Aye, Ah wis doon there masel, this morning. That skelly hauf-wit Crisscross and that sergeant wan came roond wae four doos tae gie me fur destroying ma cabin earlier in the summer."

"Aye, Ah heard he'd wrecked yer place."

"Ah wisnae too sure if they wur fae the Murphys' loft last night, so Ah fucked aff doon tae Paddy's and traded them in."

"They widnae've goat them fae oor batch. The Driving Instructor took away everything we gied him. So, whit did ye get wae the trade-in?"

"A Blue Barr hen, a wee faded Yellow hen and an Ash Tipped Spanish doo."

"Aw, right."

"Aye, ur ye wanting a wee squint ae them?"

"Er...aye, okay. Ah cannae be long as ma da locks up the ootside door early."

"Well, let's go. Ye kin jist nip intae the dookit and Ah'll be back in a minute wance Ah gie ma maw her fags."

8.00 P.M.

"Who said that?" asked The Big Man.

"That auld nosey cow fae the second flair. Danny, Mick and masel wur jist coming intae the closemooth and there she wis, as usual, elbows oan a pillow, leaning oot ae her windae, taking everything in," said Shaun.

"Whit exactly did she say? Tell me her exact words."

"She said, 'Well, did ye see them?' 'Who?' Ah asked. 'The Polis, who wur sitting ootside here aw last night. They wur even up there banging the hell oot ae yer door at wan point. It's a wonder it didnae come aff ae it's hinges.'"

"Ah cannae fucking believe whit Ah'm hearing. Let me sit doon," The Big Man spluttered, plapping that arse ae his doon oan the couch, rubbing baith sides ae his face wae his hauns.

"Aye, and wae them haunin o'er the doos tae Flypast, it aw makes sense noo," Danny said.

"There's nae way Liam Thompson wid dae this...no tae me...surely? Ah thought we hid an understaunin. Ah even sent a bloody gun doon tae Central, tae get him oot ae Shite Street wae they Irish fucker bosses ae his. Ah cannae believe it."

"Ah know, bit there ye are. Look at whit happened that time when we
wur up in the dipping yard in Grafton Lane. Ah think it aw goes back
tae the time him and Big Jim Stewart butted in o'er that big shite-hoose,
Blind Bill. He's hisnae been as friendly tae us since then. When wis the
last time ye spoke tae him?"

"It's goat tae be some basturt who's oot tae get me. Who else wid dae
a thing like that?"

"Mad Malky and The Simpsons fae Possil? John The Bishop fae Govan?
Hopalong Harry fae Maryhill? Wan Baw Broadie fae Parkheid? None ae
these bampots hiv goat strong connections ootside the city though. If
they hid, we'd hiv picked up oan it long ago. They're the only big players
worth mentioning. Whoever done this hid the bizzies in their back pock-
ets."

"That prick Liam Thompson widnae hiv the baws tae dae this tae me...
surely?" The Big Man wondered, looking at them.

"He squared up tae ye twice, Pat. Wance in the yard and wance in yer
ain boozer. Ah widnae be too sure...him and that squinty-eyed monkey
widnae hiv been up oan the roof, bit they wur definetly involved. They
wur the back-up tae make sure everything went tae plan. Whether this
came fae higher up or no, is another matter."

"The dirty fucking, thieving, corrupt, backstabbing, double-dealing
arseholes. How the fuck did they get a job in the polis in the first place,
that's whit Ah'd like tae know, eh? If ye cannae trust the fucking polis,
who kin ye trust?"

"Aye, Ah know, Pat."

"Ma wee doos. Three hunner years ae pure royal blood. Ah bloody
loved them as if they wur ma ain wee weans, and noo they're gone...
gone. Nicked by some sticky-fingered, fucking thieving basturts who
don't gie a mother's tit fur them."

"Whit aboot JP?" asked Mick.

"Whit aboot him?"

"Kin we no hiv a wee word tae see if we kin at least negotiate the
Horsemen back? It's bound tae hiv come fae that Irish brigade. Ye said
yersel that Thompson hid said they'd hauled his arse in because JP hid

been mumping his gums aboot aw the thieving that wis gaun oan up in the Toonheid."

"That wee maggot is up tae his eyes in aw this as well. There's nae way he widnae hiv known whit wis gaun oan. That fat fucking Christian daughter ae his is married tae Squinty-eyes."

"Aye, noo that ye mention it, she wis probably in last night tae keep an eye oan us. She claimed she wis jist in fur the can collection, leaving her every opportunity tae nip ootside if she clocked wan ae us heiding fur the door. Did any ae youse see her and that Sister Flog go aboot the pub collecting money? Ah know Ah didnae," Shaun said tae his brothers.

"And then there wis the two bizzies staunin ootside the front door aw night, making oot they wur jist lugging in tae the music," Danny reminded them.

"Dae they think we're bloody stupid or something? How the fuck did they think we widnae clock oan tae whit wis gaun oan, eh?" The Big Man snarled.

"Tiny asked that Big Jim and that shitey Jobby wan if they'd any work tae dae insteid ae hinging aboot the door ae the pub aw night. 'We're jist listening tae the music,' that shitey-arsed prick Jobby said. Whit kind ae an excuse is that, eh? Dae they think we're fucking clowns? Dae they think we came up the Clyde oan a water biscuit, or something?"

"Right, fae noo oan, there's a cauld war oan. They basturts get nothing bit grief fae us and the first chance we get, we'll expose the corrupt thieving basturts fur whit we know them tae be. Let's see how they get oan then. In the meantime, this stays wae us. Ah don't want anywan tae know that we've been humped up the arse by that Irish Brigade. Hiv youse goat that?"

"Aye, Pat."

"And another thing, we're oot ae the doo business fae here oan in. Ah want aw they Horsemen's ancestry papers burnt...the night. Withoot the papers, they're jist three good doos. Noo, where the fuck is ma good McCluskeys steak pie, Mick?"

9.10 P.M.

"Ah knew there wis a Horseman involved wae ma da, bit Ah didnae know there wis a connection wae the wans we nabbed," Skull said tae Flypast.

"Skull, ye did well last night...youse aw did. Yer Da wid be proud ae ye, if he only knew whit time ae the day it wis maist ae the time. Ah know that it's easy fur me tae say, bit don't be too hard oan him. Be proud ae him...it's no his fault that he's the way he is. He wis a game wee man in his day, jist like you ur. There wisnae a thing he didnae know aboot doos. Whit ye did wis sweet revenge fur him...fur me and fur a lot ae other doo men across the city. They won't know whit the fuck his hit them...which is dangerous in itsel. You wee scallywags took them oan and fucked them up the arse the way nowan else could've, and believe you me, a lot ae smarter people than youse hiv tried and failed. Ah think they'll try tae keep a lid oan this, bit like everything else, it'll probably come oot in the wash. They're no as smart and clever as they think they ur and that makes them vulnerable. People will see that and take them oan. Things hiv changed noo. Believe you me, Ah know whit Ah'm talking aboot."

"Christ, whit time is it?" Skull asked, suddenly jumping up.

"Ah'm no sure...probably aboot nine o'clock. Why?"

"Look, Ah need tae get ma skates oan or Ah'll no get in the night and Ah've goat school the morra."

"Christ, things hiv changed. Ah widnae hiv thought Ah wid've heard that coming fae wan ae youse."

"Aye, well, Ah'll see ye, Flypast."

"Awright, wee man, good luck. Ah hope ye manage tae get in the night when ye get hame."

9.15 P.M.

"Ah'll tell ye wan thing, ye cannae beat a McCluskeys steak pie, kin ye?" said The Big Man, smacking they chops ae his.

"It's the gravy," said Mick.

"Aye, and the way they hing the meat," Danny added.

"How dae ye mean?"

"Well, remember the coo that that wee manky mob goat us?"

"Aye?"

"The meat wis okay...nice and fresh...bit if we wur tae hiv hung the thing up fur aboot three weeks, it wid've tasted even better."

"Naw."

"Aye, Ah'm telling ye. Take that pie we've jist scoffed. Kin ye no jist get that wee bit ae a tang aff ae it? That's because they hing it up and leave it. That's whit makes it aw tender when ye chomp yer laughing gear intae it."

"Noo that ye mention it, when Ah goat a whiff ae it through in that kitchen, Ah hid tae check the soles ae ma shoes," The Big Man said, tae loud laughter fae the brothers.

"Aw, who the fuck's that?" Shaun grumbled, as they heard the sound ae knocking oan the ootside door.

"Ah'll get it," said Mick, staunin up and heiding fur the lobby.

"Sorry tae disturb ye, Mick," Horsey John apologised.

"Nae problem, Horsey. Whit kin Ah dae fur ye?"

"Well, we might hiv a wee bit ae a breakthrough regarding the loft."

"Aye?"

"You tell him, Tiny."

"Ah wis speaking tae a wee fat basturt who lives roond in Taylor Street. Ye might've seen him aboot. He passes oan information tae me noo and again that he thinks Ah might find interesting...always trying tae wangle himsel in."

"Ah get the message, Tiny. Get tae the point."

"Well, Ah wis jist shutting up the stable at aboot hauf eight the night and Ah bumped intae him. He says that he clocked that wee baldy basturt...the wan wae the Celtic tammy, carrying a couple ae egg boxes yesterday."

"Aye? Where aboot?"

"He wis walking alang Kennedy Street towards Dobbie's Loan and St James Road."

"Hing oan, Ah'll be back in a minute."

"That's Horsey John and Tiny at the door. They say that a wee fat squealer, who lives oan Taylor Street, clocked that wee baldy wan wae the Celtic tammy heiding alang Kennedy Street towards St James Road wae a couple ae egg boxes yesterday."

"He wid've been coming fae the cabin. Probably heiding o'er tae Fly-past's," said Danny.

"Dae ye think so?"

"Aye, that's the route Ah wid take fae the cabin. Straight alang Kenne-dy Street, nip doon Dobbie's Loan and across the Parly Road lights oan tae St James Road, right intae McAslin Street, left up Grafton Street tae Grafton Square and then doon intae Montrose Street," The Big Man said.

"So, ye don't think there's anything we should be daeing?"

"Naw, if the wee fat grass said he wis seen in Taylor Street or Ronald Street, that'd be a different matter. Naw, the bizzies ur the wans we're efter. They probably goat some thieving crew up fae Manchester or New-castle who've cut a deal wae them."

"Aye, okay, Ah'll tell them tae furget it. Ah'm still no convinced they wurnae involved though."

"That's no a bad thing, Mick. Thinking that way keeps ye oan yer toes."

"Aye, okay, Ah'll go and tell them," he said, heiding back through the lobby.

"The Big Man says tae furget it," said Mick.

"Really?" Horsey John and Tiny baith asked, surprised.

"Aye, we know who done it. The Big Man wants this tae be kept be-tween us and nowan else. We'll need time tae plan a comeback, so don't mention the loft again, especially no in front ae The Big Man."

"If that's whit he wants, Mick. Ah'd be surprised if that wee fucking Tally wan and his pals wurnae involved wae this though."

"Aye, Ah know, bit we cannae prove a connection, even wae the egg boxes. Ah'm no convinced masel, mind ye. Ah'll tell ye whit. Hiv ye goat any petrol roond at the stables?"

"Aye."

"Right, jist tae keep they wee baw-bags oan their toes, nip roond tae their cabin when it's dark later oan the night and put a match tae it. Ye kin pour the petrol in through the wee cavie windaes at the bottom. Keep this between us noo, and don't let any nosey fucker see youse. Ah don't want The Big Man, Shaun or Danny tae know aboot this."

"Aye, nae bother, Mick. That'll take they wee harry-hoofters doon a peg or two."

10.45 P.M.

Johnboy wis lying in his bed wae the skin oan that napper ae his scraped red raw and his left lug ringing and hinging doon an extra two inches. He gingerly touched his scalp, wincing. His maw hid broken two plastic bone combs earlier oan, in search ae nits.

"Johnboy, Ah thought Ah telt ye tae get roond tae that Stow College and let they students loose oan that heid ae yours? Ye're back tae school the morra and noo it's too late tae get yer hair cut," his ma hid grumbled as he sat oan the chair in the middle ae the kitchen being operated oan by the bug butcher.

"They'd probably hiv refused tae touch it wae the amount ae bugs in it anyway," Norma hid chipped in, looking up fae her Melody Maker.

"Ma, tell that Norma wan tae shut up. She's jist jealous anyway."

"Am Ah? Ae whit? That crawling, buggy heid ae yours? Somehow, Ah don't think so, nitwit."

"Fuck aff!"

"Hoi you, don't let me hear ye using that language in here," Ma hid snarled, twisting his lug intae a figure ae eight while trying tae yank it aff the side ae his heid.

"Yeeaow! That wis sore, so it wis. Tell her tae shut up then," he'd howled.

"Norma, shut up or ye'll be next."

Johnboy wis thinking how strange it wis gonnae be, no hivving Tony at school, noo that he wis heiding up tae The Big Rock. He wis happy that that fat finger flickerer, Alex Milne, widnae be aroond either, so he'd nae need tae worry aboot him. It also meant that Johnboy could get back tae being friendly wae Senga withoot Tony hinging aboot looking o'er his shoulder aw the time. Johnboy hid awready made up his mind that him and Senga Jackson wur gonnae get married and live in a cracking hoose, jist like his ma and da's, when he grew up, even though he'd telt Tony that he'd dumped her. He wis still sure she liked him, despite the knock-back she'd gied him wae his good Maltesers. He also hoped Skull hid managed tae get intae the hoose before his da locked him oot fur the night. He'd telt Johnboy he'd look oot a good doo book that hid plenty ae pictures in it, wae aw the different breeds, and that he'd bring it intae school the next day.

He'd kept meaning tae ask Tony, Joe and Skull if they played the same game as he did wae the singing drunks at night. He'd managed tae match his favourite drunk, word fur word, oan the chorus ae wan ae his songs the night before. The drunk hid been staggering blindly aw the way up the middle ae the white lines doon oan a deserted Cathedral Street, howling 'And ye tell me, o'er and o'er and o'er again ma friend, ye don't believe we're oan the eve ae destruction. Naw ye don't believe, we're oan the eve ae destruction.' Six times Johnboy hid sang alang wae him before the drunk hid moved oan tae the Beatles. His ma and Norma hid been bleating aboot the drunk o'er the burnt toast that morning, saying whit a shite voice he'd hid, and that he should've been lifted fur first degree murder.

"Well, Ah bet youse two don't know aw the words tae the song fae start tae finish," Johnboy hid retorted, letting them know that he did.

Johnboy knew instantly that it wis fire engines as soon as he heard the growls ae the big engines and the clattering ae the bells. It hid tae be a big fire if there wur two ae them. He quickly nipped oot ae his bed and clocked them, jist as they came belting o'er the tap ae the big hill, o'er beside the Rottenrow Maternity Hospital, and thundered right oan tae Cathedral Street. The reflection ae the flashing blue lights wis bouncing aff ae aw the big glass windaes ae Allan Glen's School and the tenements oan the other side ae Cathedral Street, lighting up the whole area. The fire engines roared aff intae the distance, rapidly changing up their gears as they passed the wee paper shoap beside Canning Lane, before plunging oot ae sight across the border intae the darkness ae Indian Territory beyond. Some poor bugger must be in trouble, Johnboy thought tae himsel, as he skipped back across the flair, bare-arsed and in his bare feet, before diving heid-first under the coats that wur spread oot across the tap ae his mattress.

problem is, can anyone really be trusted?

With more faces than the town clock, Run Johnboy Run dredges up the best scum the city has to offer and throws them into the wackiest free-for-all double-crossing battle that Glasgow has witnessed in a generation and The Mankys are never far from where the action is.

The Lost Boy And The Gardener's Daughter – The Glasgow Chronicles 3 is also available on Amazon Kindle:

It is 1969 and 14-year-old Paul McBride is discharged from Lennox Castle Psychiatric Hospital after suffering a nervous breakdown whilst serving a 3-year sentence in St Ninian's Approved School in Stirling. St Ninians has refused to take Paul back because of his disruptive behaviour. As a last resort, the authorities agree for Paul to recuperate in the foster care of an elderly couple, Innes and Whitey McKay, on a remote croft in the Kyle of Sutherland in the Scottish Highlands. They have also decided that if Paul can stay out of trouble for a few months, until his 15th birthday, he will be released from his sentence and can return home to Glasgow.

Unbeknown to the authorities, Innes McKay is one of the most notorious poachers in the Kyle, where his family has, for generations, been in con-flict with Lord John MacDonald, the Duke of the Kyle of Sutherland, who resides in nearby Culrain Castle.

Innes is soon teaching his young charge the age-old skills of the Highland poacher. Inevitably, this leads to conflict between the street-wise youth from the tenements in Glasgow and the Duke's estate keepers, George and Cameron Sellar, who are direct descendants of Patrick Sellar, reviled for his role in The Highland Clearances.

Meanwhile, in New York city, the Duke's estranged wife orders their 14-year-old wild-child daughter, Lady Saba, back to spend the summer with her father, who Saba hasn't had contact with since the age of 10. Saba arrives back at Culrain Castle under escort from the American Pinkerton Agency and soon starts plotting her escape, with the help of her old primary school chum and castle maid, Morven Gabriel. Saba plans to run off to her grandmother's estate in Staffordshire to persuade her Dowager grandmother to help her return to America. After a few failed attempts, Lady Saba finally manages to disappear from the Kyle in the middle of the night and the local police report her disappearance as a routine teenage runaway case.

Meanwhile in Glasgow's Townhead, Police intelligence reveals that members of a notorious local street gang, The Mankys, have suddenly disappeared off the radar. It also comes to the police's attention that, Johnboy Taylor, a well-known member of The Mankys, has escaped from Oakbank Approved School in Aberdeen.

Back in Strath Oykel, the local bobby, Hamish McWhirter, discovers that Paul McBride has disappeared from the Kyle at the same time as Lady Saba.

When new intelligence surfaces in Glasgow that Pat Molloy, The Big Man, one of Glasgow's top crimelords, has put the word out on the streets that he is offering £500 to whoever can lead him to the missing girl, the race is on and a nationwide manhunt is launched across Scotland's police forces to catch Paul McBride before The Big Man's henchmen do.

The Lost Boy and The Gardener's Daughter is the third book in The Glasgow Chronicles series. True to form, the story introduces readers to some of the most outrageous and dodgy characters that 1960s Glasgow and the Highlands can come up with, as it follows in the footsteps of the most unlikely pair of road–trippers that the reader will ever come across. Fast-paced and with more twists and turns than a Highland poacher's bootlace, The Lost Boy and The Gardener's Daughter will have the readers laughing and crying from start to finish.

The Mattress – The Glasgow Chronicles 4 is also available on Amazon Kindle:

In this, the fourth book of The Glasgow Chronicles series, dark clouds are gathering over Springburn's tenements, in the lead up to the Christmas holiday period of 1971. The Mankys, now one of Glasgow's foremost up and coming young criminal gangs, are in trouble...big trouble...and there doesn't seem to be anything that their charismatic leader, Tony Gucci, can do about it. For the past year, The Mankys have been under siege from Tam and Toby Simpson, notorious leaders of The Simpson gang from neighbouring Possilpark, who have had enough of The Mankys, and have decided to wipe them out, once and for all.

To make matters worse, Tony's mentor, Pat Molloy, aka The Big Man and his chief lieutenant, Wan-bob Brown, have disappeared from the Glasgow underworld scene, resulting in Tony having to deal with Shaun Murphy, who has taken charge of The Big Man's criminal empire in The Big Man's absence. Everyone knows that Shaun Murphy hates The Mankys even more than The Simpsons do.

As if this isn't bad enough, Johnboy Taylor and Silent Smith, two of the key Manky players, are currently languishing in solitary confinement in Polmont Borstal. As Johnboy awaits his release on Hogmanay, he has endless hours to contemplate how The Mankys have ended up in their current dilemma, whilst being unable to influence the feared conclusion that is unravelling back in Springburn.

Meanwhile, police sergeants Paddy McPhee, known as 'The Stalker' on the streets for reputedly always getting his man and his partner, Finbar 'Bumper' O'Callaghan, have been picking up rumours on the streets for some time that The Simpsons have been entering The Big Man's territory of Springburn, behind Shaun Murphy's back, in pursuit of The Mankys. In this dark, gritty, fast-paced thriller of tit-for-tat violence, The Stalker soon realises that the stage is set for the biggest showdown in Glasgow's underworld history, when one of The Mankys is brutally stabbed to death outside The Princess Bingo Hall in Springburn's Gourlay Street.

With time running out, Tony Gucci has to find a way of contacting and luring The Big Man into becoming involved in the fight, without incurring the wrath of Shaun Murphy. To do this, Tony and The Mankys have to come up with a plan that will bring all the key players into the ring, whilst at the same time, allow The Mankys to avenge the murder of a friend. Once again, some of Glasgow's most notorious and shadiest 'duckers and divers' come together to provide this sometimes humorous, sometimes heart-wrenching and often violent tale of chaos and survival on the streets of 1970s Glasgow.

The Wummin – The Glasgow Chronicles 5 is also available on Amazon Kindle:

It is 1971 in Glasgow's Springburn, and the stormy winds that are howling through the old tenement building closes and streets, leading up to the Christmas and New Year holidays, only adds to the misery that is swirling around the inhabitants of the north of the city.

On the 17th December, Issie McManus's only son, Joe, is stabbed to death on the steps of The Princes Bingo Hall, on the same evening that her man, Tam, gets lifted by the police and shipped up to Barlinnie for an unpaid fine. As her life crumbles round about her, Issie turns to her neighbour and friend, Helen Taylor, who gathers together a group of local women, who are the scourge of The Corporation's sheriff officers Warrant Sales squad, to take command of the situation.

Meanwhile, all the major newspapers are speculating as to whether Alison Crawford, the wife of a prison governor, will survive the shooting that killed her lover, Tam Simpson, the leader of the notorious Simpsons' Gang from Possilpark, whilst daily headlining the gory details of her supposed colourful love life as a senior social worker in Possilpark.

Elsewhere in the district, Reverend Donald Flaw, who recently buried the sitting councillor, Dick Mulholland, is dismayed when he is informed that Councillor Mulholland's election manager, the former disgraced Townhead councillor, JP Donnelly, has decided to throw his hat into the ring at the forthcoming by-election.

As the demonstrations against warrant sales in the area continue over Christmas, bringing Helen Taylor's gang of motley women back on to the streets, The Reverend Flaw and his wife, Susan, believe they have found the ideal candidate to prevent JP Donnelly's resurrected political ambitions from bearing fruit. The only problem lies in whether the chosen one can be persuaded to stand against him.

Still smarting from the headline in The Glasgow Echo, announcing that sales of The Laughing Policeman have topped 10,000 copies in Woolworth's record department in Argyle Street, as a result of the weapon being used to kill Tam Simpson going missing, newly promoted Police Inspector Paddy 'The Stalker' McPhee, has been instructed to assist in the campaign to get JP Donnelly elected. Along with Father John, the local priest from St Teresa's Chapel in Possilpark, an unholy alliance is formed that will go to any lengths to stop the opposition candidate from upsetting their political masters in George Square.

The Wummin is a fast-paced political thriller, set in the north side of Glasgow. It will grip the reader, tear at their emotional heartstrings, whilst at the same time, evoke tears of laughter and shouts at the injustice of it all. It follows this group of Springburn 'wummin' in their fight against social injustice and their crusade for change, whilst the odds are stacked against them by an Establishment that will do everything in its power to maintain the status quo.

Dumfries – The Glasgow Chronicles 6 is also available on Amazon Kindle:

It is January 1973 and the winds of discontent are picking up speed as they gust across the wintry skies of a country in which industrial stoppages and wildcat strikes follow each other on an almost daily basis. Equal pay and equality for women are still pipe-dreams in the second city of the empire, where hospital casualty departments are overflowing, as they welcome the victims of violence and domestic abuse, who, after being patched up, if they are lucky, are spat back out to face a world that is moving at a pace at which only the fittest can hope to survive.

Dumfries is the penultimate book in the current series of The Glasgow Chronicles, which has followed a cheeky wee bunch of manky boys from the tenements in 1960's Toonheid, through adolescence to their coming-of-age as one of Glasgow's most up-and-coming underworld gangs of the early 70s.

The problem, as usual, is that half the hapless Mankys are currently in jail, with one of them having been sentenced to 14 years for shooting two police officers in the robbery of The Clydeside Bank on Maryhill Road in November 1972...the longest prison sentence ever handed down to a young offender in Scotland.

With Tony, Johnboy, Silent, Snappy and Pat all doing time, the remnants of what was once a thriving money-making outfit, is being managed by Simon Epstein, owner of Carpet Capers Warehouse. When Simon is not plotting the downfall of the legendary Honest John McCaffrey, 'The Housewife's Choice,' and owner of Honest John's Kitchen Essentials shop by day, but one of the city's top moneylenders and gangsters by night, Simon is ruthlessly ensuring that The Mankys' wheel-of-fortune stays firmly on track.

When everything seems to be on a downwards spiral and with no reprieve in sight for those languishing in jail, hope appears on the horizon through the smoke of screeching tyres from a speeding car in Colston, as it ejects the half-dead body of Haufwit Murray, sometime police informer and one of the city's transient gangland hanger-ons. As he lies close to death in the Intensive Care Unit of Stobhill General Hospital, with little hope of recovery, Haufwit's dying confession to Inspector Paddy 'The Stalker' McPhee triggers a chain reaction that forces Wan-bob Broon, the city's Mr Big, out into the open, bringing deadly consequences for some and celebration and hope for others.

Dumfries is a dark, often violent, chiller-thriller, that will have followers of The Mankys drawing their curtains and locking their doors, before reaching for the book, as they try to anticipate who will do what to who next. You have been warned.

The Silver Arrow – The Glasgow Chronicles 7 is also available on Amazon Kindle:

The Silver Arrow is Ian Todd's 7th book and continues on from Dumfries in The Glasgow Chronicles series of books.

Whilst the residents of 1970s Glasgow are captivated by the antics of a mystery driver, who they've nicknamed The Silver Arrow, being pursued by police along Great Western Road in his 1930s sports car in the dead of night at weekends, a far more dangerous game of cat-and-mouse is being played out on the streets, below the radar of both the local police and Wan-bob Broon, Glasgow's number one gangster.

After visiting Johnboy Taylor, Scotland's longest-serving young offender, in Dumfries Young Offenders Institution, Nurse Senga Jackson heads back to Glasgow, unaware of the mortal danger that she and her flatmate, Lizzie Mathieson are in after Lizzie unwittingly overhears the deathbed confession of a dying gangster to Inspector Paddy 'The Stalker' McPhee, who has threatened to expose the sordid sex-life of the doctor on duty, in order to access the intensive care unit of Stobhill General Hospital in the middle of the night.

With half of The Mankys, Glasgow's most up and coming young criminal gang, serving time in Dumfries, including their charismatic leader, Tony Gucci, responsibility for the safety of Senga Jackson and her flatmate is placed in the hands of nineteen-year-old Simon Epstein, a young entrepreneur from Springburn, who operates Carpet Capers Warehouse in the Cowcaddens district of the city.

Despite the odds being stacked against The Mankys and the two young nurses, Simon joins up with one of Glasgow's top criminal legal teams in the battle to secure the evidence that could prove that Johnboy Taylor is innocent of shooting two police officers in a bank robbery in Maryhill. At the same time, Simon continues to duck and dive behind the neon lights of the dirty city, in a desperate attempt to keep the two girls alive.

The Silver Arrow is an often-violent thriller, though not without humour, with a high-speed plot that takes more twists, turns and risks than a speeding classic racing car in the night, consistently out-witting and out-manoeuvring its pursuers. The key question being debated amongst The Mankys incarcerated in Dumfries YOI is whether Simon Epstein can keep in pole-position until Tony Gucci can join him in the race against time, even though he doesn't know who will strike when, where or at whom.

Elvis The Sani Man – The Glasgow Chronicles 8 is also available on Amazon Kindle:

It is 1975 and Elvis Presley, head of Glasgow Corporation's sanitation food inspectors for the north of the city, is busy preparing for the Scottish final of the 'Elvis Is The Main Man Event' at The Plaza Ballroom at Eglinton Toll.

When Elvis is not dreaming of stardom, he and his unlikely new partner, WPC Collette James, are hot on the trail of Black Pat McVeigh, the Mr Big of the city's black meat trade, who is based up in Possilpark in the north of the city.

Pushing Elvis to do something about the plight of her constituents, who are being poisoned left, right and centre by one of the city's most notorious 'black butcher' gangs, is Corporation Councillor for Springburn, Barbara Allan.

Unbeknown to the authorities, Barbara Allan is also the mysterious and elusive 'Purple Dove,' leader of a secretive underground group of women in the city, who call themselves 'The Showgirls.'

Whilst struggling to bring the city's diverse women's groups together to stand as one, the campaign of taking direct action by The Showgirls continues to publicly 'out' senior male managers in businesses, hospitals and The Corporation who sexually harass female employees, by daubing graffiti and photographs of the guilty up on to the advertisement billboards that are scattered across the city.

Meanwhile, the close friends and supporters of Helen Taylor, having set up their own catering business for funerals and weddings, soon fall foul of Elvis The Sani Man and the law, when over a hundred guests fall ill after being served up Springburn's Larder's exotic menu.

Never far away from this mental mix, The Mankys, one of Glasgow's young up-and-coming 'organised' gangs, continue on their merry way of mixing business and pleasure, whilst bank-rolling the campaign group that will hopefully lead to one of their members, Johnboy Taylor, having his wrongful conviction of shooting two police officers during a bank robbery in Maryhill back in November 1972 overturned.

Elvis - The Sani Man, is a dark, dangerous and often violent journey through the murky streets of Glasgow and is interspersed with black humour, whilst introducing the reader to Glasgow's illicit underworld of back-street meat traders in the mid-nineteen-seventies.

Ian Todd once again reacquaints the reader with some familiar faces from previous Glasgow Chronicle books, whilst introducing a whole new batch of the craziest and wackiest characters that were ever launched out of the Rottenrow delivery room back in the day.

Printed in Great Britain
by Amazon